El escándalo

Letras Hispánicas

Pedro Antonio de Alarcón

El escándalo

Edición de Juan Bautista Montes Bordajandi

CATEDRA

LETRAS HISPANICAS

© Ediciones Cátedra, S. A., 1986
Don Ramón de la Cruz, 67. 28001-Madrid
Depósito legal: M. 26.101-1986
ISBN: 84-376-0609-8
Printed in Spain
Impreso en Lavel
Los Llanos, nave 6. Humanes (Madrid)

Índice

8

Introducción

En memoria del profesor Julio Fernández-Sevilla

PEDRO ANTONIO DE ALARCON

CREACIÓN

Para conocer los motivos y las circunstancias que rodean la aparición de cualquier libro de Pedro Antonio de Alarcón es necesario recurrir a las notas biográficas realizadas por Luis Martínez Kleiser y Mariano Catalina, que aparecieron después en las *Obras completas* del guadijeño, publicadas por la Editorial Fax, Madrid[1]. Aun así, y no sin cierta cautela, se echa mano en múltiples ocasiones de la *Historia de mis libros*[2], que el autor publicó en 1884 y que recoge, al tiempo que una defensa de sus creaciones literarias y de sus posturas políticas, la contestación a los diversos ataques que la crítica contemporánea dedicaba al novelista.

Pero, cuando de *El escándalo* se trata, todas las precauciones han de ser pocas a la hora de aceptar sin reservas lo que los autores citados nos comentan acerca de su nacimiento. Tampoco Alarcón nos ayuda a descubrir el momento en que verdaderamente comienza la redacción de la obra. Porque, eso sí, sabemos que el «argumento [le] estorbaba en el cerebro y en el corazón desde los primeros meses de 1863» y que «a principios de 1868, hallándose en Granada, con prohibición oficial de residir en la corte, comenzó a escribir *El escándalo*». No bien había concluido dos capítulos cuando las circunstancias políticas por las que atraviesa el país le obligan a dejar su labor literaria

---

[1] Luis Martínez Kleiser, *Pedro Antonio de Alarcón. Un viaje por el interior de su alma y a lo largo de su vida*, Madrid, Victoriano Suárez, 1943; y Mariano Catalina, *Biografía de D. Pedro Antonio de Alarcón*, Madrid, 1881 y 1905. Ambas pueden verse ahora en *Obras completas*, Madrid, Fax, 1954², págs. V-XXXII y pág. 1899-1913, respectivamente.

[2] En *Obras completas, op. cit.*, págs. 1-28.

y a dedicarse de lleno a su labor de diputado. Por fin, en 1874, «seis años y dos meses» después, pone de nuevo manos a la obra «recomenzándola como si nada llevase hecho...». Otra vez ha de abandonar la labor literaria para reanudar sus tareas parlamentarias, y no es hasta mayo del año siguiente, 1875, cuando, a causa de la muerte de uno de sus hijos, que le obliga a permanecer en El Escorial, decide dar fin al libro que tantas veces había comenzado y abandonado.

La historia de la gestación de *El escándalo* no tendría más interés que el puramente anecdótico si no fuera porque el propio Alarcón hace mención a un hecho no del todo esclarecido. Nos estamos refiriendo a la confesión de que el «argumento [le] estorbaba en el cerebro y en el corazón», como nos dice al comienzo de su explicación, para acabar señalando que *«El escándalo* había sido concebido en horas de infinito pesar»[3].

¿Cuál era el *infinito pesar* que angustiaba al autor en 1863? Su biógrafo Martínez Kleiser, lejos de dar una solución a este enigma, nos notifica algo que no logra sino complicar aún más el embrollo:

> Hacía ya doce años [1862] que un su amigo, de carácter altanero y despótico, envidioso e hipocondriaco, que daba órdenes en la calle a los vendedores y pendencieros y se veía inmediatamente obedecido, por el tono de autoridad con que eran pronunciadas; que veía con amargura el bien ajeno; que lloraba cuando los demás reían y sufría cuando gozaba el resto de la humanidad, se había sentido morir, separado de Alarcón por el abismo de un drama íntimo surgido entre ambos, cuyos pormenores permanecieron siempre en el misterio. En aquel cuarto mortuorio tuvo el drama su epílogo. El agonizante tomó las manos de Alarcón entre las suyas y trató de besárselas, malpronunciando repetidamente la palabra perdón y encargándole: «Escribe aquellas cosas. Yo necesito que las sepan todos, como enseñanza para ellos y castigo para mí.» Murió el perdonado amigo y nació el Diego de *El escándalo.* Los demás personajes también fueron arrancados de la realidad. Muchos eran ilustres. Nadie supo jamás qué nombres escondían aquellos otros que popularizó la novela. Sólo se sabe que, cuando exclama

---
[3] *Historia de mis libros, op. cit.*, pág. 21.

una de las figuras principales: «Hay muchas Gabrielas en el mundo», alude a su propia santísima mujer»[4].

Si a esto le añadimos que, como defensa ante las críticas que la obra despertó, no se le ocurre a Alarcón otra cosa que asegurar que se trata de una historia totalmente cierta, de la que él fue testigo, que el padre Manrique existió realmente y que Lázaro aún anda por el mundo, no es de extrañar que ciertos investigadores hayan intentado descubrir el misterio de los personajes.

La interpretación más extendida fue la que propuso Gamallo Fierros en el periódico *Ya* del 22 de octubre de 1943, al deducir que el agonizante a que Kleiser se refería no podría ser otro que el poeta y novelista Nicomedes Pastor Díaz. Efectivamente, el autor de *De Villahermosa a la China* había fallecido en marzo de 1863, acompañado en sus últimos momentos por el presbítero Miguel Sánchez, por el propio Alarcón, que había realizado expresamente el viaje desde Guadix llamado por el moribundo, y por Juan Valera, que es el que nos relata el suceso[5]. Las razones que Gamallo aducía para demostrar su tesis —el viaje que desde Guadix realiza el autor, la dedicatoria de *El escándalo* a Pastor Díaz, y otras— no parecen de peso. Martínez Kleiser replicaba al día siguiente del primer artículo citado, en el mismo periódico, haciendo ver que las relaciones entre Alarcón y Pastor Díaz eran excelentes. No acabó, empero, ahí la polémica, sino que se reanudó en *El Español* en el mes de noviembre. Gamallo incitaba a Martínez Kleiser a que dijera entonces cómo se enteró él de las circunstancias que rodearon la inspiración de *El escándalo*, y éste replicó de nuevo el 20 del mismo mes con una nota en donde se reproducía la carta de un descendiente de Nicomedes Pastor Díaz rogando que se

---

[4] Luis Martínez Kleiser, *op. cit.*, pág. XXIII.
[5] Juan Valera, *Obras completas*, II, Madrid, Aguilar, 1942: «Murió don Nicomedes Pastor Díaz en la madrugada del 22 de marzo de 1863 antes de cumplir cincuenta y dos años (...). En su ya citada última noche, de recuerdo para mí inolvidable, le acompañamos, le asistimos y le velamos en sus últimos momentos el célebre presbítero don Miguel Sánchez (gran discutidor escribiendo y perorando en el Ateneo), el insigne poeta y novelista don Pedro Antonio de Alarcón y la persona que redacta ahora estos apuntes» (pág. 1274).

pusiera fin a aquella polémica, que no hacía sino enturbiar la memoria de su familiar[6].

De la polémica anterior no quedaría nada, si no hubiera sido porque a raíz de ella resucitó de nuevo la idea de relacionar las dos obras más famosas de ambos autores, incluso llegando a acusarse al novelista de plagiario, acusación que José Fernández Montesinos ha combatido con acierto[7].

Lo cierto es que *El escándalo* ha sido aceptada como novela de clave. Las afirmaciones del propio autor y de Martínez Kleiser han inducido a una serie de estudiosos a buscar la relación de los personajes —Fabián, Diego, Lázaro, Gabriela— con individuos reales cercanos al novelista, y, cómo no, la primera identificación había de recaer sobre el mismo Alarcón.

Que la vida licenciosa de Fabián Conde, según se la cuenta al padre Manrique, pueda ser equiparada a la que llevó Alarcón en sus años juveniles es algo atrayente para cualquier estudioso. Lo difícil es encontrar los puntos de contacto entre el personaje ficticio y el real, pero se ha intentado. Así, Pedro A. de Urbina, cuando prologa su edición de *El escándalo*[8], basándose en una «atrevida conjetura» de Emilia Pardo Bazán, que apuntó, no sin darle alas a su imaginación, la posibilidad de una relación amorosa entre una dama casada y Alarcón en los últimos años de soltería del autor (recordemos que se había casado en 1863), se decide a buscar equivalentes en su vida real para cada una de las circunstancias que rodean la existencia de Fabián Conde. Por su curiosidad, conviene reproducir algunas de sus palabras:

> La coincidencia de fechas entre la vida de Pedro Antonio de Alarcón y Fabián Conde no es aproximada, sino exacta: los dos nacen en 1833. Fabián Conde llega a Madrid a los veintiún

[6] En los últimos artículos de Dionisio Gamallo Fierros parece deducirse la tendencia de su autor a identificar a Pastor Díaz con Fabián Conde. E. Chao Espina, *Pastor Díaz dentro del Romanticismo*, Madrid, C. S. I. C., 1949, pág. 197, definitivamente rechaza la hipótesis de Gamallo.

[7] José Fernández Montesinos, *Pedro Antonio de Alarcón*, Valencia, Castalia, 1977. Con respecto al plagio, reconoce el profesor: «Esto es exageradísimo, y la imputación sólo se explica como hecha *in odium auctoris*» (pág. 217).

[8] Pedro A. Urbina, «Introducción» a *El escándalo*, Madrid, Magisterio Español (Novelas y cuentos), 1971.

años, donde, a los veinticinco, es ya *lo que se suele llamar un hombre de moda*. Pedro Antonio de Alarcón llega a Madrid desde Granada a los veiuntiún años y empieza a trabajar como redactor de *El Látigo* del que un mes después será director; y también a los veinticinco es ya lo que se puede llamar un hombre de moda. (...). Fabián Conde, en la cumbre de su éxito, es propuesto como diputado a Cortes, y Alarcón lo fue. Fabián Conde es diplomático en Londres, y él fue nombrado ministro plenipotenciario de España en Suecia y Noruega por el Gobierno Provisional de 1868-69[9].

Sin querer apurar las identificaciones, que no son sino otras «atrevidas conjeturas» del prologuista, de lo que no parece haber dudas es de que Alarcón vierte en *El escándalo* su propia ideología y algunos elementos biográficos. Ya Valera había afirmado:

> Las doctrinas librepensadoras y republicanas de Alarcón se fueron poco a poco modificando, hasta convertirse en la edad madura del poeta, en las de un liberal-conservador, creyente y hasta piadoso. Los momentos más solemnes y decisivos de esta conversión suya se marcan en un drama tirulado *El hijo pródigo*, que escribió e hizo representar con poco éxito, y en la novela *El escándalo...*[10].

Pero son elementos biográficos que no hay que llevar hasta la total identificación de personajes. Alarcón quería y tenía que demostrar que su periodo revolucionario no había sido sino producto de su juventud, y él, que raras veces lo menciona, ha de restarle importancia. No creemos, pues, que en Fabián Conde quiera reflejar el recuerdo de aquellos años[11].

[9] Pedro A. Urbina, *op. cit.*, pág. 10. También Monroe Z. Hafter («Alarcón in *El escándalo*», en *Modern Language Notes*, 82, 1968, págs. 212-225) intenta identificar a los dos personajes, viendo cómo el anagrama de los apellidos de Fabián —*Lara* y *Conde*— forma justamente el apellido *de Alarcón*.

[10] Juan Valera, «Notas biográficas y críticas», en *Obras completas*, II, *op. cit.*, pág. 1359.

[11] Francisco Pérez Gutiérrez *(El problema religioso en la generación de 1868*, Madrid, Taurus, 1975, pág. 123) se pregunta si *El escándalo* encierra un trasfondo íntimo más allá de los hechos reales que su autor dice haber «presenciado». Creemos que sí, indudablemente. La simpatía o antipatía, por ejemplo, que el autor muestra por algún personaje va dirigida también hacia lo que ellos repre-

Pero, ¿y si tratáramos de identificar a Diego con Alarcón? Repitamos las palabras de Fernández Montesinos para acabar con este asunto:

> Si no fuera el personaje odioso [Diego] que es, diríamos que el autor ha puesto en él algo de sí mismo. Su retrato físico se parece no poco al de Alarcón que estamos habituados a ver, con aquellas barbazas y aquella calva que «le favorecía, pues daba algún despejo a su nublado rostro» (...). A estos rasgos físicos se asocia un carácter frenético y la tendencia a andar siempre por extremos. (...). También es muy alarconiana la «formidable amistad» que «había estallado» entre Diego y Fabián. (...). No hay que apurar el paralelo, que es pura broma, provocada por las manías identificadoras de hoy. Diego es el personaje siniestro de la obra, y cuantas semejanzas puedan concurrir entre él y Alarcón han de ser mera coincidencia[12].

Así que, bromas aparte, nos encontramos ante la dificultad de no poder esclarecer, sin temor a error, el motivo por el que Pedro Antonio de Alarcón, después de ver publicado con éxito *El sombrero de tres picos*, acomete una tarea de la envergadura de *El escándalo*; tarea, por otra parte, que había de atraerle las más duras críticas, por las «tesis» que en ella defendía. A no ser que el accitano necesitara demostrar a alguien, ¿a sí mismo?, que aquel cambio rotundo producido en su vida pública y política alrededor de los años 60 era una conversión sincera al neocatolicismo que por aquel entonces se extendía por España. No nos estamos refiriendo a la posible doblez en su actitud religiosa, que pensaba Ganivet, de la que volveremos a ocuparnos más adelante.

Lo único cierto es que la obra está ahí, y que sus ediciones

---

sentan. Así, Gregoria puede ser la pesonificación de la burguesía provinciana, y en el odio que el narrador muestra por la mujer de Diego, se percibe el mismo sentimiento de Alarcón hacia esta clase social. Lo mismo sucede con respecto a su división del sexo femenino en mujeres descendientes de Eva y mujeres descendientes de la Virgen, que procede de su formación de seminarista, como piensa Filomena Liberatori (*I tempi e le opere di Pedro Antonio de Alarcón*, Nápoles, Istituto Universitario Orientale, 1981, pág. 129), que añade: «le prime, le responsabili della caduta dell'uomo, sono contrapposte fino all'esasperazione alle madri, alle sorelle e alle potenciali madri dei propri figli».

[12] José Fernández Montesinos, *op. cit.*, págs. 214-215.

se multiplicaron de forma extraordinaria para lo que era normal en la época. Y este éxito hay que atribuirlo no sólo a la «tesis», sino al arte con que el novelista supo entretejer el argumento. Un arte que es posible que se haya inspirado en los folletines tan abundantes en el siglo XIX, pero que pudo atraer a una multitud de lectores. El tratar de desentrañar cada uno de los secretos que se esconden en *El escándalo* será tarea que acometeremos en páginas posteriores.

Quede, pues, la novela más famosa de Alarcón, la más querida, la más criticada, la más leída tal vez, separada de las «anécdotas» que fraguaron su aparición, que, al fin y al cabo, lo que importa es la existencia de la obra en sí misma. Todo lo demás serán conjeturas, más o menos acertadas, para entretener a una crítica, ya en desuso por suerte, que no alcanza a ver más allá del mero rasgo superficial.

INTERPRETACIÓN Y CRÍTICAS

Como si de una premonición de lo que iba a ocurrir se tratase, Alarcón titula la novela que estamos comentando *El escándalo*. Efectivamente, un escándalo supuso la recepción de la obra por la crítica contemporánea. Aquel escritor provinciano que irrumpe en la escena madrileña con un aire nuevo en su estilo: sagaz e irónico en los artículos periodísticos; atrevido y directo en las crónicas de guerra; jovial y divertido en las narraciones breves; popular, ágil e inteligente en *El sombrero de tres picos*, sorprende al público con una obra de «tesis».

La crítica que hasta el presente se ha realizado sobre *El escándalo*, con contadas excepciones, ha solido considerar que hay que prestarle más atención a la «tesis» que en ella se difunde que a la propia forma que la sostiene, y como la «tesis» es tan floja, tan buscada a vuela pluma, todo el edificio se derrumba y no quedan en pie ni tan siquiera las paredes maestras. Esta crítica no se detiene a analizar la forma novelesca ni el posible arte alarconiano para crear situaciones, ni el acierto en formar una estructura que, a veces, se adelanta a novelistas posteriores, sino que, partiendo de la premisa de que la «tesis» es falsa, deduce que todo lo que se haga para sostenerla también lo es. Todo lo más, salva sólo contadas páginas o escenas.

No es éste el momento de detenernos en la «tesis» alarconiana, que veremos en el siguiente apartado. Si la hemos citado, ha sido por el efecto negativo que tuvo en la crítica de la época. Hoy se puede decir que, a partir de *El escándalo,* en cada nueva obra de Alarcón se buscaba por parte de la crítica, sobre todo, lo que de defensa de ideas trasnochadas o de vagas interpretaciones morales era capaz de escribir el guadijeño. Y, como cada vez las ideas alarconianas parecían más conservadoras y más débiles, la interpretación, para esa misma crítica, era bien sencilla: sus argumentos no podían sostenerse, ya fuera por lo absurdo de las situaciones, por la endeblez de los personajes o por la falta de realismo.

Para defenderse de esta crítica, Alarcón sólo supo aportar como argumento ante sus detractores la veracidad de las historias que contaba y la existencia real y concreta de los personajes que en ellas aparecían[13]. Así que no duda en asegurar que el padre Manrique, por ejemplo, era «tal como yo lo presento en mi obra, tal como Dios lo crió y tal como solía alojarse en los Paúles bajo su verdadero nombre»; Lázaro, asimismo, «anda por el mundo»; y, además, él mismo fue «testigo de la historia tristemente cierta referida en *El escándalo*». Así sucederá en las otras novelas posteriores.

Parece que el novelista no tenga otras razones para defenderse de sus críticos. Es como si le interesara, por razones ocultas, hacer hincapié en que sus obras fueran consideradas tendenciosas. Porque, si bien nos fijamos, la defensa que hace de *El escándalo* no responde casi a ninguna de las críticas con que fue acogida y, sin embargo, al relatarnos las vicisitudes de su siguiente novela, *El Niño de la Bola,* insiste:

> Pues, señor —me dije en 1879—, ¡acosemos a nuestros impugnadores en sus últimas y deleznables trincheras! (...). Creo hallarme en el caso de publicar, sin pérdida de tiempo, otra novela espiritualista y religiosa que sirva de interpretación auténtica a *El escándalo,* que restablezca su verdadero sentido, que marque los límites de su tendencia, y que deje en completo ri-

---

[13] Sólo como dato curioso: la única obra aceptada unánimemente por la crítica, la más realista, es precisamente *El sombrero de tres picos,* en la que el autor no se preocupa de la historicidad.

dículo a los que confundieron la caridad más desinteresada con no sé qué afán de reclutar prosélitos para tal o cual escuela política o filosófica[14].

Recordemos, sucintamente, las diversas opiniones que se han vertido sobre la novela de Alarcón.

Leopoldo Alas, sin duda uno de los críticos más sagaces del momento, a la vez de alabar lo que de sentido artístico había en las novelas alarconianas, atacaba duramente la vulgaridad con que el accitano defendía la tendencia en sus obras:

> ...Alarcón y Pereda son meramente artistas, y al querer buscar tendencia trascendental para sus obras demuestran que son espíritus vulgares en cuanto se refiere a las ideas más altas e importantes de la filosofía y de las ciencias sociológicas. No tiene más grandeza ni más profundidad su pensamiento que el de cualquier redactor adocenado de *El Siglo Futuro* o de *La Fe*; y enoja y causa tedio la desproporción que hay entre los medios de expresión artística de que disponen y la inopia del fondo de pensamiento que pretenden exhibir. Quieren defender el pasado por medio de la novela; el propósito merece respeto, pero sus fuerzas son escasas, sus alegatos pobres, adocenados...[15].

Más adelante, y refiriéndose de pasada a *El escándalo* concretamente, opina:

> Fue un acontecimiento en la literatura. Pero dentro del problema religioso moral, ¿qué representaba *El escándalo?* La solución del pasado y con fórmula bien concreta y conocida: el jesuitismo. El padre Manrique, un jesuita, es providencia de la obra y convierte y purifica al librepensador Fabián Conde, un librepensador que seduce marquesas casadas y engaña a niñas inocentes. (...). Nada importa todo esto para que la novela de Alarcón sea notable; lo es y de interés sumo. Si el arte podía darse por contento, no así los intereses más caros de nuestra civilización. Los partidarios de la tradición y de la autoridad estaban de enhorabuena; tenían un novelista filósofo *trascendental,*

---

[14] *Historia de mis libros,* en *Obras completas, op. cit.,* pág. 23.
[15] Leopoldo Alas, *Solos de Clarín,* 1881. Citamos por la edición de Alianza Editorial, Madrid, 1971, págs. 74-75.

que resolvía los más apurados casos de conciencia con el criterio de Loyola y simbolizaba el libre pensamiento en un mozalbete aturdido, calavera..., aunque de buen corazón[16].

Precisamente, fue esta última opinión, la del jesuitismo, una de las que más afectaron al guadijeño, ya que en la defensa que hace de *El escándalo,* primero, y de *El Niño de la Bola,* después, recurre a ella. Respecto a la primera novela, justifica al jesuita padre Manrique por tres razones: 1) porque los jesuitas estaban de moda como consultores de la aristocracia madrileña; 2) porque el padre Manrique no ejecuta ninguna acción que sea exclusiva de la Compañía de Jesús; y 3) porque, «como testigo de la historia, tristemente cierta», asegura que fue jesuita realmente el clérigo consultado por Fabián Conde. No conforme con estas explicaciones, al atacar las críticas que le dirigen a *El Niño de la Bola,* y concretamente a la aparición de otro sacerdote, don Trinidad Muley, como personaje importante de la misma, hace hincapié en que «no sea jesuita, ni tan siquiera un teólogo conservador, sino un ignorante cura de misa y olla».

Pero, en general, la defensa que hace Alarcón, en su *Historia de mis libros,* de cada una de sus novelas es muy vaga. Esto y la mala aceptación con que el guadijeño recibía las críticas, catalogando con durísimas palabras a sus detractores, convierten su citada *Historia...* en la historia de los ataques que dirige contra quienes se atreven a opinar negativamente sobre sus creaciones.

Otra de las críticas que, según el novelista, se ha dirigido contra su novela se basa en que Fabián Conde, «en un tremendo caso de conciencia, acudiera, como acudió a un clérigo célebre, en vez de dirigirse a cualquier famoso abogado o filósofo librepensador». Cree Fernández Montesinos que aquí el autor se refiere a don Manuel de la Revilla, al que ridiculiza a placer al combatir la anterior crítica:

(...) ¿no es lo más natural, lo más acostumbrado, lo verdaderamente español, cuando un joven de la aristocracia se ve abru-

---

[16] Leopoldo Alas, *Solos...*, *op. cit.*, págs. 342-343.

mado por sus remordimientos y por sus pasiones, el que busque al mejor confesor de que tenga noticias y le pida consejo y fuerzas en lugar de llamar a la puerta de D. Cristino Martos, de D. Francisco Pi y Margall o de D. Nicolás Salmerón?[17].

No es necesario que hagamos hincapié en la debilidad de los argumentos que utiliza Alarcón. Es evidente que las palabras de *Clarín* o de Revilla no iban por el camino que ha interpretado el novelista. Lo que realmente se criticaba de Alarcón no era que defendiera una «tesis» o fuera partidario de una tendencia particular, algo que puede ser hasta plausible para estos mismos críticos[18], sino la vulgaridad con que estas tendencias son defendidas, como hemos expuesto.

LAS «TESIS» DE ALARCÓN

Interesa, antes de seguir adelante en nuestro análisis, detenernos en la tesis que Alarcón quiere o cree defender en sus novelas. Él mismo lo declara: consiste en demostrar a «los enemigos sistemáticos del mundo moral y metafísico» que la «simple *religiosidad* del hombre, su piedad abstracta, su deísmo puro (no digamos ya ninguna religión positiva) [es] indispensable para que no [carezca] de vida el alma ni de alma la sociedad»[19].

Toda esta declaración de principios que, según él mismo, ha defendido en obras como *La Alpujarra, El escándalo* y en el *Discurso* de entrada en la Real Academia, no deja de ser confusa y ha dado lugar a que ciertos críticos se sientan en la obligación de «explicar» cuál es la verdadera tesis de *El escándalo*. Para Leopoldo Alas es «el problema religioso en sus relaciones con la conciencia moral», y para Fernández Montesinos consiste en

---

[17] *Historia de mis libros,* cit., pág. 22.
[18] Dice *Clarín* en el artículo antes citado *(Solos...,* pág. 340): «Algunos autores, pocos todavía —pero ya serán muchos—, sintiéndose llenos de fuerzas adecuadas, han emprendido la meritoria empresa de remover y conmover la conciencia nacional (...). La novela moderna española ha empezado, pues, por donde debía empezar; no ha podido ser más oportuna (...).»
[19] *Historia de mis libros, op. cit.,* pág 24.

«probar la necesidad absoluta, sin restricciones, sin atenuaciones, de atenerse en todo a una moral que pretende ser evangélica».

Pero esta «tesis» no es ninguna invención del accitano. Pensemos que en 1863, época en que fue concebida la novela, se debate la sociedad española, como a lo largo de todo el siglo XIX, entre la aceptación de una Iglesia más liberal y la vuelta a una religión más conservadora, principio éste defendido por las más altas jerarquías eclesiásticas. Y hay que tener en cuenta que el catolicismo y la Iglesia española han ido perdiendo prerrogativas a lo largo de todo el siglo. En una palabra, el catolicismo, tal como lo entendía Alarcón, se siente asediado dentro de la sociedad española, y eso es algo que está en la calle, en la mente de toda una clase política y en la de la mayoría del pueblo. Lo que hace Alarcón es llevar ese catolicismo tradicional y conservador a sus escritos.

Efectivamente, piensa Juan López-Morillas[20] que tras la *Septembrina* se produce el «fervor ideológico» necesario para que el creador acepte como posible el poder dar forma novelesca a la realidad que le rodea. Así que las dos corrientes de pensamiento a que hemos asistido desde años atrás —liberal y conservadora— y que han tomado cuerpo en los partidos políticos que se disputan el poder durante este siglo tienen su reflejo en la obra narrativa del último tercio del siglo XIX[21].

De esta forma, se puede hablar de dos corrientes novelísticas, cada una representante de una línea ideológica, pero ambas participantes en su forma y en su fondo de las características del realismo. La realidad cotidiana se convierte en tema

[20] Juan López-Morillas, «La Revolución de Septiembre y la novela española», en *Revista de Occidente*, IV, 2.ª época, núm. 67, octubre de 1968, páginas 94-115. Ahora en *Hacia el 98: literatura, sociedad, ideología*, Barcelona, Ariel, 1972, págs. 9-41.

[21] *Vid.* Juan López-Morillas, *op. cit.*, págs. 20-21: «Lo cardinal de la novela española que nace de la Revolución de Septiembre es que da por sentado que hay una realidad problemática y que es urgente habérselas con ella. Quédese para el costumbrismo la añoranza de un pretérito de Maricastaña. La nueva ficción fijará su mirada en los "tiempos presentes". Y comoquiera que esos tiempos son de hipersensibilidad ideológica, de odios y suspicacias, de esperanzas y fracasos, todo ello habrá de incorporarse en la novela que está en trance de nacer.»

principal y casi único de la novela. La diferencia estriba en la manera de enfocar la misma realidad. Por un lado, escritores como *Clarín*, Galdós, Blasco Ibáñez o Palacio Valdés la aceptan desde el punto de vista del liberalismo, del progreso; por otro, Alarcón, Pereda o el padre Coloma la interpretan desde sus propias convicciones religiosas católicas. En la dicotomía de personajes «buenos» y «malos», para los primeros, los «buenos» son los amantes del progreso, de la ciencia, de la tolerancia; para los segundos, los moralistas, los tradicionalistas[22].

Los novelistas que mantienen la actitud conservadora se hallan en la encrucijada de estar viviendo en una época en la que son despreciados por obsoletos, por anticuados, los valores, que defienden. Ven en los ataques a la sociedad tradicional un ataque a la religión, de forma que cuando defienden la religiosidad, como cree Brian J. Dendle[23], no defienden la religión en sí misma, sino la sociedad que desaparece tras la revolución.

Alarcón, en la defensa de sus tesis, se convierte en valedor de una sociedad y de unos valores que en determinados niveles políticos y culturales son despreciados.

Que el accitano juzga negativamente las reformas que se llevan a cabo en España tras la guerra de la Independencia y que añora con nostalgia la sociedad del Antiguo Régimen, es algo que está fuera de dudas[24]. Pero la tesis, repetimos, no es una

---

[22] *Vid.* Juan Oleza, *La novela del XIX: Del parto a la crisis de una ideología*, Valencia, Bello, 1976, pág. 22: «La aparición del realismo en España es inseparable de la novela tendenciosa (en cuanto que se enfoca la realidad desde una determinada postura político-moral) y, más tarde, de la novela de tesis (en cuanto que el enfoque se hace explícito y la novela entera se destina a demostrar algún *a priori*). Los realistas, salvo Valera, empiezan su labor de escritores enfocando la realidad *desde* las propias convicciones morales y el resultado es perfectamente evidente: novelas de buenos y malos. Para Galdós los malos son los tradicionalistas, los moralistas, los clericales; para Pereda, son precisamente los buenos.»

[23] Brian J. Dendle, *The Spanish Novel of Religious Thesis, 1876-1936*, New Jersey, Princeton University – Madrid, Castalia, 1968. Es interesante también el libro de Juan Oleza, *op. cit.*

[24] *Vid.* el capítulo II de *El sombrero de tres picos*, en *Obras completas, op. cit.*, pág. 445. Son también esclarecedoras las palabras de reflexión que escribe al dejar Francia en su *De Madrid a Nápoles* (1861): «Y, como, por lo demás, había ya

invención alarconiana y, si no queremos aceptar la historia de Fabián Conde como «tristemente cierta», al menos admitamos su congruencia con la sociedad a que iba dirigida la novela.

Ahora adquieren sentido las palabras que el padre Manrique dirige a Fabián Conde, dentro de este debate en el que se discute si la Iglesia Católica ha encontrado un sitio en la sociedad liberal o empieza a perderlo como consecuencia de ella:

> ... ¿pues no está su mundo de usted lleno de sabios, de filóso-
> fos, de jurisconsultos, de moralistas, de políticos? (...), ¿por qué
> viene, pues, a consultar con un pobre escolástico a la antigua,
> con un partidario de lo que llaman ustedes el *oscurantismo*, con
> un hombre que no conoce más ciencia que la palabra de Dios?

Consintamos, pues, en que la tesis cabe dentro de la sociedad de 1863[25]. Consintamos en que Alarcón tiene perfecto derecho a aceptarla y a defenderla, tal como otros intelectuales eran partidarios de otra bien distinta. Consintamos, en fin, en que su exposición en forma narrativa no fue un caso aislado del guadijeño. Censuremos, en todo caso, la fuerza o la debilidad con que es defendida, el acierto o desacierto en exponer su pensamiento o el argumento para sostenerla.

Por otra parte, en el juicio negativo de las «tesis» alarconianas ha influido la idea, ya apuntada por Ángel Ganivet en una carta a Navarro Ledesma, de la insinceridad religiosa del novelista:

---

visto y analizado, según he dicho, otras muchas singularidades y maravillas de la gran capital [París], resultó que, lejos de levantarse mi ánimo y apaciguarse mi corazón con aquellos prodigios que tan vasta idea hacían formar del *poder huma-no*, sentí que una honda tristeza se apoderaba de mi ser, y pedí a Dios, con todas las fuerzas del amor patrio, que retrasase para España la hora de su completa *ci-vilización*, si esta civilización ha de producir siempre resultados por el estilo de los que había contemplado en Francia...» *(Obras completas, op. cit.,* pág. 1227).

[25] Aunque Alarcón afirma en varias ocasiones que en 1862 era el mismo de 1874, que él no ha cambiado, sino que quien ha cambiado ha sido España, evidentemente, en 1862 aún conservaba ciertas ideas liberales. El hecho de que retrotraiga la acción de *El escándalo,* escrita en 1875, hasta trece años antes no quiere sino probar la anterior afirmación del guadijeño. Ahora bien, posteriormente, habla de que su «campaña espiritualista» comenzó en *La Alpujarra* (1873), continúa en *El escándalo* (1875) y en el *Discurso* de entrada en la Real Academia (1877), y prosigue en *El Niño de la Bola* (1880) y *La Pródiga* (1882).

Me ha chocado siempre en él su doblez, pues se ve claro que era un impío; y, sin embargo, aparece no sé por qué, creo que no ha sido por interés bajo, como un creyente convencido[26].

De ahí que algún crítico piense que la defensa de la religión llevada a cabo en sus novelas de «tesis» nace más del cerebro que del corazón. Fernández Montesinos, por ejemplo, señalaba su actitud como:

Un conservadurismo cerebral, frío, más calculador que sincero, pese a todas las griterías de la *Historia de mis libros*[27].

Lo que la crítica liberal del XIX, y aun parte de la actual, no entiende en Alarcón es el cambio ideológico que se produce en su pensamiento, pasando de un liberalismo exaltado en su juventud a un conservadurismo moderado en su madurez. Todo depende, sin embargo, del momento en que se coloque su «conversión». Creemos que el guadijeño siempre fue conservador: su tradición familiar, su estancia en el Seminario y su misma formación son conservadoras. Su «periodo revolucionario» habrá que entenderlo como un accidente en su vida. Francisco Pérez Gutiérrez[28] cree, por ejemplo, que los años revolucionarios de Alarcón no significan otra cosa que una búsqueda de su propia identidad individual; Mariano Catalina y Julio Romano los consideran como fruto de «su sangre andaluza» o como búsqueda de renombre, respectivamente[29].

Lo cierto es que Alarcón defendió con fogosidad sus ideas en uno y otro periodo. La misma firmeza que emplea en atacar a clero y a ejército en *La Redención* y *El Látigo*, la usará para propagar su concepto de la moral y de la religión. Es posible que no acertara en su propósito, y que la obsesión por probar sus tesis convierta en inverosímiles alguno de sus personajes o situaciones novelescas. Pero no hay que juzgar de antemano

[26] Angel Ganivet, *Epistolario,* en *Obras completas,* II, Madrid, Aguilar, 1962³, pág. 1003.
[27] José Fernández Montesinos, *op. cit.,* pág. 198.
[28] Francisco Pérez Gutiérrez, *El problema...*, *op. cit.,* págs. 98-103.
[29] Mariano Catalina, *op. cit.,* pág. 1903; Julio Romano, *Pedro Antonio de Alarcón, el novelista romántico,* Madrid, Espasa-Calpe, 1933.

como «doblez» religiosa o como interés político el defender las ideas del catolicismo conservador. Creemos, por esto, sinceras las palabras de Mariano Catalina:

> Pocos como Alarcón habrán llegado desde el liberalismo exaltado a las filas conservadoras con vida tan limpia y antecedentes tan nobles como los suyos[30].

Entendemos, pues, que la novela llamada de «tesis» es algo consustancial a la propia narrativa decimonónica, y que en Alarcón, concretamente, se convierte en un medio de exponer su propio pensamiento, pero nunca nuestro juicio ha de ir en detrimento del arte, del sentido artístico, que la obra encierra en sí misma. Así lo reconoce el propio *Clarín*, que, después de criticar la «tesis» alarconiana, afirma:

> Nada importa todo esto para que la novela de Alarcón sea notable; lo es y de interés sumo[31].

Y Galdós, al que no se puede acusar de subjetividad en sus juicios, admite:

> El arte de la narración se eleva en esta obra *[El escándalo]* a las mayores alturas, y el interés de la fábula es intenso, febril, ese interés que llega a producir la cabal compenetración entre el autor y los personajes. Si han de juzgarse los productos de la imaginación por la impresión primera que su lectura produce, bien puede decirse que *El escándalo* es una obra maestra (...). A pesar de todo, con sus tendencias inadmisibles y su terrible moral, *El escándalo* es para mí la obra maestra de Alarcón, la que mejor resume las cualidades todas en la madurez de un gran ingenio, la que encierra más vida, más experiencia, más alma[32].

Nuestro análisis va encaminado, pues, a descubrir, en algu-

---

[30] Mariano Catalina, *op. cit.,* pág. 1910.

[31] Leopoldo Alas, *Solos...,* *op. cit.,* pág. 342.

[32] Benito Pérez Galdós, «Alarcón», en *La Prensa*, Buenos Aires, 31-VIII-1891. Ahora en W. H. Shoemaker, *Las cartas desconocidas de Galdós en «La Prensa», de Buenos Aires*, Madrid, Cultura Hispánica, 1973, págs. 453-454.

nos aspectos de *El escándalo*, lo que hay de arte en las novelas alarconianas.

LA ESTRUCTURA DE *El escándalo*

La novela de Alarcón supone, como vamos a demostrar, algo más que la simple defensa a ultranza de unas ideas morales y religiosas, mal vistas por algunos críticos de la época o consideradas fuera del lugar y del tiempo por otros. Así, por ejemplo, llama la atención el perfecto andamiaje constructivo que sostiene el argumento.

La estructura de *El escándalo* responde al concepto clásico en el que el narrador, alternando con sus personajes, transmite la historia, que se llena de sucesos para mantener el interés de los lectores. Esta forma de mezclar episodios abunda en la novela del siglo XIX[33], debido al gusto romántico que considera este procedimiento como el más apropiado para expresar su mundo lleno de sorpresas y de tensiones. En nuestra tradición literaria, la obra de Cervantes, y concretamente *Don Quijote*, suponía un ejemplo. Pero serán, sin duda, la novela histórica y el folletín los modelos más cercanos a Alarcón. Hay que tener en cuenta, sin embargo, como reconoce Germán Gullón, que

> ...las creaciones alarconianas trascienden la novela romántica
> y el folletín, porque el autor lleva las manipulaciones imaginati-
> vas a una tensión de interés desconocida para el lector de las
> populares entregas. Don Pedro rindió la ficción española a las
> puertas de la novela gótica...[34].

El escándalo está dividido en ocho libros y un epílogo. Cada libro, si por el título nos guiamos, excepto el sexto, gira alrede-

---

[33] Mariano Baquero Goyanes, «Introducción» a su edición de *El escándalo*, Madrid, Espasa-Calpe, 1973. Aquí recuerda la obra de G. Sand, *Leoni Leone*, y las de Wilkie Collins, *La dama vestida de blanco* y *La piedra angular*, como ejemplos de esta estructura novelesca, y aún retrotrae el método hasta las series de cuentos orientales *Calila e Dinna* y *Las mil y una noches*.

[34] Germán Gullón, «Las hipérboles del idealismo: *El escándalo*, de Pedro Antonio de Alarcón», en *La novela como acto imaginativo*, Madrid, Taurus, 1983, página 37.

dor de un personaje, pero en ellos hay muchos más elementos que la simple descripción del personaje que se nombra. De todas maneras, únicamente por las titulaciones de cada libro, conocemos los protagonistas de la novela:

Libro 1.º: *Fabián Conde.*
Libro 2.º: *Historia del padre de Fabián.*
Libro 3.º: *Diego y Lázaro.*
Libro 4.º: *Quién era Gabriela.*
Libro 5.º: *La mujer de Diego.*
Libro 7.º: *El secreto de Lázaro.*
Libro 8.º: *Los padrinos de Fabián.*

A su vez, cada uno de estos libros está dividido en varios capítulos, sabiamente titulados de nuevo, como sucede siempre en Alarcón[35]. Libros y capítulos son aprovechados por el autor para cambiar de perspectiva en la historia principal que se nos está narrando, conocer una nueva versión de otra acción secundaria o, simplemente, para dar un momento de respiro al lector antes de enfrascarse de nuevo en la lectura de la obra.

Estamos hablando de una acción principal y de varias secundarias. Hemos de hablar, asimismo, de un narrador principal y de varios que le acompañan en la exposición de los hechos y que diversifican el punto de vista del primero.

José Fernández Montesinos habló de dos novelas en *El escándalo*:

> En *El escándalo* hay dos novelas, metidas la una en la otra de un modo forzado y arbitrario, y no se echa de ver por qué ello es así. Quizá Alarcón las ha unimismado por puro virtuosismo, y para hacer que la penitencia de Fabián resulte más aparatosa y al mismo tiempo más difícil. Una novela atañe a la vindicación del padre de Fabián, calumniado por un marido celoso y muerto con el sambenito de traidor a la causa que defendía; la otra desarrolla un tema grato a los románticos y nada nuevo, salvo

---

[35] *Vid.* Andrés Soria Ortega, «Ensayo sobre Pedro Antonio de Alarcón y su estilo», en *Boletín de la Real Academia Española*, XXXI, XXXII, Madrid, 1951-1952, pág. 87.

el desenlace. Emilia Pardo Bazán notó agudamente que era una nueva versión del conflicto sobre *(sic)* que Zorrilla urdió su *Don Juan Tenorio*. Podríamos insistir sobre ello, y decir que es el suyo el mismo tema en sus dos aspectos: el tan romántico de la redención por el amor, y el del escándalo, que se opone como un obstáculo infranqueable a la regeneración de Don Juan[36].

Nada que objetar a la opinión de Fernández Montesinos, salvo que nosotros no creemos tan arbitrario el modo en que estas historias se entretejen. Que el recurso se haya utilizado por puro virtuosismo lo aceptamos, aunque reconocemos el interés que introduce en el conjunto de la creación, máxime cuando este mismo recurso está tan aprovechado en la novelística actual.

Baquero Goyanes, aceptando, en principio, la tesis de Fernández Montesinos, añade a las «dos novelas» una tercera:

... la historia de Lázaro, de su misterioso origen, del no menos misterioso visitante que le insulta ante sus amigos, de la revelación, finalmente, en el Libro VII de cuál era *El secreto de Lázaro*. En cierto modo, esta tercera novela quedaría al margen de la historia de Fabián Conde, menos relacionada con ella de lo que podría estar la de su padre, si no fuese porque determinadas circunstancias de la vida de Lázaro tienen su equivalente en otras de la de Fabián. Me refiero al tema tradicional del hijo que se ve acusado por su madrastra —(...)—, tal y como le ocurre a Lázaro cuando, asediado amorosamente por su madrastra y al no acceder a sus pretensiones, se ve acusado por la despechada mujer de haber querido forzarla; un episodio no demasiado distante del vivido por Fabián con Gregoria, la esposa de Diego[37].

Tampoco tenemos nada que objetar a esta opinión; es más, nos parece totalmente acertada y muy adecuada para el objeto de nuestro trabajo. Pero podríamos añadir algunos episodios más que pudieran funcionar como novelitas independientes, tales como la propia relación Gregoria-Diego-Fabián, o el epi-

[36] José Fernández Montesinos, *op. cit.*, pág. 227.
[37] Mariano Baquero Goyanes, «Introducción», *op. cit.*, pág. CXXI.

sodio de la Generala. Claro que aquí se nos podría acusar de desmantelar la estructura de *El escándalo,* puesto que en éstas Fabián desempeña un papel principal y son condicionantes del tema de la novela.

Y es que, a nuestro juicio, novela sólo hay una: la que nosotros llamamos *acción principal.* Consiste en la confesión que Fabián Conde realiza al padre Manrique, dando cuenta de todo aquello que en su vida le ha conducido al problema que se le presenta y sobre el que pide consejo, ante su estado desesperado, al jesuita. Esa historia principal, sin embargo, se enriquece con el aditamento de *acciones secundarias,* con un valor propio, que logran vida independiente al introducirlas unos narradores, también secundarios, distintos al que carga con el peso mayor en el relato de la novela.

Nos explicamos. *El escándalo* comienza con un narrador omnisciente que nos presenta el ambiente en que se desarrolla el hilo conductor de toda la novela: a saber, la conversación que Fabián Conde mantiene con el padre Manrique.

Hay un ambiente presente y palpable: el carnaval; y hay un ambiente que aparece a lo largo de la conversación y que pesa sobre los personajes: el liberalismo y el anticlericalismo de la España de 1861. Todo lo que tenga que ver con el ambiente primero, que constituye el soporte temporal de la novela y que va desde el lunes de Carnestolendas, a las tres y media de la tarde, hasta la media mañana del siguiente día, y el *Epílogo,* es relatado por el narrador omnisciente.

Lo que sucede es que, cuando un personaje aparece en escena, dicho narrador le cede la palabra. Unas veces, inmediatamente, y otras, más tarde, pero dejando en suspenso el dato preciso para que el lector espere con impaciencia la solución del enigma. De esta forma, una vez que conocemos la descripción física de Fabián Conde a través de las palabras del narrador y de las del público (el *coro* que tantas veces aparece en las novelas de Alarcón), van quedando incógnitas por descifrar que el propio Fabián Conde, convertido también en narrador omnisciente, aclarará en lo que estamos llamando la *acción principal.*

A partir de aquí (Libro II) y hasta el libro IV, la narración se nos presenta como la confesión que hace el protagonista al padre Manrique[38], comenzando el relato desde su infancia hasta llegar al momento presente. En este relato aparecen, como es natural, otros personajes, secundarios en la acción general de la novela, pero principales en el momento en que se halla el protagonista. De este modo, la madre y el padre de Fabián entran a formar parte del entramado de la narración; pero, una vez más, un personaje secundario toma la palabra para darnos su versión de un hecho que afecta al personaje principal: la madre de Fabián nos relata, con sus propias palabras, la historia del «traidor» Conde de la Umbría.

Acabada la relación de la mujer, el personaje principal recoge el hilo narrativo para avanzar en el desarrollo de la acción, no sin que, de vez en cuando, aparezca el que hemos llamado *primer narrador omnisciente* para señalar breves apreciaciones temporales o espaciales. Pero, de nuevo, otro personaje —el que se presenta de forma misteriosa, amenazante y que llena de recelos al propio protagonista— de nombre desconocido recoge la palabra y nos da otra versión nueva de la «traición» del Conde de la Umbría.

Ni que decir tiene el valor que esta nueva versión de un mismo hecho, narrada a través de las palabras del protagonista de la novela, pero recogiendo las impresiones de dos personajes más, distintos, representa en la obra. En primer lugar, posiblemente adoptado el método de la novela folletinesca de tan larga vida en el siglo XIX, sirve para alterar el camino rectilíneo que un lector «normal» se va formando del argumento; y, en segundo lugar, desempeña un papel de gran interés para la construcción de una estructura novelística que se vislumbra acertada. No era, por otra parte, un método nuevo en Alarcón. Ya había aparecido en *El sombrero de tres picos* y volverá a aparecer en *El Niño de la Bola* y en *La Pródiga*. Posiblemente, más acertado en esta última, en la que nos vamos acercando al

---

[38] En la edición de Baquero Goyanes para Clásicos Castellanos, puede comprobarse cómo en la primera edición (1875) Alarcón había concebido esta confesión como sacramental, aunque, en la revisión que la novela sufrió para las *Obras completas*, Fabián, al hablar con Lázaro, diga: «No he confesado en el sentido sacramental de la palabra» (Libro VII, cap. VI), al darse cuenta de que tal confesión no reunía los requisitos necesarios para que el sacerdote le perdonase.

personaje central a través de los distintos puntos de vista que otros personajes expresan.

El método, sin embargo, no se agota ahí. El lector, como el propio Fabián Conde, conoce la verdadera historia del Conde de la Umbría, tras las dos versiones distintas realizadas por dos personajes tan dispares como la madre del protagonista y el inspector Gutiérrez. Ahora, y por boca del propio Gutiérrez, se nos da a conocer otra, basada en el engaño, en la distorsión de la verdad, que servirá, paradójicamente, para borrar el desprestigio del Conde y para devolver las riquezas y el buen nombre al protagonista. Este hecho será determinante para la tesis que Alarcón defiende en la novela.

Si hubiera que representar esquemáticamente la mezcla de narradores y las intersecciones de las historias que se conjugan en los primeros libros a los que nos estamos refiriendo, habría que hacer algo como lo siguiente:

Nivel 1. *Hilo conductor* – Narrador omnisciente.
Nivel 2. *Acción principal* – Narrador: Fabián Conde.
Nivel 3.

Acciones secundarias $\begin{cases} \text{1.ª versión: – Narrador: madre.} \\ \text{2.ª versión: – Narrador: Gutiérrez.} \\ \text{3.ª versión: – Narrador: Gutiérrez.} \end{cases}$

En contra de lo que pudiera parecer, cada uno de estos niveles no marcha indefectiblemente hacia una meta final sin trastoque del tiempo narrativo, excepto el primero, que consideramos como *hilo conductor*. El segundo nivel, el de Fabián Conde, se interrumpe con pasos hacia atrás para reconstruir escenas que habían quedado poco analizadas, o hacia adelante para presentarnos a otros personajes que, a su vez, serán los protagonistas de otras historias que se introducirán después y que, ya desde aquí, dejan los suficientes cabos sueltos, esquemáticos casi siempre, para que el lector permanezca atento a la lectura.

Así, Diego y Lázaro son presentados en el Libro III con el único fin de poder oír la aflicción y la duda que el inspector Gutiérrez ha imbuido en Fabián sobre si conviene o no resucitar la memoria de su padre, aun a costa de la mentira en que se basan las pruebas. Pero ya desde este momento se presenta otro enigma en cada una de las vidas de los dos amigos de Fabián. Con respecto a Diego, se dice *en secreto* que era expósito, y, también *en secreto*, «que conocía en Torrejón de Ardoz a una señorita llamada Gregoria (que entonces juzgué de menor importancia, y que hoy es la verdadera serpiente que me ahoga...)» y que más adelante se constituirá en el verdadero motor del desenlace de la novela. Con respecto a Lázaro, aunque ya es presentado de forma misteriosa y con un pasado repleto de interrogantes, se nos anuncia *otro secreto* que se mantiene sin desvelar hasta el capítulo IV del Libro VII.

Si advertimos, y volveremos a insistir en ello, el perfecto engranaje con que estas historias secundarias van enlazándose, tendremos que convenir en que no son simples sucesos que se suman arbitrariamente a la historia principal. Las historias del Conde de la Umbría, de Lázaro y de Fabián son tres versiones distintas del conflicto a que puede conducir una vida basada en el engaño.

La primera historia, la del Conde de la Umbría, muestra una vida (la de su familia) destruida por el escándalo basado en la mentira. Como la salida a este problema se buscará en otra mentira, el resultado se vuelve en contra de su instigador.

La de Lázaro nace de otro escándalo basado también en la mentira; pero el resultado es opuesto, porque la actitud del protagonista no es la de luchar por salir *a toda costa* del embrollo.

A Fabián Conde, que se encuentra en un problema parecido, montado asimismo en la difamación que Gregoria ha extendido, muy semejante a la de la madrastra de Lázaro, le caben dos soluciones para salir de él: la que ya utilizó para rehabilitar la memoria de su padre o la que Lázaro ha mantenido a lo largo de los años. Alarcón, si quería mantener su tesis, necesitaba de estos ejemplos, para que la historia de Fabián no quedara como algo inverosímil.

Pero es más, estos sucesos secundarios, que aparecen y desaparecen a lo largo de la novela, que en un momento se constituyen en base donde sostener el interés y en otro quedan débilmente presentes en la memoria del lector, enriquecen y complementan la *acción principal*. No son, pues, elementos superfluos, sino material importantísimo en la construcción narrativa de *El escándalo*.

Resumiendo: hay una acción principal —la confesión de Fabián Conde—, en donde intervienen dos voces narrativas esenciales: primera, la del narrador omnisciente que ayuda a situarla cronológica y espacialmente; segunda, la del propio protagonista. Cada una de estas voces narrativas se ve ayudada en su tarea por otras voces que llamaremos *terciarias*. Así, la azarosa vida de Fabián Conde es descrita por la multitud que puebla la Puerta del Sol, antes de que el lector la conozca directamente; y el portero del Convento de los Paúles nos advierte de la situación en que se halla el padre Manrique. De esta forma, Alarcón logra dos objetivos: dar cabida al diálogo, en el que siempre es maestro, y multiplicar los puntos de vista.

La voz narrativa de Fabián Conde se interrumpe para dar paso, a su vez, a personajes que contarán su propia historia. Tal es el caso de la madre del protagonista, el del inspector Gutiérrez, el de Lázaro, el de Diego, el del Marqués de Pinos, el de Gabriela, etc. Pero, al mismo tiempo, estos nuevos narradores ceden la palabra a otros, situados ya en un cuarto nivel.

El capítulo III del Libro II, que recoge el relato que hace Gutiérrez de la de la historia del padre de Fabián, representa un buen ejemplo de lo que estamos diciendo. Lo podemos esquematizar de esta manera:

1.ᵉʳ NARRADOR: El padre Manrique elevó los ojos al cielo, y a los pocos instantes los volvió a entornar melancólicamente. Reinó otro breve silencio.

Fabián Conde sigue contando al jesuita cómo recibió la visita del inspector Gutiérrez y lo que sucedió aquella tarde:

2.° NARRADOR: —¿Cómo sabe usted mi nombre? ¿Quién lo sabe además de usted? —grité fuera de mí— ¡Responda usted la verdad! ¡Considere que en ello le va la vida!
—¡Tranquilícese, y guarde las armas para mejor ocasión! —replicó el atrevido cosmopolita—. Voy a contestarle al señor a sus preguntas (...).

3.ᵉʳ NARRADOR: Cuatro meses hace que llegué a España, sin

otro objeto que saber el paradero de la esposa del Conde de la Umbría, y debo declararle al señor que cualquier otro que no fuera mi persona, habría desesperado de conseguirlo a poco de dar los primeros pasos... ¡Tan hábilmente habían borrado ustedes las huellas de los suyos!

4.° NARRADOR: «Debieron de morir pocos meses después que el Conde» —me decían unos. —«Debieron irse a Rusia, a Filipinas o al corazón de África» —me contestaron otros. —«Nada ha vuelto a saberse de ellos» —añadían los de más allá—; la viuda vendió su hacienda propia y desapareció con su hijo; los mismos parientes del Conde y de ella han desesperado de averiguar si son vivos o muertos: sin duda naufragaron en alguna navegación que hicieron con nombres que no eran los suyos...»

Ejemplos de este tipo aparecen a lo largo de la novela y no hacen sino probar la habilidad con que Alarcón domina el diálogo y enfrenta directamente a sus personajes. Es también la razón por la que, casi siempre, se abstiene de presentar a sus propios personajes y deja esta labor en boca de otros, a menudo a «esa masa de gente anónima que los trágicos llamaron coro» y que hemos de analizar como personaje colectivo sabiamente utilizado por el guadijeño.

El encadenamiento de esta serie de acciones y de voces narrativas lo logra Alarcón por medio de numerosos recursos que serán objeto de estudio en el apartado siguiente. Quede, como conclusión respecto a la estructura, la dificultad que entraña el método empleado por el autor de *El escándalo* y cómo logra salir airoso de su tarea. Así, hemos de pensar no en la facilidad que posee para hacer una narración amena, sino en el trabajo del artesano que sabe dominar unos recursos con los que llegar más directamente a los lectores, que lo admiraban y leían con entusiasmo.

Tal vez haya que buscar por este camino para comprender el éxito que todas sus novelas, incluido *El escándalo,* obtuvieron entre el público decimonónico español.

Especial interés tiene en cualquier narración la recreación del ambiente en que se desenvuelve. Este recurso es utilizado en numerosas ocasiones por los novelistas del xix. Recordemos la sensación de cercanía, de escenario visto y vivido, que consiguen las novelas de Galdós, por citar sólo un ejemplo. Es una forma de demostrar verosimilitud en el argumento que se narra el tratar de situarlo en un tiempo y un espacio concretos, describiendo, a la vez, el ambiente «real» que vive la sociedad que rodea a los personajes.

Esta técnica, empleada por Alarcón en todas y cada una de sus narraciones breves o largas, adquiere en *El escándalo* un atractivo singular por cuanto dicho ambiente es condición indispensable para su total comprensión. Así, antes de detenernos en las circunstancias cercanas que rodean a la acción —el carnaval de 1861— hemos de fijarnos en el ambiente que se respira en la España de la época, al que el narrador hace alusión en numerosas ocasiones. Dos elementos destacan en la descripción de este ambiente: el problema religioso y el romanticismo.

Respecto al primero, ya hemos llamado la atención en apartados anteriores. En *El escándalo,* como en otras novelas, Alarcón representa, de forma gráfica, la situación marginal y de persecución, según su opinión, en que se encuentra la Iglesia católica. El dato de la supresión de las órdenes religiosas, que parece preocuparle, lo repite en varias ocasiones.

Así, en *El Niño de la Bola* sitúa la acción «entre la extinción de los frailes y la creación de la Guardia Civil»; en *El sombrero de tres picos* habla de que los españoles seguían viviendo con «su Inquisición y sus frailes»; y en *El Escándalo,* el padre Manrique está refugiado en un disimulado convento que se defendía de la ley de supresión de órdenes religiosas de varones. Pero el grito más encendido se produce en *Viajes por España* al visitar el monasterio de Yuste, vacío y casi destruido a causa de la desamortización:

Ya no había Monasterio de Yuste; ya no había en España Comunidades Religiosas; ya no habría Monarquía; ¡casi ya no había Patria![39].

Entendemos que este hecho es meramente circunstancial en la novela que nos ocupa y sirve únicamente para señalar con un dato concreto la situación de la Iglesia y de la religión en España, que son utilizadas como telón de fondo del argumento de *El escándalo*. Porque lo que realmente subyace en el argumento de la novela alarconiana es una disconformidad con el espíritu antirreligioso, según el autor, de la España del siglo XIX. La corrupción de costumbres y el ataque al tradicionalismo, que son la tónica, para Alarcón, de la nueva literatura, es lo que el guadijeño trata de impedir.

El otro dato ambiental es, asimismo, recogido por Alarcón en numerosos escritos. No sólo al situar la acción de *El Niño de la Bola* «entre el suicidio de Larra y la muerte de Espronceda» sino en las constantes apariciones de Lord Byron *(El Niño de la Bola, El escándalo, La Pródiga)* o en la comparación de sus personajes con prototipos o héroes románticos (los amantes de Teruel, don Juan Tenorio...) o en los abundantes tópicos románticos que se incluyen en ellos. Piensa Fernández Montesinos que Alarcón tuvo que utilizar el romanticismo, aunque lo combate en sus últimas novelas, para satisfacer al «romántico público» a quien las dedica[40].

Ambos elementos —anticlericalismo y romanticismo— se unen en las primeras páginas para presentarnos a Fabián Conde en medio de las máscaras carnavalescas de 1861. Es curioso que el héroe, como otros personajes del romanticismo, sea presentado de forma misteriosa por las gentes que pululan por la Puerta del Sol, y que sean estas gentes las que nos comuniquen, no sólo su nombre, sino también aquellos misterios de su vida que posteriormente iremos conociendo en la novela. Pero lo que en el teatro romántico, por ejemplo, no pasaba de ser una escena costumbrista (recordemos la presentación de don Álvaro en el drama del duque de Rivas), en Alarcón

---

[39] *Viajes por España*, en *Obras completas, op. cit.*, pág. 1126.
[40] José Fernández Montesinos, *op. cit.*, pág. 39.

trata de convertirse en una re-creación del coro de la tragedia clásica.

Es en *El Niño de la Bola* donde el citado coro adquiere valor de personaje colectivo, con una función casi imprescindible en el desarrollo y posterior desenlace de la acción; sin embargo, en *El escándalo,* la aparición del coro, con un valor menos determinado, puede resultar meramente anecdótica y, en todo caso, un simple recurso narrativo al servicio de la intriga, si no fuera porque constituye un elemento importante a la hora de justificar el «escándalo» en el que se ve envuelto el protagonista. Efectivamente, el problema con que se enfrenta Fabián Conde tiene su razón de ser en la opinión pública; y la solución del padre Manrique parte precisamente de que el protagonista se olvide de la opinión ajena y logre la paz consigo mismo. En otra ocasión, cuando Diego y Fabián se enfrentan en la taberna a causa de la calumnia de Gregoria, el coro acompaña e interviene en los momentos más decisivos de la discusión, como marcando el ritmo de la escena. Sucede esto, justamente, en los momentos en que el ritmo novelesco se acerca más al ritmo dramático. No olvidemos la concepción dramática con que el guadijeño construyó alguna de sus novelas.

Comprendemos así que no se sirve del romanticismo únicamente «para satisfacer el público romántico». Alarcón había bebido en su juventud en las fuentes del movimiento romántico, había admirado a sus cultivadores y se había sentido atraído por sus personajes, amén de que muchas de las ideas con las que él comulgaba habían sido utilizadas como bandera por los autores anteriores a su generación: la idea del patriotismo exaltado *(Diario de un testigo de la guerra de África),* la admiración por el «yo» *(Historia de mis libros),* la religiosidad tradicional, los héroes de sus novelas (Manuel Venegas) y tantas otras forman parte del conjunto de elementos que aprende del movimiento romántico.

No hay que olvidar, pues, estos caracteres —romanticismo y clima religioso— a la hora de analizar en profundidad el argumento de *El escándalo* si no queremos perdernos en la maraña de la crítica, quizá más espectacular, pero menos sustentada en elementos narrativos reales, que juzga la obra literaria desde el único punto de vista de la ideología del autor.

El espacio y el tiempo como valores narrativos de primer orden en las novelas alarconianas han sido destacados por la crítica[41]. La acción principal de *El escándalo* se desarrolla en un espacio y un tiempo concretos, enriquecidos con la aparición de nuevos espacios en donde situar las acciones secundarias y con los cortes cronológicos que corresponden a estas acciones.

El espacio único puede reducirse a la celda del padre Manrique, en donde tiene lugar la confesión de Fabián Conde. En contadas ocasiones, muy breves siempre, la acción sale al exterior: la presentación y la vuelta del protagonista en la Puerta del Sol, así como las breves apariciones de los interiores de las casas de Lázaro, de Diego o del mismo Fabián.

Lo primero que se hace notar es la existencia de un espacio cerrado que sirve de marco a lo que anteriormente hemos llamado *acción principal*. La elección de un espacio con estas características exige del autor una serie de servidumbres en la construcción narrativa, máxime cuando va unida a la exigencia de una limitación de tiempo. Este recurso, utilizado con profusión en la novela actual desde Joyce y Böll, lo ha usado Alarcón en otros libros: *El sombrero de tres picos* y *El Niño de la Bola* condensan el tiempo de la acción y reducen los espacios, y *El capitán Veneno* se desarrolla en una sola habitación.

La acción, así concentrada, necesita de una rica estructura que impida la monotonía. Los saltos en el tiempo y la aparición de nuevos espacios en el recuerdo del personaje amplían la visión del campo narrativo. En *El escándalo*, como hemos tenido ocasión de demostrar al hablar de su estructura, este proceso de ampliación da entrada a numerosos narradores que convergen en la historia que, de forma lineal, Fabián Conde cuenta al padre Manrique.

Pero es que, además, el espacio cerrado actúa simbólicamente sobre el personaje. La soledad del protagonista, que se ha ido palpando desde el comienzo en medio del bullicio car-

---

[41] *Vid.* Mariano Baquero Goyanes, «Introducción», *op. cit.*, pág. CVI-CXVIII; Oldřich Bělič, *«El sombrero de tres picos* como estructura épica», en *Análisis de textos hispanos*, Madrid, Prensa Española, 1977, págs. 159-185; Arcadio López Casanova, «Introducción» a su edición de *El sombrero de tres picos,* Madrid, Cátedra, 1979[6].

navalesco, adquiere su fuerza en la celda oscura de un apartado convento de frailes, al tiempo que la decisión final de cumplir con los requisitos necesarios para su «perdón» se lleva a cabo en el observatorio astronómico de Lázaro, que el narrador describe como «celda aérea». Y aquí está el simbolismo: la teoría, la confesión, se desarrolla en un lugar apartado de una casa religiosa, en el que el espíritu atribulado del protagonista logra la tranquilidad y la alegría escasos momentos después de su llegada. Incluso ha de «recapacitar unos instantes para volver a sentir todo el peso de sus desventuras». La solución final, la tremenda decisión, sin embargo, se realiza en una «morada que no tenía relación con nuestro mundo», en «una especie de antesala del cielo», en la que, una vez escritas las cartas que acaben con el escándalo, Fabián queda profundamente dormido.

El valor del espacio como elemento narrativo se ha estudiado con profusión referido a *El sombrero de tres picos*. Aquí posee también la misma fuerza en el desarrollo de la acción y, lejos de constituir sólo un lugar para situar a los personajes, adquiere valor por sí mismo y condiciona la actuación de éstos.

Así que nos encontramos con otro acierto en la utilización que del espacio hace Pedro Antonio de Alarcón. No hemos de olvidar, sin embargo, que este espacio cerrado —la celda del convento de los Paúles— se sitúa entre dos espacios abiertos que se corresponden entre sí. Al comienzo, las calles de Madrid abarrotadas de un público variopinto hacen destacar la amargura que envuelve al protagonista. Después de la conversación con el jesuita, Fabián vuelve a la calle para recorrer el mismo camino anterior. Ahora en el rostro del personaje brillan la paz y la tranquilidad de espíritu. Las gentes, poco numerosas a estas horas, no le prestan una especial atención, al tiempo que ha desaparecido del ánimo de Fabián aquel odio que se palpaba en la ocasión anterior. Como ha sucedido en otras novelas alarconianas, el novelista se ha valido de la descripción del espacio para representar el cambio de actitud y de carácter que se observa en el protagonista tras realizar su «confesión» con el padre Manrique. Los espacios cerrados —celda y observatorio— contrastan asimismo: si el pequeño cuarto en donde lo recibe el padre Manrique sólo tiene una ventana a través de la cual se aprecian unas macetas verdegueantes, el observatorio de Lázaro se ofrece completamente abierto al cielo.

El manejo del tiempo narrativo es otro de los aciertos destacados de Alarcón. Su valor dramático, respetando las normas clásicas al reducir a veinticuatro horas aproximadamente el desarrollo de la acción, puede verse con claridad en *El sombrero de tres picos*[42]. En la acción principal de *El escándalo*, el tiempo también es utilizado respetando la normativa clásica para el drama, aunque es obvio que las restantes historias ocupen muchos años en su desarrollo. Lo importante, sin embargo, es el papel que el factor tiempo desempeña en la intriga de la novela.

El paso del tiempo, por ejemplo, es utilizado por el novelista como un elemento principal para lograr que el interés se mantenga. No olvidemos que Fabián Conde acude al jesuita a las tres de la tarde, porque a las nueve de la mañana del día siguiente ha de recibir la visita de los padrinos de duelo que le enviará Diego. En esas dieciocho horas, que transcurren rápidamente, ha de buscar una solución satisfactoria al problema que le aflige. Muchas son las ocasiones en que se nos señala con precisión la hora en que se desarrolla la escena. Este procedimiento, al tiempo que ayuda al lector a no perderse en la complicada estructura de la trama, aumenta el interés de la acción al servir de testigo de la hora decisiva que se aproxima. Esto es notorio, sobre todo, porque conforme la hora del duelo se acerca, las precisiones horarias son más abundantes.

Así, mientras Fabián está con el padre Manrique se nos anuncia que eran las tres y media a su paso por la Puerta del Sol, que se hace de noche, que se oye el toque de oración y que la confesión acaba a las nueve. Pero cuando sale de la celda «sonaron las diez», y cuando concluye su conversación con Lázaro se precisa que «era en aquel momento la una de la noche». A partir de aquí se nos avisa casi cada hora de los sucesos que ocurren: el administrador y el notario llegan «hora y media después» (las dos y treinta de la madrugada); comienza la carta para Diego cuando «pasó una hora» (tres y treinta); a las «cua-

---

[42] *Vid.* nuestra edición de *El sombrero de tres picos,* Madrid, Alhambra, 1985, págs. 39-43.

tro de la madrugada» sólo se oía el chisporroteo de la pluma de Fabián; el protagonista queda dormido y pasa «otra hora»; comienza a despuntar el alba; acuden, de nuevo, el administrador y el notario, firman unos papeles, y Lázaro, Fabián y el padre Manrique salen a la calle; «el reloj de la casa de Fabián marcaba las nueve menos cuarto»; llaman a la puerta y, cuando todos creen llegado el momento de recibir a los padrinos del duelo, «el reloj marcaba las nueve en punto»; «media hora después» el jesuita y Fabián llegan al convento de los Paúles, etc.

En las acciones que estamos llamando *secundarias,* las precisiones sobre el tiempo cumplen también la función de servir de guía al lector a través de la enmarañada estructura de la novela. Evidentemente, aquí no son tan necesarias las precisiones sobre la hora exacta, pero sí puede resultar imprescindible la señalización del día concreto en que el suceso tiene lugar, y de esto no deja de darnos cumplida noticia el narrador.

Claro que una acumulación de historias, como sucede en *El escándalo,* por más que se traten de justificar con una relación causa-efecto y con los mismos protagonistas al frente de ellas, puede dar lugar a dos defectos narrativos, que el autor intenta, y consigue, paliar. El primero es la falta de unidad del libro y el segundo el peligroso acercamiento a la novela folletinesca. Respecto al primero, son numerosos los recursos utilizados por Alarcón para impedir la desunión de las partes que componen la novela, algunos de los cuales ya hemos analizado: la limitación del tiempo, la limitación del espacio, la existencia de un narrador que da paso y recoge las opiniones de otros narradores, la convergencia de estas historias en el personaje de Fabián, etc.

Respecto al peligro de convertir la obra en un folletín más de los tan abundantes en el siglo XIX, el autor es consecuente de él; y en varias ocasiones hace que el protagonista reconozca la posibilidad de que su historia sea entendida en este sentido para, a continuación, señalar que

esta tragedia es de un orden íntimo, personal, subjetivo (que se dice ahora), y los sucesos y los personajes que voy a presentar ante los ojos de usted son como un andamio de que me valgo para levantar mi edificio; andamio que retiraré luego, dejando sólo en pie el problema con que batalla mi conciencia.

Pero si Alarcón trata de alejarse de este tipo de novela folletinesca, no logra, sin embargo, romper con los numerosos tópicos existentes en la citada literatura, algo que se hace manifiesto, concretamente, en la descripción de los personajes. Prestándole una atención especial a Fabián Conde, como héroe de la historia, recurre a los mismos elementos descriptivos que después utilizará para la presentación de Manuel Venegas en *El Niño de la Bola*.. Entre ellos, no podían faltar su fortaleza, su perfecta proporción, su atrevimiento, sus ojos negros, su corto y arremolinado pelo, su poca barba, aunque sedosa y fina, su semejanza con el prototipo del hombre árabe y su comparación con un personaje de la antigüedad clásica. Del mismo modo, Manuel Venegas será representado por su varonil hermosura, sus negros ojos, su abundante cabello cortado por detrás, su barba negra y undosa y su semejanza con el prototipo árabe. Y si, en resumen, semejaba al «terrible San Juan Bautista cuando regresó del desierto», Fabián podría compararse con el mismo Antínoo.

Pero esta descripción no podía bastar a Alarcón. La serenidad clásica no se corresponde con la azarosa vida del Conde de la Umbría, y ha de recurrir a su equiparación con Lord Byron y con Don Juan para engarzarlo a la historia, tan cercana al romanticismo, que nos va a contar.

Pero donde los tópicos son más abundantes es en la descripción de Gabriela, que el autor hace aragonesa. No nos referimos a la utilización de la «obstinación» como elemento diferencial de raza que el autor atribuye a este personaje y a su padre, y que nos parece demasiado fácil para profundizar en el carácter de los mismos. Nos referimos a la descripción física, ya que el procedimiento a que recurre el accitano es semejante no sólo al de otros personajes femeninos, sino también al que anteriormente hemos citado al referirnos a Fabián. Tras una descripción minuciosa (más alta que baja, la clásica perfección de la belleza, honestidad en la forma de vestir y andar, blanca como el mármol, suave sonrosado en las mejillas, altiva frente, cabellos luminosos, aire inmortal, etc.) acude a la Venus de

Milo como fiel representación de Gabriela. Algo parecido realizará en la descripción de los otros personajes femeninos de sus novelas: Soledad y Julia, protagonistas de *El Niño de la Bola* y *La Pródiga*, respectivamente, a las que compara con las cariátides griegas y con la Venus de Milo, también.

Se ha criticado abundantemente la debilidad psicológica de los personajes alarconianos, su escasa profundidad y su poca consistencia. Efectivamente, Alarcón no hace descripciones psicológicas profundas de los sentimientos de sus personajes, lo cual no quiere decir que éstos carezcan de los mismos. Recientemente, Germán Gullón[43] ha demostrado que Alarcón se preocupa más por la fisionomía que por la psicología, y la evolución del personaje no se manifiesta «mediante minuciosas descripciones psicológicas como sucede, por ejemplo, en *Crimen y castigo,* de Fedor Dostoiesky, sino por alteración observable en el rostro, proverbial espejo del alma».

Sin embargo, cuando los personajes de Alarcón quedan libres y no están sujetos a la pintura a que los somete el narrador, son personajes que cobran vida. Éstos se conocen mejor por su actividad que por las palabras del narrador. Y esto es notorio, sobre todo, en aquellas páginas en que el diálogo predomina. Démonos cuenta de que el diálogo es otro de los elementos dramáticos de primer orden que más emplea el autor. No es sólo que la estructura completa de *El escándalo* esté construida sobre la conversación de dos personajes, es la aparición de este método en los momentos decisivos de la acción.

Destacan, al respecto, las escenas en casa de Gregoria: la de la presentación de Fabián y la del origen del «escándalo». En la primera, aunque muy breve, se nota la facilidad de Alarcón para crear una escena costumbrista, tal como Larra había hecho, en la que criticar el ridículo refinamiento de la nueva burguesía. La postura falsa y pretenciosa que adopta Gregoria contrasta con el esmerado estilo de Fabián. En medio, el aturdimiento de Diego y las acertadas intervenciones de la

---

[43] Germán Gullón, «Las hipérboles...», *op. cit.,* págs. 37-44. También William C. Atkinson, «Pedro Antonio de Alarcón», en *Bulletin of Spanish Studies,* X, 39, julio de 1933, págs. 134-139, había llamado la atención sobre el trato y el aspecto físico de los personajes alarconianos.

criada logran crear una escena típica de los sainetes decimonónicos. El diálogo se enriquece enormemente con las acotaciones que realiza el narrador y, sobre todo, con el momento en que Fabián pide un vaso de agua. La frescura con que esta escena está construida recuerda las mejores páginas del gudijeño, las de *El sombrero de tres picos* y las de algunas de sus narraciones breves.

La segunda escena, que se desarrolla en el capítulo titulado *Eva* y que es el origen del escándalo a que se ve sometido Fabián, goza de la misma frescura que la anterior. El contraste entre los personajes está mejor logrado, y la doblez de Gregoria se hace cada vez más palpable. No hay que repetir lo que, respecto a la concepción dramática de la escena, ya ha sido señalado, pero sí advertir el cambio de comportamiento que se aprecia en los personajes a lo largo de la misma, utilizando para ello el único recurso del diálogo. Y es aquí donde queremos llamar la atención: ha bastado una breve conversación entre Gregoria y Fabián para que el lector capte totalmente la malicia y perversidad de la mujer de Diego, lo que no se había alcanzado todavía a pesar de las notas negativas con las que el narrador había adornado su retrato, hecho por Fabián al padre Manrique.

EL LENGUAJE

Cuando se intenta hablar del lenguaje de Alarcón, no pueden olvidarse las palabras de Leopoldo Alas:

> No alcanza más en este punto Alarcón, y es triste ver a un escritor que cuando es espontáneo admira, caer en la tentación de querer engañar al vulgo con aires de purismo, de elegancia retórica, al uso antiguo, cuando pudiera lucir las dotes naturales que posee renunciando para siempre a las pretensiones de escritor académico y erudito[44].

---

[44] Leopoldo Alas, «Del estilo en la novela», en *Artes y Letras,* 1882-1883; recogido ahora por Sergio Beser, *Leopoldo Alas: Teoría y crítica de la novela española,* Barcelona, Laia, 1972, pág. 74.

Efectivamente, *Clarín,* acierta al señalar dos estilos distintos empleados por el accitano. Dos estilos que responden a los dos tipos de escritos realizados por Alarcón: los directamente inspirados en ambientes populares, que se recogen en casi todas las narraciones breves y en *El sombrero de tres picos,* y las obras que defienden sus tesis religiosas y morales, esto es, sus tres novelas más discutidas: *El escándalo, El Niño de la Bola* y *La Pródiga.*

Al primer estilo le corresponde un lenguaje natural, ameno, sencillo, y de ahí que se hable de frescura, agilidad, gracia, etc. Es el lenguaje que tanto defendieron los escritores realistas y estará sabiamente presente en las novelas de Galdós, *Clarín* o Blasco Ibáñez. Pero, cuando Alarcón se dedica a dar cabida en sus novelas a «ideas trascendentales», al análisis y defensa de unos ideales morales que, como hombre, podían preocuparle, recurre a un leguaje «elevado», más acorde con el argumento que desarrolla. Lo llamativo es, sin embargo, que equipara este lenguaje «elevado» con la utilización de vocablos y construcciones arcaicas; y, como no ha pretendido hacer una obra con el estilo académico de siglos anteriores, el resultado es bien distinto al que en principio pretendía.

Nadie mejor que Leopoldo Alas, de nuevo, para expresar esta teoría:

> Alarcón, novelista excelente a su modo, es un académico de similor. Decía de él un crítico muy sensato, que era el primero de nuestros escritores adocenados. Hay en esto una hipérbole. Alarcón tiene dotes naturales de estilista muy dignas de admiración, pero quiere ser escritor clásico, castizo, y como no sabe serlo, ni sus estudios escasos se lo permiten, ni sus antecedentes se lo facilitan, es, en este sentido, un escritor adocenado[45].

Estos dos estilos, que pueden apreciarse en el lenguaje utilizado por el accitano, quedan reflejados en *El escándalo,* en donde encontramos construcciones cercanas a la lengua de nuestros clásicos, junto con las expresiones más populares. Y no es que las use con el fin de distinguir personajes o estados socia-

---

[45] Leopoldo Alas, «Del estilo en la novela», *op. cit.,* pág. 71.

les, no; es que se mezclan unas con otras dando lugar a un extraño amasijo que caracteriza su estilo.

Sin querer ser prolijos en ejemplos que prueban lo antedicho, fijémonos en un breve párrafo, elegido al azar, del comienzo de la novela:

> Sentado, o más bien clavado a su izquierda, iba un lacayuelo (*groom* en inglés) que no tendría doce años, tiesecillo, inmóvil y peripuesto como un milord, y ridículo y gracioso como una caricatura de porcelana de Sèvres, especie de palillero animado, cuyo único destino sobre la tierra parecía ser llevar, como llevaba, entre los cruzados brazos, el aristocrático bastón de su dueño, mientras que su dueño empuñaba la plebeya fusta.

Alarcón que, no olvidemos, está en el inicio de una obra de «tesis», intenta deslumbrarnos con este estilo que estamos llamando «elevado», para lo cual utiliza todos los recursos a su alcance: léxico, adjetivación... Así, junto a vocablos extranjerizantes (*groom, milord*) nos encontramos con una descripción sencilla y fácil, sólo disimulada por el empleo de epítetos que tratan de realzar la posible vulgaridad de los sustantivos empleados (cruzados brazos, aristocrático bastón, plebeya fusta) y en donde no faltan ni tan siquiera la repetición de palabras (dueño), amén de abundar la sucesión de palabras o frases sinónimas (sentado – más bien clavado; lacayuelo – *groom;* como un milord; como una porcelana de Sèvres; especie de palillero animado, etc.). En varias ocasiones recurre Alarcón a ejercicios parecidos. Los extranjerismos vuelven a aparecer en el mismo capítulo (*couvrepieds, pierrots*) junto a vocablos populares (lechuguino).

Pueden leerse también en la obra expresiones como «tan luego como», «aquel su aplauso», «ello fue que», «muy luego», «terminado que hubo de hablar», etc., que quieren dar un sabor academicista, por lo castizo, a su lengua. Y ese mismo deseo de huir del lenguaje corriente le lleva a la utilización de palabras en acepciones infrecuentes: la palabra *orillar* que, aunque usada, no figura en el Diccionario de la Real Academia en la acepción con que la utiliza Alarcón; *salpimentan, me habían abismado tan espantosos recelos, butaca fumadora*[46], etc.; igualmente, palabras muy cultas junto a metáforas muy vulgares: *piélago de amargura, rosicler* junto a *parecía un muerto con fiebre*.

El empleo de metáforas es escaso en Alarcón; no así el uso de la comparación popular. Cuando utiliza la primera, recurre a las más tópicas del lenguaje romántico: *Había dejado de llover, y la luna bogaba en los cielos, por entre rotos y negros nubarrones, como salvada nube después de furiosa tormenta;* o *El fulgor del astro melancólico rielaba en una y otra vidriera, produciendo reflejos de deslumbradora plata, o hacía brillar una multitud de rutilantes discos y de tendidas columnas de oro.*

Cuando se vale de la segunda, el lenguaje y la comparación misma se acercan más a la lengua propia del pueblo: *sollozo semejante al rugido del león moribundo.* Y es que, creemos, Alarcón fue ante todo un escritor popular, como demostró en sus novelas cortas, pero el deseo de parecer erudito hizo que, a veces, abandonara aquel su primer estilo y cayera en el adocenamiento de que hablara *Clarín*.

FINAL

El escándalo, con ser la novela más difundida de Alarcón, después de *El sombrero de tres picos*, es una obra escasamente analizada por la crítica. Si exceptuamos los estudios de José Fernández Montesinos (1959), de Mariano Baquero Goyanes (1973) y el más reciente de Germán Gullón (1983)[47], puede decirse que el resto de los trabajos, que no se dedican expresamente al análisis de esta novela, arrastran los tópicos que desde el siglo XIX se vienen repitiendo sobre el guadijeño, y que hemos intentado refutar a lo largo de esta *Introducción*. Somos conscientes de que en Alarcón pueden encontrarse verdaderas muestras de estilo narrativo, y no sólo en *El sombrero de tres pi-*

---

[46] Con respecto a esta última frase *(butaca fumadora)*, dice el profesor Baquero Goyanes: «Por supuesto, el adjetivo está usado impropiamente, ya que la butaca no es la que fuma, sino su ocupante. ¿Podría interpretarse como un galicismo, no en su forma, sí en su sentido, allegable al tan difundido castellano *fumador*, en vez de *fumadero*?

[47] *Vid.* la Bibliografía.

cos, como demostró Andrés Soria Ortega[48] ya en 1951. La estructura narrativa, el manejo del tiempo y del espacio, el análisis de los personajes, etc., que hemos analizado, se constituyen en ejemplos del arte con que Alarcón sabía construir sus ficciones novelescas. Lástima que, muchas veces, éstos quedaran oscurecidos por las «tesis» que defendía su autor.

La primera edición de *El escándalo* aparece en 1875. Desde esta fecha hasta 1891, en que se edita la última preparada en vida del autor, la obra sufrió algunas modificaciones, unas veces sólo en el estilo; otras, sin embargo, en elementos sustanciales del argumento. El texto que reproducimos recoge el de esta última edición que coincide, por otra parte, con el de las *Obras completas.*

---

[48] Andrés Soria Ortega, «Ensayo...», *op. cit.*

Bibliografía

A) *Ediciones principales de «El escándalo»*

Medina y Navarro editores, Madrid, 1875, 1.ª y 2.ª ediciones.
Sucesores de Rivadeneyra, Colección «Escritores castellanos», Madrid, 1930, 31.ª ed.
Obras completas, Madrid, Fax, 1943, 1954², 1968³.
Novelas completas, ordenación, ideario e índice analítico de temas por Joaquín Gil, Buenos Aires, 1942.
Novelas completas, prólogo de Jorge Campos, Madrid, Aguilar, 1974.
El escándalo, edición de Pedro Antonio Urbina, Madrid, Magisterio Español (Colección «Novelas y cuentos»), 1971.
El escándalo, prólogo de Luis Izquierdo, Barcelona, Salvat, 1971.
El escándalo, edición de Mariano Baquero Goyanes, 2 vols., Madrid, Espasa-Calpe (Colección «Clásicos castellanos»), 1973.
El escándalo, prólogo de Federico Sainz de Robles, Génova, Editorial Ferni (Colección «Círculo de Amigos de la Historia»), 1974.

B) *Obras generales*

ALAS, Leopoldo, «Alarcón» en *Nueva campana*, Madrid, Fernando Fe, 1887, págs. 83-87. Recogido en BESER, Sergio, *Leopoldo Alas: Teoría y crítica de la novela española*, Barcelona, Laia, 1972.
BAQUERO GOYANES, Mariano, *El cuento español en el siglo XIX*, Madrid, C. S. I. C., 1949.
CATALINA, Mariano, *Biografía de don Pedro Antonio de Alarcón*, Madrid, 1881 (ampliada en 1905). Recogido en *Obras completas* de Alarcón, Madrid, *op. cit.*
DE COSTER, Cyrus, *Pedro Antonio de Alarcón*, Boston, Twayne Publishers, 1979.
DENDLE, Brian J., *The Spanish Novel of Religious Thesis*, Madrid, Castalia, 1968.

FERNÁNDEZ MONTESINOS, José, *Pedro Antonio de Alarcón*, Zaragoza, 1955, y Valencia, Castalia, 1977.

GÁLVEZ RODRÍGUEZ, E., *Perfil de Pedro Antonio de Alarcón*, Alicante, Colección cultural Gálvez, 1973.

GULLÓN, Germán, *El narrador en la novela del siglo XIX*, Madrid, Taurus, 1976.

JIMÉNEZ FRAUD, Alberto, *Juan Valera y la generación de 1868*, Madrid, Taurus, 1976.

LIBERATORI, Filomena, *I tempi e le opere di Pedro Antonio de Alarcón*, Nápoles, Istituto Universitario Orientale, 1981.

LÓPEZ JIMÉNEZ, Luis, *El naturalismo en España. Valera frente a Zola*, Madrid, Alhambra, 1977.

LÓPEZ MORILLAS, Juan, *Hacia el 98: literatura, sociedad, ideología*, Barcelona, Ariel, 1972.

MARTÍNEZ KLEISER, Luis, *Don Pedro Antonio de Alarcón. Un viaje por el interior de su alma y a lo largo de su vida*, Madrid, Victoriano Suárez, 1943. Recogido en *Obras completas* de Alarcón, *op. cit.*

OCANO, Armando, *Alarcón*, Madrid, Epesa, 1970.

OLEZA, Juan, *La novela del XIX: Del parto a la crisis de una ideología*, Valencia, Bello, 1976.

PARDO CANALÍS, Enrique, *Pedro Antonio de Alarcón. (Estudio y antología)*, Madrid, Compañía Bibliográfica Española, 1965.

PARDO BAZÁN, Emilia, «Pedro Antonio de Alarcón», en *Retratos y apuntes literarios*, Madrid, 1908. Recogido en *Obras completas*, III, Madrid, Aguilar, 1973.

PÉREZ GUTIÉRREZ, Francisco, *El problema religioso en la generación de 1868*, Madrid, Taurus, 1975.

ROMANO, Julio (seudónimo de Hipólito Rodríguez de la Peña), *Pedro Antonio de Alarcón, el novelista romántico*, Madrid, Espasa-Calpe, 1933.

C) *Estudios*

(Sólo citamos los más directamente relacionados con *El escándalo* o con el estilo alarconiano.)

ALAS, Leopoldo, «Verdades como puños» (Con motivo del discurso pronunciado por el Sr. Alarcón sobre la Moral en el Arte), en *El Solfeo*, núm. 502, 5-III-1877. Recogido en *Preludios de Clarín*, selección y notas de Jean F. Botrel, Oviedo, Instituto de Estudios Asturianos, 1972, págs. 111-115.

ALAS, Leopoldo, «Del estilo en la novela», en *Artes y letras*, 1882-1883. Recogido por BESER, Sergio, *op. cit.*

ALAS, Leopoldo, «Gloria. Novela del Sr. Pérez Galdós», en *El Solfeo,* núm. 491, 21-II-1877. Recogido en *Preludios de Clarín, op. cit.,* página 109.

ATKINSON, William C., «Pedro Antonio de Alarcón», en *Bulletin of Spanish Studies,* X, 39, 1933, págs. 134-139.

BALSEIRO, José Agustín, *Novelistas españoles modernos,* Nueva York, Macmillan Company, 1933.

BAQUERO GOYANES, Mariano, «Unas citas de Alarcón sobre la fealdad artística», en *Boletín de la Biblioteca Menéndez Pelayo,* XXII, 4, 1946, págs. 373-376.

BLANCO GARCÍA, Francisco, *La literatura española en el siglo XIX,* Madrid, Sáenz de Jubera, 1909.

CEJADOR Y FRAUCA, Julio, *Historia de la lengua y literatura castellana,* VIII, Madrid, Tipografía de la Revista de Archivos, Bibliotecas y Museos, 1918.

FERNÁNDEZ MONTESINOS José, «Sobre *El escándalo,* de Alarcón», en *Ensayos y estudios de literatura española,* México, De Andreu, 1959, págs. 170-201. Incluido después en *Pedro Antonio de Alarcón,* Valencia, Castalia, 1977.

FERRERAS, Juan Ignacio, «La prosa en el siglo XIX», en AA. VV., *Historia de la literatura española,* coordinada por José María Díez Borque, III, Madrid, Taurus, 1980.

GAMALLO FIERROS, Dionisio, *«El escándalo* fue inspirado por Pastor Díaz moribundo»,* en *Ya,* 22, 23 y 26 de octubre de 1943.

— «Sigue *El escándalo»,* en *El Español,* 13 de noviembre de 1943.

GULLÓN, Germán, «Las hispérboles del idealismo: *El escándalo,* de Pedro Antonio de Alarcón», en *La novela como acto imaginativo,* Madrid, Taurus, 1983, págs. 35-53.

HAFTER, Monroe Z., «Alarcón in *El escándalo»,* en *Modern Languaje Notes,* 83, Baltimore, 1968, págs. 212-225.

MARTÍNEZ KLEISER, Luis, *«El Español* y los españoles. Sobre un personaje de *El escándalo»,* en *El Español,* 20 de noviembre de 1943.

McCLENDON, Barnett A., «Political and Moral Evolution of Pedro Antonio de Alarcón», en *Dos continentes. Revista de Filología,* 9-10, 1971-1972, págs. 13-25.

MIRANDA, Soledad, *Religión y clero en la gran novela española del siglo XIX,* Madrid, Pegaso, 1982.

MONTES HUIDOBRO, Matías, «Pedro Antonio de Alarcón: Armonía y contrapunto de las superficies», en *Superficie y fondo de estilo,* Valencia, Estudios de Hispanófila – Castalia, 1971.

POWERS, Harriet B., «Allegory in *El escándalo»,* en *Modern Language Notes,* 87, núm. 2, marzo de 1972, págs. 324-329.

SORIA ORTEGA, Andrés, «Ensayo sobre Pedro Antonio de Alarcón y su estilo», en *Boletín de la Real Academia Española*, XXXI, 1951, págs. 45-92 y 461-500; XXXII, 1952, págs. 119-145.

VALBUENA PRAT, Ángel, *Historia de la literatura española*, III, Barcelona, Gustavo Gili, 1974[8].

ZAVALA, Iris M., *Ideología y política en la novela española del siglo XIX*, Salamanca, Anaya, 1971.

El escándalo

Del insigne poeta, filósofo, orador y estadista D. Nicomedes Pastor Díaz[1], ministro que fue de Fomento, de Estado y de Gracia y Justicia, individuo de número de la Real Academia Española, rector de la Universidad de Madrid, etc., etc.

Dedica este libro en testimonio de inextinguible cariño filial, admiración y agradecimiento,
Su inconsolable amigo,

P. A. de Alarcón.

Escorial, Junio de 1875.

Escándalo. m. La acción o palabra que es causa de que alguno obre mal, o piense mal de otro. Comúnmente se divide en activo y pasivo entre los sumistas. El activo es el dicho o hecho reprensible que es ocasión del daño y ruina espiritual en el prójimo. El pasivo es la misma ruina espiritual o pecado en que cae el prójimo por ocasión del dicho o hecho de otro...

(Diccionario de la Lengua Castellana,
por la Academia Española.)

---

[1] *Nicomedes Pastor Díaz* (1811-1863), poeta y novelista, gran amigo de Alarcón. Para sus relaciones con el autor, veáse nuestra «Introducción».

Libro primero

FABIÁN CONDE

I

La opinión pública

El lunes de Carnestolendas de 1861[2] —precisamente a la
hora en que Madrid era un infierno de más o menos jocosas y
decentes mascaradas, de alegres estudiantinas, de pedigüeñas
murgas, de comparsas de danzarines, de alegorías empingoro-
tadas en vistosos carretones, de soberbios carruajes particulares con los cocheros vestidos de dominó, de mujerzuelas dis-
frazadas de hombre y de mancebos de la alta sociedad disfraza-
dos de mujer; es decir, a cosa de las tres y media de la tarde—,
un elegante y gallardo joven, que guiaba por sí propio un cochecillo de los llamados *cestos*[3], atravesaba la Puerta del Sol,
procedente de la calle de Espoz y Mina y con rumbo a la de
Preciados, haciendo grandes esfuerzos por no atropellar a na-

---

[2] *Carnestolendas.* Alarcón parece tener una predilección especial por las fechas
de Carnaval. No sólo los argumentos de ciertos artículos y novelas cortas giran
alrededor de estos días *(A una máscara,* 1858; *El carnaval en Madrid,* 1859, por
ejemplo), sino que en libros más amplios se guarda un lugar destacado para el
Carnaval: así, en *La Pródiga* dedica el Libro III a «El carnaval en el campo», y
Guillermo de Loja, el protagonista, abandona Madrid para buscar a Julia justo el
Lunes de Carnaval. También, el viaje que el autor realiza a Italia (1860-1861),
recogido en *De Madrid a Nápoles,* concluye precisamente el 11 de febrero, Lunes
de Carnaval, de 1861: «y como era día de Carnaval me vestí de máscara y me
fui al Prado a embromar a personas que amo mucho» *(Obras completas,* Madrid,
Fax, 1954[2], pág. 1493). Es significativo, finalmente, que la palabra «escándalo»
aparezca unida, en numerosas ocasiones, a estos días.

[3] *cestos:* coche de dos ruedas grandes, con caja de mimbre, normalmente pintada de negro, para dos personas.

61

die en su marcha contra la corriente de aquella apretada muchedumbre, que se encaminaba por su parte hacia la calle de Alcalá o la Carrera de San Jerónimo en demanda del Paseo del Prado, foco de la animación y la alegría en tal momento...[4].

El distinguido automedonte podría tener veintiséis o veintiocho años. Era alto, fuerte, aunque no recio; admirablemente proporcionado, y de aire resuelto y atrevido, que contrastaba a la sazón con la profunda tristeza pintada en su semblante. Tenía bellos ojos negros, la tez descolorida, el pelo corto y arremolinado como Antínoo[5], poca barba, pero sedosa y fina como los árabes nobles, y gran regularidad en el resto de la fisonomía. Digamos, en suma, que era, sobre poco más o menos, el prototipo de la hermosura viril, tal como se aprecia en los tiempos actuales, esto es, tal como lo prefiere y lo corona de rosas y espinas el gran jurado del bello sexo, único tribunal competente en la materia[6]. En la Atenas de Pericles aquel joven no hubiera pasado por un Apolo; pero en la Atenas de lord Byron podía muy bien servir de *Don Juan*[7]. Asemejábase,

---

[4] *Vid.* cómo describe Alarcón el ambiente de carnaval en *El carnaval en Madrid:* «Las damas llevan la cara descubierta. Los hombres más elegantes van vestidos de mujeres y con la cara tapada. Ellas pasean en coche o a pie, o están sentadas en las sillas del Ayuntamiento. Ellos se hallan a un mismo tiempo en todas partes. Desde la Fuente Castellana hasta la Iglesia de Atocha, esto es, en un espacio de media legua, fluye incesantemente un río de carne y trapo. Los más lujosos trajes de nuestras madrileñas sirven de disfraz a los jóvenes más traviesos y distinguidos. (...). Uno pronuncia discursos, otro os dirige a viva voz en grito apóstrofes que os ponen colorado; quién os nombra, quién os señala con el dedo; cuál os adula, cuál otro os manifiesta todo lo que os conviene saber.» *(Obras completas, op. cit.,* pág. 1738.)

[5] *Antínoo,* joven esclavo del emperador Adriano que se ahogó en el Nilo. Éste perpetuó su memoria erigiendo templos y altares, y estableciendo juegos en su honor. Se le considera como el tipo de la belleza clásica.

[6] Compárese este retrato de Fabián con el que hace Alarcón de Manuel Venegas, el protagonista de *El Niño de la Bola:* «Eran negros y muy rasgados y grandes sus africanos ojos, medio dormidos a la sombra de largas pestañas. (...). Completaban su peregrina belleza un perfil intachable, sirio más bien que griego; una boca escultural, clásica napoleónica, tan audaz como reflexiva, y, sobre todo, una barba negra, undosa, de sobrios aunque largos rizos, trasunto fiel de las nobles y celebradas barbas árabes y hebreas.» *(Obras completas, op. cit.,* página 616.)

[7] Las alusiones a Lord Byron son abundantes en las obras alarconianas. Una interpretación puede verse en José Fernández Montesinos, *Pedro Antonio de*

en efecto, a todos los héroes románticos del gran poeta del siglo, lo cual quiere decir que también se asemejaba mucho al mismo poeta.

Sentado, o más bien clavado a su izquierda, iba un lacayuelo (*groom* en inglés) que no tendría doce años, tiesecillo, inmóvil y peripuesto como un milord, y ridículo y gracioso como una caricatura de porcelana de Sèvres, especie de palillero animado, cuyo único destino sobre la tierra parecía ser llevar, como llevaba, entre los cruzados brazos, el aristocrático bastón de su dueño, mientras que su dueño empuñaba la plebeya fusta.

La librea del *groom* y los arreos del caballo ostentaban, en botones y hebillas, algunas docenas de coronas de Conde. En cambio, el que sin duda estaba investido de tan alta dignidad hacía gala de un traje sencillísimo y severo, impropio del día y de su lozana juventud, si bien elegante como todo lo que atañía a su persona. Iba de negro, aunque no de luto (pues los guantes eran de medio color), con una grave levita abotonada hasta lo alto, y sin abrigo ni *couvrepieds*[8] que lo preservasen del frío sutil de aquella tarde, serena en apariencia, pero que no dejaba de ser la tarde de un 27 de febrero...[9] en Madrid.

Indudablemente, aquel joven no cruzaba la Puerta del Sol en busca de los placeres del Carnaval. Algún triste deber le había sacado de su casa... Algún puñal llevaba clavado en el corazón... Así es que no respondía a ninguna de las bromas que, de cerca o de lejos, le dirigían con atiplados gritos todas las máscaras de buen tono que lo divisaban; antes las recibía con visible disgusto, con pena y hasta con miedo, sin mirar siquiera a los que lo llamaban por su nombre o hacían referencia a circunstancias de su vida...

Algunas de aquellas bromas lo habían impacientado e irrita-

Alarcón, Valencia, Castalia, 1977, pág. 34 y ss. Igual sucede con la figura de Don Juan.

[8] *couvrepieds*, palabra francesa: «cubrepiés, edredón».

[9] Alarcón recurre siempre a la localización exacta, en el tiempo y en el espacio, de la acción de sus novelas. La utilización de este recurso quiere demostrar la verosimilitud de la historia. A veces, sin embargo, comprobamos cómo los días que señala el autor como tiempo de la acción no se corresponden con el dato histórico. Hemos citado (nota 2) que Alarcón volvió de Italia el 11 de febrero, lunes de Carnaval, de 1861; sin embargo, para *El escándalo*, manteniendo el mismo año, retrasa el citado lunes al 27 de febrero.

do de un modo evidente. Relámpagos de ira brillaron más de una vez en sus ojos, y aun se le vio en dos o tres ocasiones levantar el látigo con ademán hostil. Pero tales accesos de cólera terminaban siempre por una sonrisa amarga y por un suspiro de resignación, como si de pronto recordara algo que lo obligase a contener el impetuoso denuedo que revelaba su semblante. Veíase que el dolor y el orgullo reñían cruda batalla en el espíritu de aquel hombre... Por lo demás, bueno es advertir también que los enmascarados más insolentes procuraban apostrofarlo desde muy lejos y al abrigo de la apiñada multitud...

—¡Adiós, Fabián! —le había dicho un joven vestido de gran señora, saludándolo con el pañuelo y el abanico, y dando al mismo tiempo ridículos saltos.

—¡Mirad, mirad! ¡Aquél es Fabián Conde! —había exclamado otro, señalándolo al público con el dedo, cual si lo pregonara ignominiosamente—. ¡Fabián Conde, que ha regresado de Inglaterra!

—¡Adiós, conde Fabián! —había chillado un tercero pasando a su lado y haciendo groseras cortesías.

—¡Es un conde! —murmuraron algunas voces entre la plebe.

—Pero, ¿en qué quedamos, Fabián? —prorrumpió en esto a cierta distancia una voz aguda y penetrante como la de un clarín—: ¿eres Conde de título, o sólo de apellido, o no lo eres de manera alguna?

El auditorio se rió a carcajadas.

¡Auditorio terrible el pueblo..., la masa anónima..., el jurado lego..., la opinión pública![10].

---

[10] Esa masa anónima será un personaje colectivo determinante en ésta y otras novelas de Alarcón. En *El Niño de la Bola* recomienda: «Debemos apresurarnos a advertir que ninguno de estos vulgarísimos personajes tiene nada que ver con el presente drama, por más que figuren en él un momento como parte de la masa de gente anónima que los trágicos griegos llamaron *coro*, y que todavía manotea y canta en nuestras óperas y zarzuelas. Fíjese, pues, el lector, en lo que esos coristas hablen, sin parar mientes en sus insignificantes personas, y se ahorrará muchos quebraderos de cabeza.» *(Obras completas, op. cit.,* pág. 618.) Sobre el *coro* en las novelas de Alarcón, *víd.* Mariano Baquero Goyanes, «Introducción» a *El escándalo,* Madrid, Espasa-Calpe, 1973, págs. XC y ss.

Fabián se estremeció al oír aquella risa formidable.

—¡Calla! ¡Es un conde postizo! —dijo cierta mujer muy fea, que vendía periódicos.

—¡Pero es un real mozo![11] —arguyó otra bastante guapa, que vendía naranjas y limones.

El joven miró a ésta con agradecimiento.

—¡Pues bien podía haber echado por otras calles, supuesto que no va al Prado como todo el mundo! —replicó la primera, llena de envidia.

—¡Eh, señor lechuguino, vea usted por dónde anda! —gritó un manolo, mirando con aire de desafío al llamado Fabián.

Éste se mordió los labios, pero no se dio por entendido, y siguió avanzando lentamente, con más cuidado que nunca, refrenando a duras penas el caballo, que también parecía deseoso de pisotear a aquella desvergonzada chusma.

—¡Adiós, ilustre Tenorio, terrible Byron[12]! ¿Has hecho muchas víctimas en Londres? —exclamaba en tanto otra máscara—. ¡Como voy vestido de mujer, no me atrevo a acercarme a ti!... ¡Eres tan afortunado en amores!

—¡Paso! ¡Paso!... —voceó más allá otro de aquellos hermafroditas—. ¡Paso a Fabián Conde, al César, al Gengiskan, al Napoleón de las mujeres!

El público aplaudió, creyendo que aquel su aplauso venía a cuento.

—¡Milagro, hombre! ¡Milagro! —añadió un elegante *pierrot,* haciendo mil jerigonzas—. ¡Fabián Conde no se ha disfrazado este Carnaval!... ¡Los maridos están de enhorabuena!

—¿Qué sabes tú? —agregó un mandarín chino—. ¡Irá a que lo vista con su traje de terciopelo rojo la dama de la berlina azul!

Nuevo aplauso en la muchedumbre, que maldito si sabía de qué se trataba.

—¡Fabián! ¡Fabián! —vociferó, por último, a lo lejos un lujoso nigromante, no con voz de tiple, sino con el grave y fatídico acento que emplean los cómicos cuando representan el

---

[11] De «real moza» es calificada también la señá Frasquita en *El sombrero de tres picos. (Obras completas, op. cit.,* pág. 447.)

[12] Véase, de nuevo, la alusión a Byron y a Don Juan.

papel de estatua del Comendador[13]—: ¡Fabián! ¿Qué has hecho de Gabriela? ¿Qué has hecho de aquel ángel? ¡Te vas a condenar! ¡Fabián Conde! ¡Por la primera vez te cito, llamo y emplazo!

Estas palabras causaron cierta impresión de horror en los circunstantes, y un sordo murmullo corrió en torno de Fabián como oleada de amargos reproches.

El joven, que, según llevamos dicho, había soportado a duras penas las agresiones precedentes, no pudo tolerar aquella última... Botó, pues, sobre el asiento, tan luego como oyó el nombre de *Gabriela*, y buscó entre el gentío, con furiosa vista, al insolente que lo había pronunciado...

—¡Aguarda —dijo—, y verás como te arranco la lengua!

Pero reparó en que el público hacía corro, disponiéndose a gozar de un gran espectáculo *gratis;* vio, además, que el hechicero huía hacia la calle de Alcalá, metiéndose entre un complicado laberinto de coches; comprendió que todo cuanto hiciera tan sólo serviría para aumentar el escándalo, y, volviendo a su primitiva actitud de dolorosa mansedumbre, ya que no ilimitada paciencia, fustigó el caballo a todo evento[14], abrióse paso entre la gente, no sin producir sustos, corridas y violentos encontrones, y logró al cabo salir a terreno franco y poner el caballo al galope.

—¡Fabián! ¡Fabián Conde! ¡Conde Fabián! —gritaban entretanto a su espalda veinte o treinta voces del pueblo, que a él se le antojaron veinte o treinta mil, o acaso un clamor universal con que lo maldecían todos los humanos...

—¡Gabriela! ¡Gabriela! ¿Qué has hecho de Gabriela? —aullaban al mismo tiempo, corriendo detrás de él, los chiquillos que habían oído el apóstrofe del nigromante.

—¡A ése! ¡A ése! —clamaron otros más allá, creyendo que se trataba de un ladrón o de un asesino, y persiguiéndolo también encarnizadamente.

Por último, algunos perros salieron asimismo en pos del

---

[13] Indirectamente, otro recuerdo de *Don Juan Tenorio*. Se refiere a la famosa escena de Zorrilla, en la que la estatua del Comendador don Gonzalo de Ulloa se presenta a cenar en casa de Don Juan.

[14] *a todo evento,* «en previsión de todo lo que pueda suceder» *(D.R.A.E.).*

disparado carruaje, uniendo sus estridentes ladridos a la silba soez con que las turbas salpimenta todas sus excomuniones, y este innoble séquito fue acosando a Fabián hasta muy dentro de la calle de Preciados, como negra legión de demonios, ejecutora de altísima sentencia.

Una vez allí, y desesperando ya de darle alcance, detuviéronse los chiquillos y le tiraron algunas piedras, que pasaron muy cerca del fugitivo coche, mientras que los perros hacían alto y le lanzaban sus últimos y más solemnes aullidos de reprobación...

Entonces, viéndose ya sin testigos y libre de aquella batida infernal, el desgraciado joven entregó las riendas al *groom*, sepultó el rostro entre las manos y lanzó un sollozo semejante al rugido de león moribundo.

—¿Adónde vamos, señor? —le preguntó poco después el lacayuelo, cuyo terror y extrañeza podréis imaginaros.

—¡Trae! —le contestó el conde, empuñando de nuevo las riendas.

Y levantó la frente, sellada otra vez de entera tranquilidad, asombrosa por lo repentina. Para serenarse de aquel modo, había tenido que hacer un esfuerzo verdaderamente sobrehumano. Una tardía lágrima caía, empero, a lo largo de su rostro...

De la calle de Preciados salió el joven a la plazuela de Santo Domingo, que atravesó al paso, sin que las máscaras de baja estofa que allí había le dirigiesen la palabra; tomó luego por la solitaria calle de Leganitos, que, como situada ya casi extramuros, respiraba un sosiego impropio de aquel vertiginoso día, hasta que, por último, llegado a la antiquísima y ruinosa calle del Duque de Osuna, paró el coche delante de un caserón destartalado y viejo, cuya puerta estaba cerrada como si allí no viviera nadie.

Era el convento..., quiero decir, era la Casa de la Congregación denominada *Los Paúles*.

Fabián echó pie a tierra; acercóse a aquella puerta aceleradamente; asió el aldabón de hierro con el desatinado afán de un náufrago, y llamó.

II

La portería del otro mundo

El edificio, que todavía existe hoy en la calle del Duque de Osuna con el nombre de *Los Paúles,* no alberga ya religiosos de esta Orden. La intolerancia liberal ha pasado por allí. Pero en 1861 era una especie de convento disimulado y como vergonzante, que se defendía de la *Ley de supresión de Órdenes religiosas de varones,* alegando su modesto título de *Casa de la Congregación de San Vicente de Paúl,* con que se fundó en 6 de julio de 1828[15].

Seguían, pues, viviendo allí en comunidad, tolerados por los gobernantes de entonces, varios Padres Paúles, bajo la depen-

---

[15] Un decreto de 11 de octubre de 1835 había suprimido las comunidades religiosas de varones, sin más excepción que los escolapios, los hermanos de San Juan de Dios y los misioneros de Filipinas. Los decretos de 1836 (19 de febrero, 5 y 8 de marzo) declaraban definitivamente suprimidos los monasterios y conventos de religiosos varones, extendiendo la medida a los de monjas que tuviesen menos de veinte religiosas profesas. Al mismo tiempo, ordenaba la venta de los bienes de todos los monasterios y conventos extinguidos. Estos decretos de supresión de órdenes religiosas parecen preocupar a Alarcón. Así, la acción de *El sombrero de tres picos* la sitúa en la época en la que los españoles seguían «con su Inquisición y sus frailes»; la de *El Niño de la Bola,* «entre la extinción de los frailes y la creación de la Guardia Civil»; pero su mayor indignación se produce cuando visita el Monasterio de Yuste, y que recoge en sus *Viajes por España:* al ver el Monasterio vacío y casi destruido a causa de la desamortización de bienes eclesiásticos, no puede menos que exclamar: «Ya no había Monasterio de Yuste; ya no había en España comunidades religiosas; ya no había monarquía; ¡casi ya no había Patria!» *(Obras completas, op. cit.,* pág. 1126.)

dencia inmediata de un Rector, o Superior Provincial, que a su vez dependía del Superior General, residente en París; dedicados al estudio, a la meditación o a piadosos ejercicios; gobernados por la campana que los llamaba a la oración colectiva, al refectorio o al recogimiento de la celda, y alejados del mundo y de sus novedades, modas y extravíos...; a lo cual se agregaba que solía hospedarse también allí de vez en cuando, en lugar de ir a mundana fonda, algún obispo, algún predicador ilustre o cualquier otro eclesiástico de nota, llegado a Madrid a asuntos particulares o de su ministerio.

Tal era la casa a que había llamado Fabián Conde.

Transcurrieron algunos segundos de fúnebre silencio, y ya iba el joven a llamar otra vez cuando oyó unos pasos blandos y flojos que se acercaban lentamente; luego pasaron otros momentos de inmovilidad, durante los cuales conoció que lo estaban observando por cierta mirilla que había debajo del aldabón de hierro, hasta que, por último, rechinó agriamente la cerradura y entreabrióse un poco la puerta...

Al otro lado de aquel resquicio vio entonces Fabián a un viejo que en nada se parecía a los hombres que andan por el mundo; esto es, a un medio carcelero, medio sacristán, vestido con chaqueta, pantalón y zapatos de paño negro, portador, en medio del día, de un puntiagudo gorro de dormir, negro también, que, por lo visto, hacía las veces de peluca; huraño y receloso de faz y de actitud, como las aves que no aman la luz del sol, y para el cual parecían escritas casi todas las Bienaventuranzas del Evangelio y todos los números de los periódicos carlistas. Dijérase, en efecto, que era naturalmente *pacífico, manso, limpio de corazón y pobre de espíritu;* que *lloraba* y *tenía hambre* y *sed de justicia,* y que había ya *sufrido por ella alguna persecución.* En cambio, su ademán al ver al joven, al *groom* y aquel tan profano cochecillo, no tuvo nada de *misericordioso.*

—¡Usted viene equivocado! —dijo destempladamente sin acabar de abrir el portón y tapando con su cuerpo la parte abierta.

—¿No es éste el convento de los Paúles? —preguntó Fabián con dulzura.

—¡No, señor!

—¿Cómo que no? Yo juraría...

—¡Pues haría usted mal en jurarlo! ¡Ya no hay conventos! Ésta es la Congregación de Misioneros de San Vicente Paúl.

—¡Bien! Es lo mismo...

—¡No es lo mismo!... ¡Es muy diferente!

—En fin, ¿vive aquí el padre Manrique?

—¡No, señor!

—¡Demonio! —exclamó Fabián.

—¡Ave María Purísima! —murmuró el portero, tratando de cerrar.

—¡Perdóneme usted!... —continuó el joven, estorbándolo suavemente—. Ya sabrá usted de quién hablo..., del célebre jesuita..., del famoso...

—¡Ya no hay jesuitas! —interrumpió el conserje—. El rey don Carlos III los expulsó de España...[16], y ese padre Manrique, por quien usted pregunta, no *vive* acá, ¡ni mucho menos!... Sólo se halla *de paso*, como huésped..., ¡y esto por algunos días nada más!

—¡Gracias a Dios! —dijo Fabián Conde.

—¡A Dios sean dadas! —repuso el viejo, abriendo un poco más la puerta.

—¿Y está ahora en casa ese caballero? —preguntó el aristócrata con suma afabilidad.

—Sí, señor mío...

—¿Y está visible?

—¡Ya lo creo! Tan visible como usted y como yo...

—Digo que si se le podrá ver...

—¿Por qué no se le ha de poder ver? ¿No le he dicho a usted que está en casa?

—Pues, entonces, hágame el favor de pasarle recado.

—¡No puedo!... Suba usted si gusta... Mi obligación se reduce a cuidar de esta puerta.

Y, hablando así, el bienaventurado la abrió completamente y dejó paso libre a Fabián.

---

[16] Los miembros de la Compañía de Jesús fueron expulsados de España en 1767, y el papa Clemente XIV suprimió la Compañía por el Breve *Dominus ac Redemptor* de 21 de julio de 1773. El papa Pío VII dicta su restablecimiento con carácter universal en la Bula *Sollicitudo* de 7 de agosto de 1814. En 1835 fue, de nuevo, disuelta la Compañía de Jesús en España, y no pudo desarrollar su actividad libremente hasta después de 1868.

—Celda..., digo, cuarto número cinco... —continuó gruñendo—. ¡Ahí verá usted la escalera!... Piso principal...

—Muchísimas gracias... —respondió el joven, quitándose el sombrero hasta los pies.

—¡No las merezco! —replicó el conserje echando otra mirada de recelo al *groom* y al cochecillo, y complaciéndose en cerrar la puerta de golpe y dejarlos en la calle.

—¡Hum, hum! —murmuró enseguida—. ¡Estos magnates renegados son los que tienen la culpa de todo!

Con lo cual, se encerró de nuevo en la portería, santiguándose y rumiando algunas oraciones.

Fabián subía entretanto la anchurosa escalera con el sombrero en la mano, parándose repetidas veces, aspirando ansioso, si vale decirlo así, la paz y el silencio de aquel albergue, y fijando la vista, con la delectación de quien encuentra antiguos amigos, en los cuadros místicos que adornaban las paredes, en las negras crucecillas de palo, que iban formando entre ellos una *Vía Sacra*[17], y en la pila de agua bendita que adornaba el recodo de la meseta, pila en que no se creyó sin duda autorizado por su conciencia para meter los dedos; pues, aunque mostró intenciones de realizarlo, no se resolvió a ello en definitiva.

Llegó al fin al piso principal, y a poco que anduvo por una larga crujía[18] desmantelada y sola, en la que se veían muchas puertas cerradas, leyó sobre una de ellas: *Número 5*.

Detúvose; pasóse la mano por la todavía ardorosa frente, y lanzó un suspiro de satisfacción, que parecía decir:

—*«He llegado.»*

Después avanzó tímidamente, y dio con los nudillos un leve golpe en aquella puerta...

—Adelante... —respondió por la parte de adentro una voz grave, melodiosa y tranquila.

Fabián torció el picaporte y abrió.

---

[17] *Vía sacra.* Viacrucis. Conjunto de catorce cruces o altares que recuerdan estaciones o momentos por los que pasó Jesucristo, camino del Calvario.

[18] *crujía*, «corredor, galería o pasillo, en cuyos lados hay habitaciones».

III

El padre Manrique[19]

La estancia que apareció a la vista del joven era tan modesta como agradable. Hallábase esterada de esparto de su color natural. Cuatro sillas, un brasero, un sillón y un bufete componían su mueblaje. Cerca del bufete había una ventana, a través de cuyos cristales verdegueaban algunas macetas y entraban los rayos horizontales del sol poniente. Dos cortinas de percal rameado cubrían la puertecilla de la alcoba. Encima del bufete había un crucifijo de ébano y marfil, muchos libros, varios objetos de escritorio, un vaso con flores de invernadero y un rosario.

Sentado en el sillón, con los brazos apoyados en la mesa, y extendidas las manos sobre un infolio abierto, encuadernado en pergamino, cuya lectura acababa de interrumpir, estaba un clérigo de muy avanzada edad, vestido con balandrán[20] y sota-

---

[19] Una de las razones que más a menudo repite Alarcón para defenderse de las críticas que le dirigían sus adversarios consistía en afirmar que la historia en que se basaba su novela era totalmente cierta. Así, en *Historia de mis libros*, explica: «...tampoco el padre Manrique era ningún sabio de primer orden y de reputación universal, un San Agustín, un Santo Tomás o un San Buenaventura, sino pura y simplemente el padre Manrique que yo presento en mi obra tal como Dios lo crió y tal como solía alojarse en los Paúles bajo su verdadero nombre». *(Obras completas, op. cit.,* pág. 22.) Otra cita sobre un tal padre Manrique aparece en *Viajes por España,* cuando llega a Salamanca, en donde apunta: «Y es cuanto recuerdo *de la mejor cosa que los jesuitas tuvieron en España.* Esta frase no me pertenece: se la oí al ya difunto padre Manrique.» *(Obras completas, op. cit.,* pág. 1139.)

[20] *balandrán,* vestidura ancha y con esclavina que usaban algunos eclesiásticos.

na de paño negro y alzacuello enteramente blanco. No menos blancas eran su cara y su cabeza; ni el más ligero asomo de color o de sombra daba matices a su cutis ni a los cortos y escasos cabellos que circuían su calva. Dijérase que la sangre no fluía ya bajo aquella piel; que los nervios no titilaban bajo aquella carne; que aquella carne era la de una momia. Tomárase aquella cabeza fría y blanca por una calavera colocada sobre endeble túmulo revestido de paños negros.

Hasta los ojos del sacerdote, que eran grandes y oscuros, carecían de toda expresión, de todo brillo, de toda señal de pasión o sentimiento: su negrura se parecía a la del olvido. Sin embargo, aquella cabeza no era antipática ni medrosa; por el contrario, la noble hechura del cráneo, la delicadeza de las facciones, lo apacible y aristocrático de su conjunto, y no sé qué vago reflejo del alma (ya que no de la vida), que se filtraba por todos sus poros, hacía que infundiesen veneración, afecto y filial confianza, como las efigies de los santos. Fabián creyó estar en presencia del propio San Ignacio de Loyola.

El clérigo se incorporó un poco, sin dejar su sitio, ni casi su postura, al ver aparecer al joven.

—¿Es el ilustre padre Manrique a quien tengo el honor de hablar? —preguntó reverentemente el conde, deteniéndose a la puerta.

—Yo soy el indigno siervo de Dios que lleva ese nombre —contestó con gravedad el anciano.

Y, designándole una silla que había al otro lado del bufete, añadió con exquisita cortesía:

—Hágame la merced de tomar asiento y de explicarme en qué puedo servirle.

Hablando así, tornó a sentarse por su parte, y cerró el libro, después de registrarlo.

Fabián no se había movido de la puerta. Sus ardientes ojos recorrían punto por punto toda la habitación y se posaban luego en el sacerdote con una mezcla de angustia, agradecimiento, temor retrospectivo y recobrada tranquilidad, que no le permitía andar, ni hablar, ni respirar siquiera... Había algo de infantil y de imbécil en su actitud, hija de muchas emociones, hasta entonces refrenadas, que estaban para estallar en lágrimas y gemidos...

Sin duda lo conoció así el jesuita. Ello fue que dejó su asiento, acercóse a Fabián, y lo estrechó entre los brazos, diciéndole:

—Cálmese usted, hijo mío...

—¡Padre! ¡Padre! —exclamó por su parte Fabián—. ¡Soy muy desgraciado! ¡Yo quiero morir! ¡Tenga usted piedad de mi alma!

Y, apoyando su juvenil cabeza en la encanecida del padre Manrique, prorrumpió en amarguísimo llanto.

—¡Llore usted, hijo! ¡Llore usted! —decía el anciano sacerdote con la dulce tranquilidad del médico que está seguro de curar una dolencia—. ¡Probablemente todo eso no será nada!... ¡Vamos a ver!... Siéntese aquí, con los pies junto al brasero... Viene usted helado, y además tiene usted algo de calentura.

Y, acompañando la acción a las palabras, colocó a Fabián cerca de la lumbre, que removió luego un poco con la paleta.

Enseguida penetró en la alcoba, de donde no tardó en volver trayendo un vaso de agua.

—Tome usted para el cuerpo... —le dijo afablemente—. Después..., cuando usted se calme, trataremos del espíritu, para el cual hay también un agua purísima, que nunca niega Dios a los verdaderos sedientos.

—¡Gracias, padre! —suspiró Fabián después de beber.

—No tiene usted gracias que darme... —replicó el sacerdote—. Dios es la gracia, *et gratis datur*[21]. A esa agua del alma me refería hace un momento.

—¡Dios!... —suspiró Fabián, inclinando la frente sobre el pecho con indefinible tristeza.

Y no dijo más.

El jesuita se calló también por el pronto. Cogió otra silla, sentóse enfrente del conde y volvió a menear el brasero.

—Continúe usted, hijo mío... —añadió entonces dulcemente—. Iba usted a hablar de Dios.

Fabián levantó la cabeza, pasóse las manos por los ojos para acabar de enjugarlos, y dijo:

---

[21] *et gratis datur:* «y la da de balde».

—Es usted muy bueno, padre; pero yo no quiero engañar a usted ni quitarle demasiado tiempo, y paso a decirle quién soy, cosa que todavía ignora, y a explicarle el objeto de mi visita.

—Se equivoca usted, joven... —replicó el padre Manrique—. Aunque no le conozco a usted, yo sé ya quién es y a qué viene. Al entrar me lo dijo usted todo, sólo con decirme que era *desgraciado*... Esto basta y sobra para que yo le considere un amigo, un hermano, un hijo. Por lo demás, hoy tengo mucho tiempo libre. Hoy es la gran fiesta *del mundo,* como ayer y como mañana... Pasado mañana, Miércoles de Ceniza, empezarán a venir los heridos de la gran batalla que Satanás está librando a las almas en este momento. Puede usted, de consiguiente, hablar de cuanto guste... y, sobre todo, hablar de Dios Nuestro Señor...

—Sin embargo —repuso el conde, eludiendo aquel compromiso—, mi historia propia ha de ser muy larga, y debo entrar en ella resueltamente. Ahora lo que no sé... es cómo referir ciertas cosas... Mi lenguaje mundano me parece indigno de que usted lo escuche.

—Hábleme usted como cuando confiesa... —insinuó el jesuita con la mayor naturalidad.

—Padre, yo no confieso nunca... —balbuceó Fabián, ruborizándose.

—Pues ya ha principiado la confesión. Continúe usted, hijo mío.

El desconcierto del joven era cada vez más grande.

—Me he explicado mal —se apresuró a añadir—. Yo confesé algunas veces..., antes de haber pecado..., cuando todavía era muy niño. Mi madre, mi santa madre me llevaba entonces a la iglesia. Pero después...

—Después, ¿qué?

—¡Mi madre murió! —gimió Fabián melancólicamente.

—¡Ella nos escucha! —pronunció el padre Manrique, alzando los ojos al cielo y moviendo los labios como cuando se reza.

Fabián no rezó, pero se sintió conmovido hasta lo profundo de las entrañas ante aquella obsequiosa oración.

—Conque decíamos... —prosiguió el clérigo, así que acabó de rezar— que, por resultas de haberse quedado sin madre, ya se creyó usted dispensado de volver a la iglesia...

—No fue ésa la verdadera causa... —replicó Fabián con mayor turbación—. Mucho influyó sin duda alguna aquella pérdida en mi nuevo modo de vivir... Pero *además*...

—*Además*... ¿qué?... ¡Vaya! Haga usted otro esfuerzo y dígamelo con franqueza... ¡Yo puedo oírlo todo sin asombrarme!

—Ya sé que usted es el confesor favorito de nuestras aristócratas... —repuso el joven atolondradamente—. Por eso el nombre de usted, unido a la fama de sus virtudes y de su talento, llena los salones de Madrid..., mientras que su reputación como orador...

—¡Cortesano! —interrumpió el padre, reprimiendo una sonrisa de lástima—. ¡Quiere usted sobornarme con lisonjas!

Fabián le cogió una mano y se la besó con franca humildad, diciendo:

—Yo no soy más que un desgraciado, a quien no le queda otro refugio que la bondad de usted, y que se alegra cada vez más de haber venido a esta celda... Aquí se respira... Aquí puedo uno llorar.

—¡Sea todo por Dios! —prosiguió el eclesiástico, cuya sonrisa se dulcificó a pesar suyo—. Conque... ¿decía usted que *además?*... Estábamos hablando de la Iglesia de nuestro divino Jesus...

—¡Oh, se empeña usted en oírlo! —exclamó avergonzado el conde—. Pues bien, padre: ¡no es culpa mía!... ¡Es culpa de estos tiempos! ¡Es la enfermedad de mi siglo!... ¡Si supiera usted con qué afán busco esa creencia! ¡Si supiera cuánto daría por no dudar!...

—Pero, en fin... ¿Lo confiesa usted, o no lo confiesa?

—Sí, padre: ¡lo confieso! —tartamudeó Fabián lúgubremente—. Yo no creo en Dios.

—¡Eso no es verdad! —prorrumpió el jesuita, cuyos ojos lanzaron primero dos centellas y luego dos piadosas lágrimas.

—¿Cómo que no es verdad?

—¡A lo menos no es cierto, aunque usted se lo imagine insensatamente! Y, si no, dígame usted, desgraciado: ¿quién le ha traído a mi presencia? ¿Qué busca usted aquí? ¿De qué puedo yo servirle si no hay Dios?

—Vengo en busca de consejo... —balbuceó el conde—. Me trae un conflicto de conciencia...

El anciano exclamó tristemente:

—¡Consejo! ¿Pues no está su mundo de usted lleno de sabios, de filósofos, de jurisconsultos, de moralistas, de políticos? Usted, por lo que revela su persona, debe vivir muy cerca de todas esas lumbreras del siglo que le han arrebatado la fe que le inspiró su madre... ¿Por qué viene, pues, a consultar con un pobre escolástico a la antigua, con un partidario de lo que llaman ustedes el *obscurantismo,* con un hombre que no conoce más ciencia que la palabra de Dios?

—Podrá ser verdad... —respondió Fabián ingenuamente—. Ahora me doy cuenta de ello... ¡Yo he venido aquí en apelación contra las sentencias de los hombres!... ¡Yo he venido en busca de un tribunal superior!... Sin embargo..., distingamos...: no he venido porque yo crea en ese tribunal, sino porque dicen que usted cree...

—¡Donosa lógica! —exclamó el jesuita—. ¡Viene usted a pedir luz al error ajeno! ¡Viene usted a hallar camino en las tinieblas de mi superstición! ¿No será más justo decir que viene usted dudando de su propio juicio, desconfiando de sus opiniones ateas, admitiendo la posibilidad de que exista el Dios en quien yo creo?

—¡Oh! No, padre..., ¡no! ¡Usted me supone menos infeliz de lo que soy! Yo no dudo: yo niego. ¡Mi *razón* se resiste, a pesar mío, a creer aquello que no se explica!

—¡Se equivoca usted de medio a medio! —replicó el anciano desdeñosamente—. ¡Usted cree en muchas cosas inexplicables! ¡Usted principia por creer en la infabilidad de su *razón,* no obstante ser ella tan limitada que no se conoce a sí misma! Y si no, dígame: ¿Sabe cómo la *materia* puede llegar a *discurrir?* Y, si por fortuna no es usted materialista, ¿sabe lo que es *espíritu?* ¿Sabe cómo lo inmaterial puede comerciar con lo físico? ¿Sabe algo, en fin, del origen y del objeto de esa propia *razón* en que tanto *cree,* y a la cual permite a veces negar que los efectos tengan causa, negar que el mundo tenga Criador, negar que pueda existir en el infinito universo un ser superior al hombre? ¿Sabe usted otra cosa que darse cuenta de que *ignoramos mucho* en esta vida? «*Sólo sé que no sé...*», dijo el mayor filósofo de los siglos[22].

---

[22] Se refiere a Sócrates.

—Padre, ¡me deslumbra usted, pero no me convence! —respondió Fabián cruzando las manos con desaliento.

—¡Ya se irá usted convenciendo poco a poco! —repuso el padre Manrique, sosegándose—. Pero vamos al caso. Decía usted que lo trae a mi lado un conflicto de *conciencia*... Expóngamelo, y veamos si su propia historia nos pone en camino de llegar hasta el conocimiento de ese pobre Dios, cuyo santo hombre no se cae nunca de los labios de los llamados ateos, como si no pudieran hablar de otra cosa que de la desventura de tenerle ofendido... ¡Por algo más que porque tengo sotana y manteo me habrá usted buscado, en lugar de ir a casa de un médico o de un jurisconsulto!... Y digo esto del médico, porque supongo que la *conciencia* figurará ya hoy también en los tratados de Anatomía. Conque hable usted de su conflicto[23].

—¡Ah! Sí... —murmuró el joven, como si estuviera solo—. ¡Por algo he buscado a este sacerdote! La sabiduría del mundo no tiene remedios para mi mal, ni solución para el problema horrible que me abruma... La sociedad me ha encerrado en un círculo de hierro, que ni siquiera me deja franco el camino de la muerte... ¡Oh! ¡Si me lo dejara!... Si suicidándome pudiera salir del abismo en que me veo, ¡cuán cierto es que hace ya tres días todo habría terminado!...

—¡No todo! —interrumpió el padre Manrique—. ¡Siempre quedaría pendiente la *cuenta del alma*..., que es de fijo la que le impide a usted suicidarse!

—¡La cuenta del alma! —repitió el joven—. ¡También es eso cierto! Yo le llamaba la cuenta de los demás, la cuenta de los inocentes... Pero veo que en el fondo...

—En el fondo es lo mismo... —proclamó el sacerdote—, y

---

[23] En la primera edición falta todo esto. El padre Manrique acaba su razonamiento en: «¡por algo me habrá buscado usted!». Parece como si Alarcón, tras las críticas que recibió, hubiera tenido especial interés en corregir o justificar ciertas apreciaciones de sus personajes. En *Historia de mis libros* señaló: «Formada ya por los racionalistas, como dijimos al hablar de *La Alpujarra*, la fría resolución de acusarme de neocatólico y ultramontano (...) comenzaron por establecer que no había sido necesario, sino mero lujo levítico mío, el que Fabián Conde, en su tremendo caso de conciencia, acudiera, como acudió, a un clérigo célebre, en vez de dirigirse a cualquier famoso abogado o filósofo librepensador.» *(Obras completas, op. cit., pág. 22.)*

todo ello significa la *cuenta con Dios!* ¿Se convence usted ya de que no es ateo? Si lo fuera..., no tiene que esforzarse en demostrármelo, se habría pegado un tiro muy tranquilamente, *seguro* de poner así término a sus males y de olvidarlos... Todo esto dice el trágico semblante de usted... Pero, amigo, usted no abriga esa *seguridad:* usted teme, sin duda, no matar su alma al propio tiempo que su cuerpo; teme recordar desde otra parte los infortunios de la tierra; teme acaso que allá arriba le pidan cuenta de sus acciones de aquí abajo.

—¡Ojalá creyese que allí puede uno darlas! —prorrumpió Fabián con imponente grandeza—. ¡Ya habría volado a los reinos de la muerte a sincerarme de la vil calumnia que me anonada hoy en la vida!

—¡No es menester ir tan lejos ni por tan mal camino para ponerse en comunicación con Dios! *¡Desde este mundo* le es fácil a usted sincerarse a los ojos del que todo lo ve!... —respondió el discípulo de San Ignacio.

—¡Pero es que yo no puedo ya vivir *en este mundo!* ¡Lo que a mí me sucede es horrible, espantoso, muy superior a las fuerzas humanas!

—¡Joven! ¡Pobre idea tiene usted de las fuerzas humanas! —replicó el jesuita—. ¡Nada hay superior a ellas en nuestro globo terrestre cuando el limpio acero del espíritu se templa en las mansas aguas de la resignación! Yo niego que los males de usted sean incurables... ¡Los he visto tan tremendos convertirse de pronto en santo regocijo! Pero, en fin, sepamos qué le sucede a usted... De *lo demás* ya trataremos..., pues confío en que nuestra amistad ha de ser larga... ¡Con un joven tan gallado, de fisonomía tan noble, y que tan fácilmente llora y hace llorar a quien le escucha, es fácil entenderse! Aguarde un poco... Voy a echar la llave a la puerta, para que nadie nos interrumpa. Además, le pondré a usted aquí otro vaso de agua, ya que el primero le ha sentado tan bien. ¡Oh, la vida..., la vida!... La vida se reduce a dos o tres crisis como ésta.

Así habló el padre Manrique; y, después de hacer todo lo que iba indicando, sentóse otra vez enfrente del joven; cruzó los brazos sobre el pecho, cerró los ojos y agregó solemnemente:

—Diga usted.

Fabián, que había seguido con cierto arrobamiento de niño mimado o de bien tratado enfermo el discurso y las operaciones del jesuita, asombrándose de hallarse ya, no sólo tranquilo, sino hasta casi contento, tuvo que recapacitar unos instantes para volver a sentir todo el peso de sus desventuras y coordinar el relato de ellas...

No tardó en cubrirse nuevamente de nubes el cielo de su alma, y entonces principió a hablar en estos términos:

Libro segundo

HISTORIA DEL PADRE DE FABIÁN

Lección segunda

HISTORIA DEL PADRE LAS CASAS

I

Primera versión

—Padre: yo soy Antonio Luis Fabián Fernández de Lara y Álvarez Conde, conde de la Umbría...

El jesuita abrió los ojos, miró atentamente a Fabián y volvió a cerrarlos.

—Paréceme notar —exclamó el joven, mudando de tono— que este título no le es a usted desconocido...

—Lo conozco... como todo el mundo —respondió suavemente el padre Manrique.

—¿Alude usted a la historia de mi padre?

—Sí, señor.

—Pues entonces debo comenzar por decirle a usted que, si sólo conoce su historia como todo el mundo, la ignora completísimamente...; y perdóneme la viveza de estas expresiones.

—Conozco también la *rehabilitación* de su señor padre (Q.E.P.D.), declarada por el Senado hace poco tiempo —añadió el sacerdote sin abrir los ojos.

—¡Aquélla fue su segunda historia, no menos falsa que la primera! —replicó Fabián con doloroso acento.

—¡Ah!... En ese caso, no he dicho nada... —murmuró el anciano respetuosamente—. Continúe usted, hijo mío.

—Yo le contaré a usted muy luego la historia cierta y positiva... —prosiguió Fabián—. Pero antes cumple a mi propósito decir por qué grados y en qué forma me fui enterando de la tragedia que le costó la vida a mi padre; tragedia que está enlazada íntimamente con mis actuales infortunios.

Contaba yo apenas catorce años, y vivía en una casa de campo del reino de Valencia, sin recordar haber residido nunca en ninguna otra parte, cuando la santa mujer que me había llevado en sus entrañas, y que era todo para mí en el mundo, como yo lo era todo para ella, viéndose próxima a la temprana muerte que le acarrearon sus pesares, llamóme a su lecho de agonía después de haber confesado y comulgado, y allí, en presencia del propio confesor, cura párroco de un pueblecillo próximo, me dijo estas espantosas palabras:

—«Fabián: ¡me voy!... Tengo que dejarte solo sobre la tierra... ¡Lo manda Dios! Ha llegado, pues, el caso de que te hable como se le habla a *todo un hombre;* que eso serás desde mañana, no obstante tu corta edad: ¡un hombre... libre..., dueño de sus acciones..., sin nadie que lo aconseje y guíe por los mares de la vida!... Fabián: hasta aquí has estado en la creencia de que tu padre, mi difunto esposo, fue un oscuro marino que murió en América, dejándonos un modesto caudal... ¡Pero nada de esto es cierto! Lo cierto es una cosa horrible, que yo debo revelarte para que nunca te la enseñe el mundo por medio de crueles desvíos, o sea, para que jamás hagas imprudentes alardes de tu *noble cuna,* que al cabo podrías conocer andando el tiempo, aunque yo nada te contase. Fabián: mi marido fue el general don Álvaro Fernández de Lara, conde de la Umbría. Durante la guerra civil[24] estaba bloqueado en una plaza fuerte de la provincia de que era comandante general, y *se la vendió a los carlistas por dinero.* Para ello se valió de un inspector de policía, llamado *Gutiérrez,* que mantenía relaciones en el campo del Pretendiente[25]. Pero la traición de ambos fue inútil: en tanto que tu padre salía de la plaza a media noche y entregaba las llaves al enemigo, el jefe político de aquella provincia, advertido de lo que pasaba, atrancó las puertas, las defendió heroicamente a la cabeza de la huérfana guarnición, y consi-

---

[24] Se refiere a la guerra declarada a la muerte de Fernando VII entre los partidarios de su hija Isabel II y los de su hermano Carlos María Isidro que, apoyándose en la Ley Sálica, reclamaba el trono de España para sí y se proclamó rey con el nombre de Carlos V. Esta primera *guerra carlista* (1832-1839) cabó en el famoso *Abrazo de Vergara* entre los generales Espartero y Maroto. *Vid.* nota 44.

[25] Se refiere, precisamente, a Carlos María Isidro de Borbón (1788-1855).

guió rechazar a los carlistas, bien que teniendo la desgracia de ver morir a su esposa, herida por una bala de los contrarios que penetró en la casa del Gobierno... Los carlistas entonces, viendo que, en lugar de apoderarse de la ciudad, habían tenido muchas bajas en tan estéril lucha, asesinaron a tu padre y a Gutiérrez, y recobraron la suma que les habían entregado. El Gobierno nombró al jefe político *marqués de la Fidelidad*, y declaró al conde de la Umbría *traidor a la patria;* embargó a éste sus cuantiosos bienes —que por la desvinculación[26] eran libres—, y suprimió su título de conde para extinguir hasta el recuerdo de aquella felonía. Puedes graduar lo que yo he padecido desde entonces... ¡Básste ver que tengo treinta y dos años y que me muero! Yo estaba en Madrid contigo cuando ocurrió la desgracia de tu padre, desgracia incomprensible, atendidas las grandes pruebas que hasta entonces había dado de hidalguía, de entereza de carácter, de adhesión a la causa liberal y de indomable valor... No bien tuve noticias de aquella catástrofe, sólo pensé en ti y tu porvenir. Me apresuré, pues, a ocultarte a los ojos del mundo, para que nunca se te reconociese como hijo del desventurado cuyo nombre inspiraba universal horror, y me vine contigo a esta casa de campo, que compré al intento, y donde nadie ha sospechado quiénes somos... Sólo lo sabe, bajo secreto de confesión, el virtuoso eclesiástico que nos escucha, y al cual le debemos, tú el haber recibido educación literaria en esta soledad, y yo consuelos y auxilios de verdadero padre. En su poder se halla todo mi caudal..., quiero decir, todo tu caudal..., mucho mayor de lo que te imaginas, pues asciende a dos millones de reales en oro, billetes del Banco y alhajas... ¡Puedes disfrutalo sin escrúpulo ni remordimiento alguno! Lo heredé de mis padres. Es el producto de la venta de todas mis fincas, que enajené al enviudar para que no quedase rastro de mi persona. Sigue siempre diciendo que eres hijo del marino Juan Conde..., que nunca existió. Nadie podrá contradecirte, pues hace diez años que el mundo entero nos da

---

[26] El régimen señorial fue abolido por las Cortes de Cádiz en virtud del decreto de 6 de agosto de 1811. Con los avatares del reinado de Fernando VII, los proyectos de abolición quedaron frenados o prosiguieron (1823). La ley de 26 de agosto de 1837 suprimió defitivamente los derechos jusrisdiccionales.

por muertos al hijo y a la viuda del conde de la Umbría. El nombre de *Fabián Conde*, que estás ya acostumbrado a llevar, te lo he formado yo con tu último nombre de pila y con el apellido de mi madre, y detrás de él nadie adivinará al que durante los cuatro primeros años de su vida se llamó *Antonio Fernández de Lara*. Mi deseo y mi consejo es que, así que yo muera, te vayas a Madrid con el señor cura, el cual hará que ingreses en un colegio o academia donde puedas terminar tu educación literaria, y colocará tu herencia en casa de un banquero. No la malgastes, Fabián... Piensa en el porvenir. Estudia primero mucho; viaja después; trabaja, aunque no lo necesites; créate un nombre por ti mismo; olvida el de tu padre... y sé tan dichoso en esta vida como yo he sido desventurada.»

El joven hizo una pausa al llegar aquí, y luego añadió con voz tan sorda que semejaba el eco de antiguos sollozos:

—Mi madre falleció aquella misma noche.

El padre Manrique elevó los ojos al cielo, y a los pocos instantes los volvió a entornar melancólicamente.

Reinó otro breve silencio.

II

Un hombre sin nombre

—Once años después de la muerte de mi madre —continuó Fabián—, era yo en Madrid lo que se suele llamar *un hombre de moda*. Había estado cuatro años en un colegio, donde aprendí idiomas, música, algunas matemáticas, historia y literatura profanas, equitación, dibujo, esgrima, gimnasia y otras cosas por el estilo; en cambio de las cuales olvidé casi por completo el latín y la filosofía escolástica, de que era deudor al viejo sacerdote. Había hecho un viaje de tres años por Francia, Inglaterra, Alemania e Italia, deteniéndome sobre todo en esta última nación a estudiar el arte de la escultura[27], que siempre ha sido mi distracción predilecta y en el que dicen alcancé algunos triunfos. Había, en fin, regresado a España y dádome a conocer en esta villa y corte como hombre bien vestido, como temible duelista, como jinete consumado, como jugador sereno, como decidor agudo y cruel (cuyos sarcasmos contra las flaquezas del prójimo corrían de boca en boca), y como uno de los galanes más afortunados de que hacía mención la crónica de los salones... Perdone usted mis feroces palabras... Le estoy hablando a usted el lenguaje del mundo, no el de mi conciencia de hoy...

Tenía yo a la sazón veinticinco años, y había ya gastado la

---

[27] Recuérdese que la acción de *El escándalo* comienza el mismo año en que Alarcón regresa de aquel viaje a Italia que plasmó en su libro *De Madrid a Nápoles*. Es posible que, en la inclinación de Fabián Conde por la escultura, Alarcón refleje una de sus aficiones artísticas.

mitad de mi hacienda, además de sus pingües réditos. De vez en cuando preguntábanse las gentes quién era yo... La calumnia, la fantasía o la parcialidad, es decir, mis muchos enemigos, émulos y rivales, la pequeña corte de aduladores de mis vicios, o las mujeres que se ufanaban de mis preferencias, inventaban entonces tal o cual historia gratuita, negra o brillante, horrible o gloriosa, que al poco tiempo era desmentida, y yo continuaba siendo recibido en todas partes, gracias a la excesiva facilidad que halla en Madrid cualquier hombre bien portado para penetrar hasta las regiones más encumbradas. Recuerdo que fui sucesivamente hermano bastardo de un reyezuelo alemán; hijo sacrílego de un cardenal romano; jefe de una sociedad europea de estafadores; agente secreto del emperador de Francia; un segundo Monte-Cristo[28], poseedor de minas de brillantes, etc.; y, como resumen de todo, seguían llamándome *Fabián Conde,* que era lo que mis tarjetas decían.

---

[28] Se refiere al personaje de Alejandro Dumas, protagonista de la novela de el mismo nombre, *El conde Montecristo.* La admiración de Alarcón por el novelista francés puede apreciarse en *Historia de mis libros,* cuando lo cita como uno de los primeros escritores a los que imitó: «Hoy creo discernir que en estos ensayos predomina la influencia de Alejandro Dumas (siempre me refiero al padre).» (*Obras completas, op. cit.,* pág. 7.) *Vid.,* asimismo, José Fernández Montesinos, *Pedro Antonio de Alarcón, op. cit.,* pág. 31, para comprobar esta admiración.

III

Otro hombre sin nombre

—En tal situación (esto es, hace por ahora un año), presentóse cierto día en mi casa una especie de caballero majo[29], como de cincuenta y cinco años de edad, vestido con más lujo que elegancia, y llevando más diamantes que aseo en la bordada pechera de su camisa; tosco y ordinario por naturaleza y por falta de educación, pero desembarazado y resuelto como todas las personas que han cambiado muchas veces de vida y de costumbres; hombre, en fin, robusto y sudoroso, que parecía tostado por el sol de todos los climas, curtido por el aire de todos los mares y familiarizado con todas las policías del mundo... Díjome que hacía poco tiempo había llegado de América y que tenía que hacerme revelaciones importantísimas...

Yo temblé al oír este mero anuncio, adivinando en el acto que aquel personaje de tan sospechosa facha era poseedor de mi secreto e iba a poner el dedo en la envejecida llaga de mi corazón. ¿Qué revelaciones podía tener que hacerme nadie, sin saber antes mi verdadero nombre?

—Espéreme usted un momento... —le dije, pues, dejándolo en la sala.

Y pasé a mi cuarto, cogí un revólver, me lo guardé en el bolsillo, torné en busca del falso caballero, lo conduje al aposento más apartado de la casa, cerré la puerta con llave y pasador, y díjele ásperamente:

---

[29] *majo*, «que en sus acciones y vestidos afecta un poco de libertad y guapeza, más propia de la gente ordinaria» *(D.R.A.E.)*.

—Siéntese usted y hable, explicándome ante todo quién es y por quién me toma.

—Me parecen muy bien todas estas precauciones... —respondió el desconocido, arrellanándose en una butaca con la mayor tranquilidad.

Yo permanecí de pie enfrente de él, pensando (pues debo confesárselo a usted todo) en qué haría de su cadáver, dado caso de que se confirmaran mis recelos; o en si me convendría más tirarme yo mismo un tiro, contentándome con los veinticinco años que había vivido sin que el mundo se enterase de mi desdicha.

—Si resulta que este hombre es el único que sabe la verdad —concluí en mis adentros—, debo matarlo... Pero si resulta que lo saben otras personas, yo soy quien debe morir.

—Mi nombre no viene a cuento ahora... —decía entretanto el forastero—. Pero si el señor se empeña en oír alguno, le diré cualquiera de los que he usado en Asia, África, América y Europa. En cuanto a lo de *por quién lo tomo a usted,* yo lo tomo por su propia persona; esto es, por Antonio Luis Fabián...

—¡Basta! —exclamé sacando el revólver—. Dispóngase usted a morir.

—¡Bravo mozo! —repuso el hombre de los diamantes sin moverse ni pestañear—. ¡Reconozco tu buena sangre! ¡No hubiera procedido de otra manera el difunto conde de la Umbría!

—¿Cómo sabe usted mi nombre? ¿Quién lo sabe además de usted? —grité fuera de mí—. ¡Responda usted la verdad! ¡Considere que en ello le va la vida!

—¡Tranquilícese, y guarde las armas para mejor ocasión! —replicó el atrevido cosmopolita—. Voy a contestarle al señor a sus preguntas, no por miedo, sino por lástima al estado en que se encuentra, y porque me conviene que recobre la calma antes de pasar a hablarle de negocios. Nadie, sino yo, conoce su verdadero nombre..., y si yo lo conozco, es porque siempre descubro aquello que me propongo descubrir.

«Cuatro meses hace que llegué a España, sin otro objeto que saber el paradero de la esposa del conde de la Umbría, y debo declararle al señor que cualquier otro que no fuera mi persona habría desesperado de conseguirlo a poco de dar los primeros pasos... ¡Tan hábilmente habían borrado ustedes las huellas de los suyos! "Debieron de morir pocos meses después que el conde" —me decían unos—. "Debieron irse a Rusia, a Filipinas o al corazón de África" —me contestaron otros—. "Nada ha vuelto a saberse de ellos" —añadían los de más allá—. "La viuda vendió su hacienda propia, y desapareció con su hijo; los mismos parientes del conde y de ella han desesperado de averiguar si son vivos o muertos; sin duda naufragaron en alguna navegación que hicieron con nombres que no eran los suyos...". Así me respondían los más enterados.

»Pero yo no desesperé por mi parte, y me constituí en medio de la Puerta del Sol, es decir, en el centro de toda España, con la nariz a los cuatro vientos, esperando que mi finísimo olfato acabaría por ponerme en la pista de ustedes... Me hice amigo de todos los polizontes de Madrid, y pasábame días y noches preguntándoles, siempre que veía una mujer de cuarenta años o un joven de veinticinco: *«¿Quién es ésa? ¿Quién es ése?»*; tan luego como notaba que había algo dudoso u obscuro en la historia de aquel personaje, dedicábame a aclararlo por mí mismo.

»Así las cosas, oí hablar del misterioso *Fabián Conde* y de todas las extravagantes genealogías que le inventaban. Procuré ver a usted: lo vi en el Prado, y lo hallé bastante parecido al difunto conde de la Umbría. "¡Él es!..." —me dije sin vacilar—. Entonces apelé a mi excelente memoria, y ésta me recordó que el hijo del general Fernández de Lara, si bien se llamaba Antonio Luis, cumplía años el 20 de enero, día de San *Fabián* y San Sebastián[30], y que el segundo apellido de la señora condesa era *Conde*. Pero no bastaba esto, y púseme a investigar cómo y cuándo apareció usted en Madrid. Pronto supe que fue a la edad de catorce años y en cierto colegio de la calle de Fuencarral. Fui al colegio, y allí averigüé que Fabián Conde ingresó en él como sobrino y pupilo de un cura de cierta aldea. Encaminéme a la aldea. El cura había muerto; pero todo el mundo me dio razón detallada de la niñez de Fabián, pasada en una casa de campo, a solas con su madre, virtuosísima señora que

---

[30] Obsérvese la precisión con que Alarcón señala los días exactos, y las horas, en que sucede la acción que narra. En la primera edición sólo aparecía: «cumplía años el día de *San Fabián* y San Sebastián.

murió allí, y de quien yo había oído hablar al conde... Pedí entonces un certificado de su partida de sepelio, y en ella encontré el nombre y pila y el apellido paterno de la condesa, seguidos de un gran borrón, al parecer casual, que ni al nuevo cura ni a mí nos permitió leer de quién era viuda aquella señora... Pero, ¿a qué más? Yo no trataba de ganar un pleito, sino de convencerme de una cosa, y de esa cosa ya estaba convencido... Fabián Conde..., quiero decir, *usted* era *hijo* del conde de la Umbría...

»Repito a usted, señor, que guarde ese revólver... ¡Mire que si no, va a quedarse sin saber lo que más le interesa!»

—¡Dígamelo usted pronto! —le respondí, volviendo a apuntarle con el arma.

—¡Qué necedad! —continuó el desconocido, sin alterarse ni poco ni mucho—. ¡Pues bien: lo que tengo que añadir, para que ese pícaro revólver se caiga al suelo, es que el nombre del conde la Umbría puede pronunciarse con la frente muy alta a la faz del universo, y que usted será el primero en proclamar mañana que es el suyo! ¡No a otra cosa he venido de América en busca de usted!

Excuso decir la alegría y el asombro con que oí estas últimas palabras. Aquel hombre, de aspecto tan odioso, me pareció de pronto un ángel del cielo.

—¿Quién es usted? ¿Qué está diciendo? ¡Explíquese, por favor! ¡Tenga piedad de un desgraciado!

Así, gemí, no pudiendo sofocar mi emoción, y caí medio desmayado en los brazos del forastero, quien ya se levantaba para auxiliarme.

Colocóme éste en otra butaca, y luego que me hube serenado, prosiguió:

—«Suspenda usted mi juicio acerca de mi persona, y no me dé gracias ni me cobre cariño. ¡Yo sólo soy acreedor al odio de usted, o a su desprecio! Además, el bien que estoy haciéndole no es desinteresado... ¡Ay! ¡Ojalá lo fuera! ¡Acabo de comprender que debe de ser muy dulce contribuir a la felicidad de alguien!... Pero yo no nací para practicar esta virtud ni ninguna otra... ¡Cada hombre tiene su sino!... En fin, entremos en materia, y óigame el señor sin rechistar, que la historia nos interesa mucho a los dos.»

IV

Segunda versión de la historia
del conde de la Umbría

«El Conde de la Umbría, descendiente de una de las más antiguas casas de Valladolid, poseedor de grandes riquezas, general a los treinta años, casado con una dignísima señora y hombre de gallarda figura, que me parece estar mirando, y de un valor y unos puños sólo comparables a la firmeza de su carácter y a su entusiasmo por la causa liberal, no tenía más que un flaco, que pocos grandes hombres han dejado de tener..., y éste flaco eran las mujeres.

»Durante su mando en la provincia de que era comandante general se enamoró perdidamente de la esposa del gobernador civil (o jefe político, como se decía entonces), hermosísima señora, que no tardó en corresponderle con vida y alma, sin que el jefe político, que era muy celoso, pareciese abrigar la menor sospecha. Llamábase éste don Felipe Núñez, y su mujer, doña Beatriz de Haro.

»Invadió por entonces aquella provincia un verdadero ejército de facciosos, y su padre de usted, que disponía de muy escasas tropas, tuvo que batirse a la defensiva, con gran heroísmo por cierto, hasta que se vio obligado a encerrarse en la capital, que por fortuna era plaza fuerte, bien que no de primer orden ni mucho menos. Una gran tapia aspillerada[31] rodeaba

---

[31] *aspillerada*, con aspilleras, aberturas largas y estrechas en el muro, hechas a propósito para disparar contra el enemigo.

la población, defendida principalmene por un castillo o ciudadela en bastante buen estado, de donde no era fácil apoderarse sin ponerle sitio en toda regla.

»Contentáronse, pues, los carlistas, por de pronto, con bloquear estrechamente la plaza, esperando refuerzos para combatirla, y su padre de usted ordenó desde luego que se trasladasen al castillo todos los fondos públicos y todas las oficinas, disponiendo que las autoridades pasasen allí la noche, "a fin, dijo, de poder celebrar consejo con ellas en el caso de que la ciudad fuese atacada repentinamente".

»Pero el verdadero objeto del enamorado general, al dictar esta última orden, fue hacer dormir fuera de casa al jefe político, y facilitarse él los medios de pasar libremente las noches al lado de la hermosa y rendida doña Beatriz. Para ello, así que todo el mundo se acostaba en el castillo, salía de él nuestro conde por una poterna[32] que daba al campo; caminaba pegado a las tapias que rodeaban la ciudad, llegaba a una puertecilla de hierro perteneciente a la huerta del Gobierno Civil, fortísimo edificio que había sido convento de frailes, y allí se encontraba con la persona que servía de intermediaria y confidente en aquellos amores.

»Esta persona era un tal *Gutiérrez,* inspector de policía y hombre de entera confianza para el jefe político, pero más aficionado a su padre de usted y a su noble querida (de quienes recibía grandes regalos) que al ruin y engañado esposo...; pues a éste no lo quería nadie por lo cruel y soberbio que era; soberbia y crueldad que iban unidas a una cobardía absoluta y a un espíritu artero, falaz e intrigante, basado en la envidia y en la impotencia. Su mujer lo despreciaba; Gutiérrez lo aborrecía. El general se reía de él a todas horas.

»Muchas noches iban ya del indicado manejo. Gutiérrez, encargado por el jefe político de la custodia de su mujer y de su casa, abría la puertecilla de hierro al general y lo conducía a las habitaciones de doña Beatriz a escondidas de toda la servidumbre, y, antes del amanecer, lo acompañaba de nuevo hasta dejarlo fuera de la huerta...

---

[32] *poterna,* puerta menor que las principales y mayor que un portillo, que da al foso o al extremo de una rampa, en las plazas fuertes.

»Así las cosas, llamó un día el jefe político a Gutiérrez; encerróse con él y le dijo:

»"—Lo sé todo. ¡Yo mismo he seguido al general una noche de luna y lo he visto penetrar por la puerta que usted le abría!... Creo que usted y yo nos conocemos lo bastante para no necesitar hablar mucho. Usted calculará lo que yo soy capaz de hacer, y lo que le espera a usted sin remedio humano, si se aparta un punto de mis instrucciones, y yo sé por mi parte todos los prodigios que usted llevará a cabo para librarse de la ruina, del presidio y hasta de la muerte, y ganarse además en pocas horas la cantidad de veinticinco mil duros... Así, pues, me dejo de rodeos, y voy derechamente al negocio. El ejército carlista se halla acampado a menos de una hora de aquí... Esta noche, enseguida que oscurezca, y después de decir al general que mi mujer lo aguarda indefectiblemente a la hora de costumbre, montará usted a caballo e irá a avistarse con el cabecilla***[33]. Le dirá usted, de parte del general Fernández de Lara, conde de la Umbría, que la proposición que rechazó éste la semana pasada de entregar el castillo por medio millón de reales, le parece ya admisible, no precisamente por codicia de la suma, sino porque el conde está disgustado del Gobierno de Madrid, y siente además que las ideas de sus antepasados, favorables al régimen absoluto, principian a bullir en su alma. Hecho el trato, manifestará usted al cabecilla que el general saldrá de la fortaleza esta misma noche a las doce, llevando consigo la llave de la poterna. Los demás artículos del convenio los dejo a la sagacidad de usted, que sabrá componérselas de modo que no se le escapen los veinticinco mil duros..., con los cuales se irá usted a donde yo nunca más le vea, ni puedan alcanzarle las garras de la justicia... ¿Estamos conformes?"

»Gutiérrez, que durante aquel discurso había pesado el pro y el contra de todo; Gutiérrez, que comprendió que, si se negaba a aquella infamia, el jefe político sería tan feroz e implacable con él como disimulado y cobarde seguiría siendo con el intrépido general, a quien nunca se atrevería a pedir cuentas de su honra; el pobre Gutiérrez, que por un lado se veía perdido mi-

---

[33] Los tres asteriscos o los puntos suspensivos son uno de los recursos utilizados por Alarcón para demostrar mayor veracidad en la historia que narra.

serablemente y por otro podía ganarse medio millón[34] a costa de mayores o menores riesgos; Gutiérrez, digo, aceptó lo que se le proponía...

»¿A qué afligir a usted especificándole los repugnantes preparativos de lo que ocurrió aquella noche? Baste decir que cuando el conde de la Umbría se encaminaba, a eso de la una, enteramente solo, a la puertecilla de hierro de la Jefatura, llevando en el bolsillo la llave de la poterna por donde había salido del fuerte, no reparó en que dos hombres lo observaban a la luz de la luna, escondidos entre las hierbas del foso; ni menos descubrió que, a doscientos pasos de allí, había otros tres hombres montados a caballo y ocultos entre los árboles; ni notó, por último, que algo más lejos, en la depresión que formaba el lecho del río, estaban tendidos en el suelo ochocientos facciosos, cuyas blancas boinas y relucientes fusiles parecían vagas refulgencias del astro de la noche.

»Los dos emboscados de a pie eran dos oficiales carlistas que conocían mucho al general.

»Los tres del arbolado eran: Gutiérrez (que tenía ya los veinticinco mil duros en un maletín sujeto a la montura de su caballo), y dos coroneles facciosos que, pistola en mano, custodiaban al polizonte, esperando, para dejarlo huir en libertad con el dinero, a que cierta señal convenida les dijese que los dos oficiales habían reconocido al general Fernández de Lara...

»Sonó al fin en el foso un canto de codorniz, perfectamente imitado con un *reclamo* de caza, y luego otro, y después un tercero, cada uno de ellos de cierto número de golpes...

»“—Nuestros amigos nos dan cuenta de que el conde de la Umbría ha cumplido su palabra y se halla fuera del castillo... —dijeron entonces a Gutiérrez sus guardianes, desmontando las pistolas—. Puede usted marcharse cuando guste.”

»Gutiérrez no aguardó a que le repitieran la indicación: metió espuela a su caballo y desapareció a todo escape, dirigiéndose a una intrincada sierra que distaba de allí muy poco.

»Entretanto, los dos coroneles por un lado y los dos oficiales por otro, avanzaban hacia la puertecilla de hierro de la Jefa-

---

[34] Medio millón de reales.

96

tura Política, sitio en que Gutiérrez les había dicho que los aguardaría el general...

»Éste, a juzgar por su actitud, no había sospechado nada al oír el canto de la codorniz, ni divisado todavía bulto alguno; pero, al llegar a la puertecilla que daba paso al edén de sus amores y no encontrarla abierta, ni a Gutiérrez esperándolo, según costumbre, comprendió sin duda que sucedía algo grave...; recelo que debió de subir de punto al oír no muy lejos pisadas de caballos...

»Ello es que los oficiales carlistas dicen (me lo han dicho a mí) que entonces lo vieron desembozarse pausadamente, terciarse la capa, coger con la mano izquierda la espada desnuda que hasta aquel momento había llevado debajo del brazo, y empuñar con la derecha una pistola...; pues es de advertir que su padre de usted, aunque se vestía de paisano para aquellas escapatorias, iba siempre muy prevenido de armas, a fin de defender, no tanto su persona, cuando la llave de la poterna, caso de algún tropiezo en tan solitarios parajes.

»Dispuesto así a la lucha, trató de desandar lo andado y volverse al castillo; pero no había dado veinte pasos en aquella dirección, y pasaba precisamente por debajo de unos altos balcones de la Jefatura Política que miraban al campo, cuando los dos coroneles y los dos oficiales carlistas, aquéllos a caballo y éstos a pie, avanzaron descubiertamente a su encuentro, haciéndole señas con pañuelos blancos, y diciéndole con voz baja y cautelosa:

»"—¡Eh, general..., general! ¡Que estamos aquí!"

»La contestación del general fueron dos pistoletazos, que derribaron por tierra a ambos coroneles.

»"—¡Traición!" —gritaron a una voz los cuatro facciosos.

»"—¡Traición, traición! ¡Atrancad la poterna!" —gritó por su parte el conde de la Umbría, arremetiendo espada en mano contra los dos oficiales.

»De los dos coroneles, el uno estaba ya muerto y el otro luchaba con la agonía.

»"—¡Traición, traición!" —apellidaban entretanto mil y mil voces dentro del castillo y de la ciudad.

»"—¡Traición!" —repetía al mismo tiempo en el campo un inmenso vocerío.

»"—¡Atrancad la poterna!" —seguía clamando el conde de la Umbría con estentóreo acento.

»"—¡Viva Isabel II! ¡Viva María Cristina!"[35] —se gritaba en las murallas.

»"—¡Adelante! ¡Fuego ¡Viva Carlos V!"[36] —respondían los facciosos, avanzando hacia el castillo.

»"—¡General! ¡Entregue usted la llave, y nosotros le pondremos en salvo! —decían en aquel instante los dos oficiales carlistas a su padre de usted, apuntándole con las pistolas, al par que retrocedían ante su terrible espada—. ¡Nosotros no queremos matar a un valiente!... Hemos servido a sus órdenes... ¡Entregue usted la llave, y en paz! ¡Somos los encargados de recogerla..."

»"—¡Tirad, cobardes! —les respondía el conde, persiguiendo, ora al uno, otra al otro, y sin poder alcanzar a ninguno—. ¡Esta llave no se apartará de mi pecho sino con la vida!"

»"—¡Luego es usted dos veces traidor, señor conde —replicó un oficial—; traidor a los suyos y a los nuestros! ¿Conque es decir que nos ha hecho usted fuego, no por equivocación, sino por perfidia?..."

»"—¡Yo no soy traidor a nadie! —respondió su padre de usted—. ¡Los traidores sois vosotros! ¡Desnudad las espadas, y venid entrambos contra mí!"

»"—¡Pues muera usted!" —repuso uno de los oficiales, disparándole dos tiros a un mismo tiempo.

»El general cayó de rodillas, pero sin soltar la espada.

»"—¡Ríndase usted! —le dijo el otro oficial— ¡Usted explicará su conducta, y nuestro Rey lo indultará!"

»"—¡Acaba de matarme, perro, o acércate a mí con la espada en la mano!" —respondió el conde, poniéndose en pie mediante un esfuerzo prodigioso.

»"—¡Ah! ¡No lo matéis!..." —cuentan los oficiales que gritó

---

[35] María Cristiana de Borbón (1806-1878), cuarta esposa de Fernando VII, era sobrina del propio rey. Los carlistas vieron con malos ojos este matrimonio, porque especulaban con que la falta de sucesión al trono hasta esa fecha (1829) significara la coronación de Carlos María Isidro. La princesa de Asturias, futura Isabel II, nació en 1830, y desde la muerte de su padre (1833) hasta 1840 María Cristina será reina regente.

[36] Carlos María Isidro. *Víd.* nota 24.

en esto una voz de mujer, allá en los altos balcones de la Jefatura.

»Pero también dicen que, aunque alzaron la vista, no descubrieron a nadie en aquellos balcones. Quienquiera que hubiese gritado, había huido...

»"—¡Batíos, cobardes!" —proseguía el general, conociendo que se le acababa el aliento.

»"—¡Toma..., ya que te empeñas en morir!" —dijo el segundo oficial.

»Y disparó a tres pasos sobre el conde de la Umbría, hiriéndole en mitad del corazón.

»"—¡Así!" —dijo su padre de usted.

»Y cayó muerto.

»Los dos oficiales registraron enseguida el cadáver, apoderándose de la llave de la poterna, y corrieron a incorporarse a su gente, exclamando:

»"—¡Adelante, hijos! ¡Aquí está la llave! ¡El castillo es nuestro!"

»Pero el infame jefe político no se dormía entretanto, sino que ya ponía por obra la digna farsa que le valió el título de marqués de la Fidelidad.

»Sólo con atrancar sólidamente la poterna, como mandó atrancarla desde luego, el castillo era inexpugnable..., a lo menos para ochocientos hombres de infantería... Por consiguiente, toda la defensa que dirigió aquella noche, y que tanto elogiaron algunas personas pagadas por él, se redujo a estarse metido en una torre, mientras las tropas disparaban algunos tiros a los carlistas que se acercaban a la poterna.

»No tardaron éstos en conocer que aquel portillo estaba atrancado y más defendido que ningún otro, por lo mismo que ellos poseían su llave, y, después de perder algunos hombres en infructuosas tentativas, se retiraron a su campamento, llevando como único trofeo el cadáver del general, que tan caro les había costado...

»En cambio, el jefe político había tenido suerte en todo. Doña Beatriz, enterada, por una frase que Gutiérrez pudo decirle antes de marchar, de que su marido estaba en el secreto de cuanto había pasado entre el general y ella, y sabedora además de que su idolatrado amante había perdido vida y honra por su causa, se suicidó aquella misma noche, durante el tiroteo entre liberales y carlistas, disparándose un pistoletazo sobre el corazón...

»Así lo referían a la mañana siguiente dos criados, que acudieron al tiro y vieron el arma, humeante todavía, en manos de la desgraciada... Pero después el jefe político lo arregló todo de forma que resultase que una bala carlista lo había dejado viudo, con lo cual echó un nuevo velo sobre las para él deshonrosas causas de aquel suicidio, y se captó más y más la generosa compasión y productiva gratitud de sus conciudadanos, representados por el Gobierno y por las Cortes...

»No quedaron menos desfigurados los demás trágicos sucesos de aquella noche. Con las versiones contradictorias que corrieron en el campo carlista y con las especies que cundió mañosamente el jefe político formóse una falsa *historia oficial,* reducida a que el conde de la Umbría vendió efectivamente la plaza y tomó el dinero, y a que los carlistas, creyéndose engañados al ver que se defendía la guarnición, dieron muerte al general y a Gutiérrez, y recobraron los veinticinco mil duros.

»Negaban los facciosos este último extremo; pero como los dos coroneles murieron, el uno en el acto y el otro a las pocas horas, sin poder articular palabra, no pudo averiguarse nada sobre Gutiérrez.

»En cuanto a los dos oficiales, avergonzados del pavor que les causó hasta el último instante el intrépido conde de la Umbría, guardáronse muy bien de contar las nobles y animosas palabras que le oyeron, y que tal vez hubieran evitado la nota de infamia que manchó su sepulcro...

»Finalmente: Gutiérrez desapareció de España, sin que se haya vuelto a saber de él, y, por tanto, no ha habido manera hasta ahora de contradecir lo que los periódicos, el Gobierno, las Cortes y todo el mundo dijeron en desdoro de su padre de usted y en honra y gloria del jefe político —el cual es hoy marqués, grande de España, senador del Reino, candidato al Ministerio de Hacienda y uno de los hombres más ricos de Madrid...—; esto último por haberse casado en segundas nupcias con una vieja que le llevó muchos millones y que le dejó por heredero...

»Conque ya sabe usted la historia de la muerte del conde de la Umbría. ¡Figúrese usted ahora el partido que podemos sacar de ella!»

V

Tercera versión.
Proyecto de contrato.
El padre Manrique enciende la luz

—Terminado que hubo de hablar el desconocido —continuó Fabián—, salí yo de la especie de inanición y somnolencia en que me habían abismado[37] tan espantosas revelaciones... Más de una vez, durante aquel relato, me había arrancado dulcísimas lágrimas la trágica figura de mi padre, que por primera vez aparecía ante mis ojos despojado de su hopa de ignominia... y digno de mi piedad filial y de mi respeto... Otras veces había llorado de ira y ardido en sed de venganza al considerar la infame conducta del llamado marqués de la Fidelidad. Otras había temblado al ver morir a doña Beatriz de Haro y a los dos coroneles por culpa de aquellos terribles amores, que me recordaban juntamente la desgraciada estrella de mi adorada madre.. Y, como resumen de tan profundas emociones, experimentaba una feroz alegría, que encerraba mucho de egoísmo... ¡Ya podía ser soberbio! ¡Ya podía levantar la frente al par de

---

[37] *abismarse*, «llegar a tener una persona tan absorbido su espíritu o su atención por la cosa que se expresa que permanece ajeno a todo lo demás». (María Moliner, *Diccionario de uso del español*, Madrid, Gredos, 1981.) Esta acepción, que no figura en el *D.R.A.E.*, ya fue utilizada por Alarcón en *Verdades de paño pardo* (1854). *Vid.* A. Aguilar y Tejera, *Verdades de paño pardo y otros escritos olvidados*, Madrid, 1928, pág. 28.

todos los nacidos! ¡Ya tenía nombre; ya tenía honra; ya tenía padre!... ¿Qué me importaba todo lo demás?

Sin embargo, pronto se despertaron nuevas inquietudes en mi espíritu. ¿Quién era aquel hombre, revelador de tan importante secreto? ¿Quién me respondía de que su relato fuera verdad? Y, aunque lo fuera, ¿cómo probarlo a los ojos del mundo? ¿Cómo separar la historia militar y política de mi padre, tan pura y tan luciente, de aquel oscuro drama que había costado la vida a doña Beatriz? ¿Cómo justificar al conde de la Umbría en lo tocante a la patria, sin denunciarlo en lo tocante a la familia, sin revelar aquel doble adulterio que no dejaría de hacerlo odioso al público y a los jueces, y sin deshonrar las cenizas de la triste mujer que se suicidó por su culpa?...

El desconocido, adivinando mis reflexiones, las interrumpió con este desenfadado epílogo:

«—No cavile más el señor... Todo lo tengo arreglado convenientemente, en la previsión de los nobles escrúpulos con que lucha en este momento. ¡Yo soy un hombre práctico! Su padre de usted será rehabilitado, sin que salga a relucir la verdadera causa de su muerte...»

—Pues, entonces, ¿cómo?...

«—¡Verá usted! Los dos oficiales carlistas que lo mataron para quitarle la llave, entraron luego en el Convenio de Vergara[38], son hoy brigadieres y viven en Madrid...»

—¡Yo los mataré a ellos hoy mismo! —exclamé—. ¡Dígame usted sus nombres!...

«—Se los diré a usted; pero será para que les dé las gracias. Aquellos bravos militares, que no hicieron más que cumplir

---

[38] La guerra civil acabó con el tratado concertado entre los generales Espartero y Maroto, firmado en Oñate el día 29 de agosto de 1839, ratificado en Vergara el 31 del mismo mes. El día de la ratificación se verificó una escena de reconciliación en la que Espartero abrazó al general Maroto y mandó a sus soldados abrazar a los carlistas. De ahí nació el nombre de *Abrazo de Vergara,* con que se conoce a este tratado. Esta escena se repitió en el Congreso, donde se abrazaron los defensores y los enemigos de los fueros, en sesión de 7 de septiembre que fue llamada, por eso, *la sesión de los abrazos.* Por este convenio, los soldados carlistas serían admitidos en los ejércitos isabelinos en el mismo escalafón en el que figurasen en sus respectivas armas. Alarcón escribió una novela corta con el título de *El abrazo de Vergara,* en la que, imitando el estilo de Alfonso Karr, el autor juega con el equívoco del título.

con su deber, se hallan dispuestos a declarar la verdad...; esto es, a decir bajo juramento que, mientras ellos se batían con el general Fernández de Lara, le oyeron gritar muchas veces: *"¡Traición! ¡A las armas! ¡Atrancad la poterna! ¡Viva Isabel II!"* Cuento además con algunos sujetos que eran entonces soldados de la Reina, y con otros que eran facciosos, todos los cuales tomaron parte en aquel tiroteo, y declararán... al tenor de lo que yo les diga... ¡Con el dinero se arregla todo! Por último, el mismo Gutiérrez atestiguará...»

—¡Gutiérrez! —prorrumpí, herido de una repentina sospecha—. ¡Conque Gutiérrez vive! ¡Entonces ya sé quién es usted!... ¡Usted es Gutiérrez!

Y contemplé a aquel hombre con el horror que podrá usted imaginarse.

El desconocido me miró tristemente; sacó unos papeles del bolsillo y prosiguió de esta manera:

«—Aquí tiene usted una partida de sepelio, de la cual resulta que Gutiérrez falleció hace un año en Buenos Aires. Y aquí traigo además una carta suya, escrita la víspera de su muerte, y dirigida al hijo del conde de la Umbría, en la que se acusa de haber sido el *único* causante del triste fin e inmerecido deshonor póstumo de tan digno soldado. Esta carta, dictada por los remordimientos, será la piedra fundamental de la información que abrirá el Senado. Gutiérrez oculta en ella todo lo concerniente al jefe político y a su esposa, a fin de que la defensa del *general* no vaya acompañada de escandalosas revelaciones que le enajenen al *hombre* las simpatías del público y de la Cámara. Así es que se limita a decir que, sabedor, como jefe de policía, de que el general salía del castillo algunas noches por la poterna, disfrazado y solo, pues no se fiaba de nadie, a observar si el enemigo intentaba alguna sorpresa, excogitó[39] aquella diabólica trama para estafar, como estafó, a los carlistas en la cantidad de veinticinco mil duros; añade que vio a su honrado padre de usted morir como un héroe; indica los testigos que pueden declararlo todo, y concluye pidiéndole a usted perdón... ¡a fin de que Dios pueda perdonarlo a él! Por cierto que Gutiérrez lloraba al escribir estas últimas frases...»

[39] *excogitar*, hallar algo discurriendo y meditando.

103

—Yo lo perdono... —respondí solemnemente—. Yo lo perdono..., y le agradezco el bien que me hace ahora. Además, él no procedió contra mi padre por odio ni con libertad de acción... Lo que hizo..., lo hizo por salvarse a sí propio y por codicia de una gran suma de dinero... ¡Perdonado está aquel miserable!

El desconocido se puso, no digo pálido, sino de color de tierra, en tanto que yo pronunciaba estas palabras..., hasta que, por último, cayó de rodillas ante mí y murmuró con sordo acento:

«—¡Gracias, señor conde!... ¡Gracias! Yo soy Gutiérrez.»

Renuncio a describir a usted la escena que se siguió. Más de una hora pasé sin poder avenirme a hablar ni a mirar a aquel hombre que se arrastraba a mis pies justificándose a su manera, recordándome que ya lo había perdonado, y ofreciéndome rehabilitar a mi padre en el término de ocho días...

Esta última idea acabó por sobreponerse en mí a todas las demás, y entonces... ¡sólo entonces! le dije a Gutiérrez sin mirarlo:

—Por veinticinco mil duros causó usted la muerte y la deshonra de mi padre... ¿Cuánto dinero me pide usted ahora por su rehabilitación?

«—A usted ninguno, señor conde, si no quiere dármelo —respondió Gutiérrez, levantándose y yendo a ponerse detrás de mi butaca para librarme de su presencia—. Soy pobre...; ¡he perdido al juego aquella cantidad!...; tengo familia en América..., pero a usted no le intereso nada (sino aquello que sea su voluntad), por devolverle, como le voy a devolver, o le devolverá el Senado, el título de *Conde* y la secuestrada hacienda de su señor padre..., caudal que, dicho sea entre nosotros, asciende a más de ocho millones.»

—Pues ¿quién podrá pagarle a usted estos nuevos oficios, caso que yo me resista a ello?...

«—En primer lugar, usted no se resistirá de manera alguna, cuando sea poseedor, gracias a mí, de un caudal tan enorme... ¡Yo le conozco a usted... y para ello no hay más que mirarlo a la cara! En segundo lugar, yo me daría siempre por muy recompensado con su perdón de usted y con verme libre de unos remordimientos que..., la verdad..., me molestan mucho desde que me casé y tuve hijos... ¿Usted se asombra? ¡Ah, se-

ñor conde!, yo no soy bueno..., pero tampoco soy una fiera...,
y ¡bien sabe Dios que siempre tuve afición a su padre de usted
y a doña Beatriz! Por último: a falta de otra recompensa... (vea
usted si soy franco), cuento ya con hacerle pagar cara mi vuelta a Europa al verdadero infame..., al verdadero Judas...»

—¿A quién?

«—¡Al autor de todo!... ¡Al marqués de la Fidelidad! ¡Quince mil duros le va a costar mi reaparición!»

—¡Eso no lo espere usted! ¡Al marqués de la Fidelidad lo
habré yo matado mañana a estas horas!

«—Confío en que el señor conde no hará tampoco semejante locura —replicó Gutiérrez—; pues equivaldría a imposibili-
tar la rehabilitación del general Fernández de Lara. ¡Sólo el
ilustre senador, marqués de la Fidelidad, puede conseguirla;
sólo él, candidato para el Ministerio de Hacienda, tiene autoridad e influencia bastantes a conseguir que las Cortes deroguen
las leyes y decretos que se fulminaron contra el supuesto reo
de alta traición!...»

—¡Pero es que el marqués de la Fidelidad —añadí yo— no
se prestará a defender a mi padre, al amante de su esposa!...

«—¡Precisamente porque su padre de usted fue amante de
su esposa se aprestará a defenderlo, o, más bien dicho, está ya
decidido a realizarlo!...»

—No veo la razón...

«—Nada más sencillo. Antes de venir acá he tenido con él
varias entrevistas, y habládole... como yo sé hablar con los
malhechores. Resultado: el marqués se compromete a declarar
en favor del conde de la Umbría; a decir en pleno Senado que,
en efecto, aquella noche creyó reconocer su voz que gritaba:
"¡Traición!..." "¡Atrancad la poterna!"; a interponer su valimiento
con el presidente del Consejo de Ministros para ganar la vota-
ción, y a darme a mí además quince mil duros: todo ello con
tal de que yo no publique, como lo haría en otro caso, aun a
costa de mi sangre, su propia ignominia; esto es, los amores de
su difunta mujer con el general Fernández de Lara, la insigne
cobardía con que rehuyó pedirle a éste cuenta de su honra, la
aleve[40] misión que me confió de ir en busca de los carlistas, la

---

[40] *aleve,* «alevosa, traidora».

ridícula farsa de la defensa del castillo, la heroica muerte de su padre de usted, consecuencia de aquellas infamias, el suicidio de doña Beatriz de Haro, y, en fin, tantas y tantas indignidades como dieron origen al irrisorio marquesado de la Fidelidad. Tengo testigos de todo y para todo, principiando por aquellos criados que presenciaron la muerte de doña Beatriz... Ya ve usted que no he perdido el tiempo durante los cuatro meses que llevo en España. Además, hele dicho al marqués que el hijo del conde de la Umbría existe (bien que ocultándole que usted lo sea), y le he amenazado con que, si se niega a complacernos, tendrá que habérselas con una espada no menos temible que la de aquel ilustre prócer, ¡con la espalda del heredero de su valor y de sus agravios!... ¡No dude usted, pues, de que el antiguo jefe político dirá desde la tribuna todo lo que yo quiera!... ¡Tanto más, cuanto que él me conoce y sabe que no adelantaría nada con descubrir mi nombre y entregarme a la justicia! ¡Yo camino siempre sobre seguro!»

—¡Está bien! ¡Concluyamos! —exclamé, por último, con febril impaciencia, fatigado de la lógica, del estilo y de la compañía de aquel hombre siniestro, a quien me ligaba la desventura—. ¿Qué tengo yo que hacer?

«—¿Usted? ¡Casi nada! —respondió Gutiérrez, alargándole un pliego por encima del respaldo de la butaca—. Firmar esta petición y remitirla al Senado. El marqués de la Fidelidad la apoyará cuando se dé cuenta de ella; se abrirá una información parlamentaria; usted presentará entonces los documentos del *difunto Gutiérrez* y los testigos que yo le iré indicando, y punto concluido... Nuestro marqués hará el resto.»

—Pues deje usted ahí ese papel, y vuelva mañana... —repuse con mayor fatiga.

«—Es decir, que... ¿acepta usted?»

—¡Le repito a usted que vuelva mañana!... Necesito reflexionar... Estoy malo... Tengo fiebre... ¡Suplico a usted que se marche!

Así dije, y arrojé al suelo la llave del cuarto.

Gutiérrez la recogió sin hablar palabra; abrió la puerta y desapareció andando de puntillas.

Yo permanecí sumergido en la butaca, hasta que las sombras de la noche me advirtieron que hacía seis horas que me hallaba allí solo, entregado, más bien que a reflexiones, al delirio de la calentura. Estaba realmente enfermo...

Y, sin embargo, ¿qué era aquel conflicto comparado con la tribulación que hoy me envuelve? Entonces, bien que mal, orillé[41] prontamente y sin grandes dificultades aquel primer abismo que se abrió ante mi conciencia... Pero hoy, ¿cómo salir de la profunda sima en que he caído? ¿Cómo salvarme si usted no me salva?

—No involucremos las cosas... —prorrumpió el padre Manrique al llegar a este punto—. Lo urgente ahora es saber cómo *orilló* su conciencia de usted (lo de *orillar* me ha caído en gracia) el mencionado *primer abismo*.

No debió comprender Fabián la intención de aquellas palabras, pues que replicó sencillamente:

—¡No me negará usted que la proposición de Gutiérrez merecía pensarse, ni menos extrañará el que me repugnara tratar con aquel hombre!... ¡Ah! Mi situación era espantosa, dificilísima...

El jesuita respondió:

—*Espantosa*... sigue siéndolo. *Difícil*... no lo era en modo alguno.

—¿Qué quiere usted decir, padre mío?

—Más adelante me comprenderá usted... Pero observo que se nos ha hecho de noche y que estamos a oscuras... Con licencia de usted, voy a encender una vela. ¡Ah! Los días son ahora muy cortos... Se parecen a la vida. Mas he aquí que ya tenemos luz... ¡Alabado sea el Santísimo Sacramento del Altar!

Fabián se llevó la mano a la frente al oír esta salutación; pero luego la retiró ruborizado, como no atreviéndose a santiguarse...

El padre Manrique, que lo miraba de soslayo, sonrióse con la más exquisita gracia, y le dijo aparentando indiferencia:

—Puede usted continuar su historia, señor conde.

---

[41] *orillar*, «dejar a un lado, evitar o sortear alguna dificultad u obstáculo». Esta acepción no figura en el *D.R.A.E. (Vid.* María Moliner, *Diccionario de uso del español, op. cit.)* La repetición de esta palabra en boca de Fabián y del padre Manrique tiene la función de mantener el hilo del relato en la estructura narrativa.

Fabián se santiguó entonces aceleradamente, y enseguida saludó al anciano con una leve inclinación de cabeza.

Reinó un majestuoso silencio.

—Muchas gracias... —exclamó al cabo de él el padre Manrique—. Es usted muy fino..., muy atento...

—¿Por qué lo dice usted? —tartamudeó el joven.

—Por la cortesía y el respeto de que me ha dado muestras, santiguándose *contra su voluntad*... Ciertamente, yo habría preferido verle a usted saludar con alma y vida, en esta solemne hora, a Aquel que dio luz al mundo y derramó su sangre por nosotros... Pero, en fin, ¡algo es algo! ¡Cuando usted ha repetido mi acción no le parecerá del todo mala..., y hasta podrá ser que, con el tiempo, rinda homenaje espontáneamente a nuestro divino Jesús! ¡Le debe tanto bien el género humano!⁴².

—¡Padre! —exclamó el conde, poniéndose encarnado hasta los ojos e irguiéndose con arrogancia—. Al entrar aquí le dije ingenuamente...

—¡Ya lo sé! ¡Ya lo sé! —interrumpió el jesuita—. Usted no es religioso... No hablemos más de eso... No tiene usted que incomodarse... ¡Mi ánimo no ha sido, ni será nunca, violentar la *conciencia* de usted!...

—Yo amo y reverencio la moral de Jesucristo... —continuó Fabián—. Pero sería hipócrita, sería un impostor, si dijese...

—¡Nada! ¡Nada, joven!... ¡Como usted guste!... —insistió el anciano, atajándole otra vez la palabra con expresivos ademanes—. Toavía no es tiempo de volver a hablar de esas cosas... Continúe usted... Estábamos en el *primer abismo*. Veamos cómo logro usted *orillarlo*.

Fabián bajó la cabeza humildemente, y al cabo de un rato prosiguió hablando así:

---

⁴² Muchas de las opiniones del padre Manrique son más breves en la primera edición. Las ampliaciones que realiza Alarcón parecen querer reforzar su postura católica. En la citada primera edición falta desde: «¡Cuando usted ha repetido...», hasta aquí.

Libro tercero

DIEGO Y LÁZARO

I

Cadáveres humanos

—Aun a riesgo de que tache usted de incoherente mi narración, necesito ahora retroceder un poco en ella, a fin de dar a usted completa idea de las dos singularísimas personas con quienes consulté aquella noche el grave asunto que me había propuesto Gutiérrez...

Y tomo desde algo lejos mi referencia a esas dos personas, porque precisamente son las que más figuran en mi vida, que no por afán pueril de sorprender y maravillar a usted con el relato de historias de seres misteriosos... Semejante entretenimiento fuera indigno de usted y de mí, y más propio de un folletín que de esta especie de confesionario...[43]. En suma: por dramáticos que le parezcan a usted los *hechos* que paso a referirle, no crea que reside en ellos el verdadero interés de la tragedia que aquí me trae... Esta tragedia es de un orden íntimo, personal, subjetivo (que se dice ahora), y los sucesos y los personajes que voy a presentar ante los ojos de usted son como un andamio de que me valgo para levantar mi edificio; andamio que retiraré luego, dejando sólo en pie el problema moral con que batalla mi conciencia... Óigame usted, pues, sin impacientarse...

—Descuide usted —dijo el padre Manrique—. Ya hace rato que me figuro, sobre poco más o menos, adónde vamos a pa-

---

[43] Alarcón intenta justificar el tono folletinesco del relato. *Víd.* nuestra «Introducción».

rar. Cuénteme usted la historia de esas dos personas. Nos sobra tiempo para todo.

El joven vaciló un momento; púsose aún más sombrío de lo que ya estaba, y dijo melancólicamente:

—Diego y Lázaro...: los dos únicos amigos que he tenido en este mundo, y de los cuales ninguno me queda ya...; Diego y Lázaro..., nombres que no puedo pronunciar aquí, donde se da crédito a mis palabras, sin que mi corazón los acuse de ingratos y de injustos..., son las personas a que me refiero... ¡Ah, padre mío! Mire usted estas lágrimas que asoman a mis ojos, y dígame si yo habré podido ser nunca desleal a esos dos hombres!

—¡Profundo abismo es la conciencia humana! —murmuró el padre Manrique, asombrado ante aquél nuevo piélago de amargura que descubría en el alma de Fabián—. ¡Cuánta grandeza y cuánta miseria viven unidas en su corazón de usted! ¡Cuántas lágrimas le he visto ya derramar por fútiles motivos! ¡Y cuán insensible se muestra en las ocasiones que más debiera llorar! Prosiga usted..., prosiga usted..., y veamos quiénes eran esas dos hechuras de Dios, que tanto imperio ejercen en el espíritu descreído de que hizo usted alarde al entrar aquí.

Estas severas palabras calmaron nuevamente a Fabián.

—Tiene usted razón, padre... —dijo con una sonrisa desdeñosa—. ¡Doy demasiada importancia a mis verdugos!... Por lo demás, no se trata aún del *actual estado* de mis relaciones con Diego y Lázaro; trátase ahora de cuándo y dónde los conocí, de cómo eran entonces, de por qué les tomé cariño, y de la memorable consulta que celebré con ellos la noche que siguió a mi conferencia con Gutiérrez.

—¡Exacto! —respondió el padre Manrique, acomodándose en su silla—. Por cierto que tengo mucha gana de que lleguemos a esa consulta...

*

—Pues bien... —continuó Fabián—: Diego, Lázaro y yo nos habíamos conocido dos años antes, precisamente en un lugar muy lúgubre y melancólico..., en la *Sala de Disección* de la Facultad de Medicina de esta corte, o sea entre los despedaza-

112

dos cadáveres que sirven de lección práctica a los alumnos del antiguo Colegio de San Carlos[44].

Diego iba allí por razón de oficio; esto es, como médico; Lázaro por admiración a la muerte, como muy dado que era al análisis de la vida, de las pasiones, del comercio del alma con el cuerpo y de todos los misterios de nuestra naturaleza, y yo a perfeccionarme en la *anatomía de las formas,* por virtud de mi afición a la escultura[45].

Creo más; creo que los tres íbamos allí, principalmente, impulsados por una triste ley de nuestro carácter, o sea por una desdicha que nos era común, y que sirvió de base a la amistad que contrajimos muy en breve. ¡Los tres carecíamos de familia y de amigos, los tres estábamos en guerra con la sociedad, los tres éramos misántropos; y yo, que parecía acaso el menos aburrido, pues solía frecuentar lo que se llama *el mundo,* y andaba siempre envuelto en intrigas amorosas, pasábame, sin embargo, semanas enteras de soledad y melancolía, encerrado en mi casa, renegando de mi ser y acariciando ideas de suicidio! Lisonjeábanos, por tanto, y servía como de pasto a la especie de ferocidad de nuestras almas, la compañía y contacto con los cadáveres; aquel filosófico desprecio que nos causaba la vida, mirada al través del velo de la muerte; aquella contemplación de la juventud, de la fuerza y de la hermosura, trocadas en frialdad, inercia y podredumbre; aquel áspero crujir de la carne de antiguos desgraciados, bajo el escalpelo con que Diego y Lázaro buscaban en unas entrañas yertas la raíz de nuestros propios dolores, y aquella rigidez de hielo que encontraba yo bajo mi mano al palpar las formas, ya insensibles y mudas, que

---

[44] Obsérvese el tono romántico de la descripción. El Colegio de San Carlos fue un edificio de la antigua Facultad de Medicina.

[45] En la primera edición decía: «Lázaro, por amor a la *Fisiología humana* en sus relaciones con la Psicología, como muy dado...». Entre 1840 y 1850 se habían puesto de moda en España, por imitación francesa, unos libritos que, titulados *Fisiología de...*, trataban de hacer un estudio falsamente científico de cosas o tipos populares. Alarcón también cultivó este género, y si su artículo *La fea* (1853) lo subtitula «autopsia», el de *La hermosa* (1854) lo llama «una fisiología». *Vid.* José Fernández Montesinos, *Costumbrismo y novela,* Madrid, 1980⁴, páginas 95-106; y del mismo, *Pedro Antonio de Alarcón, op. cit.,* págs. 173-174. *La fea* puede verse en *Obras completas, op. cit.,* pág. 1702 y *La hermosa* en A. Aguilar y Tejera, *Verdades de paño pardo y otros escritos olvidados, op. cit.,* pág. 165.

113

poco antes fueron tal vez codicia y galardón de embelesados adoradores...[46].

*

—¿Y no pensaba usted más? —exclamó el padre Manrique—. ¿Era eso todo lo que se le ocurría a un hombre como usted en presencia de los inanimados restos de la hermosura terrena?

—Pues ¿qué más?

—¿Y usted me lo pregunta? ¿No conoce usted la historia de la conversión del duque de Gandía? ¿No ha oído usted hablar de San Francisco de Borja?[47].

—Sí, señor. He leído que se le considera como el segundo fundador de...

—De la Compañía de Jesús... —agregó el jesuita—. Esto es, ¡de mi santa casa! Pues bien: aquel hombre vio la inmortalidad y el cielo en los fétidos despojos de una mujer que fue comparada en vida con las Tres Gracias del paganismo... *«Haec habet et superat...»*[48], decían de ella los poetas.

—Cuentan que San Francisco de Borja estaba enamorado de la emperatriz... —observó Fabián.

—Aunque así fuera..., que no lo sé..., su misma idolatría pecaminosa vendría en apoyo de mi interrupción. Lo que yo he querido hacerle a usted notar es que aquel hombre, después de haber sido *«un gran pecador»* —según él mismo confiesa—, llegó a ser *un gran santo*..., y todo por haber parado mientes una vez en la vanidad de los ídolos de la tierra. ¡Usted, en cambio,

---

[46] Obsérvese, de nuevo, el aspecto romántico de la descripción.

[47] Cuarto duque de Gandía, gozó del favor de Carlos I. Su conversión se debe, según la leyenda y la historia, a la contemplación del cadáver de la emperatriz Isabel de Portugal, esposa del emperador, cuando el féretro en que era transportada a Granada fue abierto en su presencia. Esta escena quedó reflejada en un famoso cuadro de Moreno Carbonero titulado *La conversión del duque de Gandía*. Viudo en 1545, ingresó en la Compañía de Jesús, de la que fue General. Fue canonizado por el Papa Clemente X, en 1671. La historia de su conversión sirve de tema para *Dos retratos*, perteneciente a la serie *Historietas nacionales*, del propio Alarcón.

[48] «Tiene estas cosas y las supera».

se alejaba más y más de Dios al reparar en los engaños de esta vida!

Fabián tuvo clavados los ojos un instante en aquel formidable atleta, tan débil y caduco de cuerpo, y luego prosiguió:

—Andando el tiempo, mis ideas llegaron a ser menos sombrías...; y por lo que toca al periodo de que estoy hablando, yo creo que mi desesperada tristeza merecía alguna disculpa. No tengo necesidad de explicarle a usted su verdadera causa... ¡Demasiado comprenderá usted, con su inmenso talento y suma indulgencia, que la historia de mi padre, escondida en mi corazón años y años, era como acerba[49] levadura que agriaba todos mis placeres! ¡Yo no podía mirar dentro de mí sin someter a horribles torturas la soberbia y el orgullo que constituyen el fondo de mi carácter! ¡Yo sabía *quién era!* ¡Yo me repetía a todas horas mi execrado nombre!

—¡Joven! —exclamó el padre Manrique, sin poder contenerse—. ¡Santos hay en el cielo que fueron hijos de facinerosos! Pero tiempo tendremos de·hablar de estas cosas y de otras... —añadió enseguida—. Perdóneme tantas interrupciones, y discurra como si estuviera solo...

—Así lo haré, padre mío... —respondió Fabián—, pues las advertencias de usted empiezan a mostrarme el mundo y mi propia vida de un modo tan nuevo y tan extraño, que temo acabar por no conocerme a mí mismo, ni saber explicar lo que me sucede.

El jesuita se sonrió y guardó silencio.

El joven continuó en esta forma:

---

[49] *acerba,* áspera, amarga.

II

Retrato de Diego

—Diego era más infortunado que yo... Si yo detestaba entonces mi nombre, él ignoraba completamente el suyo. Diego era expósito...[50], circunstancia que no supe hasta algunos meses después, que me la reveló él mismo. Pero, cuando le conocí, díjome que había nacido en la provincia de Santander, y que su apellido era también *Diego*. —«¡Capricho de mis padres! —solía exclamar naturalísimamente—. ¡Pusiéronme *Diego* en la pila para que me llamase *Diego Diego*»[51]. ¡Y el desgraciado se reía!

Pero aquí debo hacerle a usted otra advertencia a fin de ahorrarle cavilaciones inútiles. No imagine ni por un instante que esto de ser *expósito* Diego haya de tener al cabo relación alguna, material o dramática, con la presente historia, dando lugar a reconocimientos, complicaciones y peripecias teatrales... No; no se distraiga usted pensando en si el infeliz resultará luego pariente mío o de cualquier otro de los personajes que ya

---

[50] Para Alarcón, el expósito siempre es visto como personaje negativo. Así, en *El Niño de la Bola*, el personaje más cruel de la novela, *Vitriolo*, es también expósito.

[51] No se ha hecho todavía un estudio de la simbología de los nombres de los personajes alarconianos, perceptible, sobre todo, en *El Niño de la Bola*. Los aspectos alegóricos de *El escándalo* han sido estudiados en un breve artículo por Harriet B. Powers, «Allegory in *El escándalo*», en *Modern Language Notes,* 87, núm. 2, marzo 1972, págs. 324-329. La coincidencia entre el nombre y el apellido también es utilizada por Alarcón para designar al protagonista de *El amigo de la muerte* (1852), en donde se le llama Gil Gil.

he mencionado o que después mencione... ¡Ay! Mi pobre amigo ha sido siempre, y es, y morirá siendo, sin duda alguna, un *expósito en prosa;* quiero decir, un expósito sin esperanza ni posibilidad de llegar a conocer el nombre de sus padres...; y si yo he traído a cuento su triste condición, sólo ha sido como dato moral necesario para la mejor inteligencia de su carácter y de sus acciones[52].

En cuanto a Lázaro... (repare usted en esta fatídica coincidencia de nuestras tres historias), fuese cualquiera su propia alcurnia, conociésela o no la conociera, ello es que nunca hablaba de sí, ni de su familia, ni de su pueblo natal, y que, cuando le preguntaban cómo se llamaba, siempre respondía con una sublime serenidad llena de misterio: *«Lázaro a secas.»* Parecía él, por consiguiente, el verdadero *expósito;* pero (según verá usted más adelante) nosotros teníamos motivos para sospechar, muy al contrario, que sabía demasiado quién era y que le asistían razones para no decirlo.

Volviendo a Diego, debo añadir que su tristeza y su esquivez hacia el género humano procedían de otras causas a más de la ya referida. Según confesión propia, en su infancia había pasado hambres y desnudez, y para seguir su carrera había tenido que trabajar, primeramente en un oficio mecánico, y luego como enfermero de varios hospitales, ganando matrículas y grados por oposición, a fuerza de incesantes estudios, y viéndose obligado algunas veces a sostener titánicas luchas contra bastardas recomendaciones del valimiento o de la riqueza. Por resultas de todos estos sinsabores había contraído la terrible dolencia físico-moral que se llama *pasión de ánimo,* y padecía frecuentes ictericias[53] que le ponían a la muerte. Cuando yo le conocí acababa de doctorarse en Medicina y Cirugía, y ya contaba con alguna parroquia en las clases pobres. Sabía mucho, aunque tan sólo en su profesión, y seguía estudiando incesan-

---

[52] Con esta última frase trata Alarcón de eliminar el aspecto folletinesco de la historia.

[53] *ictericia,* «enfermedad que consiste en ciertos trastornos hepáticos que producen aumento de la bilis en la sangre y se manifiesta generalmente por la coloración amarilla de la piel y de las conjuntivas». María Moliner, *Diccionario de uso del español.*

temente... «No me contento con menos que con ser otro Orfila»[54], solía decirnos como la cosa más natural del mundo.

Por lo demás, en aquel entonces era un hombre de veintisiete años; muy fuerte, aunque delgado; más bien alto que bajo; de músculos de acero, y cuyo color pajizo, tirando a verde, demostraba que por sus venas fluía menos sangre que bilis. Llevaba toda la barba, asaz espesa, bronca y oscura; era calvo, lo cual le favorecía, pues daba algún despejo a su nublado rostro; tenía grandes ojos garzos, llenos de lumbre más que de luz, pobladas y ceñudas cejas, la risa tardía, pero muy agraciada, y una dentadura fuerte y nítida, que alegraba, por decirlo así, aquel macerado semblante[55]. Dijérase que tan lóbrega fisonomía había sido creada exprofeso para reflejar la felicidad, pero que el dolor la había encapotado de aciagas nubes. ¡Ay! Nada más simpático, en sus momentos de fugitivo alborozo y confianza, que mi amigo Diego... ¡Nada más huraño y feroz que su tristeza! ¡Nada más violento y extremado que su ira!

Completaré su retrato físico diciendo a usted que Diego no le debía ninguna elegancia a la naturaleza ni al arte. Tenía poco garbo y grandes los pies, las manos y las orejas; ignoraba casi todas las reglas de la vida social, e iba vestido, si bien pulcramente, con poquísimo gusto a fuerza de querer desmentir su pobreza. Menos dinero que sus variados trajes, harto vistosos, le hubiera costado vestirse como la generalidad de las personas decentes..., y al cabo le enseñé a hacerlo así; pero, al darle aquellas lecciones, procuré que no cayese en la cuenta de que le corregía en materia tan delicada... ¡Nunca me lo hubiera perdonado!... ¡La idea de parecer ridículo le volvía loco! No olvide usted esta circunstancia, padre mío.

Conque vamos a Lázaro.

_____

[54] Mateo José Buenaventura Orfila (1787-1853) fue médico y químico español, fundador de la ciencia de la toxicología. Nacionalizado francés, fue profesor y decano de la Facultad de Medicina de París.

[55] José Fernández Montesinos dice con respecto a esta descripción: «Si no fuera el personaje odioso que es, diríamos que el autor ha puesto en él algo de sí mismo. Su retrato físico se parece no poco al de Alarcón que estamos habituados a ver, con aquellas barbazas y aquella calva...»; aunque concluye: «No hay que apurar el paralelo, que es pura broma, provocada por las manías identificadoras de hoy.» *(Pedro Antonio de Alarcón, op. cit.,* págs. 214-215.)

III

Retrato de Lázaro

Él fue quien primero llamó mi atención en el Colegio de San Carlos, no sólo por su notable hermosura y distinguidísimo porte, sino también por la profunda y general instrucción que revelaban (todavía ignoro si adrede o contra su voluntad) sus modestas y sobrias razones. Nadie nos presentó, ni yo sé cómo llegamos a cruzar las primeras palabras. Ello es que un día (a propósito de una hermosa mano de mujer que vimos suelta y rodando por aquellos suelos) nos enredamos en conversación..., y cuando quisimos acordar, reparamos en que hacía más de tres horas que estábamos hablando como los mejores amigos del mundo.

Lázaro era entonces, y seguirá siendo, si vive, uno de aquellos hombres que no se parecen a ningún otro, y que, vistos una vez, no pueden olvidarse nunca: figuras *sin plural,* que corresponden a un determinado sujeto, de modo tan peculiar y tan íntimo, como si le comunicaran el ser y la vida, lejos de recibirlos de la entidad que representan. La inmovilidad moral (he creído yo siempre), la fijeza de las ideas, la pertinacia de propósitos, un gran genio, una virtud inexpugnable o una perversidad incorregible, deben de modelar estos tipos tan auténticos, consustanciales del espíritu que los anima.

—¡Habló el escultor! —dijo el padre Manrique, saludando a Fabián con galantería.

—Pues que no le desagradan a usted mis resabios de artista —contesto el joven—, detallaré la figura de Lázaro, con tanto más motivo, cuanto que de este modo comprenderá usted mucho mejor el que yo pasara largo tiempo sin saber si aquel hombre, con rostro de ángel, era un malvado muy hipócrita o un verdadero dechado de virtudes.

Tenía Lázaro, cuando yo empecé a tratarle, unos veintitrés o veinticuatro años; pero su aniñado rostro le daba un aire aún más juvenil, mientras que el sereno abismo de sus ojos parecía ocultar otros diez o doce años de meditaciones. Aquellos ojos eran azules como el cielo, tristes y afables como una paz costosa, y bellos... cuanto pueden serlo ojos de tal edad, en que nunca brillan relámpagos de amor... Lázaro era pequeño, fino, rubio, blanco, pálido; pero con esa palidez misteriosa que no procede de las dolencias del cuerpo, sino de los dolores del alma. Otra de las singularidades de aquel rostro consistía en su decidido carácer varonil, impropio de la suavidad de sus puras y correctas facciones. Así es que el tenue bozo dorado que sombreaba su boca y circundaba con leves rizos el óvalo de su cara, le daba tal vez un aire más enérgico y masculino que a Diego sus broncas y espesas barbas oscuras. Es decir, que si por acaso aquel joven se parecía a un ángel, era a un ángel fuerte como el que acompañó a Tobías, o a un ángel batallador como el que venció a Lucifer; o al mismo Lucifer, tal como lo describe Milton[56].

Y ahora, humillando el estilo, concluiré diciendo que Lázaro era elegante sobre toda ponderación en medio de la mayor sencillez, como quien debe a la Naturaleza una organización noble y exquisita, de la cual daban evidentes indicios sus diminutos pies e incomparables manos[57].

Por lo que respecta a la parte moral, la impresión que me

---

[56] John Milton (1608-1674), famoso poeta inglés. El poema que había de darle la fama fue *El paraíso perdido (Paradise Lost,* 1667). Aunque Alarcón siente admiración por él, la influencia de Milton en España no fue grande. *Vid.* E. Allison Peers, «Milton in Spain», en *Studies in Philology,* XXII, 1926.

[57] Acude Alarcón a un tópico antiguo para la descripción de Lázaro: el de sus pequeños pies, como símbolo de belleza. Anteriormente, en la descripción de Diego, ha hablado de sus «grandes pies». Nótese, asimismo, cómo en el retrato de Lázaro, como en el de Diego, pretende mostrar el narrador la psicología del personaje a través de sus rasgos físicos. *Vid.* Germán Gullón, «Las hipérboles del idealismo. *El escándalo,* de Pedro Antonio de Alarcón», en *La novela como acto imaginativo,* Madrid, Taurus, 1983, pág. 39.

dejó Lázaro luego que hubimos tenido nuestro primer coloquio (en que hablamos de todo lo del mundo, menos de nosotros mismos), sólo puedo compararla a aquella especie de cansancio previo que le produce al perezoso la idea del trabajo. Había tal orden en sus pensamientos, tal lógica en sus raciocinios, tal prontitud en su memoria, tanta precisión y claridad en su lenguaje, tanto rigor en sus principios morales, y miraba de frente con una impavidez tan sencilla los deberes más penosos, que desde luego comprendí que mi pobre alma no podría contribuir nunca con la suma de cualidades, ni mi vida con la cantidad de tiempo y de atención necesarias para costear un largo comercio con aquel intransigente predicador. Debo añadir que al mismo tiempo concebí por primera vez la sospecha de si Lázaro sería un solemne hipócrita, o cuanto menos alguno de aquellos moralistas puramente especulativos y teóricos que incurren luego en las mismas debilidades de que acusan a los demás hombres... Suspendí, sin embargo, mi juicio, y rendí homenaje, cuando menos, al indisputable talento y vasta erudición de Lázaro.

*

El padre Manrique no cerraba los ojos, sino que los tenía clavados en Fabián con extraordinaria viveza.

Indudablemente, aquella lucidez psicológica y aquella sagacidad para el análisis habían llamado mucho la atención del jesuita, haciéndole comprender que no tenía delante un calavera vulgar, afligido por desventuras materiales, sino la viva personificación de una gran tragedia íntima, espiritual, ascética en el fondo, aunque revestida de tan mundanas formas...

Fabián continuaba diciendo entretanto:

IV

De cómo hay también amigos «encarnizados»

—Al día siguiente de nuestro encuentro, Lázaro me presentó a Diego, a quien llevaba él algunos días de tratar en aquel mismo sitio, y de cuyas grandes prendas de corazón, ya que no de inteligencia, hízome al oído grandes elogios, que resumió al fin en esta frase: «Tiene —me dijo— el genio de la pasión y la intuición del sentimiento. Cuando se irrita lo sabe todo.»

A pesar de estas recomendaciones, Diego no me gustó al principio bajo ningún aspecto, y él mismo solía mirarme con altivez y displicencia, comprendiendo sin duda que me desagradaba. Pero Lázaro, tenaz siempre en sus propósitos, insistía en admirarlo y en celebrármelo, aplicándole para ello el microscopio de su minuciosa crítica, hasta que al fin logró inculcarme su opinión, imponerme su gusto y hacerme dar importancia a aquel semisalvaje, que tan poco tenía de común conmigo.

Diego agradeció profundamente mis primeras demostraciones de afecto y confianza. Una alegría inexplicable y de todo punto desusada en él, y aun en mí, comenzó a reinar en nuestra relaciones. A propuesta suya se acordó que los tres nos hablaríamos de tú, merced que nunca habíamos otorgado a ningún hombre. Llevóme a su pobre casa, donde vivía sólo con una vieja, a quien daba el nombre de madre, y que me dijo había sido su nodriza. Me contó algunos días después, sin lágri-

122

mas pero temblando, y como si cumpliese un penoso deber, lo de que era expósito...; confidencia que sentí y me causó miedo, pues parecióme que con ella me encadenaba para siempre a su trágica desesperación, tal y como las serpientes forman el grupo de Laocoonte[58]... Finalmente, aquellos mismos días me reveló otro secreto, que por entonces juzgué de menor importancia, y que hoy es la verdadera serpiente que me ahoga[59]...: díjome que conocía en Torrejón de Ardoz a una señorita llamada Gregoria, que solía venir a Madrid algunas temporadas, con la cual presentía que llegaría a casarse; que no tenía noviazgo con ella, pero que ella adivinaba también que sería con el tiempo su esposa; que el no haberle dicho todavía nada consistía en que aún no la amaba lo bastante si bien era persona que le convenía por varias razones, y, en suma, que cuando se decidiese a ello principiaría por enseñármela, para que yo le diera mi opinión, pues él quería que su mujer fuese del agrado de un hombre tan inteligente como yo en la materia...

¿A qué este afán de Diego por hacerme tan graves e innecesarias revelaciones? A Lázaro no le había confiado, ni llegó a confiarle después, aquellos secretos... ¿Por qué los depositaba en mí? Sobre todo el de su triste nacimiento, ¿a qué referírmelo tan espontáneamente? ¿Para obligarme a amar, a compadecer, a no abandonar nunca a quien me dispensaba aquella honra de poner su infortunio bajo la tutela de mi generosidad y de mi cariño? ¿Para librarse del temor de que yo descubriese algún día por mí mismo la verdad y me alejase indignado de un expósito que *me había ocultado que lo era*? ¿Para limpiarse de aquella fea nota, a los ojos de su conciencia, por medio de la confesión, y poder ser en adelante, como lo fue, altanero, exigente y descontentadizo conmigo, en medio de la tierna amis-

---

[58] *Laocoonte*. Héroe troyano, hijo de Príamo y de Hécuba. Se opuso a la entrada del caballo de madera, construido por los griegos, en la ciudad de Troya. Murió ahogado, junto con sus dos hijos, por dos serpientes monstruosas, como castigo del dios Neptuno. Esta escena está representada en un famoso grupo escultórico atribuido a Agesandro de Rodas (siglo I), que se conserva en el Vaticano.

[59] Las relaciones de Diego y Gregoria serán la causa desencadenante del problema en que se encuentra Fabián. El protagonista va introduciendo, a lo largo de la conversación con el sacerdote, elementos —noticias anticipadas— que mantengan el interés.

tad que me acreditaba? ¡Misterio profundo, que usted me ayudará después a descifrar!

Otras muchas cosas me dijo Diego en las primeras efusiones de nuestra confianza. Confesóme, entre ellas, que hacía ya algunos meses que oía hablar de mí, de mi arrogancia desdeñosa con los hombres más temidos y respetados, de mi fortuna con las mujeres, de mis triunfos como escultor, de mis ruidosos desafíos, en que siempre había salido triunfante, etc., etc.; que una de las cosas que más había deseado en la vida, no obstante su genio misantrópico, había sido conocerme y tratarme, bien que sin esperar nunca lograrlo, siendo él persona tan esquiva; y, en fin, que se alegró extraordinariamente de verme en el Colegio de San Carlos y de que Lázaro me presentase a él..., por más que lo disimulara al principio. Aplaudió incondicionalmente todo lo que sabía de mí y todo lo que le conté; y yo, ¡ay, triste!, halagado por aquellos aplausos, no dejé de contarle cosa alguna; no hubo honra de mujer débil ni ignominia de marido engañado que no entregase al ludibrio[60] de su misantropía; no omití el nombre de mis víctimas, ni las circunstancias más agravantes de mis abusos de confianza en el hogar ajeno..., y quedé, en consecuencia, ligado a aquel hombre por mis confidencias propias, como ya lo estaba por las suyas.

A todo esto, él había excitado ya en repetidas ocasiones mi admiración, mi entusiasmo y mis más dulces sentimientos, justificando en gran parte la alta idea que Lázaro formó desde luego de su impetuoso corazón y sensibilidad extremada... No una, sino muchas veces, dio muestras delante de mí de un valor indomable, terciando quijotescamente en cuestiones callejeras que no le atañían, y poniéndose siempre de parte del débil contra el fuerte, contra las autoridades y hasta contra el público, sin reparar en el número ni en la calidad de los adversarios... Otras lo vi hacer limosnas muy superiores a su posición, llorar ante las desgracias más comunes de la vida, servir de sostén al anciano, levantar al caído, salvar al que rodeaban las llamas, y dar albergue en su pobre domicilio a niños vagabundos durante las crudas noches de invierno, repartirles su humilde cena..., abrigarlos con su propia ropa... Lo cual no quita-

---

[60] *ludibrio*, escarnio, mofa.

ba que al otro día, si estaba de mal humor, buscase querella a cualquier buen hombre sólo porque lo había mirado a la cara, o que fuese cruel y sarcástico hasta la inhumanidad con el necio inofensivo, con la humilde fea, con el pobre, con el jorobado, con el paria...

Esta mezcla de cualidades y defectos, tanta pasión, tanta impresionabilidad, tanta energía y tanta flaqueza juntas, acabaron por dominarme completamente, y pronto conocí que Diego se había apoderado de mi ser, que gobernaba mi conciencia, que superaba mi carácter, que me causaba terror y lástima, y que le respetaba, le temía, no podía vivir sin él de manera alguna, y preferiría en cualquier caso dar mil vidas a perder un ápice de su aprecio.

Él, por su parte, tenía hacia mí una idolatría anómala, de que nunca habrá habido ejemplo; algo de afecto maternal, una especie de culto protector, no sé qué veneración sin vasallaje, que me halagaba y humillaba a un tiempo mismo. Él me reñía, me acariciaba, me amenazaba, estaba orgulloso de mí, tenía celos de mi ausencia, y hacíame referirle mis menores pensamientos, consideraba suyas mis empresas amorosas, gozaba con mis triunfos, aplaudía todas mis acciones, aun aquellas que en otros le parecían vituperables, y creo que hubiera muerto antes de conceder que yo era un simple mortal sujeto a error y susceptible de derrota. En fin, para decirlo de una vez, ni él ni yo teníamos familia, ni amigos, ni verdaderas queridas, sino vulgares amoríos con pecadoras más o menos encopetadas, y habíamos cifrado el uno en el otro, confusa y tumultosamente, todas las fuerzas sin empleo de nuestros huérfanos corazones. Así es que Lázaro, el frío y descorazonado Lázaro, hablando un día de la formidable amistad que había estallado entre Diego y yo, pronunció estas proféticas palabras: *«Sois dos incendios que os alimentáis y devoráis mutuamente.»* ¡Y así ha sucedido, padre mío... Diego va a ser hoy causa de mi muerte, y yo de la suya... ¡Pobre Diego! ¡Pobre de mí!

V

«Angelus Domini...»

—Hábleme usted más de Lázaro... —interrumpió el padre Manrique—. Necesito definírmelo mejor... Y, sobre todo, no olvide usted que tiene que relatarme la consulta que celebró con él y con ese Diego acerca de la proposición de Gutiérrez.

—A eso voy... —respondió Fabián.

Pero antes de que éste hubiera añadido frase alguna, se oyó a lo lejos el son discorde de varias campanas, que ni repicaban a vuelo ni doblaban con tristeza, sino que parecía que se saludaban de torre a torre, que se daban una noticia o que se despedían del mundo hasta el día siguiente.

—La oración... —murmuró el clérigo—. Yo tengo que rezarla... Usted hará lo que guste. *«Angelus Domini nuntiavit Mariae et concepit de Spiritu Sancto*[61]. Dios te salve, María..., etc., etcétera.»

Fabián contestó sin vacilar:

—«Santa María, Madre de Dios: ruega por nosotros pecadores, ahora y en la hora de nuestra muerte. Amén, Jesús.»

Después de las otras dos *Avemarías,* del *Gloria* y de la bendición, el jesuita añadió cariñosamente:

—Buenas noches, amigo mío.

—Buenas noches, mi querido padre —respondió Fabián.

---

[61] «El ángel del Señor anunció a María, y concibió del Espíritu Santo». Oración del Angelus que se reza al mediodía, principalmente, pero también al anochecer.

Mientras tanto, lejanos gritos y el rodar de algún que otro coche comenzaron a turbar el absoluto silencio que había reinado toda la tarde en una calle tan excéntrica.

—La marea principia a bajar... —pronunció el padre Manrique.

—¡Sí! —respondió el joven—. Las máscaras regresan del Prado.

—Es decir, que por hoy —repuso el clérigo— terminó la alegría común, y no le queda ya a cada uno más que su tristeza particular. En cambio, usted me parece esta noche menos desesperado que esta tarde... ¡Verdad es que, al llegar aquí, me exageró un poco su situación!... Díjome no recuerdo qué espantos a propósito del estado de su alma, y acabo de ver que sabe usted rezar perfecamente... Por cierto que no creo que haya perdido usted nada con responder a mis tres *Avemarías*...

—Absolutamente nada... —contestó Fabián obsequiosamente.

—¡Es que tampoco podrá decirse que ha hecho usted un acto ocioso, indiferente o ajeno a su conciencia! —continuó el jesuita—. Por el contrario, ¡nada más natural sino que, amando y reverenciando a Jesucristo, nuestro Señor, de la manera que antes me dijo usted (¡y que demasiado comprendo!), se haya asociado a la salutación que la Cristiandad agradecida dirige a la Santa Madre del Crucificado!...

—¡Vamos a cuentas, padre mío! —exclamó entonces el conde con afectuosa viveza—. Ahora soy yo el que provoca la cuestión... ¡Entendámonos antes de continuar, y sepa yo de una vez con quién hablo!...

—Habla usted con un sacerdote católico.

—Bien; pero usted no habrá leído solamente libros de Teología...

El jesuita se sonrió con tal expresión de desdeñosa lástima, que Fabián se apresuró a decir:

—Perdone usted si mis palabras...

—Usted es el que ha de perdonar... No me he reído de usted, sino de esas mismas obras que me pregunta usted si he leído. ¡Hijo, la incredulidad es más antigua de lo que usted se figura!... Cuando yo nací, la *Enciclopedia* había parido ya a la *Diosa Razón*, y la *Diosa Razón* había ya bailado, borracha y deshonesta, delante de la guillotina. Además, aunque tan viejo, me he criado en el siglo de usted, y, aunque humilde clérigo, de poquísimas luces, he leído los autores alemanes a que sin duda usted se refiere...

—Y ¿qué me dice usted de ellos?

—Que me parecen mucho más sabios y elocuentes San Agustín y Santo Tomás, al par que más amigos del hombre, más caritativos, más generosos, más penetrados del verdadero espíritu de Dios, tal y como ese espíritu, alma del alma humana, se regocija o se entristece, conforme hace bien o mal al prójimo...

—Pero, ¿usted habrá visto...?

—No se moleste usted, señor conde. ¡Supongo que su intención, al venir a mi celda, no habrá sido *convertirme a la impiedad!* Ahora, si lo que usted se propone es que yo le convierta a la fe, no espere que lo haga por medio de silogismos... No es mi sistema. Le dije a usted hace un rato que yo no tengo formado muy alto concepto de la *razón humana,* sobre todo cuando se trata de comprender la *razón divina.* Para mí, en el alma del hombre hay muchas facultades que valen, y pueden, y saben, y profundizan más que la *razón pura*[62]. Refiérome a esas misteriosas potencias reveladoras que se llaman conciencia, sentimiento, inspiración, instinto...; a esos ensueños, a esas melancolías, a esas intuiciones, que son para mí como nostalgias del cielo, como presentimientos de otra vida, como querencias del alma enamorada de su Dios. Me dirá usted, dado que lo sepa, que la *razón humana* es, sin embargo, uno de los lugares teológicos...; y a eso le responderé a usted que la mía, aun después de *ilustrada* por las obras en cuestión, no me dicta nada que se oponga a los dogmas de la Iglesia, ni que contradiga las voces misteriosas con que mi espíritu me habla de su propia inmortalidad. Pero repito que no tengo por costumbre entrar en discusiones escolásticas con los penitentes, y mucho menos con los *impenitentes* como usted. ¡A Dios no hay que explicarlo y demostrarlo con argumentos, como un teorema ma-

---

[62] El que el padre Manrique cite la *razón pura* hace pensar que los autores alemanes, a los que se refiere, sean Kant y Fichte.

temático![63]. A Dios se le ve en todas partes, y muy particular-mente *en el fondo de nuestra conciencia, cuando nuestra conciencia se halla limpia*. ¡Siga usted desembarazando la suya del cieno de los pecados, y no tardaremos en hallar los puros veneros[64] de la fe! Conque pasemos a otra cosa, señor conde..., pues de todo ha de haber un poco en nuestra primera entrevista. Va usted a otorgarme la merced de acompañarme a tomar una jí-cara de chocolate... Soy viejo..., comí temprano... y es mi hora... Aprueba usted el plan..., ¿no es cierto?

Y, hablando así, tiraba del cordón de la campanilla.

—Yo apruebo todo lo que usted disponga... Yo haré todo lo que usted quiera... —respondió Fabián con inmensa ternu-ra—. ¡Ah! Suponiendo que salga con vida de la presente crisis, y por muchos años que dure mi existencia, nunca se borrará de mi memoria esta tarde de Carnaval que he pasado con usted.

—Yo pasaré ya pocas en el mundo... —replicó el ancia-no—; pero tampoco olvidaré jamás estos momentos en que Dios me permite ser el ministro de su misericordia y devolver-le la salud a un alma enferma

—¡Y también a un cuerpo enfermo, padre! —repuso Fabián con alguna alegría—. Ya no tengo fiebre..., y conozco que el chocolate va a saberme a néctar...

—¿Y por qué no *a maná?*

—¡Pues a maná! Por eso no hemos de reñir... Lo cierto es que todavía no me he desayunado hoy, y hace tres noches que no he dormido...

—¡Cuánta locura! —exclamó el sacerdote desde la puerta, dando sus órdenes a otro sirviente por el estilo del portero que ya conocemos—. ¡Cuánta locura! ¡Y todo por nada..., o por menos que nada!

---

[63] La crítica que levantó la figura del padre Manrique, sobre todo, debido a sus exposiciones teológicas, hizo que Alarcón justificara la elección del cura don Trinidad Muley como personaje de *El Niño de la Bola* con estas palabras: «Escri-bamos, sí, con el título de *El Niño de la Bola*, una tragedia popular, en que haya también su correspondiente cura, pero que no sea jesuita, ni tan siquiera un teó-logo conservador, sino un ignorante cura de misa y olla, muy simpático entre los mismos liberales, y solamente aborrecido por los impíos de profesión, declara-dos enemigos del género humano.» (*Historia de mis libros*, en *Obras completas*, *op. cit.*, pág. 24.)

[64] *veneros*, manantiales.

—¡Ah! ¡No diga usted eso!... —replicó Fabián—. Todavía no hemos llegado a la verdadera tragedia... Todavía no le he hablado a usted de Gabriela, del ángel de mi vida... ¡Todavía no le he hablado a usted de la mujer de Diego, demonio encargado de castigarme!... ¡Todavía no tiene usted idea del tremendo conflicto en que se hallan mi honor y mi conciencia!

—Puede ser que me equivoque... —respondió el jesuita—. Pero, en fin, tomemos el chocolate, y luego veremos cómo *orillar* lo que quiera que a usted le ocurra. *Nihil clausum est Deo*[65]. ¿Ve usted? ¡Soy tan malo, que hasta le hablo a usted en latín para seducirlo y perderlo!... Porque, ¿quién lo duda? ¡Gran perdición sería para usted el que yo le convenciera de que tiene un alma inmortal y de que hay Dios! ¡En el acto le despreciarían una porción de alemanes y filoalemanes que se saben ya de memoria todo lo que hay, y también *lo que no hay,* fuera de la tierra y más allá de esta vida! ¡Vamos, hombre! ¡Póngase usted otro poco de dulce, y no me mire con esos ojos tan espantados...! ¡Usted no tiene la naturaleza vulgar de los que se asustan de los jesuitas...!

. . . .

Terminada la colación, que para Fabián fue casi una cena, pues el padre Manrique le obligó a tomar algo más de chocolate y almíbar, nuestro joven obtuvo la venia del eclesiástico, y prosiguió su historia en estos términos:

---

[65] «Nada hay cerrado para Dios.» Con esta misma frase, en castellano, se acaba el Libro III. *Víd.* nota 75. Desde aquí hasta el final del párrafo falta en la primera edición. Nótese cómo el autor insiste en las explicaciones religiosas.

VI

Las maldades de Lázaro

—Creo adivinar la razón de que me haya usted pedido que le hable más de Lázaro. Parécele a usted imposible que un hombre que tan lúcidamente discernía el bien y el mal dejase de ser un santo, y hasta imagino que ha sentido usted ya hacia él aquella simpatía que inspiraba al principio a todo el mundo, y a que no fuimos ajenos Diego y yo durante algunos meses... Pues oiga usted, y ¡admírese del grado de hipocresía a que puede llegar un hombre!

Diego y yo, no obstante lo muy consagrados que estábamos el uno al otro, veíamos frecuentemente a Lázaro, con quien habíamos intimado... todo lo que se podía intimar con él. Digo esto último, porque era cada vez más misterioso, no hablaba nunca de sí, salía muy poco de su casa, y hasta creímos comprender que no le agradaba se le visitase en ella. Pero él nos buscaba a nosotros cada dos o tres días, yendo por la mañana al Colegio de San Carlos, o por la tarde a mi *estudio,* donde Diego estaba casi siempre viéndome modelar el barro o labrar la piedra de mis esculturas..., y nunca nos dedicaba menos de un par de horas.

Lázaro era muy preguntón, y desde que llegaba poníase a examinarnos, como una especie de médico, de confesor o de abuelo, acerca de todo cuanto habíamos hecho, hablado y aun pensado durante su ausencia. Parecía al pronto muy indulgente, y nos escuchaba sonriendo y limpiando sus quevedos[66] de

---

[66] *quevedos.* Nombre dado a los anteojos, cuyo origen hay que buscarlo en los del escritor Quevedo, según aparece en los retratos.

oro (operación a que se entregaba con grande afán siempre que se entablaba conversación con él); pero, cuando ya lo habíamos enterado hasta de nuestros menores pensamientos, poníase los anteojos, sacaba a relucir las inflexibles teorías de su moral estoica, comparaba con ellas todo lo que le habíamos dicho, nos demostraba que éramos reos de mil clases de delitos y pecados, y nos aconsejaba cosas tan impracticables en la sociedad profana y en nuestro modo de pensar de entonces, como estas de que me acuerdo: que huyese yo de cierta linda casada que principiaba a mirarme con buenos ojos; que Diego desistiese de hacer oposición a cierta cátedra, sólo porque aspiraban también a conseguirla otro médicos más pobres que él; que rehuyésemos duelos ya concertados; que diéramos la razón a quien nos llenaba de insultos si considerábamos que nosotros le habíamos inferido antes tal o cual ofensa; que pidiésemos perdón a éste; que nos retractásemos ante aquél; que hiciésemos tal o cual abjuración pública; que no tuviésemos, en fin, lo que en el mundo se llama orgullo, dignidad, carácter y valor... con relación a los hombres, ni galantería, gratitud ni entrañas con relación a las mujeres...

Perdóneme usted, padre, lo que le voy a decir... Es una cosa de que me arrepiento hoy..., pues reconozco que algunos de los consejos de Lázaro eran excelentes..., ya que no hijos de una sana intención... ¡Sí! Ahora conozco que debí seguirlos al pie de la letra, sin reparar en quién me los daba... Pero la verdad es que *entonces,* Diego y yo, parando más la atención en el consejero que en el consejo, respondíamos a sus exhortaciones con grandes carcajadas, lo abrumábamos a chistes e improperios, le poníamos apodos ridículos, y acabábamos haciendo la caricatura de su propia vida, que *«por lo ignorada y misteriosa* —le decíamos— *no podía servirnos de edificante ejemplo»;* hasta que el pobre muchacho, aburrido y triste, aunque sonriendo siempre con no sé qué humillante *indulgencia,* nos volvía la espalda y se iba a su escondrijo, para tornar a los pocos días tan cariñoso e intolerante como si nada hubiera pasado entre nosotros.

Diego no cesaba de predicarme lo mismo que yo sospechaba; a saber: que Lázaro era un hipócrita consumado, y que tenía envidia de nuestra intimidad; envidia de nuestras cualidades, malas o buenas, para luchar y vencer en la arena del mundo; envidia, por último, de los mismos excesos que nos reprochaba. Convencíme al fin de ello, y desde entonces Diego y yo principiamos a escudriñar y criticar las acciones de Lázaro con tanto ensañamiento como él censuraba las nuestras, bien que nosotros no lo hiciésemos en su presencia, sino luego que se apartaba de nosotros.

Nuestro sistemático y suave adversario vivía enteramente solo en uno de aquellos vetustos caserones de la parroquia de San Andrés, de enormes rejas y nobiliario aspecto, que guardan el carácter del primitivo Madrid. Todo el edificio corría por su cuenta, desde el inmenso portal y el herboso patio, hasta la erguida torre en que anidaban las lechuzas. Un portero de avanzada edad habitaba en el piso bajo, y era el único sirviente de nuestro amigo, el cual ocupaba por su parte un gran salón del piso principal, que le servía de despacho, de comedor y de dormitorio. Para llegar a aquel aposento había que pasar por otros no menos espaciosos, decorados todos con antiguos muebles de mucho gusto, grandes cortinajes ya muy estropeados y muchos cuadros al óleo de bastante mérito. Indudablemente, allí había vivido una familia acaudalada y noble; tan noble, que en algunos muebles y en todas las cortinas se veían diferentes escudos de armas y sendas coronas de barón, de conde o de marqués.

Pero ¿quién era Lázaro? (nos preguntábamos nosotros). ¿Ocupaba todo aquel palacio por derecho propio o en ausencia de sus amos? ¿Descendía de aquellos barones, condes y marqueses, o del portero?

«—*Del portero*», decretaba Diego categóricamente. Y luego añadía:

«—La fórmula de *Lázaro a secas* es una maña de que se vale para que sospechemos si descenderá de aquellas blasonadas cortinas.»

Yo traté de informarme entre los nobles acerca de tal caserón, y sólo averigüé que pertenecía a los *herederos* de una señora inglesa que se crió en Madrid, donde contrajo matrimonio con cierto marqués portorriqueño, el cual, habiendo enviudado al año siguiente, regresó a América, sin que se hubiese vuelto a saber de él. ¿Y quiénes son esos *herederos*? —pregunté—. «Se ignora... Pero puede usted preguntarlo en la misma casa, donde parece que vive... no se sabe si un medio pariente, o si un administrador de aquella familia; un joven, en fin, muy guapo y muy formal..., que también tiene aire como de inglés.»

No eran noticias las más a propósito para sacarnos de dudas respecto a quién era Lázaro... ¡Quedaba tanto que averiguar relativamente a la dama inglesa y al marqués portorriqueño! «En cambio —exclamaba Diego con aire de fiscal—, el *portero* es un personaje real y efectivo, que tenemos ante los ojos. ¡Repito que es hijo del portero!»

Como quiera que fuese, nosotros deducíamos de todo esto un cargo contra Lázaro; a saber: *que nos despreciaba o se despreciaba*... Porque, si no, ¿a qué tantos misterios con dos amigos a quienes abrumaba a preguntas y de los cuales recibía diarias confidencias? ¿No nos creía dignos de poseer sus secretos? Pues ¿por qué se decía nuestro amigo? ¿La indignidad estaba de su parte?... Pues ¿por qué no la confesaba humildemente? O ¿por qué no nos huía si esta indignidad procedía de una de aquella tachas contagiosas que no pueden dispensarse de ningún modo, como la del ladrón o la del verdugo?

Lázaro no tenía amores, y aseguraba, además, que nunca los había tenido. Las mujeres eran para él letra muerta. Mirábalas impávido (suponiendo que las mirara), y ni siquiera las distinguía con su odio o con sus censuras. Dijérase que ignoraba que existiesen...; lo cual nos parecía monstruoso, repugnante y seguro indicio de la perversión de su naturaleza. Muchas veces sospechamos si dentro de su casa, al otro lado de una puerta que había en su aposento, y la cual le vimos cerrar aceleradamente en dos o tres ocasiones al encontrarse con nuestra visita, tendría guardada alguna princesa de las *Mil y una noches* que le hiciese despreciar el resto de las mujeres... Pero esto mismo aumentaba nuestro enojo contra él; pues argüía, de ser cierto, no sólo el que pagaba con ofensivos recelos nuestra franqueza y nuestro cariño, sino también la falsedad de sus palabras y la hipocresía de su conducta.

Otras varias quejas teníamos de Lázaro. Por ejemplo: una vez que cometí la torpeza de nombrarlo mi padrino para un duelo con cierto marido prematuramente celoso que me prohibió la entrada en su casa, dio la razón a los representantes de mi adversario, reconociendo que *mi mala fama justificaba la determinación de éste.* Quedé, pues, en una posición desairadísima, y ¡gracias a que Diego (que era mi otro padrino), para sacarme de ella a su modo, insultó a los padrinos contrarios; batióse con los dos; hirió al uno y fue herido por el otro, y todo esto antes que yo hubiese podido enterarme de lo que ocurría!... Interpelado Lázaro por mí, encogióse de hombros, y me dijo que había procedido con *arreglo a su conciencia.* Yo estuve por ahogarlo; pero lo perdoné como se perdona a un loco, y al día siguiente me batí con el tal marido, y le derribé una oreja de un sablazo...

—¡Jesús! —exclamó el padre Manrique.

—¡No me juzgue usted a mí ahora! —protestó Fabián ardientemente—. ¡Estamos juzgando el egoísmo y mala intención del cobarde Lázaro!... Continúo, pues.

Sin embargo de todas estas malas pasadas, nosotros seguíamos siendo amigos suyos por admiración a su talento, por lástima de su soledad, por la invencible simpatía que inspiraban su figura y sus maneras, y por el inexplicable ascendiente que siempre han ejercido sobre los caracteres impetuosos estos hombres pasivos, fríos, taciturnos e incomprensibles, y hasta muchas veces los mismos ingratos. Añádase que él no omitía medio de obligarnos y servirnos en todo aquello que *menos nos interesaba,* a nuestro juicio, pero que *más debiera interesarnos* en su opinión; comportándose el muy taimado de tal manera, que nosotros resultábamos a la postre *mortificados* y *agradecidos,* mientras que él aparecía (a los ojos de quien no le conociese) como un héroe de abnegación y humildad.

Una de sus reglas de conducta era, indudablemente, no debernos nada, no admitir ningún obsequio nuestro, y procurar, por otro lado, que le echásemos de menos a todas horas. Jamás consintió en comer en mi casa: siempre descompuso nuestros planes de ir con él a jiras[67] campestres, a paseo o al teatro; siempre alegaba algún pretexto baladí, pero que implicase el cumplimiento de un sagrado deber, como, por ejemplo: que te-

----

[67] *jira,* «comida o merienda campestre». Hasta la edición de 1984, el Diccionario de la Real Academia no reconocía esta acepción, derivada del francés antiguo *bone chiere,* «buena cara, buena comida», sino *gira,* derivada de «girar».

nía que ir a ver... al aguador de su casa, que se hallaba enfermo, o a dar lección de escritura... al hijo del zapatero de enfrente, o a cuidar... a uno de sus perros que estaba muy malo...; ¡pretextos que ajaban doblemente nuestro amor propio, pues, por una parte, teníamos que reconocernos inferiores a Lázaro en virtudes, y por otra, inferiores a un perro para su cariño! En cambio, cuando nosotros estábamos enfermos (y créalo usted, más deseosos de morir que de sanar) se constituía a la cabecera de nuestra cama, no se apartaba de allí ni de día ni de noche, nos agobiaba materialmente con sus cuidados y era implacable cómplice del médico para no tolerarnos ni la más ligera infracción del régimen. ¡Es decir, que, de un modo o de otro, se complacía en atormentarnos y en humillarnos con aquella regularidad continua, con aquella formalidad insoportable y con aquel rigor impropio de la flaca naturaleza humana! Si Diego me dominaba a mí, él nos dominaba a los dos.

*

Pero usted se sonríe, como diciéndome: «¡Todavía no he oído ni una sola acusación fundada y racional contra el pobre Lázaro! Cuanto ha hecho y dicho hasta ahora es bueno en el fondo; y, por lo tocante a las cosas que *no hacía ni decía*, a sus abstenciones, a sus reservas, a sus austeridades (ciertamente extraordinarias, pero no sobrehumanas), tal vez consistirían en que tenía más de ángel que de hombre, que era un verdadero santo...»

—¡Figúrese usted que digo todo eso! —respondió el jesuita, asombrado de aquella lucidez de Fabián.

—Lo mismo discurríamos algunas veces Diego y yo... —prosiguió tristemente el joven—, y no otra era la razón principal de que siguiéramos tratando y aun respetando a Lázaro. ¡En medio de nuestra ligereza, no queríamos exponernos a condenar a un justo! Pero ¡ay! pronto vino un hecho real, fehaciente, indestructible, a convencernos de que no nos habíamos equivocado en nuestros malos juicios, y de que aquel hombre, con rostro de serafín, era un monstruo de maldad y de disimulo.

—¡Todo sea por Dios! —exclamó el jesuita—. ¡A ver! Cuénteme usted eso...

136

VII

Lázaro convicto y confeso

—Una noche —continuó Fabián— fuimos Diego y yo a casa de Lázaro a enterarnos de su salud, pues no lo habíamos visto hacía una semana. Subimos seguidamente, por ser muy conocidos del portero, y al llegar al salón que precedía al suyo (y que se hallaba casi a oscuras, mientras que en éste había mucha luz), oímos grandes voces, y vimos, sin ser vistos, que un elegante mancebo, acaso menor de veinte años, alto, moreno y de expresivo rostro, estaba de pie, con los puños crispados en ademán amenazador y mirando furiosamente a nuestro amigo; el cual permanecía sentado en una butaca, lívido, inmóvil, sudoroso y con la vista clavada en tierra.

—¡Confiesa usted, pues, que es un infame!... —gritaba el desconocido.

—Confieso que soy muy desgraciado... —respondía Lázaro humildemente.

Diego y yo nos detuvimos.

—¿Confiesa usted que atentó al honor de mi madre?... —prosiguió el forastero.

—No lo puedo negar... —tartamudeó Lázaro—. Pero ni aun así te doy el retrato... ¡Es lo único que me queda!

—Pues, entonces, ¡defiéndase usted!... Aquí traigo dos pistolas...

—Yo no me bato...

—¡Luego también es usted cobarde!

—Lo que tú quieras. Déjame en paz.

—¡En paz! ¡Donosa ocurrencia! ¡Dígame usted dónde está ese retrato, o si no, dispóngase a morir ahora mismo!

—Harías mal en matarme, Juan... —pronunció entonces Lázaro con lágrimas en los ojos—. ¡Hay en el cielo un alma que no te lo perdonaría nunca!

—¡Traidor! —bramó el otro joven—. ¡Y te atreves a invocar el alma del padre que te desheredó!

—Me desheredó... ¡es cierto! —replicó maquinalmente Lázaro.

Diego y yo nos estrechamos las manos en las tinieblas.

—¡Conque ¡por última vez se lo digo a usted! —prosiguió el llamado Juan—. ¡Elija entre darme el retrato o recibir la muerte! ¡Ya comprenderá que no he venido desde Chile a Madrid para dejar las cosas como estaban!

—Pues haz lo que gustes... —respondió Lázaro cerrando los ojos.

—¡Ante todo, le cruzaré a usted esa cara hipócrita, a ver si asoman a ella los colores de la vergüenza!

Así dijo el atrevido adolescente, y dio otro paso hacia Lázaro.

—¡Adentro, qué diablos! —exclamó entonces Diego, arrastrándome en pos de sí—. ¡En medio de todo, Lázaro es nuestro amigo!

Y penetramos en el lugar de la escena a tiempo de evitar que Lázaro fuese abofeteado.

Éste se puso de pie al vernos entrar, y se colocó entre el desconocido y nosotros, dando muestras de un terror indecible.

—¿A qué venís aquí? ¿Quién os ha llamado? —voceó como un energúmeno.

—¡Quita allá, cobarde! —exclamó Diego, con la voz y el ademán que hubieran empleado un padre o un hermano mayor—. ¡Nos trae tu buena suerte para que volvamos por tu honra!

—¿Qué emboscada es ésta? —dijo el insolente jovenzuelo mirándonos con altanería.

—¡Caballerito! ¡Vea usted lo que habla! —gritó Diego, avanzando hacia él—. ¡Nosotros no somos sicarios de nadie, ni aguantaremos lo que acaba de aguantar el pobre Lázaro!

—¡Por favor! —gimió éste, poniéndose de rodillas ante Diego—. ¡No le ofendas! ¡No le pegues! ¡Diego mío! ¡No le pegues! ¡Yo le perdono!... ¡Él no tiene la culpa de nada!

—He aquí mi nombre y mis señas —le decía yo entretanto al adolescente, alargándole una tarjeta.

—¡Un duelo!... —sollozó Lázaro, arrastrándose hacia mí y cruzando las manos con infinita angustia—. ¡Yo te lo prohíbo, Fabián! Este caballero tiene derecho para hablarme como me ha hablado...

—Pero ¿sabes tú lo que te ha dicho? —prorrumpí lleno de asombro.

—Lo sé.

—¿Y lo toleras?

—No tengo otro remedio.

—¡Qué horror! —exclamamos Diego y yo, apartándonos de Lázaro.

Juan, sereno y fierecillo como un león cachorro, me alargaba entretanto su tarjeta:

Yo la tomé y leí:

EL MARQUÉS DE PINOS
Y DE LA ALGARA
Fonda Peninsular.

A todo esto, Lázaro había corrido hacia un armario, del cual sacó cierto rollo, que se conocía era una pintura en lienzo.

—Toma el retrato... —le dijo al marqués—. Acabó la cuestión... Dispensa, en cambio, la actitud de estos señores, a quienes ha cegado el cariño que me profesan.

El mancebo cogió la pintura y dijo:

—¡Seguramente no saben estos caballeros quién es usted! ¡De lo contrario, lo despreciarían como yo!

Y, saludándonos a Diego y a mí, salió de la habitación, no sin decirme al paso con la mayor urbanidad:

—Las señas de mi casa están en la tarjeta.

Diego quiso marchar detrás de él, pero yo lo contuve.

—Las cosas... ¡en regla! —dije—. Si él quiere buscarme, ya sabe dónde vivo, pues me anticipé a darle mis señas. Ahora, si Lázaro quiere que sea yo el que busque a ese joven, dispuesto estoy como siempre. Mañana irás a desafiarlo de mi parte...

—No sólo no quiero eso, sino que os ruego y mando que olvidéis lo ocurrido... —respondió Lázaro con pasmosa tranquilidad.

Y principió a hablarnos de cosas indiferentes.

Nosotros permanecimos allí media hora, esperando a ver si nos daba alguna explicación respecto de aquel lance que tan malparado lo dejaba a nuestros ojos; pero él, completamente sereno, como si ya hubiesen transcurrido años desde que pasó el peligro, llegó hasta reír y bromear acerca de otros asuntos, sin referirse ni por asomo a la escena que acabábamos de presenciar.

—¡Vámonos! ¡Esto no se puede sufrir! —exclamó Diego de pronto, interrumpiendo a Lázaro en medio de una frase.

Y salió de la habitación sin despedirse de él.

Lázaro se sonrió, y me dijo alargándome la mano:

—Hasta mañana.

—Como gustes... —le contesté con indiferencia.

En efecto, al siguiente día fue a vernos a mi estudio, y pasó con nosotros las dos horas de costumbre sin hablar ni una palabra de los sucesos de la víspera ni dar muestras de turbación ni pena... A los tres días volvió, y sucedió lo mismo; y de este modo continuamos algunos meses..., durante los cuales mi aversión hacia aquel cuitado rayó casi en odio..., bien que nunca en desprecio, ¡que era lo que en verdad se merecía!...

Conque vamos a ver, mi querido padre, ¿qué dice usted ahora de Lázaro?

—Ahora no digo nada... —respondió el jesuita bajando la cabeza—. Continúe usted su relación.

—Tampoco le dijimos nada a él ni Diego ni yo durante aquellos meses, por más que a solas hubiésemos convenido desde el primer instante en que era un malvado, acreedor a todos los insultos que le había dirigido el joven marqués.

En cuanto a éste, ni nos buscó, ni volvimos a tener otra noticia suya que la de haberse marchado de Madrid a la semana siguiente de nuestro cambio de tarjetas. Así se lo dijeron a Diego en la fonda, adonde fue a preguntar por él, no con ánimo hostil, ni con propósito de verlo, sino por mera curiosidad...

Diré, en fin, que si seguíamos *recibiendo* a Lázaro (pues lo que es a su casa no volvimos nunca, ni tampoco a la Sala de Disección), era... por un conjunto de debilidades que me atrevo a clasificar en esta forma: porque la osadía y frescura de su silencio acerca de la vergonzosa historia que entrevimos aquella noche nos tenía como estupefactos, desconcertados y sin acción; porque Diego, que ignoraba quiénes fuesen sus propios padres, y yo, que seguía creyéndome hijo de un traidor a la Patria, no podíamos resolvernos a aumentar la aflicción y la soledad de un *desheredado;* porque el inmenso talento, las virtudes exteriores, la aparente humildad y la igualdad de conducta de aquel hombre extraordinario, no nos ofrecía tampoco ocasión crítica para un rompimiento; y, en suma, porque, después de haber defendido tanto nuestros pecados contra su catonismo[68], no nos parecía lógico echarla de Catones al juzgar los suyos...

—¡Pues es claro! —murmuró el padre Manrique con la más delicada ironía.

Fabián no reparó en ello, y continuó:

---

[68] *catonismo,* imitación de las virtudes de Marco Poncio Catón (234-148 a.C.), llamado «el Antiguo» y «el Censor», célebre por su austeridad. Su nombre se ha convertido en sinónimo de hombre de costumbres austeras.

VIII

La consulta

—Así las cosas, llegó, como digo, la noche en que después de la conferencia con Gutiérrez me vi solo, enfermo, inundado por una parte de alegría al saber que mi padre no había sido traidor a la Patria, y por otra de sobresalto y miedo ante la tragedia de que era protagonista el indigno marqués de la Fidelidad, sin resolverme, con todo, a emplear los medios que se me proponían para recobrar mi verdadero nombre.

—Necesito —pensé— consultar a Diego y Lázaro. El uno con su gran corazón, y el otro con su clara inteligencia; el primero con su inmenso cariño, y el segundo con las propias sutilezas de su mala voluntad, me darán mucha luz en este gravísimo negocio.

Envié, pues, a llamarlos inmediatamente, y una hora después estábamos juntos y sentados a la mesa; Diego, comiendo; Lázaro, limpiando sus anteojos (pues, según costumbre, dijo que ya había comido), y yo... haciendo cual si comiera.

A todo esto, cada vez me sentía con más calentura; y por cierto que aquel estado de mi sangre no dejaría de influir en el tono y giro de la inolvidable escena que se siguió. Mi voz era breve y seca, y pronto conocí que había puesto nervioso a Diego.

Diego, por su parte, estaba hacía algunos días peor que nunca de la atrabilis[69]. El verdor de su rostro y la lumbre de su

---

[69] *atrabilis*, «cólera negro». Nombre dado por los antiguos a un humor espeso

142

mirada daban miedo... Parecía (y disimule usted la imagen) un muerto con fiebre.

Lázaro se hallaba tranquilo.

Luego que sirvieron el café y nos quedamos solos, díjeles con la mayor solemnidad:

—Vais a saber para qué os he llamado. Preparaos a decidir de mi vida, de mi hacienda y de mi nombre, así como de la fama póstuma del padre que en hora aciaga me dio el ser.

Y entonces les referí todo lo que usted ya conoce: mi niñez en la casa de campo; la calumniosa historia de la muerte del conde de la Umbría, tal como mi pobre madre la había creído cierta y me la contó en sus últimos momentos; la historia verdadera de aquel mismo trance según acababa de revelármela Gutiérrez, y la tercera historia que necesitábamos fingir, en opinión del antiguo polizonte, para rehabilitar el nombre de mi padre por lo relativo a la Patria, sin sacar a relucir el sangriento drama de sus amores con doña Beatriz de Haro...

—¡Ahí tenéis toda la verdad y toda la mentira! —concluí diciéndoles—. Reflexionad vosotros ahora; pesad los inconvenientes y las ventajas de seguir el plan de Gutiérrez; ved si se os ocurre otro medio mejor de vindicar a mi padre, de recobrar mi título de nobleza y de entrar en posesión de un gran caudal, y, en último caso, tened entendido que a mí me sobra corazón para todo, lo mismo para morir defendiendo mi corona de conde de la Umbría, que para continuar siendo a los ojos del mundo el misterioso personaje llamado *Fabián Conde*.

—¡Salud al conde de la Umbría! —gritó Diego, poniéndose de pie y abrazándome gozosamente.

—¡Salud a Fabián Conde! —dijo Lázaro con desabrido acento y permaneciendo sentado.

Diego se creyó herido por aquella buscada contradicción retórica, y exclamó sin poder contenerse:

—¡Habló la envidia!

—Y por tu boca habló el egoísmo... —respondió Lázaro sin alterarse.

---

negro que se suponía segregado por el bazo. Más tarde se atribuyó esta función a las glándulas suprarrenales. Se le atribuían la melancolía y la hiponcondria.

—¡Insolente! —replicó Diego—. ¡A otro que no fueras tú le pediría cuenta de ese insulto!...

—Yo no te he insultado; yo he puesto un nombre a tu amistoso interés, o, por mejor decir, he calificado un error de tu juicio, mientras tú has calumniado mis intenciones...

—¡Haya paz, o doy por terminada la consulta! —exclamé tranquilamente—. La verdad es que tú te has excedido, mi buen Diego... En cuanto a Lázaro, espero que explicará su calificación.

—Lo haré con mucho gusto. Yo he creído que Diego, llevado del entrañable amor que te profesa, te aconsejaba con su salutación que fueras egoísta...; que atendieses únicamente a tu conveniencia particular; que prescindieras de todo género de consideraciones...

—Y tú, ¿qué opinas? Dímelo sin ambages.

—Yo... —respondió Lázaro— creo que no puedes aceptar en conciencia la proposición de Gutiérrez.

—De buena gana la rechazaría... —proclamé yo entonces—. Y para eso os he llamado: para que me ayudéis a excogitar un medio de conciliarlo todo.

—No tienes más que uno... —se apresuró a añadir Lázaro.

—¿Cuál?

—El que ya te he propuesto: vivir y morir llamándote *Fabián Conde*.

Yo lo miré con asombro y desconfianza, y no respondí nada al pronto.

Pero Diego vino en mi ayuda.

—¿Es decir... —articuló, mirando al techo— que tú, mi querido Lázaro, crees que Fabián debe dejar al mundo en la creencia de que su padre fue traidor?

—Justamente.

—¡Permíteme que me ría! —replicó Diego, soltando la carcajada—. ¡Vaya una moral y una religión que nos predicas hoy!

—La moral cristiana pura y simplemente... —repuso Lázaro, calándose sus quevedos de oro—; o, más bien, la moral eterna, la moral de todas las religiones, que consiste en escuchar y obedecer la voz de la conciencia...

—¡Perdona! —interrumpí yo—. Si mal no recuerdo, uno de los preceptos del Decálogo es *Honrar padre y madre*.

144

—¡Precisamente! Ese es el cuarto Mandamiento de la Ley de Dios, tal vez el primero de la Ley Natural.

—Pues bien: yo deseo volver por la honra del padre que me dio la vida; yo deseo borrar la *calumniosa* mancha que ennegrece su sepulcro; yo deseo rehabilitar su nombre...

—Todos esos deseos me parecen muy laudables... —replicó Lázaro—. Pero la *rehabilitación* de tu padre es imposible a la luz de la verdad...

—¿Por qué?

—Porque bien consideradas las cosas, no fue calumniado.

—¿Cómo que no fue calumniado? Pues ¿no has oído que se le acusa de haber sido traidor? ¿No has oído que esto es mentira? ¡Pruébeselo yo al mundo, y mi padre recobrará su limpia fama!

—Pero, ¿cómo vas a probárselo? ¡Por medio de *falsedades*!... Esto es: infringiendo otro Mandamiento de la Ley de Dios..., aquel que prohíbe *levantar falsos testimonios y mentir*. ¡Donosa manera de purificar una historia y de rehabilitar un nombre!

—Confieso —respondí yo— que algunas de las *pruebas* de que tengo que valerme son artificiales; mas el *hecho probado* no dejará por eso de ser cierto en sí mismo, como lo es en mi conciencia, como debe serlo en la tuya... ¡Mi padre no fue traidor a la Patria!

—Pero fue traidor... —repuso Lázaro.

—¡Ve lo que dices! —grité, sintiendo que toda la sangre se me subía a la cabeza.

—Digo lo estrictamente necesario. Hay que dar a las cosas su verdadero nombre... Para algo somos amigos...

—¡Buena manera de entender la amistad!... —prorrumpió Diego.

—Déjalo que hable... —añadí yo—. Quiero conocer su teoría... Prosigue, Lázaro...

—El fondo de mi teoría es éste: *Bonum ex integra causa: malum ex quocumque defectu*[70]...

---

[70] Es una frase usada por la Escolástica como principio en Ética y en Metafísica: «Para el bien hacen falta todos los requisitos, para el mal basta con solo un defecto.»

—¡Vaya! ¡Vaya! —interrumpió Diego, levantándose otra vez—. ¡Tú te estás burlando de nosotros! ¡Pues no va a hablarnos ahora en latín!

—¡Válgame Dios, amigo Diego, y qué intolerante estás hoy, qué impaciente, qué anheloso de que nuestro Fabián sea título de Castilla! ¡Modera tus ímpetus! ¡Al cabo triunfarás como siempre!... ¡Pues no has de triunfar!... Pero déjame a mí que cumpla un penoso deber de conciencia diciendo mi leal saber y entender.

—Habla, Lázaro... —repetí yo—, y acaba de desgarrarme las entrañas. De todos modos, mi corazón está chorreando sangre...

—Pues iba a decirte —continuó el implacable moralista— que la traición no tiene tamaño, y que tan traidor es el que vende a un hombre como el que vende un ejército; el que entrega una casa como el que entrega una ciudad. La familia, amigo mío, no es menos respetable que la Patria; sólo que, como la Patria representa el egoísmo y la utilidad del público, el público da más importancia a un delito de alta traición que a un oscuro adulterio... Pero a los ojos de Dios y de la conciencia no caben estas distinciones, y, para ti, como para mí, como para todo hombre honrado a quien le cuentes la historia de los amores de tu padre con la esposa del jefe político, resulta que el conde de la Umbría murió por traidor a dos familias...

—¡Lázaro..., no me precipites! —grité, mordiéndome los puños.

—No te precipites, Fabián... —respondió Lázaro—. Me has pedido mi opinión, y debo dártela, sin reparar en el efecto que te produce lo amargo de la verdad, o sea lo doloroso de la medicina. Iba diciendo que tu padre fue traidor al jefe político, a quien alejaba de su hogar, invocando hipócritamente para ello el sagrado nombre de Patria, mientras que él se olvidaba luego de que tal Patria existiese, abandonaba el castillo, comprometía la seguridad de la plaza llevándose la llave, introducíase como un ladrón en la casa ajena, y allí mancillaba la honra del confiado amigo y compañero... E iba a decirte que el conde de la Umbría fue además traidor a tu madre, tu pobre madre, quien, al oírlo, el día de las nupcias, jurar su fe de esposo a los pies de Jesús Crucificado, no sospechó que aquel hombre moriría en aras de otro amor, de un amor criminal e infame, sin acordarse de ella ni de su hijo...

—¡Basta, Lázaro! —gemí con amargura—. ¡No revuelvas más el puñal de tu elocuencia en las heridas de mi corazón! ¡Estoy convencido... de que debí matarme hace tiempo!

—Pero ¡hombre! —exclamó Diego, estrechándome en sus brazos—, ¿cómo te dejas persuadir por los sofismas de este enemigo del género humano? ¿Cómo tomas tan a pecho esa retórica fría con que desfigura las eternas leyes de la sociedad y de la naturaleza? ¿Desde cuándo una pasión amorosa, más o menos legítima, un galanteo, de que se puede acusar aun a los grandes hombres de la Historia, a César, a Carlos V, a Luis XIV, a Napoleón, ha impreso nota de infamia en la frente de un guerrero, ha justificado la pérdida de sus bienes, de su título y de su honra, y ha de obligar a los hijos a vivir ocultando su nombre como el de un facineroso, como el de un don Julián[71], como el de un Judas?... ¡Esto es llevar las cosas a la exageración, esto es delirar, esto es ridículo de parte de Lázaro..., suponiendo que hable de buena fe o que no se haya propuesto embromarte!...

—Muchas gracias, Diego, por esta última salvedad... —respondió Lázaro melancólicamente—. Está visto que tú y yo nos hablamos hoy por la postrera vez... La malquerencia de que me estás dando muestras tan amargas, me pone en la triste necesidad de librarte de mi vista en lo sucesivo. Pero, volviendo a Fabián, que es de quien se trata ahora, yo le pregunto: si Diego tiene razón, ¿por qué no prescindes de los artificios de Gutiérrez y le cuentas al mundo *la verdadera historia de la muerte de tu padre?* ¡Sólo entonces podrías gozar *en conciencia* de las ventajas, de los provechos, de las utilidades materiales, del *dinero* que te producirá su rehabilitación! De lo contrario, siempre te quedará el escrúpulo de si habrás empleado los testigos y documentos *falsos* de Gutiérrez, no para vindicar a tu padre —que ya está muerto y ha sido juzgado por Dios—, sino para ser conde y millonario...

---

[71] El conde don Julián, según la leyenda, siendo gobernador cristiano de Ceuta, entregó la plaza a los musulmanes para vengarse del rey don Rodrigo, que había seducido a su hija Florinda, llamada también la *Cava*.

—Haría lo que me dices... —murmuré tristemente—: diría toda la verdad al mundo si no considerase impío vilipendiar la memoria de la desdichada doña Beatriz de Haro, que amó a mi padre hasta el extremo de morir por él...

—¡Pues inspírate al menos en esa piedad que tanto te honra —continuó Lázaro—, y déjalo todo como está! ¡Respeta la obra de Dios! ¡Deja a doña Beatriz en su sepulcro, al cual no había bajado, tal vez, si no creyese que tu padre había perdido *por ella* el honor además de la vida! ¡Deja a tu padre compartir la desventura y el castigo de aquella cómplice y víctima de sus reprobados amores! ¡Deja *vengada* a tu santa madre, como la vengó el cielo, del perjurio y los ultrajes de su marido!... ¡Ella murió a los treinta y dos años, a consecuencia de los infortunios que le originó aquella doble traición conyugal, y, acaso, acaso, sabiendo que fue desamada y vendida por el hombre a quien entregó su corazón y su mano!... Porque, ¿quién te asegura que tu madre no tuvo nunca noticias de aquella o de otras infidelidades de su esposo, y que el veneno de este desengaño no contribuyó a su temprana muerte? ¡Hereda, Fabián mío, hereda los agravios y la tristeza de tu inocente madre, no el título y los tesoros del ingrato que acibaró[72] su existencia! ¡No seas más feliz que aquella desventurada! ¡No la dejes sola, ofendida, inulta[73], sin ningún amigo que se asocie a su dolor, en aquella ignorada sepultura que *nadie más que tú* ha regado con sus lágrimas! El conde de la Umbría, impenitente adúltero, duerme muy satisfecho en el no bendecido panteón de doña Beatriz de Haro... ¡Tu madre no puede aguardar en su sagrada tumba sino al infortunado *Fabián Conde!*

Yo estaba profundamente conmovido por las palabras de Lázaro. Aquella peroración relativa a mi madre me había impresionado más que sus anteriores argumentos. Así es que le cogí una mano, y dije desesperadamente:

—¡Conque he de seguir viviendo sin honra! ¡Conque he de seguir ocultando mi nombre!...

—¡No vivirás sin honra y sin nombre! —se apresuró a repo-

---

[72] *acibarar*, turbar el ánimo con algún pesar o desazón.
[73] *inulta*, «no vengada».

ner Lázaro—. Dios y tu conciencia sabrán que los tienes, y esto vale más que la equivocada opinión del mundo. Ahora, Diego, habla tú..., o, por mejor decir, *falla* este litigio; pues, en último resultado, Fabián hará lo que tú quieras...

Diego se mordió los labios, y replicó desdeñosamente:

—¡Y hará bien: que yo nunca le aconsejaré deserciones ni cobardías, sino la viril entereza de los caballeros! Cuando el Cid supo que su padre había recibido una bofetada, no se paró a averiguar el motivo de aquella afrenta, sino que corrió en busca del conde Gormaz, y le dio la muerte en el acto. ¡Esto han hecho siempre los buenos hijos, fuesen mejores o peores sus padres!...

—¡De lo cual podría deducirse —objetó Lázaro— que Fabián debe retar a duelo a Gutiérrez, o al marqués de la Fidelidad, o a los dos oficiales carlistas; pero no se deducirá de ningún modo que deba negociar con los asesinos de su padre, darles dinero, comprar testigos falsos, descubrir una parte de la verdad, ocultar la otra, forjar, en fin, una especie de novela y bautizarla con el pomposo nombre de *rehabilitación!*

—«¡Lázaro dice bien!» —oí resonar en lo profundo de mi conciencia.

—Mira, Lázaro; dejémonos de teologías... —repuso Diego con un soberano arranque de los suyos—. ¡Demasiado sé que me aventajas en sutilezas y en argucias! Pero lo que yo digo, a fuer de leal y honrado, es que eso que aconsejas a Fabián no lo ha hecho todavía ningún hombre. ¡Ningún hombre ha dejado de impedir, cuando ha podido, que el honor de su familia ruede por el lodo! ¡Ningún hombre ha permitido que su padre sea considerado como traidor a la Patria teniendo en sus manos *las pruebas de que no lo fue!* ¡Ningún hombre tiraría por la ventana un título de Castilla y ocho millones de reales (de que pudiera gozar legítimamente), sólo porque su padre tuviese la desgracia o la fortuna (que eso va en gustos) de agradarle a una hermosa mujer, casada con un reptil cobarde y venenoso! Por consiguiente, no le has aconsejado a Fabián más que rarezas y excentricidades, hijas de tu espíritu enfermo y de la adversidad con que batallas.

Semejante discurso, y sobre todo la violencia y la pasión con que lo pronunció Diego, determinaron un nuevo cambio en mis ideas: «*Este es el que tiene razón...*», díjome toda mi sangre. «*Éste es el que habla el lenguaje de la naturaleza humana.*»

Lázaro conoció que perdía terreno e hizo un esfuerzo extraordinario.

—¡Niego rotundamente —gritó con desusado brío— eso de que no haya hombre capaz de hacer lo que os propongo! ¡Muchos, muchísimos han hecho cosas más grandes!

—¡Oh! Sí..., ¡los santos! —exclamó Diego con terrible ironía.

—¡Precisamente! —respondió Lázaro, irguiéndose cada vez más.

—Pues bien...; ¡yo no soy santo! —recuerdo que murmuré entonces, de una manera que todavía me asusta.

—¡Porque no quieres! —replicó Lázaro—. ¡Todos los que hay en el cielo fueron de tu misma arcilla!

—¡Concluyamos! —exclamó Diego, plantándose delante de Lázaro—. Mírame a la cara, y respóndeme: ¿Harías tú lo que le propones a Fabián?

—¡Ya lo creo! —respondió Lázaro con absoluta calma.

—¡Hipócrita! —prorrumpió Diego, rechinando los dientes—. ¡Y me lo dices con esa frescura! ¡A mí, que tanto te conozco!

—Puedes injuriarme todo lo que quieras... —replicó Lázaro—. Te repito que será por última vez... Pero yo proclamo de nuevo que, aunque pecador empedernido, no sólo soy capaz de despreciar un nombre, un título y varios millones, sino que desde ahora mismo le prevengo una cosa a Fabián...

Y, al pronunciar estas palabras, la voz de Lázaro temblaba ligeramente.

—Te escucho... —le dije—. Pero mide bien tus expresiones.

—Las tengo medidas. ¡Fabián! Mucho te quiero...; muchísimo más de lo que puedes figurarte; pero yo no volveré a verte; yo no te saludaré en la calle; yo me arrepentiré de haberte conocido si te atreves a desenterrar un cadáver, a vestirlo de máscara, que eso será prestar a tu padre unas virtudes que no tenía, y a venderlo por bueno y honrado, en cambio de un título y de más o menos dinero.

—¡Basta! —grité fuera de mí, completamente dominado por

la fiebre y por la ira—. ¡Tú no puedes hablar en estos términos, ni de mi padre, ni de nosotros, ni de ningún nacido!

—Yo puedo hablar de todo según mi conciencia... —contestó Lázaro.

—¡Tú no la tienes! —exclamó Diego.

—¡Más que vosotros! —replicó el mísero.

—¡Es claro! —dije entonces yo temblando como un epiléptico—. ¡Y por eso sin duda te *desheredó* tu padre! ¡De tal modo le honrarías!

Lázaro se puso pálido como la muerte.

—¡Ah! ¿Conque lo oísteis todo aquella noche? —balbuceó al cabo de un momento—. ¡Y bien!... es verdad... Mi padre me desheredó... Perdón os pido por no habéroslo dicho antes.

—Pues si eres un desheredado, ¡hombre inicuo! —rugió Diego—, ¿cómo te atreves a hablar de sentimientos filiales? ¿Cómo te atreves a invocar el cuarto Mandamiento? ¿Cómo te atreves a insultarnos?

—Te diré... —tartamudeó Lázaro, temblando tanto como yo—. Hay gran distancia... ¡Dios sabe toda la que hay entre *ser privado* de una herencia, y esto de cometer delitos para *apoderarse* de otra! Yo podré haber sido desheredado... ¡pero vosotros aspiráis a ser estafadores! He dicho.

—¡Canalla! —gritamos a un mismo tiempo Diego y yo.

Y, a un mismo tiempo también, levantamos la diestra sobre su cara. Pero nuestras manos se encontraron en el aire: reparamos en que éramos dos contra uno, y nos contuvimos.

Entretanto Lázaro, que estaba sentado, se echó a reír de una manera formidable; y, rápido y seguro como un tigre, saltó sobre nosotros, nos cogió a cada uno por un brazo con una fuerza espantosa y nos obligó a caer desplomados sobre nuestras sillas.

Entonces nos soltó, y dijo:

—¡Lo que es pegarme, no! ¡Qué equivocados estáis si creéis que os temo!

Dicho lo cual, giró sobre los talones y se dirigió lentamente hacia la puerta, sin cuidarse de lo que nosotros pudiéramos intentar contra él.

Diego y yo permanecimos inmóviles, estupefactos, sin acertar a volver de nuestro asombro, ante aquella fuerza hercúlea y aquella temeridad del que teníamos por cobarde.

—¡Es un bandido! —exclamó al fin Diego—. ¡Y a los bandidos se les mata!...

—O se les desprecia —respondí yo, sujetándolo para que no siguiese a Lázaro.

Éste había llegado ya a la puerta del comedor.

Allí volvió la cabeza, y nos miró un momento...

¡Estaba llorando!

Aquel hombre se había propuesto volvernos locos.

—¡Vete! —le dije—. Y procura que no nos veamos más...

—¡Ya me buscaréis! —respondió él, cerrando la puerta.

IX

Para verdades el tiempo...

Fabián calló un instante, aguardando, sin duda, a que el padre Manrique lo interrumpiese (como ya había hecho en otros pasajes críticos de su narración) y le dijera algo acerca de tan horrible escena; pero viendo que se callaba también, dio un suspiro y prosiguió hablando de este modo:

—Aquella noche creí morir: la calentura que sentía desde por la tarde se fue graduando cada vez más, y a la madrugada llegué a tal extremo de agitación y delirio, que Diego tuvo que sangrarme[74], temiendo (según me dijo después) por mi razón y hasta por mi vida. Pero la venida del día me devolvió algún reposo; lloré mucho..., y, a medida que lloraba, fueron desapareciendo los síntomas de fiebre cerebral que habían alarmado a mi buen amigo. ¡Si Diego no hubiera tenido la previsión de quedarse aquella noche a mi lado, yo no sé lo que habría sido de mí!

A las tres de la tarde fue Gutiérrez por mi contestación, o sea por la petición a las Cortes que me había dejado para que la firmara...

Diego, que seguía a la cabecera de mi lecho, me alargó entonces aquel papel y una pluma, haciéndome señas de que no hablase, y me dijo:

—¡Firma! El honor es antes que todo. Yo recibiré a

_____
[74] La curación de ciertas enfermedades sacando sangre al enfermo ha sido una práctica habitual en la medicina hasta época reciente.

Gutiérrez... Tú no estás hoy en disposición de despegar los labios.

Firmé...

(Aquí hizo Fabián otra pausa, de que tampoco se aprovechó el padre Manrique para decir cosa alguna. El joven se pasó una mano por la frente, y continuó:)

—Al cabo de poco tiempo, todo había sucedido tal y como me lo anunció Gutiérrez. Las Cortes habían rehabilitado solemnemente la memoria del general Fernández de Lara, declarando que mereció bien de la Patria con su heroica muerte, y yo había entrado en posesión de su hacienda, era conde de la Umbría, y estaba nombrado secretario de la Legación de España en Londres.

(Tercera pausa de Fabián.)

—¿De modo —preguntó entonces el padre Manrique, meneando el brasero— que el señor marqués de la Fidelidad se portó bien?

—¡Oh! ¡Muy bien!... —se apresuró a responder el joven.

—Por supuesto..., ¿llegarían ustedes a hablarse?

—Le diré a usted. Él lo deseaba mucho; pero yo me negué resueltamente a ello. Convínose, sin embargo, por medio de Gutiérrez, en que nos saludaríamos en público..., por el bien parecer...; de cuyas resultas, hoy, cuando nos encontramos en la calle, nos quitamos el sombrero, y, si nos tropezamos en algún salón, nos damos la mano, y hasta fingimos una sonrisa...; pero sin dirigirnos la palabra... ¡Oh!... ¡Lo que es eso, no lo haré jamás!

—¿Y Gutiérrez?... ¿Cobró? —siguió preguntando el anciano, fingiendo admirablemente una curiosidad pueril o femenina.

—Quince mil duros del marqués de la Fidelidad y quince mil duros míos... —contestó Fabián.

—¡Treinta mil duros!... Me parece bien... ¡Pues, señor, hay que convenir en que Lázaro *tenía razón!*

—¿Qué dice usted, padre? —exclamó el joven, aterrado ante aquella brusca salida del jesuita...

—Digo que Lázaro podía ser todo lo malo que ustedes se imaginaban; pero la noche de la famosa consulta habló como un sabio, y hasta como un santo...

154

—¡Ay de mí! —suspiró el conde de la Umbría—. ¡Temiendo estaba que fuera ésa su opinión de usted!

—¡Peregrino temor! ¡Al cabo de un año de consumado el hecho!

—¡Es que, desde hace meses, una voz secreta murmura en lo profundo de mi alma las mismas palabras que usted acaba de pronunciar!... ¡Es que yo no quería dar crédito a esa voz, ni reconocer en ella el grito de mi conciencia..., sofocado aquella noche por los violentos discursos de Diego y por mi propia cólera... ¡Y es otra cosa más horrible todavía!... ¡Es que el mismo Diego, no hace muchas horas, me ha echado en cara el haber seguido su consejo! *«¡Lázaro tenía razón!»*, me dice también aquel insensato, olvidándose de que él fue quien le llevó la contraria con una vehemencia que rayaba en temeridad y fanatismo...

—¡Diego también ha abierto los ojos a la verdad! —exclamó el padre Manrique cruzando las manos—. ¡Misericordia de Dios! ¡Conque ya son ustedes todos buenos!

—¡No, padre! —respondió Fabián lúgubremente—. ¡Hoy, más que nunca, Lucifer se enseñorea de nuestras almas, a lo menos de la de Diego y de la mía! ¡Dijérase que la amistad que mediaba entre nosotros se ha convertido en una espada de dos puntas, que desgarra nuestros corazones!... Sí: hoy más que ayer ruge la tempestad sobre nuestras cabezas... Yo me he refugiado en esta celda por algunas horas, y no es otra la razón de que me crea usted algo tranquilo... Pero, cuando salga por esa puerta, los rayos de la ira con que Diego me persigue, y los bramidos de mi desesperación, ¡volverán a regocijar al infierno!

—Entonces... —replicó el anciano— no es la misericordia de Dios, sino su justicia, la que nos toca admirar en este instante... ¡Ya vendrá después la hora de la misericordia! ¡Diego revuelto contra usted!... ¡Cuán misteriosos, pero cuán seguros, son los caminos de la Providencia!

—¡Y qué terribles al mismo tiempo! —agregó Fabián con mayor espanto—. Pero este horrendo infortunio será objeto de la última parte de mi relación... Antes necesito retroceder de nuevo en la historia de mis errores y desventuras, y hablarle a usted extensamente de una mujer..., o, más bien dicho, de un

155

ángel..., único astro radioso del cielo de mi vida... ¡Alborócese usted, padre mío! Voy a tratar del bien; voy a mostrar la faz luminosa de mi espíritu; voy a decirle a usted cuán próximo a reconocer la Providencia de Dios estuve ya un día, antes de ro dar nuevamente al abismo de dudas de que nadie puede hoy sacarme; voy a hablar de la noble niña que le precedió a usted en el piadoso intento de resucitar mi alma; ¡voy a hablarle a usted de Gabriela!

—¡Mire usted un exordio que merece este apretón de manos! —exclamó el padre Manrique, cogiendo las de Fabián y estrechándolas entre las suyas—. Veo que vamos a hacer un gran negocio con habernos conocido... ¡Usted no es malo!... Pero, ¿qué estoy diciendo? ¡Nadie es malo de una manera irremediable! *Nada hay cerrado para Dios*, repito con el filósofo[75]. ¡Hable usted, hable usted, y no tema fatigarme, aunque dure la conversación toda la noche!

Fabián besó de nuevo las flacas manos del discípulo de Loyola; tornó a sentir un bienestar indefinible, por el estilo del que hace llorar de alegría a los convalecientes, y continuó de este modo:

---

[75] La frase es la misma que citamos en la nota 73. El «filósofo», en la Escolástica, es Aristóteles, pero esta frase tiene su origen en otra del *Pseudo Dionisio Aeropagita*.

Libro cuarto

QUIÉN ERA GABRIELA

I

Una mujer bien recibida
en todas partes

—Cuando, a la edad de veintiún años, regresé de mi largo viaje por Europa, una de las primeras deidades aristocráticas que cortejé (o por quienes me vi cortejado) en Madrid, fue la Generala ***[76], mujer que estaría entonces en los treinta y cinco, alta, bella, elegantísima, impávida, familiarizada con el escándalo; esto es, sabedora de que el mundo conocía sus fragilidades, y atenta únicamente a que las ignorase su marido. El mundo, por su parte, no la castigaba de manera alguna: antes parecía premiar su desordenada vida con el continuo agasajo que le ofrecía en los salones, teatros y paseos. Hasta las damas de virtud ejemplar alternaban con ella cariñosamente, la visitaban, la convidaban a sus fiestas, y solían preguntarle por mí, dándose por entendidas de que yo era su amante del momento. ¡Tal anda el mundo, padre..., y sirva esto, ya que no de disculpa, de explicación a muchos errores de mi vida!

Cuando yo entré en relaciones con Matilde (así se llamaba la Generala), su marido (uno de los generales que más gloria habían alcanzado en la guerra civil, hombre ya de cincuenta y cinco años, muy entregado a las contiendas políticas) acababa de ser enviado de cuartel a Canarias *contra su voluntad...*, lo cual en sustancia quiere decir que estaba *desterrado* de la Península.

---

[76] De nuevo, Alarcón quiere dar verosimilitud a la historia sustituyendo el nombre por asteriscos.

De buena gana se hubiera llevado el general a su mujer al africano archipiélago, pues la adoraba ciegamente; pero Matilde aparentó tanto miedo al mar, que aquél prefirió el dolor de la ausencia a imponerle los tormentos de la navegación; con lo que la infiel esposa, sola ya en Madrid, tuvo mayor holgura para seguir mancillando las honradas canas de su marido en unión de feroces desalmados de mi jaez...

—Principia usted a hablar como Dios manda... —murmuró el jesuita.

—¡Es que ahora pienso en Gabriela! —respondió Fabián.

Aquel mal concertado matrimonio no había tenido hijos, con gran contentamiento de Matilde, que sólo pensaba en conservar su hermosura, y con evidente disgusto del viejo soldado, que estaba siempre deseando servir de algo sobre la tierra. Ello fue que, antes de salir para Canarias, escribió a un hermano suyo residente en Aragón, escaso de bienes de fortuna, suplicándole que *le cediese* (y enviase desde luego a Madrid, para que acompañase a Matilde) una de sus tiernas hijas, a la que adoptaría más adelane y nombraría su heredera. La Generala, más rica aún que su marido y que no unía a sus otros defectos el de codiciosa, holgóse en cierto modo de esta determinación, lejos de apesararse de ella; pues tiempo hacía (me dijo) que «deseaba que el general *la amase y cuidase menos,* y que contrajese *nuevas afecciones de cualquiera índole en que emplear la excesiva y abrumadora ternura de su alma».* Son palabras textuales suyas.

—¡Y elocuentísimas! —añadió el padre Manrique.

II

La niña aragonesa

Llegó, pues, a Madrid Gabriela.

Tendría entonces catorce o quince años; pero aún estaba vestida de corto, en atención, sin duda, a su retrasada naturaleza física, que parecía agobiada bajo el peso de un precoz idealismo. Sin embargo, su gracioso semblante, indicio apenas de lo que pronto llegó a ser, ostentaba ya una belleza expresiva, aunque infantil, que hablaba directamente al alma, y cautivaban todavía más los corazones su claro ingenio, su buena crianza moral y social (debida exclusivamente a sus padres, con quienes había vivido siempre en el campo) y su angelical inocencia, cariñosa condición y reposada y constante alegría. La primera impresión que sentí al verla fue de miedo; de un miedo semejante al que causa la mucha luz a las personas desaseadas o mal vestidas.

Cuando Gabriela llegó a Madrid, hacía ya un mes del destierro del general, y llevaba yo casi el mismo tiempo de estar en relaciones con su esposa y de no salir a ninguna hora de su casa... Matilde me quería con el ansia ardiente que caratezia los últimos amores de las grandes pecadoras, sobre todo cuando cogen entre sus garras un corazón juvenil, y yo estimaba en ella, no tanto su persona, como el fanático amor que me profesaba. ¡Necio de mí! ¡Me envanecía de ser objeto de aquel culto criminal y, huérfano y solo sobre la tierra, complacíame en arrimarme a aquel hogar ajeno, en disfrutar de su calor robado, en creerme allí dentro de mi casa, en dejarme dirigir por aquella afable tutora, que más me parecía a veces una madre que una querida!

La inexperta recién llegada no tardó en preguntar *quién era yo,* y Matilde le dijo:

«—Considérale como una especie de hermano tuyo. Su difunta madre, que fue mi mejor amiga de la niñez, y que murió hace un año en Italia, me lo recomendó en sus últimos momentos, entregándole una carta para que me la presentase cuando viniese a Madrid... El pobre llegó hace pocas semanas... y yo lo quiero ya como si fuera mi hijo...»

Excusado es decir que no dejé de confirmar esta sacrílega invención de la adúltera; invención que había de servir también para deslumbrar a su marido cuando regresase... Ello es que Gabriela se dio por satisfecha, y que desde tal momento contrajimos una de aquellas deliciosas amistades de los hombres con los niños, de la experiencia con la ignorancia, de la misantropía con la candidez, que hacía exclamar a lord Byron: *«¡Lástima que estos pequeñuelos se conviertan en hombres!»* [77].

Matilde, que me adoraba cada vez más, y cuyo mayor empeño era que me tomasen cariño todos sus parientes, todas las personas que entraban en la casa y hasta su misma servidumbre (preparando así el terreno para imponerme a su esposo cuando regresase y forzarlo a ser mi amigo), holgóse mucho en que nos entendiésemos y llevásemos tan bien la gentil aragonesa y yo, y se deleitaba grandemente al oírnos tutearnos, al verme a mí reír y jugar con ella, cual si yo fuera otro niño de su edad, al mirarla a ella engolfada conmigo en graves coloquios referentes a mis viajes, a mis estudios y a mis aficiones artísticas, como si fuese una mujer hecha y derecha, y al observar, finalmente, la admiración y el respeto que sentía hacia mí aquella celestial criatura en medio de la más tierna confianza.

Natural era que la pobre niña, ignorante del odioso papel que yo representaba en la casa, y acostumbrada ya a oír a su segunda madre celebrarme desde por la mañana hasta la noche «como al joven más honrado, más discreto, más valiente, más

---

[77] En *La Alpujarra,* recordando también al poeta inglés, dice: «¡Oh! ¡Los niños!... ¡Los niños!... "Lástima que se conviertan en hombres!...", exclamaba Lord Byron.» *(Obras completas, op. cit.,* pág. 1545.)

sabio y más distinguido de toda España y aun de todo el mundo», me profesase aquel amor infantil, aquella franca idolatría, aquel reverente culto que yo estaba tan lejos de merecer... Pero más natural era aún el que yo me avergonzase, como me avergonzaba muchas veces, al comparar mi alma con la de Gabriela, y contemplara con aversión, con tedio y hasta con asco el amor de Matilde, o sea la criminal torpeza del único vínculo que ligaba mi existencia a la de aquel ángel de quince años.

Ni ¿cómo había yo de ser insensible al divino encanto de semejante intimidad con un ser tan noble, tan puro, tan bello, tan inocente? ¡Era la primera vez que trataba a un niño; la primera vez que me comunicaba con un espíritu candoroso; la primera vez que me miraba en agua cristalina; la primera vez (desde que murió mi madre) que respetaba a una criatura de Dios, que la creía superior a mí, que envidiaba sus virtudes, que me arrepentía de mis vicios!... Así es que cuando aquella niña me hablaba, creía yo escuchar gorjeos de aves que me llamaban al cielo; cuando contemplaba sus ojos, figurábame que penetraba en el cielo mismo; cuando la veía sonreír, parecíame que Dios me perdonaba mis pecados...

Asegúrole a usted, padre mío, que por entonces no había considerado todavía a Gabriela como a una amable criatura de distinto sexo, como a una doncella adolescente, como a una futura *mujer*... ¡Hubiera sido Gabriela un niño en vez de una niña, y la adoración que me inspiraba no habría cambiado en manera alguna! Lo que yo amaba en ella era la limpieza de su corazón, la santidad del afecto que me tenía, la aureola angelical de su niñez, todas aquellas músicas y fragancias del cielo para mí desconocidas, que ponían en actividad y como que me revelaban las mejores facultades de mi espíritu.

Por lo demás, Gabriela reunía condiciones especiales y puramente humanas para conturbarme de tal modo. Era aragonesa..., y ya comprenderá usted todo lo que quiero decir con esto. Era la personificación más expresa y aquilatada que pueda imaginarse de aquella raza nobilísima cuya impertérrita sinceridad e invencible constancia han sido en todo tiempo asombro y admiración del mundo. Era sencilla, confiada, crédula; pero, así que formaba una opinión, que aprehendía una fe, que concebía un sentimiento, no había manera de arrancárselos.

163

Tenía, en suma, lo que hoy llamaríamos *el valor de sus convicciones*, y una lógica implacable, como todos los niños y como todos los aragoneses...[78]. Digo esto, suponiendo que habrá usted reparado en que el aragonés, por varonil y rudo que sea y por muchos años que cuente, parece siempre niño; habla con la inconsiderada ingenuidad de los *enfants terribles,* que dicen ahora los franceses; no conoce el peligro, ni mide las consecuencias de sus actos; allá va a donde le impulsa su corazón; pide justicia y defiende su derecho con el generoso ímpetu de la inocencia; quéjase cándidamente y en son de maravilla de las más comunes ruindades de los hombres; no da, en fin, nunca cuartel a la iniquidad ni al absurdo, y de aquí la fama de terco y obstinado que tiene entre las gentes; terquedad y obstinación que la patria historia denomina *fortaleza, magnanimidad, heroísmo...* Pero divago...

—No divaga usted —pronunció el jesuita—. Lo que hace es profundizar en busca de las raíces de las cosas, y me alegro de verle ya tan reflexivo. Todo cuanto acaba usted de decir acerca de Gabriela y de los aragoneses puede resumirse en una fórmula que le dará a usted mucha luz para apreciar ese periodo de su vida... ¡Aquella niña era franca, ingenua, valerosa, implacable como lo es siempre la conciencia!... ¡Aquella niña era *su conciencia de usted!*

—¡Usted lo ha dicho! —exclamó Fabián fervorosamente—. ¡Aquella niña era el limpio espejo en que yo veía la fealdad de mi conducta! Porque hay que notar (y es a lo que iba cuando principié a dicurrir acerca de su carácter) que todas sus observaciones, todos sus razonamientos, todas sus preguntas me hacían ruborizarme, y avergonzaron también algunas veces a Matilde.

«—¿Cuándo trabajas, Fabián?» —solía interrogarme.

«—Tía... —le dijo una noche a la Generala—: ¡las gentes

---

[78] La mayoría de las veces, en las descripciones de personajes femeninos, Alarcón recurre a caracteres tópicos. Obsérvese aquí cómo abunda, al retratar a Gabriela, en ellos. José Fernández Montesinos critica la «graciosa puerilidad de hacer aragonesa a la niña para justificar el que sea testaruda como el diablo». (*Pedro Antonio de Alarcón, op. cit.,* pág. 231.) El protagonista de *El capitán Veneno,* que reúne muchos de los rasgos señalados aquí, también es aragonés.

van a figurarse que Fabián está enamorado de usted al observar que no sale de esta casa!... En cambio, cuando yo sea más grande, todo el mundo dirá que es mi novio... ¡Cómo nos vamos a reír entonces!»

«—Si tanto te gustan los niños, Fabián... —preguntóme en otra ocasión—, ¿por qué no te casas? Yo he oído decir que para tener hijos es menester casarse.»

«—Fabián, ¿tienes novia? ¿Por qué no la tienes?»

«—¿Por qué no has ido hoy a misa? ¡Dices que no has salido de casa hasta las tres..., y la última misa es a las dos!»

«—Tía, ¿le ha escrito usted a tío que Fabián está en Madrid y nos acompaña a todas horas? ¿Cómo es que el general no se refiere a él en sus cartas? ¡Yo se lo contaba todo en las que le escribí cuando llegué!... ¿Por qué no me habrá contestado sobre el particular? ¿Dejaría usted de meter mi carta dentro de la suya? ¡Yo quiero que el tío ame a Fabián tanto como nosotras!»

«—Fabián, ¿a qué hora te marchaste anoche? ¡Juraría que te oí toser a las cuatro de la madrugada!»

«—Dime, Fabián: ¿y por qué no has traído a España el cadáver de tu madre? ¡Cruel! ¡Dejarlo en tierra extranjera!...»

«—Tía, ¿por qué se opone usted siempre a que cuente a mis padres en mis cartas lo muy bueno que es Fabián para nosotras?»

«—Fabián, ¿por qué no haces mención de tu padre en tus conversaciones? ¿No te refirió tu madre su historia? ¡Me gustaría tanto oírtela contar!»

«—Tía, ¿por qué no cuelga usted en el gabinete el retrato de Fabián? ¿Por qué lo tiene usted escondido en aquel armario? ¿Por qué no quiere usted que yo lleve uno chiquito en mi guardapelo, como el que lleva usted en el suyo?»

Interminable fuera mi tarea si hubiera de decir todas las frases por el mismo orden que pronunciaba diariamente aquella candorosa niña, y las fulminantes réplicas, llenas de lógica y buen sentido, que oponía a nuestras balbucientes contestaciones... Baste asegurarle a usted que Matilde y yo llegamos a temerle como a un juez, y que ésta hubiera quizá acabado por odiarla (¡yo de manera alguna!) si su hechicero rostro, su celeste bondad y el entrañable cariño que nos tenía no compensaran con exceso la especie de tormento a que nos sometían sus interrogatorios. La amábamos, pues, ambos cada día más, como los padres delincuentes aman a los mismos hijos a quienes afrentan y perjudican con sus crímenes; la respetábamos como se respeta a todo aquel de quien se abusa o a quien se engaña, y sentíamos a su lado tales remordimientos..., a lo menos yo..., que hubo ocasiones en que me faltó poco para decirle: *«¡Aborréceme, niña mía: yo soy indigno de que poses en mí tus ojos!»*

*

—¡Qué alma tan hermosa le debe usted a Dios! —exclamó el padre Manrique—. ¡Qué trabajo le ha costado a usted siempre no ser bueno!

—¡Mucho, padre! —contestó Fabián—. ¡Y ése es mi mayor delito! ¡Eso es lo que más me pesa hoy! ¡Yo he sentido siempre honda pena al realizar el mal, y hoy me encuentro con que el haber sido malo me incapacita ya para realizar el bien! ¡Nadie cree ya en mí!

—¡Bah, bah! —repuso el sacerdote—. ¡Creo yo! ¡Cree usted mismo! ¡Y, sobre todo, cree Dios, testigo de todos los pensamientos humanos! No se preocupe usted, pues, con el porvenir: cuénteme lo pasado..., y confíe en que ya pondremos remedio a las enfermedades de su espíritu.

—¡No lo espero, mi querido padre! —suspiró Fabián—. Pero, en fin..., continúo, como si lo esperara...

III

Gabriela

Había llegado entretanto para Gabriela la hora crítica y solemne de su transfiguración. La niña se convertía en mujer por momentos, o, más bien dicho, este cambio se había verificado ya bruscamente y como por ensalmo, bajo el disfraz de las infantiles vestimentas, antes de que Matilde pronunciara la frase gráfica y sacramental de: «*¡Esta muchacha no cabe dentro de la ropa!...*»; frase que yo traduje al lenguaje poético, exclamando: «*Sí, sí: la mariposa quiere romper su capullo.*»

Hubo, pues, que ponerla de largo; y por cierto que el día que esto se realizó quedamos absortos ante su espléndida hermosura. ¡Dijérase que una magnolia se había abierto repentinamente, trocándose de comprimido pimpollo en flor magnífica y olorosa! ¡Dijérase que un velo de nubes acababa de desgarrarse, dejando libre campo a la triunfante y refulgente luna!

Es el momento de retratarle a usted la portentosa figura de Gabriela, tal como apareció entonces a nuestros ojos, y tal como dejé de verla al poco tiempo... ¡ay! ¡Para siempre quizá! ¡Para siempre, mi querido padre, en justo castigo de mis pecados!

Había crecido hasta ser más bien alta que baja y más mujer que adolescente... Perdóneme usted lo profano de la comparación, y perdónemelo también la sombra adorada de aquella noble virgen; pero la verdad es que tenía la cabal estatura y las ricas y acabadas proporciones de la Venus de Milo, que se guar-

167

la en el Museo del Louvre[79]. Sin embargo, sólo un artista de profesión como yo hubiera traslucido la clásica perfección de su belleza, honestísimamente disimulada por su decente y recatada manera de vestir, de andar y de sentarse. Infundía, pues, invencible respeto aquella misteriosa, inconsciente beldad, púdica por instinto, y no resultaba audaz y provocativa como la diosa griega, sino atemperada y venerable como las doncellas cristianas, castas, cuanto hermosas, que prefirieron el cielo a la tiera, y cuyas efigies reciben culto en los altares.

Gabriela era blanca como el mármol nuevo, con un suave sonrosado en las mejillas, que las hacía semejarse a dos delicadas rosas de primavera, abiertas junto a las últimas nieves del invierno. Su altiva frente, un poco grande, pero de artística traza, parecía el trono de la inteligencia y el sagrario del candor. Sus cabellos eran luz; sus ojos cielo; nido de gracias su linda boca; regalada música su voz, y un premio que nadie merecía cada sonrisa suya. Tras aquel cielo de sus azules pupilas veíase más cielo..., ¡y era su alma! La melodía de su voz llegaba hasta el corazón como una caricia, o como leve, piadosa mano que curaba las heridas sin lastimarlas, o como el propio bálsamo de salud... Y, en fin, todo aquel semblante tan hechicero, tan sencillo, tal leal, tan sublime y tan franco a un mismo tiempo, ostentaba no sé qué sello de *extranjería en la tiera,* no sé qué aire inmortal, no sé qué tipo o qué blasón divino... ¡Indudablemente Gabriela era un ángel!

Por lo demás, de tan aturdida, locuaz y bulliciosa como había sido hasta el postrer momento de la niñez, tornóse grave y reflexiva desde la primera hora de la juventud, sin perder por eso su afable ingenuidad ni su alegría, bien que ésta resultase ya moderada por una plácida serenidad, que tenía algo de bea-

---

[79] Las tres protagonistas femeninas de las novelas largas de Alarcón han sido comparadas con sendas estatuas clásicas: Soledad, en *El Niño de la Bola,* se equipara a las cariátides griegas; Julia, en *La Pródiga,* como Gabriela aquí, con la Venus de Milo. También, Isabel, en *La comendadora,* es semejante a «aquella nobilísima cariátide que se admira a la entrada de las galerías de escultura del Vaticano». Nótese, asimismo, el paralelo de la belleza de Isabel con la de Gabriela. De aquélla dice: «... reunía a un mismo tiempo todos los hechizos de belleza gentil y toda la mística hermosura de las heroínas cristianas». *(Obras completas, op. cit.,* pág. 32.)

titud celeste. Y, en efecto: la viveza de su imaginación y la natural tendencia de su carácer aragonés a considerarlo todo, así las ideas como los sentimientos, de un modo absoluto, categórico, decisivo, *a muerte o a vida* (como le decía yo), no tardaron en lanzarla a la región de las aspiraciones eternas y de las complacencias abstractas, en busca del Bien incondicional; y, procediendo con su inflexible lógica de siempre, en el mero hecho de no ser atea, fue mística, amó verdaderamente a *Dios sobre todas las cosas,* como manda el Decálogo; y le entregó su alma antes de empezar a vivir, con el mismo afán y premura que le entregan la suya a última hora ciertos moribundos..., después de una larga vida de abominación.

*

—¡Hijo! ¡Mi querido hijo! —exclamó el padre Manrique con entusiasmo—. ¿A qué ha venido usted aquí pidiéndome que lo cure? ¡Usted está curado radicalmente, o cuando menos, conoce tanto como yo la medicina de todo mal!

—¡Le engaña a usted el deseo, padre mío!... Ahora no habla mi pobre corazón: habla mi crítica. No trato de mí, sino de Gabriela. ¡Yo no he tenido nunca fuerzas para abrazar el bien!

—¡Pero basta que lo conozca usted y lo ame de esa manera!...

—¡Oh!... ¡No basta!... Y, sobre todo, ¡ya es tarde!...

—¡Eso... lo veremos! —repuso el jesuita.

—¡Desgraciadamente lo verá usted muy pronto! —replicó Fabián.

*

Dije a usted antes, y tengo que repetir ahora, que Gabriela, en medio de su misticismo, se hallaba muy tranquila y contenta en este valle de lágrimas. No, no era, ni por asomos, la devota entristecida que enferma y muere de *nostalgia del cielo...* Era una valiente amazona que miraba sin miedo la ruda batalla del mundo, segura de vencer siempre, o dispuesta a morir antes de ser vencida. Entraba en lucha contra el mal con la serenidad y el denuedo de la que nació heroína, o como si continuase entre

169

nosotros una profesión a que se hubiera acostumbrado en el Empíreo durante aquella terrible guerra de las milicias celestes que describió el inimitable épico inglés en tan grandiosos versos[80]...

Era, pues, admirable el equilibrio de su naturaleza privilegiada, así en el orden moral como en el físico. Juventud, hermosura, talento, alegría, inocencia, fuerza, valor, todo lo juntaba. Su belleza parecía el reflejo de su bondad. La salud de su cuerpo retrataba la salud de su espíritu. Dijérase que para ella se había inventado la fórmula antigua de *mens sana in corpore sano.*

Y, sin embargo (vuelvo a rogarle a usted que me crea), yo no la amaba todavía como se ama a una mujer. La veneraba demasiado para llevar tan alto mi ambición. A las santas no se las ama con idolatría mortal. Los santos no tienen sexo. No sé qué pudor invencible o respeto supersticioso me hacía considerar a Gabriela como a un ser superior y extraño a la órbita de mi vida. Era yo, en fin, a su lado el súbdito delante de la reina... ¡Podría ella bajar hasta mí los ojos...; pero, mientras no lo hiciera, nunca me propasaría yo a alzar los míos hasta su soberana hermosura!

Por el contrario: al verla aparecer, clavábalos en tierra lleno de confusión y de bochorno. La misma Matilde, a pesar de todo su descaro, no podía soportar en mi presencia las miradas de aquella extraordinaria criatura... ¡Gabriela (repito) había llegado a ser acusador espejo en que veíamos nuestra fealdad, o inevitable luz que delataba nuestras miserias! No ya con preguntas, como antes, sino con su solo aspecto, establecía una serie de penosas comparaciones entre lo que éramos y lo que debíamos ser; entre ella y nosotros; entre la propia Matilde y yo, y entre mi persona y la del ausente marido. Semejantes comparaciones nos humillaban y escarnecían a todas horas; pues harto comprenderá usted que al fulgor de la belleza, de la castidad, de la fe religiosa y de los nobles pensamientos de Gabriela, Matilde resultaba marchita, impura, criminal, ingrata, sin lozanía física ni prenda alguna moral, y yo aparecía a mis

---

[80] Se refiere a John Milton y a su poema *El paraíso perdido. Vid.,* nota 56.

170

propios ojos como un vicioso grosero, adorador de mustios encantos que otros hombres habían dejado ya con hastío, como un ladrón que merodeaba en la casa ajena aprovechando la ausencia de su dueño; como un asesino de la honra del noble y proscrito general; como un traidor...

*

—¡No siga usted!... —interrumpió el padre Manrique—. ¡Está usted escarneciendo la memoria de su señor padre!... Quiero decir: está usted repitiendo las más terribles palabras de Lázaro en la célebre noche de la consulta...

Fabián bajó la cabeza, murmurando:

—¡Es verdad, y siempre que pienso en Gabriela me pasa lo mismo!... ¡Oh! Si Gabriela hubiese estado junto a mí aquella noche, los santos consejos de Lázaro habrían prevalecido en mi decisión... Pero el ángel de mi guarda me había dejado ya solo en este mundo..., ¡y solo, enteramente solo he vivido en él hasta hoy, que tengo la dicha de hallar a usted!

—Olvida usted a Lázaro... ¡Él hizo también esfuerzos extraordinarios para apartarlo a usted del mal!...

—Puede que los hiciera, en efecto... ¡Pero ya me era odioso, y, además, estaba Diego a mi lado!... ¡Diego..., el huracán que avivaba todos los incendios de mis pasiones!

—¡No olvide usted lo que acaba de decir!... Eso, y no otra cosa, era Diego en su vida de usted... ¡Principia usted a ver claro, muy claro!... Pero volvamos a Gabriela.

—Volvamos a Gabriela... —repitió Fabián.

IV

«Amor, ch'a nullo amato amar perdona»[81]

Hacía ya algún tiempo que la joven se había vuelto muy taciturna, sobre todo en los breves momentos en que estaba sola conmigo. No parecía, sin embargo, triste ni enojada. Era su silencio como el de la meditación, o más bien como el que se guarda para escuchar. Tal vez se escuchaba a sí misma, tratando de enterarse de algo que balbucía su espíritu. O dijérase que escuchaba... y hasta *oía* lo que nosotros pensábamos y ocultábamos en su presencia...

Yo me incliné a creer esto último, y principié a advertir a Matilde:

—Gabriela no me habla ni me mira sino lo puramente indispensable... Gabriela calla y observa mucho... Gabriela sospecha de nuestras relaciones...

—¡Te engañas! —me respondía Matilde—. Yo leo en el alma de Gabriela como en un libro abierto, y sé además... cosas que ella y yo hablamos cuando tú te marchas... Puedes tranquilizarte completamente.

Ni aun así me tranquilicé. A todas horas echaba de menos la familiaridad y la confianza con que antes me trataba la joven... ¡No, no podía contentarme con la mansa dulzura y la actitud pasiva, muy semejantes a costosa indulgencia, que habían sucedido el antiguo entusiasmo fraternal, a aquel tierno afán por

---

[81] Es un verso de *La Divina Comedia*, de Dante. Son palabras de Francesca: «El amor que al que es amado obliga a amar...» *(Infierno,* canto V, verso 103.)

escudriñar mi vida, a aquellos continuos asaltos dados a mi alma!

—¡Repara que es ya una señorita... —seguía diciéndome Matilde—, y que no tiene nada de particular que reserve algo sus pensamientos! ¡Dejaría de ser mujer si procediera de otro modo!

—¡Pero es que, en el presente caso, esa reserva envuelve una censura!...

—Estás equivocado: esa reserva corresponde a tu propia seriedad. Tú no te das cuenta, por lo visto, de que hace algunos meses la tratas con demasiado respeto..., lo cual es muy peligroso..., o por lo menos, muy inconveniente para la amistad de hermano que quieres seguir manteniendo con ella. A las niñas no se les debe dar importancia... De lo contrario, se tornan fatuas y presumidas, y pierden toda la gracia y ligereza de su edad. Trátala igual que antes, y verás cómo ella hace lo mismo.

Intenté seguir el consejo de la Generala, que me pareció muy atinado; pero, en vez de librarme de mis recelos, di ocasión a que Matilde concibiese otros mucho más graves. Gabriela respondió con sequedad a mis nuevas bromas, con desvío a mis llanezas, con enojo y hasta con dolor a mi alegría... Pero al ver que yo me ponía entonces más triste que nunca, como muy herido de su esquivez, ella solía volver a contentarse y a tratarme con afabilidad y dulzura... En resumen: el día que yo estaba melancólico, Gabriela cantaba y reía, y hasta me invitaba a cualquiera de nuestros pasados juegos; y el día que yo me mostraba regocijado y aturdido, ella parecía callada e indiferente como una estatua.

—Tenías razón, Fabián... —me dijo entonces Matilde—. Hay que mudar de sistema con mi sobrina...

Y, al hablar así, la infiel esposa temblaba ligeramente, mientras que una mortal palidez cubría su rostro.

—Es menester —continuó— que no le des bromas; que la trates muy superficialmente, o, por mejor decir, que no le hagas caso alguno...; que la induzcas, en fin, a creer que no reparas en las alternativas de su conducta contigo...

—¿Por qué me lo dices? —interrogué—. Y, sobre todo, ¿por qué me lo dices con esa voz y con esos ojos?

—Voy a ser enteramente franca. Si yo te quisiese menos, si

173

yo te quisiera como he querido a otros hombres, no daría el paso que estoy dando, sino que te hubiera dicho hace días: «Fabián: mi marido va a venir. Es menester que nos separemos para siempre...»

—¡Cómo! —exclamé—. ¿El general viene a España?

—Es muy posible que venga pronto... Pero no se trata ahora de eso... Se trata de si tú me quieres o no me quieres.

—¡Yo te quiero..., y lo sabes! —le respondí.

—Sé que me quieres como un niño..., y como un niño mimado... Pero yo necesito saber que me quieres también como un hombre..., es decir, como un hombre formal, de palabra, de conciencia...

—Pues ¿qué sucede? ¿Qué te ha dicho esa muchacha?

—Necesito saber —continuó Matilde— que eres incapaz de someterme, en pago del entrañable amor que te tengo, al martirio más bárbaro, más horrible, más espantoso...

—¡Explícate de una vez! ¿Qué nos ocurre?

—Todavía... nada. ¡Pero yo conozco el mundo, y quiero prevenir las cosas a tiempo! Conque dime, Fabián, ¿cuento contigo?

—¡Para todo!

—¿No abusarás nunca de mi confianza?

—¡Jamás!

—Pues bien, escucha: Gabriela te ama...

Yo me sentí como deslumbrado, o más bien como resucitado. Una alegría del cielo estremeció lo profundo de mi corazón, y mi pobre alma resplandeció agradecida, al modo del universo cuando sale el sol después de la tormenta...

Todo esto fue rápido como un relámpago. Observé que Matilde tenía clavados sus ojos en los míos, y echéme a reír inmediatamente.

—¡Tú deliras! —le dije—. ¡Eso es un absurdo!

La infeliz guardó un instante de silencio, durante el cual su inquisidora mirada parecía querer leer dentro de mi cabeza... Y enseguida añadió:

—Pero, en fin, ¿si no me equivocase?...

—¡Sería lo mismo! —contesté apresuradamente.

—¿No te halagaría su pasión? ¿No tratarías de fomentarla? ¿No corresponderías a ella en secreto?

—¡Qué locura! —exclamé con gran energía, como para ahogar otra voz que murmuraba ya lo contrario en lo hondo de mi conciencia.

Matilde respiró; estrechó mis manos entre las suyas, y echóse a llorar y a reír al mismo tiempo, con el franco abandono de quien recobra su perdida paz.

¡En cambio, yo había perdido la mía para siempre!

—Quedamos, pues... —añadí entonces hipócritamente, enjugando con mis labios las últimas lágrimas de aquella insensata—, en que eso que me has dicho de Gabriela no tiene más fundamento que una cavilosidad[82] de tu parte..., una suspicacia como tantas otras con que me has atormentado...

Y, pronunciadas estas palabras, púseme a escuchar ávidamente, deseando oír su completa refutación.

—¡Lo que te he dicho de Gabriela —respondió Matilde— tiene fundamento y mucho! Por consiguiente, ya que cuento contigo, es menester que discurramos la manera de atajar el mal...

—¿Te ha revelado algo Gabriela?

—¡Oh! No... ¡Ella no sabe nada!

—¿Cómo que no lo sabe? —exclamé lleno de asombro—. Amiga mía, tú has perdido el juicio... ¡Te juro que no te comprendo!

—Porque no conoces a Gabriela. Si la conocieras como yo, entenderías perfectamente que pueda estar enamorada de ti sin darse cuenta de ello. Gabriela es la sencillez y la espontaneidad personificadas. Ignora completamente nuestras relaciones, cuya mera posibilidad no puede alcanzársele, y lleva mucho tiempo de oírme celebrarte a todas horas y de ver la adoración que te profeso. Es joven como tú, y pasa a tu lado la mayor parte del día... La naturaleza tiene sus leyes, y Gabriela dejaría de ser mujer si, por resultas de todo esto, su corazón y su espíritu no estuvieran viviendo de tu vida, sometidos a tu influencia y alimentándose de tu ser, complemento del suyo y necesidad de su organismo... Hasta aquí la razón de que te ame. En cuanto a la razón por qué lo ignora, es algo más sutil; pero no

---

[82] *cavilosidad*, aprensión o sospecha infundada.

por eso la consideres vana paradoja... Gabriela no conoce el amor sino de nombre; no había amado todavía; no habla con nadie que pueda explicarle lo que experimenta ahora, y carece, por tanto, de términos de comparación para apreciar el estado de su alma. Como es tan *natural* lo que sucede; como nada se opone a su satisfacción de verte y de oírte; como no recela perderla; como no le cuesta trabajo lograrla; como no contrasta nunca con la prohibición ni con la privación, no ha llegado todavía a graduar su intensidad ni a agradecer su goce. Pero si de pronto dejara de verte; si descubriese que tu corazón era de otra mujer; si, por ejemplo, averiguara nuestras relaciones..., adquiriría la conciencia de su amor, y a la muda complacencia de que hoy disfruta sucedería una pasión activa y devoradora. Observa, si no, el despecho que ya experimenta por instinto cuando la tratas como a una niña o con el atolondrado júbilo de quien no le profesa un sentimiento inefable y místico en consonancia con el suyo... Y observa, de otra parte, la ufanía y alborozo de que da muestras cuando te ve triste, inquieto y como necesitado de su concurso para ser feliz... ¿Por qué me miras tan espantado? ¿Te asombra oírme hablar este lenguaje, analizar tan íntimamente el amor, reducirlo a fórmulas casi científicas?... ¡Ah, Fabián mío!... ¡El amor es mi única ciencia..., y, además, hoy vienen en mi ayuda la funesta lucidez y dolorosa perspicacia de los celos!...

—¿Conque eso es todo? —respondí yo, sediento de mayores pruebas de mi ventura—. Pues, amiga mía, no me convenzo... Creo que ves visiones... ¡Precisamente hace algunas semanas que Gabriela no me mira!...

—¡No te mira... cuando tú la miras a ella! Pero cuando no puedes observarlo, apenas aparta de ti sus ojos...

—Lo cual podrá muy bien consistir en que efectivamente sospecha nuestras relaciones... —repliqué, mirando al suelo y dibujando con el bastón sobre la alfombra, para que no se pudiese leer en mi rostro la alegría del alma—. Gabriela me espía..., y, en vez de ese amor que me supones, comienzo ya a inspirarle odio y desprecio... Créeme, Matilde: lo mejor que podemos hacer es evitar su fiscalización, vernos menos; vernos a solas; no vernos acá... Yo dejaré de visitaros, por mucho que me cueste...

—¡Eso... de manera alguna! —prorrumpió Matilde—. ¡No exageres las cosas! Para conllevar nuestra situación bastará que yo te celebre menos en presencia de Gabriela, y con que tú la trates superficialmente, según ya te he dicho...

—¡Pero es que yo no puedo soportar su desprecio ni su odio!... ¡Esta idea, que no consigues arrancarme, de que conoce y abomina nuestras relaciones me llena de confusión y de vergüenza!

—¡Qué terquedad!... Me pones en el caso de ser más explícita. ¡Pero cuidado, Fabián, que no abuses de lo que te voy a decir! Tan cierto y tan positivo es que Gabriela no te desprecia ni te odia, que ayer la sorprendí con mi guardapelo en la mano, contemplando extasiada tu retrato... Llevaba ya algunos minutos de estar así abstraída y medio llorosa, cuando notó mi presencia: púsose muy colorada, y me dijo sonriendo sin ingenuidad: *«No sé qué hay en el rostro de Fabián que no se cansa una de mirarlo...»* ¡Creo, amigo mío, que este lance no necesita explicación..., y que ya no volverás a hablarme de sospechas, espionaje, odio ni desprecio de esa ambiciosa señorita!

Yo estaba como embelesado desde que oí aquella melodía celeste, transmitida a mí por un ángel caído. Costóme, pues, gran trabajo disimular de nuevo, fingir una carcajada, abrazar a Matilde, y prorrumpir en las siguientes sacrílegas frases:

—¡Estamos conformes! ¡Estamos de perfecto acuerdo! Pues, señor, mataremos en su cuna ese amorcillo de adolescente, que lo mismo podría haber sentido Gabriela por el más lindo de tus lacayos. ¡Nada temas, Matilde mía!... ¡Yo te adoro, y sabré corresponder a tu noble franqueza! ¡Dentro de una semana Gabriela se habrá *cansado* ya de mirarnos a mi retrato y a mí!... ¡Te lo juro solemnemente!

Matilde, no obstante todo su saber, creyó en mi sinceridad y en mi constancia. Y es que ni el amor ni los celos son tan lúcidos y perspicaces como ella me dijo.

V

Las cadenas del pecado

No debo ocultar a usted que, durante aquel plazo de una semana, lejos de hacer algo para desimpresionar[83] a Gabriela, procuré acabar de enamorarla con el pretendido remedio que puse a su pasión... ¡Perdone usted, y considere que desde el punto y hora en que Matilde me reveló y demostró que Gabriela me amaba, yo no fui dueño de mi voluntad, ni de mi corazón, ni de mis pensamientos, ni de mi conciencia!

¡Oh, gloria! ¡Oh, infierno! Un ángel se había acercado a mi alma... Mi disfraz lo había atraído, le había inspirado confianza, le había hecho creer que yo era digno de su nobilísima compañía... ¡Estaba redimido... o podía redimirme! ¡Dios me ponía en el camino de la virtud..., o me daba un guía que me sacase del abismo de mis dolores! Pero, ¡oh, desventura!, yo tenía prometido no salir de aquel abismo; yo había jurado esquivar a aquel ángel; yo había dado palabra de rechazar aquella mano que me tendía el cielo; yo no podía (para decirlo terminantemente) permanecer al lado de Gabriela sino como amante de Matilde; ¡yo tenía que desdeñar a la que ya adoraba y que acariciar a la que ya aborrecía, o que alejarme a un mismo tiempo de la una y de la otra!

Adoraba, sí, a Gabriela. ¡La adoraba sin duda alguna antes de saber que ella me amaba, y la revelación de Matilde no había hecho más que prestar las alas del aire a un incendio ence-

---

[83] *desimpresionar*, «desengañar, sacar a uno de un error».

rrado en mi corazón! Como le dije a usted hace poco, yo no me había atrevido hasta entonces a ver en Gabriela una criatura mortal, una mujer colocada al alcance de mis esperanzas ni de mis deseos; pero, al saber que aquella seráfica virgen palpitaba por mí, todo mi ser se abrasó en amor de su alma, en adoración de su hermosura, en sed de las limpias aguas de su pureza, y sentíme lleno de orgullo, penetrado de agradecimiento, devorado de curiosidad, ansioso, en fin, de oír a aquellos labios de santa, pero también de diosa, decirme entre las lumbraradas del rubor: *«¡Fabián, tuya soy: yo te amo!»*

¡Sublimes emociones de mi primero, de mi único amor!..., ¿adónde sois idas? ¡Ay! Por lo tocante a ella, ¡cuán cierto era que me amaba! No sé cómo la miré la primera vez que compareció en mi presencia después que Matilde me arrancó la venda de los ojos; no sé qué le dijo aquella mirada mía..., pero ello fue que la arrogante doncella se detuvo asombrada; una modestia divina enrojeció su semblante; tembló ligeramente, y sus párpados se inclinaron hacia la tierra... Parecióme contemplar a la Virgen del Beato Angélico en el momento que responde al mensajero de Dios: *Ecce ancilla Domini...* [84].

¡Y, sin embargo, desde aquel mismo instante principié a insultar y escandalizar deliberadamente su generoso y puro sentimiento! «Que mi alma había abrigado ya muchos amores; que a la sazón estaba prendado de la esposa de un amigo mío; que yo no me casaría nunca; que la constancia amorosa se oponía las leyes naturales...»: estas y otras abominaciones proclamé aquel día y los siguientes delante de la noble aragonesa, entre las despiadadas risas de Matilde, quien dicho se está que se guardaba muy bien de llevarme la contraria.

Gabriela principió por condenar mis declaraciones con tanta indignación como denuedo: después (todo esto en el primer día) me estuvo mirando a la cara horas y horas, como dudando de la verdad de mis palabras, y sin pronunciar ninguna por su parte; al otro día dijo que estaba enferma, y no se presentó delante de mí; y al otro y en los que se siguieron, mostróseme tranquila, mansa, afable, como resignada con su dolor y hasta

---

[84] «He aquí la esclava del Señor...» El cuadro al que se refiere es el de *La Anunciación,* pintura de Fra Angelico que se conserva en el Museo del Prado.

complacida de padecer, no hablando más que de asuntos místicos, y oyendo con una indulgente sonrisa de duda mis alardes de insensibilidad y descreimiento.

¡Faltábanme las fuerzas para proseguir aquella comedia infernal! Todas las noches, al salir de casa de Matilde, derramaba torrentes de lágrimas, y, en lugar de encaminarme a mi albergue, me estaba hasta el amanecer contemplando el cerrado balcón del aposento de Gabriela, abjurando, con muda contrición, todo lo que había hecho y dicho aquel día, y murmurando en las tinieblas todas las bendiciones y todas las protestas de amor que no le había dirigido estando a su lado... ¡Íbame luego a mi casa, y no dormía, no vivía!... No hacía más que pensar en Gabriela y analizar sus menores palabras, sus gestos, sus actitudes, sus miradas de la víspera, deduciendo de aquel examen esta horrible verdad, que acrecentaba mis tormentos: *«¡Todavía me ama!»*

—«¡Ay! —exclamaba entonces, en medio de la más cruel desesperación—. ¿Por qué he sido malo hasta ahora? ¿Por qué no me ha de ser posible principiar a vivir otra vez, perdiendo la memoria y la responsabilidad de mis pasadas acciones? ¿Por qué no conocí a esta niña antes que a la mujer de quien soy amador infame? ¿Por qué no la he encontrado en otra casa?.. ¡Entonces podría alejarme del mal sin apartarme del bien! ¡Entonces no me vería obligado a confundir en una sola mirada a Matilde y a Gabriela! ¡Entonces no tendría que pagarle a la adúltera con impuros halagos la dicha de haber contemplado al ángel de mi guarda!»

No tardó Matilde en observar mi inquietud y mi angustia y en leer dentro de mi corazón.

«—¡Pobre Fabián mío! —díjome al fin un día—. Conozco todo lo que estás padeciendo, y me da pena verte sonreírme mientras que tu alma llora secretamente. ¡No disimules más! Yo estoy agradecida a los esfuerzos que haces por sofocar y ocultarme un sentimiento que es superior a ti..., y debo corresponder con generosidad a tu sacrificio. ¡Lo que sucede debía suceder!... Gabriela es joven como tú... ¿Qué cosa más natural sino que la ames? Dime si es así, y cuenta desde ahora con la abnegación de mi cariño. De todos modos, al cabo tendríamos que separarnos... Yo te doblo casi la edad, y pronto seré vieja, mientras que tú habrías de casarte tarde o temprano... Prefiero, pues, que permanezcas en mi casa, en mi familia, a mi lado, ya que no con el título de amante, que acabarías por dejar, con el de hijo... ¡Así no te perderé nunca! Hasta ahora he sido feliz sin atender más que a gozar de tus halagos... En adelante lo seré procurando tu ventura, pagándote toda la que te debo, consagrándome a tu felicidad y a la de Gabriela como una verdadera madre.»

Aunque yo era muy joven, dudé de la sinceridad o de las fuerzas de Matilde, y le negué resueltamente, durante algunos días, que estuviese enamorado de Gabriela. Pero esforzó ella tanto sus razones; desvaneció de tal manera mis recelos; mostróseme tan tierna, tan grande y tan generosa, que acabé por creer en su lealtad y en su heroísmo, y, dando rienda suelta a mi comprimida pasión, caí de rodillas a sus plantas, y le dije:

—¡Bendita seas! ¡Bendita seas por la felicidad que me has dado en este mundo y por la nueva dicha que te voy a deber! Tu sublime conducta me impone la obligación de ser sincero contigo... ¡Es cierto, sí! ¡Amo, adoro, idolatro a Gabriela!... ¡Pero cree que también te quiero a ti más que nunca; cree que te admiro y te reverencio como a una madre..., como a una santa, como a un ser sobrenatural, como a un dios!

Un rayo que hubiera caído a los pies de Matilde no le habría causado más horror que estas palabras mías.

—¡Infame! ¡Perjuro! ¡Malvado! ¡Conque es verdad que la amas! —prorrumpió frenéticamente.

Y quiso llorar; no pudo, lanzó un sollozo, y cayó al suelo, agitada por una violenta convulsión verdadera o fingida.

. . . .

Resultado de esta escena fue que, a propuesta mía, y entre lágrimas y besos, Matilde y yo acordamos separarnos para siempre. Y, en efecto, algunas horas después salía yo de aquella casa en son de eterna despedida, bien que sin haber dicho *adiós* a Gabriela y sin esperanza de volver a hablarle nunca... Es decir, que salía de allí como había entrado... (y perdóneme la memoria de mi padre, si vuelvo a emplear el horrible símil de Lázaro). ¡Salía furtivamente, como un verdadero ladrón, llevándome en las garras, no sólo la honra del general, sino el amor propio de Matilde y el corazón de Gabriela!...

Para colmo de desdicha, al llegar a mi casa, y cuando ya estaba arrepentido de aquel rompimiento y deseando que Matilde flaqueara y me llamase, pasé maquinalmente la vista por un periódico y leí estas líneas:

«Acabamos de saber que el general*** y los demás altos militares que estaban en el *cuartel* en Canarias han recibido orden del gobierno para regresar a Madrid, y deben desembarcar en Alicante de un momento a otro. Felicitamos a la nueva situación, etc., etc.»

—¡No hay esperanza! —exclamé entonces—. ¡Ya no puede Matilde flaquear y llamarme! ¡Ya no puedo yo arrepentirme e ir a demandarle clemencia! ¡Ya no puedo ver a Gabriela de manera alguna! ¡La venida del general me cierra herméticamente las puertas de aquella casa! ¡La fatalidad se ha encargado de sancionar nuestra separación! ¡El infierno ha conseguido alejarme de Gabriela!

VI

La necesidad por gala

Me equivocaba... ¡Aún no había terminado aquella repugnante historia en que la única verdadera víctima era la nobilísima doncella cuyo corazón estábamos desgarrando los dos adúlteros y cuya inocencia acabaríamos por escandalizar sacrílegamente! Tres días después de mi rompimiento con Matilde, recibí la siguiente carta:

> Fabián: no llores ni me maldigas. Ven a verme. Te necesito.
> En cambio, te daré toda la felicidad que deseas.
> Tu madre,
>
> MATILDE

Y debajo de estos renglones había otro... ¡escrito de puño y letra de Gabriela!... que me hizo temblar de amor y de respeto, o más bien de remordimientos y de gratitud, como bien inmerecido. Decía así:

> *Ven... para que sea feliz tu*
>
> GABRIELA

Abismos de horror entrevieron mis ojos al través del velo de gloria y de ventura que envolvía esta carta; pero acudí al llamamiento sin vacilar... ¡La misma muerte érame preferible al dolor y a la desesperación en que había pasado aquellos tres días, lejos de Gabriela!

183

Encontré sola a Matilde cuando penetré en su gabinete. Estaba pálida, como si acabara de salir de una enfermedad.

En la efusión de mi agradecimiento por la generosa carta que me había escrito, quise apoderarme de sus manos y besárselas; pero ella me esquivó tristemente, y me dijo:

—Ya sabía yo que vendrías si Gabriela te llamaba. En cuanto a ella, puedo asegurar que todavía ignora el valor de las palabras, *dictadas por mí,* que te ha escrito al pie de mi carta... Pero descuida..., que hoy mismo te cumpliré la promesa de hacerte dichoso, y, para que no dudes de mi sinceridad, he querido que tú propio oigas la explicación que voy a tener con Gabriela... Bueno será, sin embargo, que me explique también contigo..., no ya como tu amada *que fui,* sino como tu mejor amiga que *quiero ser*... Siéntate, pues, y escucha.

Yo callaba... ¡La tristeza de Matilde me causaba espanto! ¡Parecíame una nueva forma de amor!

Ella suspiró profundamente, como si aquel silencio mío le arrebatase su última esperanza, y ya, desde entonces, marchó resueltamente al anunciado sacrificio.

—¡Fabián! —exclamó, con una dignidad y una fortaleza de que nunca la hubiera creído capaz—. Debo ser sincera contigo... Yo te adoro todavía; pero ni mi amor ni mi compasión entran por nada en lo que te voy a decir..., en lo que voy a hacer... No: no te he llamado para pedirte de nuevo el lugar que ocupé en tu corazón, ni tampoco llena de generoso afán por tu felicidad y la de Gabriela... ¡No soy tan grande! Te llamo, obligada a ello, por mi propia conveniencia; por puro egoísmo; para que me salves, en fin, del grave riesgo que corren mi bienestar y hasta mi vida... Oye lo que me sucede.

Y entonces me contó la siguiente historia:

Su marido había llegado a Madrid, enterado (seguramente por algún anónimo) de que existía un joven llamado *Fabián Conde,* que no salía a ninguna hora de su casa. Guardóse, sin embargo, de preguntarle por mí a Matilde (sospechando sin duda su deshonra), y púsose a averiguar la verdad del caso. Pronto le confirmaron criados, amigos y parientes que llevaba yo cerca de dos años de visitar íntimamente a la Generala a todas horas del día y de la noche; por lo que el celoso marido pasó de la pregunta a las pesquisas, y encontró en el cuarto de

Matilde, y en sus muebles, cinco o seis retratos míos (uno de ellos en el famoso medallón) y varios pañuelos y otros regalos con mis iniciales...

Provistos de estas armas, y también de un puñal y un veneno, el general, que era esencialmente trágico[85], encerróse con su mujer y le dijo:

—Aquí tienes las pruebas de que eres la querida de un cierto Fabián que hace dos días ha interrumpido la continua corte que te ha hecho durante mi ausencia... ¡Mátate con este veneno, o yo te mato con este puñal!

Matilde se echó a reír, y abrazó cariñosamente al anciano, diciéndole entre sus alegres carcajadas:

—¡He aquí una prueba de tu amor, que me enloquece de júbilo! ¡Cuán feliz soy al verte celoso, y cuán equivocado estás al serlo!

El general se quedó desconcertado..., y a los pocos segundos mostrábase dispuesto a admitir como buena cualquier explicación, en vista de la serena, descuidada y seductora actitud de su esposa.

Entonces le dijo ésta: que yo amaba locamente a Gabriela, y que Gabriela también estaba enamorada de mí, no siendo otro el motivo de mis frecuentes visitas; que ella, Matilde, había sido débil y condescendiente con nosotros, permitiéndonos vernos y hablarnos a todas horas, por considerarme un buen partido para la joven; pero que no había permitido se formalizara ningún compromiso hasta que viniese el general y diese su asentimiento; que cierta persecución de la policía, por razones políticas, había dado margen a que algunas noches me quedase yo a dormir en su casa[86]; que aquellos retratos y aquellos pañuelos habían sido regalados por mí a Gabriela, la cual se los había ido entregando a ella por no creerse autorizada a guardarlos, y, en fin, que si al general le quedaba alguna duda, llamase a la hermosa niña y la interpelase sobre el asunto.

---

[85] Esta frase parece ser sacada de la novela de folletín. José Fernández Montesinos, *Pedro Antonio de Alarcón, op. cit.*, pág. 228, la juzga como una de las «inocentadas que sorprenden ya en Alarcón, experimentado asaz para incurrir en ellas».

[86] La persecución de la policía no aparece en la primera edición. Con ella, Alarcón refuerza la justificación de la Generala.

Matilde conocía el corazón humano, y muy especialmente el de su marido. Adivinó, pues, desde luego que éste se avergonzaría de llevar adelante sus averiguaciones tan pronto como temiese estar calumniando la inocencia y ofendiendo el verdadero amor. ¡Y así fue! El noble veterano se echó a llorar, cayó de rodillas, pidió perdón a Matilde..., y tuvo a mengua comprobar la verdad de aquellas atrevidas explicaciones.

Pero también sabía Matilde que los celos del general revivirían seguramente si hechos ulteriores no confirmaban mi noviazgo con Gabriela, y de aquí la carta que ella me había escrito llamándome, y las palabras que hizo añadir a la pobre niña...

—No me agradezcas, por tanto —concluyó Matilde—, el sacrificio que voy a hacer uniéndote a la venturosa rival que me ha robado tu corazón... ¡Dios sabe que no lo hago por virtud, sino por necesidad! Pero el tiempo cambiará nuestra situación respectiva. Yo trataré de extinguir los recuerdos de tu cariño y de curar la herida de mi amor propio; y cuando esto consiga y pueda sentir hacia ti una noble amistad, en vez de la adoración y el rencor que juntamente me inspiras hoy, me complaceré en haber contribuido a tu dicha, en presenciarla, en no haberme quedado sin ti para siempre, y en ser como una segunda madre... de tus hijos, ya que nunca pueda pasar como madre tuya a los ojos de mi conciencia...

—¡Oh, Matilde! —exclamé, profundamente conmovido por estas últimas palabras—. ¡Tú te calumnias! ¡Tú eres la mujer más grande, el ser más sublime que he encontrado sobre la tierra!... ¡Gracias! ¡Gracias! ¡Yo procuraré merecer tanta generosidad a fuerza de veneración y cariño! ¡Yo seré tu hijo, tu hermano, tu siervo! ¡Yo besaré la huella de tus pasos!...

Y, hablando así, quise coger de nuevo sus manos y besárselas.

Matilde me rechazó con mayor severidad que antes, y tiró del cordón de la campanilla.

—¡Que venga la señorita Gabriela! —dijo al criado que acudió.

Yo caí de rodillas ante la Generala, exclamando:

—¡Dime antes que me perdonas!

Ella me miró entonces de una manera indefinible, que me dio miedo... Pero luego se pasó las manos por los ojos y la frente, y, señalando a su tocador, exclamó con renovada energía:

—¡Déjame en paz! Entra ahí, y oye mi conversación con Gabriela... Es menester que, para cuando mi marido vuelva esta noche, la joven sepa ya que es tu prometida y que le pertenecen tus retratos y demás objetos que esta mañana han podido causar mi perdición...

Yo obedecí con ruin humildad, y entré en el tocador de Matilde, el cual estaba separado de su gabinete por unas cortinas.

Poco después llegaba Gabriela a presencia de la Gerencia.

VII

Luz y sombra

Empezaba a caer la tarde.

Era el 27 de abril... ¡Lo tengo muy presente![87].

Matilde y Gabriela se sentaron delante de una gran reja que daba al jardín de la casa.

Por los hierros de aquella reja trepaban los endebles y enmarañados tallos de un jazmín, cuyas nevadas florecillas recibían los últimos resplandores del sol poniente...

Matilde se había colocado de espaldas al tocador.

A Gabriela la veía yo frente a frente por entre el filo de las dos cortinas.

Estaba pálida, pero tranquila como su inocencia, y más hermosa que nunca... En sus ojos resplandecían sentimientos de *mujer,* de los cuales seguramente se había dado ya cuenta durante aquellos tres borrascosos días...

—¡Es mi esposa!... —murmuré en lo profundo del alma, con un recogimiento y una unción que jamás creí pudiera llegar a inspirarme la alegre niña de otros tiempos.

—¡Hija! —pronunció al fin Matilde con voz trémula—. Te debo una explicación de las palabras que, a mi ruego, has escrito hoy a Fabián, al pie de una carta mía que no te leí...

---

[87] De nuevo, el autor hace una precisión del tiempo. Obsérvese cómo estas precisiones, muy abundantes a lo largo de la novela, tienen dos finalidades principales: demostrar la veracidad de la historia y ayudar al lector a la comprensión de la estructura. *Vid.* nuestra «Introducción».

188

La aragonesa se sonrió humildemente, en prueba de ilimitada confianza. ¡Aquella sonrisa hubiera desarmado al demonio!

Matilde no fue desarmada, y continuó:

—Habrás extrañado también, aunque nada me has dicho, que nuestro pobre Fabián no haya parecido por acá hace dos días...

—¡Tres con hoy, mi querida madre! —respondió Gabriela melancólicamente.

—Y, además de extrañarlo, lo sentirás mucho..., lo sentirás con toda el alma... ¿No es cierto, querida mía?

Gabriela levantó los ojos al cielo, y murmuró:

—¡Lo siento por él!

—¡Pues qué!, ¿tú no le amas?

La casta beldad se llevó una mano al corazón, y dijo:

—Yo no sabía anteayer lo que era amar... Hoy... siento aquí una angustia infinita, que, si no es la muerte, de seguro es el amor.

—¡Es el amor! —repuso Matilde con fatídico acento.

Callaron un instante.

La Generala debió recordar entonces que yo era testigo de aquella escena, y dijo valerosamente:

—Pues bien, hija mía, tengo una buena noticia que darte: Fabián te ama tanto como tú a él.

—¡Ojalá! —murmuró piadosamente la joven, como si rezara por mí; como si mi ventura le importase más que la suya; como si acabaran de decirle que podía redimir mi alma.

Matilde no comprendió aquella exclamación, y dijo:

—No lo dudes, Gabriela... Si Fabián te lo ha ocultado hasta hoy; si ha asegurado en tu presencia que tenía innobles amoríos; si se ha calumniado a sí propio, mostrándose incapaz de puros y grandes sentimientos, todo ha sido por culpa mía...

Los ojos de Gabriela expresaron el mayor y más inocente asombro.

—¡Por culpa de usted!... —profirió luego con adorable candor—. ¡No lo comprendo, mi querida madre!

—¡Sí!... —continuó Matilde—. Yo le ordené que procurase combatir y desalentar tu pasión hasta que el general viniese y dijera si aceptaba a Fabián por esposo tuyo...

—¿Y qué? —prorrumpió la joven con inefable regocijo—. ¿El general lo acepta?

—Sí, hija mía; el general y yo os anticipamos desde hoy nuestra bendición...

Un sollozo cortó aquí la palabra a Matilde.

Yo participé de aquella emoción, y me sentí lleno de piedad y de agradecimiento hacia tan heroica mujer...

Gabriela, por su parte, cruzadas las manos y alzados al cielo los ojos, en los cuales reverberaban los últimos destellos del sol de aquel día, parecía un serafín cantando las alabanzas del Eterno.

La voz de la Generala, que volvió a sonar, me detuvo en el instante en que yo iba a salir de mi escondite y a postrarme a sus pies.

—Esta misma noche —continuó diciendo la presunta víctima— escribiremos a tus padres pidiéndoles su consentimiento. Antes habremos visto a Fabián, y yo le habré presentado a mi marido, lo cual quiere decir que acabará por quedarse hoy a comer acá, lo mismo que en los mejores tiempos de vuestros disimulados amoríos... ¡Ah! ¡se me olvidaba! aquí tienes estos retratos, este medallón y estas flores marchitas... Son los regalos que Fabián te ha ido destinando (y depositando sumisamente en mi poder) los días de tu santo, de tu cumpleaños, de año nuevo, etc., etc. Yo he dejado de entregártelos hasta hoy por no alimentar en tu corazón unas esperanzas que podía haber disipado la llegada del general... Pero ya no hay miedo... Ya es Fabián tuyo, y tú eres de Fabián... ¡Abrázame, hija mía, y sé tan feliz como te mereces!

Matilde no se pudo contener al pronunciar aquellas últimas palabras y hacer entrega de las prendas de nuestros pasados amores... Echóse, pues, a llorar amarguísimamente. Entonces Gabriela, llorando también, se precipitó en sus brazos y le cubrió el rostro de besos, mientras que yo penetraba en el gabinete y me arrojaba a los pies de aquel tiernísimo grupo, que resumía todos los afectos de mi alma.

Gabriela, al verme, ocultó la ruborizada faz en el seno de la que consideraba nuestra madre. Ésta se apresuró a enjugar sus lágrimas con no sé qué presteza febril o puramente dramática; levantóse tranquila en apariencia, y tratando de sonreírse, impulsó blandamente hacia mí a la conturbada joven, y se retiró por su parte al opuesto lado del gabinete, donde se dejó caer en una butaca.

—¡Fabián! —había dicho entretanto—. Aquí tiene usted a su esposa... ¡Hágala usted feliz!...

—¡Matilde! —murmuré, siguiendo a la Generala en vez de acercarme a Gabriela.

—¡Déjeme usted ahora, Fabián! —dijo la pobre mujer con imponente resignación—. Estoy muy fatigada... Luego hablaremos nosotros... No se inquiete usted por mí... Desenoje usted a Gabriela. ¡El general estará aquí dentro de una hora, y *es menester que nos encuentre a todos muy amigos!*

¡Terrible egoísmo del amor! Yo tomé estas palabras al pie de la letra, y, aprovechando el permiso de Matilde, y utilizando ferozmente su dolorosa magnanimidad, me acerqué a Gabriela como si estuviéramos solos; le cogí una mano, y contemplé con arrobamiento su peregrina hermosura.

El sol se había puesto, y los resplandores del crepúsculo, filtrándose a través de los jazmines de la reja, sólo iluminaban aquel lado de la habitación, dejando en sombra el sitio en que había quedado Matilde.

Gabriela, inocente, dichosa, triunfante, estaba de pie, a mi lado, junto a la florida reja, dejándome estrechar y acariciar aquella mano tibia y suave, confiada y cariñosa, que no temblaba entre las mías, sino que facilitaba ingenuamente la comunicación de los amantes efluvios de nuestras almas, de nuestros corazones, de nuestra sangre juvenil..., alimento ya de dos vidas que principiaban a fundirse en una sola.

Alzó al fin ella la pudorosa vista, nos miramos..., y sus ojos y los míos quedaron contemplándose infinitamente, inmóviles y como extasiados, sin vislumbrar otro mundo que el abismo de luz de nuestras ansias. Hablábanse y besábanse nuestras pupilas, y yo advertía con inefable orgullo que, efectivamente, en las de Gabriela fulguraba toda la pasión de la *mujer* al través de la santidad del ángel, dejándome ya presentir a la tierna esposa, con su dulce aureola de dulce compañera y de futura madre...

—¡Gabriela mía!...

—¡Fabián mío!... —murmuraron al fin nuestros labios, buscándose indeliberada e instintivamente.

Pero antes de que se tocaran, un sordo gemido sonó allá en las tinieblas que envolvían el fondo del gabinete.

¡Era Matilde, de quien nos habíamos olvidado!

Yo me quedé helado de terror, y solté la mano de Gabriela.

Ésta retrocedió avergonzada y confusa; alzó las cortinas de una puerta inmediata y desapareció rápidamente.

—¡Pobre Matilde mía! —exclamé entonces, corriendo asustado hacia la implacable Generala—. ¡Perdona!... ¡He sido cruel!... ¡He sido egoísta!

—¡Muy egoísta! ¡Muy cruel! —respondió ella con enronquecido acento, enjugándose las lágrimas que bañaban su rostro—. ¡Yo creía que, siquiera hoy, me guardarías la consideración de no acariciarla en mi presencia!...

—¡Perdona!... ¡Perdona, santa mía!

—¡Oh! ¡No! —prosiguió Matilde—. ¡Tú eres quien has de perdonar!... ¡Yo debí morir el día que descubrí que no me amabas!... ¡Y yo me moriré!... Descuida... ¡Yo me moriré!

Parecióme que el mundo se hundía en torno mío, y, para evitar la total ruina de mis esperanzas, contesté atolondradamente:

—¡No digas eso! Yo te amo más que nunca... Yo os amaré a las dos... Tú serás siempre *mi Matilde*.

Y, conociendo el ascendiente que tenían sobre ella, más que mis palabras, mis caricias, cubrí su rostro de atropellados, ruidosísimos besos, que la fementida no tardó en principiar a pagarme...

Un lamento más triste que el anterior resonó entonces dentro del gabinete, y al mismo tiempo oímos, detrás del cortinaje que había cedido paso a Gabriela, el sordo golpe de un cuerpo que se desploma.

Fuimos allá, y vimos que la joven, en lugar de irse a su aposento, como nosotros nos figuramos, se había ocultado, llena de turbación y de curiosidad, hijas de su inocencia, detrás de aquellas cortinas, y que desde allí lo había oído todo...

—¡La hemos matado! —grité fuera de mí, tratando de socorrer a la infortunada joven.

—¡Tú nos has matado a las dos!... —rugió Matilde, impidiendo que me acercara a Gabriela—. ¡Vete!... ¡Vete! ¡Ya no tengo defensa contra los celos de mi marido!

—¡Tú no morirás! —repuse entonces ferozmente—. ¡Dios conserva vivos a los demonios para castigo de los culpables como yo!... ¡Matilde! Escucha la última palabra que oirás de mis labios..., oye el resumen de nuestra historia: ¡Maldita seas!

Dije, y salí definitivamente de aquella casa, loco de amor y desesperación.

VIII

La fuente del bien

Como loco estuve, en efecto, muchos días. Mi primer movimiento fue *huir*, sin pararme a examinar la extensión del daño que había hecho, pareciéndome en ello al asesino y al incendiario, y a todo el que comete un delito horrendo, indisculpable, para el cual no cree posible hallar perdón ni en su conciencia ni en la ajena... Huí, digo, sin atreverme a averiguar si Gabriela había muerto aquella noche, si se había marchado de la casa, si con sus declaraciones o con su silencio consumó la perdición de Matilde a los ojos del general, ni si éste pensaba o no pedirme razón de sus agravios...

Pero no imagine usted que mi fuga fue material; no crea usted que huí de Madrid... De donde huí verdaderamente fue de la virtud, del deber, de mí mismo, de mi propia memoria... Lo que hice fue desesperar del bien para siempre y arrojarme en brazos del mal; buscar refugio y compaña en los vicios, únicos amigos que no me desdeñarían ya en el mundo; intimar con los jóvenes más escandalosos que imperaban entonces en ciertos salones, en los dorados garitos y en los lupanares públicos o privados; dejarme llevar del huracán de la disipación y de las corrientes de la moda; no perdonar baile, festín, aventura galante, bastidores de teatro, ocasión de desafío, mesa de juego, ni desenfrenada orgía; y todo ello... con tal de no quedarme nunca solo, con tal de no pensar en Gabriela, con tal de no tener noticias suyas, o más bien dicho, con tal de no tenerlas de mí propio... ¡Horrorizábame la idea de entrar en cuentas con mi alma!

Pronto, sin embargo, oí decir a personas indiferentes que Gabriela había regresado a Aragón.

El mismo día que supe esto fue también el primero que me encontré a Matilde en la calle... Iba en carretela descubierta, al lado de su infortunado esposo, el anciano y digno caudillo, que la miraba en aquel instante con adoración y arrobamiento. Él no me conocía... ¡Ella me miró imperturbable y descuidada, como si tampoco me conociera! Digo más: la graciosa sonrisa que en aquel instante dirigía a su marido no se heló en sus labios, ¡y sonriéndole pasó y desapareció, más espléndidamente ataviada que nunca, más hermosa, más cínica, más desvergonzada!

Yo sentí un profundo dolor y luego un extraordinario bienestar...

Era que Matilde acababa de morirse en mi corazón.

A la noche oí contar en el Casino que la Generala*** tenía un nuevo amante; ¡y hasta hubo quien dijo que me había reemplazado con *dos!*...

Alegréme intensamente. ¡Aquello equivalía a echar paletadas de tierra sobre un cadáver cuya pestilencia hubiera podido inficionar el resto de mi vida!

Borróse, pues, poco a poco hasta el recuerdo de Matilde en mi atormentado corazón..., el cual ya no sintió hacia ella ni amor, ni odio, ni tan siquiera desprecio... ¡Érame, y me es hoy su persona, indiferente de todo punto; y puedo compararla a los cabellos que fueron nuestros, que luego nos dejamos cortar, y que gentes extrañas pisotean enseguida a nuestra presencia en el sucio salón de la peluquería!

*

—¡Es usted muy inhumano con sus cómplices! —exclamó el padre de almas, sonriéndose al oír aquel implacable símil.

—¡Tiene usted razón! —contestó Fabián, cerrando los ojos como para contemplar mejor los tiempos pasados...

Y después dijo:

—No he vuelto a ver a Matilde. Pocos meses después falleció el anciano general, y ella se marchó a Italia, donde parece que ha vuelto a casarse...

—¡Dios tenga misericordia de sus culpas! —murmuró el jesuita.

—¡Yo la perdono..., pero con la condición de no volver a verla nunca! —respondió lúgubremente Fabián.

Y, pasado un rato, continuó de este modo:

*

—A los dos o tres meses de llevar aquella espantosa vida apoderóse de mi alma no sé qué invencible cansancio, hasta que un día quedéme atrás en la vertiginosa carrera del desorden y del escándalo, y halléme solo, desvalido y miserable, como soldado rezagado que ve desaparecer a sus camaradas y no tarda en caer en manos del enemigo. Mi enemigo era yo propio, según acabo de decir, y en tan funesta compañía torné al fin a mi desierta casa, sin esperanza alguna de ser dichoso...

Para colmo de infortunio, pronto observé que, por más que había revuelto y enturbiado mi vida, por más que había pisoteado y encenagado mi corazón, no había conseguido cegar en mi alma la fuente del bien, manantial inagotable de remordimientos. Por el contrario, tan luego como empezó a serenarse el fangoso mar de mis pasiones, vi dibujarse en su fondo la luminosa figura de Gabriela... ¡Allí estaba, fija, inmóvil, indestructible, cual mi propia conciencia, pero no echándome en cara, como ésta, mi infame conducta; no despreciándome ni escarneciéndome, sino triste y afable a un tiempo mismo, mirándome con lástima y sonriendo dulcemente en medio de su lloro, como para animarme a intentar una reconciliación con el cielo!

Aquella visión, que principió por causarme espanto, me fue inspirando poco a poco, primero una tímida confianza, y luego una fe ciega en la inagotable bondad y acendrado cariño de mi adorada. «¡Nunca podrá Gabriela —díjome todo mi ser— olvidar lo que sintió por mí la tarde en que se desposaron nuestras almas junto a la reja de los jazmines; ni su angelical misericordia me negará un generoso perdón cuando vea todo lo que padezco!»

No bien alimenté esta esperanza, mi pasión por Gabriela recobró su antiguo aliento y regeneró totalmente mi espíritu. Parecióme que resucitaba a una nueva vida. Desconocí y reprobé mis excesos y locuras de aquellos últimos meses, como si no fuesen actos míos (sin considerar que el mundo, a quien había escandalizado, los reputaría siempre tales), y principié a buscar a mi adorada con el mismo afán que había puesto poco antes en huir hasta de su recuerdo... ¡Así soy, padre mío; quiero decir, *así era* antes de consumarse mi desventura!

Lo primero que averigüé fue que Gabriela partió, en efecto, de casa del general al otro día de la terrible escena del gabinete. Di, pues, por cierto que había regresado a Aragón, a casa de sus padres, y me encaminé al pueblo en que éstos vivían.

Allí supe (no por ellos, a quienes no me atreví a presentarme, sino por el administrador de Correos) que la joven no había llegado a salir de Madrid, adonde sus padres le escribían con este sobre:

«Señora Abadesa del convento de ***, para entregar a Gabriela de la Guardia. Madrid» [88].

Torné a la corte; fui al mencionado convento, y obtuve que la abadesa se dignase a oírme.

A las primeras palabras que le dije con relación a Gabriela, preguntóme vivamente, y como si hiciese ya mucho tiempo que me esperaba:

—¿Es usted Fabián Conde?

—Sí, señora... —le respondí maravillado.

—Pues vaya usted al torno, y allí le pasarán una carta que tengo para usted hace tres meses. No se canse usted, por lo demás, en volver aquí ni en pedirme nuevas audiencias... Yo no puedo oír hablar, ni hablar por mi parte, del asunto a que dicha carta se refiere, ni menos permitiré jamás que usted se comunique de manera alguna con la persona por quien acaba de preguntarme.

Y, dicho esto, me saludó fríamente y bajó la persiana del locutorio.

Imagínese usted el afán con que volé en busca de aquella carta, que sólo podía ser de Gabriela...

---

[88] En la primera edición aparece el nombre de la abadesa: «A sor María del Consuelo.» Su supresión pudo parecerle que daba más verosimilitud.

De ella era, efectivamente, y en el bolsillo la traigo, con otras que leeré a usted dentro de poco...

Hela aquí:

«Fabián: sé que, tarde o temprano, vendrás a buscarme, no ciertamente por lo que yo soy, pobre criatura mortal llena de imperfecciones y miserias, sino por lo que Dios Nuestro Señor ha querido que mi humilde persona represente y signifique en tu desgraciada vida.

»Lo que no sé a punto fijo es cuándo y cómo vendrás. Podrás venir inmediatamente, impulsado por tu egoísmo, que a ti te parecerá amor y compasión. Podrás venir más adelante, impulsado por mejores sentimientos, esto es, por devoción al bien, creyendo, en tu locura, que yo soy el bien mismo... Podrás, en fin, venir muy tardíamente, cuando, próximo a la tumba, te veas ya desechado por el mal, como un instrumento inútil, en vez de haberlo desechado tú a él en tiempo hábil...

»Ello es que vendrás sin duda alguna, ora creyendo que me debes algo, que yo te necesito y que puedes darme una felicidad que no tienes, ora imaginando que yo puedo darte esa felicidad, perdonarte, absolverte, redimirte...; cosas todas que no cabe obtener sino de Dios, directamente y por los propios merecimientos.

»Como quiera que sea, te escribo esta carta al día siguiente de nuestra última entrevista y el primero que paso aquí a solas con mi Eterno Padre, para que no dejes de encontrar, al buscarme, el único bien que puedo darte ya en el mundo, que es un *buen consejo.*

»Fabián: no me juzgo ofendida por ti, ni te guardo rencor alguno. El ofendido es Dios, y el rencor te lo guardarás tú a ti mismo. Yo no he deseado más que tu bien, que hubiera sido el mío, y, al repudiarme como lo has hecho, tú eres el que resultas perjudicado. Quise guiarte por los senderos de la virtud, cuyos abrojos se convierten en blandas flores cuando no vacilamos en entregar nuestra carne a sus aparentes asperezas, y has preferido volver a los caminos del pecado, cuyas mentidas flores son el disfraz de punzantes espinas... Te compadezco, pues, con toda mi alma.

»Pero dirás tú, y hasta creerás, *que te arrepientes,* y que por eso me buscas, para que yo te reconcilie con el bien, o creyendo, repito, que el bien y yo somos una sola cosa... ¡Fabián! El bien no se busca meramente con el deseo: se busca con méritos y penitencia. No basta querer ser bueno: es menester serlo. No me busques, por tanto, tú mismo: haz que me busquen tus obras. Verás entonces cómo me hallas, aunque no me encuentres. Verás cómo me tienes, aunque no me veas. Verás cómo estoy dondequiera que tú estés. Verás cómo no me echas de menos, aunque yo desaparezca de este mundo. Verás cómo no necesitas de medianeros para obtener la paz, la dicha, la bendición de Dios. Porque Dios es el bien, y no yo, como sacrílegamente imaginarás algún día; y Dios solamente podrá hacerte feliz, cuando lo merezcas, sin necesidad de mi cooperación.

»Si yo creyera lo contrario, si yo creyera que permaneciendo cerca de ti, alentándote en tu camino, y hasta premiándote *anticipadamente,* pudiera contribuir al mejoramiento de tu alma, créeme, Fabián, en lugar de haberme encerrado en esta celda, me habría ido a tu casa, sin dolor ni resentimiento alguno por lo acontecido ayer tarde, y feliz, cuanto puede serlo una criatura humana, al verte en camino de salvación. Pero eso hubiera sido curarte en falso, sin extirpar las raíces del mal, cuando es indispensable que tú te cures solo; que andes sin compañía la gloriosa calle de la Amargura; que pruebes tus fuerzas contra Lucifer y lo venzas en singular combate, y que no te propongas otro premio de tu victoria que *la victoria misma.* Al que no le basta *merecer el bien* para ser feliz, no le pueden hacer dichoso todos los bienes del cielo y de la tierra.

»Adiós, Fabián. Nada temas por Matilde... Antes de dejarla he hablado con el general y echado sobre mí todo lo que hubiera podido comprometerla, afligir al venerable anciano y ser un peligro para ti. Así es que (¡Dios me perdone la mentira!), en concepto de mi tío, yo he sido tu prometida desde que llegué de Aragón hasta que ayer tarde rompí voluntariamente mi compromiso, prefiriendo el claustro al matrimonio. No desmientas nunca esta explicación, que deja en salvo a Matilde.

»Concluyo aconsejándote que no te afanes en procurar verme, ni en hacer llegar a mi poder cartas tuyas. Conoces mi constancia aragonesa. Todo lo que intentes con semejantes propósitos será inútil. ¡Yo no volveré a verte ni a hablarte ni a leer una palabra escrita de tu mano, sino en el caso de que llegues a merecerlo, no a tu juicio, sino al mío; no porque tú me lo digas, sino porque lo cuente la fama! Es el único voto que he pronunciado al pisar estos umbrales, y pienso cumplirlo religiosamente. Por lo demás, ten entendido que, aunque encerrada aquí, conoceré todas tus acciones y sabré día por día cuanto hagas, cuando digas, cuanto pienses.

»Hasta la vista, en este mundo o en el otro,

»Gabriela»[89].

---

[89] A propósito de la carta, José Fernández Montesinos (*Pedro Antonio de Alarcón, op. cit.,* pág. 232) dice: «Fabián Conde nos lee una maldita carta, que jamás pudo salir de la pluma de mujer alguna y mujer enamorada además; una carta tan imposible que el padre Manrique no pudo por menos de declarar que "nadie diría que está redactada por una adolescente...".»

IX

El tormento de Sísifo[90]

—¡Prodigiosa carta! —exclamó el padre Manrique, cruzando las manos con fervorosa admiración—. Nadie diría que está redactada por una adolescente... Antes parece obra de un doctor de la Iglesia, largamente probado por el infortunio. ¡Bien que Gabriela, según resulta de todo lo que usted me ha contado, era de la raza de las Mónicas y Teresas y de la Santa Catalina de Alejandría![91]. Como ellas y como los ángeles del cielo, tenía la ciencia infusa del bien, y su misión sobre la tierra era sacarlo a usted del abismo del pecado. Guarde usted esta carta y léala continuamente... Yo no tengo nada que añadir a sus saludables preceptos.

—¡Siempre la llevo sobre el corazón... —respondió Fabián—, y muchas veces la he leído! Sin embargo, confieso a usted que, cuando la recibí, no la aprecié debidamente, o, por mejor decir, no acerté a comprenderla. Sus más profundos consejos carecieron para mí de sentido, y sólo supe deducir de

---

[90] Alude al famoso mito de Sísifo, hijo de Eolo. Fue condenado, después de muerto por Teseo, al infierno, donde se le castigó a subir una enorme piedra hasta la cima de una montaña. Nunca vio, sin embargo, terminada su labor, ya que al llegar a lo alto la piedra volvía a caer al fondo. En el Museo del Prado existe un cuadro de Tiziano que lo representa.

[91] Santa Mónica, la madre de San Agustín; Santa Teresa de Jesús, y Santa Catalina de Alejandría destacan por su fortaleza y sabiduría. Concretamente, Santa Catalina, se cuenta, se enfrentó ante una reunión de filósofos paganos, rebatiendo sus argumentos y defendiendo la fe cristiana.

aquella especie de *teología amorosa* (así la calificó mi soberbia satánica), que Gabriela seguía queriéndome a pesar de todo, y que nada me sería más fácil que obtener su perdón y su mano, a pocas muestras que le diese de arrepentimiento y de cariño.

Ahora bien: como mi alma superabundaba en este cariño y este arrepentimiento (a lo menos, tal y como yo podía sentir semejantes afectos en aquel entonces), resolví desde luego todo lo contrario de lo que Gabriela me prevenía en su carta, creyendo, ¡loco de mí!, complacerla más realmente y probarle mejor mi pasión con un *sitio* en toda regla, que con la vida penitente que me aconsejaba.

Comencé, pues, a rondar el convento a todas horas. Gané al jardinero y al despensero, y por medio de ellos y de las sirvientas de la santa casa conseguí que Gabriela encontrase diariamente sobre la mesa de su celda una carta mía. En aquellas cartas le confesé todos mis pecados; le expliqué los remordimientos que me hizo sentir desde que, tan niña todavía, llegó de Aragón y fijó sus claros ojos en los míos; le pinté el inmenso amor que no tardó en inspirarme, primero hacia la virtud y luego hacia ella; el odio y la repugnancia con que de resultas miré ya a Matilde; mis luchas con ésta; mi debilidad de no romper con la adúltera por seguir viendo de cerca a mi adorado ángel, y las horribles escenas a que dio origen la llegada del general a Madrid. Le hablé, en fin, un día y otro de la vehemencia y sinceridad de mi amor, de mis propósitos de enmienda, de la triste soledad en que vivía y de lo necesitado que estaba de aliento y de esperanza, y le pedí, como a mi Ángel Custodio que era, que me guiase por la senda del bien, o sea que me escribiese de vez en cuando una palabra de consuelo, diciéndome que estaba contenta de mí y animándome en la batalla contra los espíritus de las tinieblas, o sea contra el mundo y contra mis pasiones...

Por lo demás, pasaba casi toda mi vida en la iglesia del convento. Allí estaba, desde que la abrían al amanecer hasta que la cerraban al mediodía, y desde que volvían a abrirla por la tarde hasta después de anochecido, sin apartar mis ojos del coro por si cruzaba la sombre de Gabriela al través de las celosías, y atento siempre a los cantos y rezos de las vírgenes del Señor, tratando de percibir entre sus voces la de mi adorada... ¡Pero todo fue inútil! ¡Ni Gabriela contestó a mis cartas, ni respondió cosa alguna a los recados verbales que hice llegar hasta ella, ni columbré [92] su sombra a través de la gran reja del coro, ni distinguí siquiera una vez su dulce voz en los conciertos místicos que allí dentro resonaban!...

Principiaron a faltarme las fuerzas. Entonces volví a leer su carta, y fijé mi atención en estas frases: *«No me busques tú mismo; haz que me busquen tus obras...»* *«No basta querer ser bueno; es menester serlo...»* *«Es indispensable que tú te cures solo; que andes sin compaña la gloriosa calle de la Amargura...; que no te propongas otro premio de tu victoria que la victoria misma.»*

La tremenda austeridad de estos preceptos y la invencible constancia con que Gabriela subordinaba a ellos su conducta respecto de mí, causáronme espanto, y convirtieron mi desaliento en la más ruin cobardía. ¡Vime en la situación de un hombre que, después de haber marchado de sol a sol por ásperos breñales, oyera decir que todavía estaba tan lejos del punto en que se proponía descansar, como cuando emprendió su fatigosa jornada!

Desesperé, por consiguiente. Yo no podía, yo no sabía ser bueno a solas, sin público, sin recompensa, sin auxilio, ¡sin que a lo menos me constase que alguien me anotaba en cuenta el esfuerzo y el mérito de cada día!...

*

—¡Alguien! —exclamó el padre Manrique—. Pues ¿y usted? ¿No era nadie para llevar esa cuenta?...

—No me bastaba mi testimonio...

—¡Es verdad!... Usted no vivía entonces por dentro; usted no tenía vida interior; usted no tenía conciencia... ¡Pero quedaba Dios, supremo testigo de todas nuestras acciones!

—Olvida usted... —tartamudeó el joven.

—¡También es verdad! ¡Usted no se comunicaba tampoco con Dios, de resultas de no comunicarse consigo mismo! Continúe usted..., continúe usted... ¡Los términos del problema se van simplificando, y pronto lo resolverá usted sin mi ayuda!

---

[92] *columbrar*, divisar.

—Digo que desesperé cobardemente. Parecióme que no era posible, que no era racional, que no era humano lo que Gabriela exigía de mí. Atribuía su silencio a terquedad aragonesa o a falta de amor. Creíla exenta de naturaleza mortal y de pasiones terrestres, y consideré que, pues no todos los hombres han nacido para santos..., yo no estaba en aptitud de consagrar toda mi vida a una lucha estéril, de la cual resultaría sin felicidad en este mundo ni bienaventuranza en el otro. Porque, ¿cómo ser feliz aquí abajo, amando a una mujer que se negaba a oírme? Ni ¿cómo escalar el cielo, sin ayuda de nadie, desde el infierno de mi desesperación?

—Siga usted... Siga usted... —replicó el padre Manrique con visible enojo—. ¡No intente disculparse! ¿Qué quiere decir eso de que *no todos los hombres han nacido para santos?* ¡Todos, señor don Fabián; todos podemos llegar a la beatitud, porque todos hemos nacido libres! Ya se lo dijo a usted Lázaro la noche de la consulta: *«Los santos fueron hombres de nuestra misma arcilla.»* ¡Sólo que ellos usaron de su libre albedrío abrazándose al bien, mientras que usted y yo, y la mayoría de los hombres, transigimos con el mal, *a sabiendas* de que ofendemos a Dios y manchamos nuestra alma!

—¡Es verdad! Mi conciencia, aun en los días que menos le he prestado oídos, me ha advertido siempre cuál era el camino de la perfección... Pero faltábanme fuerzas (o, a lo menos, tal me lo imaginaba) para marchar a solas por el áspero sendero de la virtud, y de aquí el que, con objeto de no oír los gritos de mis remordimientos, acabase siempre en mis recaídas por buscar el estruendo del mundo, el vocerío del escándalo, el vértigo de la orgía, el delirio de la embriaguez, hasta conseguir aturdirme, ensordecer, embrutecerme, o, cuando menos, no tener tiempo ni ocio para pensar en mi pobre alma.

*

Esto hice de nuevo en aquella ocasión. Abandonado por Gabriela, y no bastándome a mí mismo para ser dichoso, torné poco a poco a mi antigua vida, primero tímidamente, o sea procurando que mis excesos no fueran conocidos del público, a fin de que no pudiesen llegar a oídos de ella, y más tarde (cuando me convencí de que el mundo conocía mis nuevos extravíos, y que, por consiguiente, Gabriela no podría ya ignorarlos de manera alguna), entregándome a velas desplegadas a los cuatro vientos del libertinaje, escandalizando a Madrid con lo que mis aduladores y discípulos llamaban mi *fortuna amorosa*, y eclipsando a veces la audacia y la impiedad de don Juan Tenorio y de lord Byron.

¡Fue ésta, entre todas mis campañas de calavera, la más ruidosa, la más *brillante*, la más terrible!... ¡Llegué entonces al apogeo de mi execrable popularidad!... Los padres y los esposos se indignaban o temblaban al oír pronunciar mi nombre; las mujeres honradas ponían la cruz al verme; los hombres morigerados y pacíficos evitaban mi encuentro... En cambio, las hembras sin pudor, de cualquiera alcurnia que fuesen, se disputaban una mirada mía, mientras que los troneras más valientes y los duelistas de profesión procuraban apartarse de mi camino. ¡Mi cólera era tan avasalladora como mi amor! ¡Todo el mundo me temía!... ¡Solamente yo me despreciaba!

Despreciábame, sí, tan luego como me quedaba solo y pensaba en Gabriela; y, cual si la Justicia divina se complaciese en prodigarme estas horas de amarguísima soledad e insoportable tedio, me hallé pronto con que el vino se negó a enloquecerme y el sueño a coronarme de adormideras. Cuando, al remate de frenética orgía, todos los comensales estaban entregados al febril alborozo y a los delirios de la embriaguez, yo permanecía frío y sereno, como la roca en medio de un mar alborotado; y cuando el sueño cerraba los ojos del último camarada que departía conmigo, o de la pobre mujer que reposaba entre mis brazos, sólo yo quedaba despierto, vigilante, pensativo, contemplando, a la luz de las moribundas lámparas y de la naciente aurora, las botellas vacías, las copas derribadas y a los calaveras y a las bacantes sumergidos en la estupidez del sueño, o sea en el negro océano del olvido...

Por entonces conocí a Lázaro y a Diego. Después de estas noches de disipación íbame a pasear mi insomnio y mi tristeza por las calles de Madrid durante las primeras horas de la mañana, y así es cómo pasé un día por delante del Colegio de San Carlos, y me ocurrió la lúgubre idea de penetrar en él a contemplar, muerta y despedazada, a una de aquellas sacerdotisas de Venus que acababa de morir en el Hospital General, y cuyo cadáver habían elegido los profesores en Medicina para estudiar no sé qué enfermedad del corazón...

. . . .

Pocas semanas tardé en referir a Diego y a Lázaro, entre mis demás historias de amores, la relativa a Gabriela. Diego opinó, como yo, que era un delirio y un absurdo lo que la joven exigía de mí...

«—Gabriela —exclamó, resumiendo su dictamen— es un espíritu enfermo, una fanática, un ser privilegiado, si queréis; una criatura semidivina...; pero incapaz, por lo mismo, de subordinarse a las leyes de la naturaleza humana, y de labrar la felicidad terrena de débiles mortales como tú, como yo y como la casi universalidad de los hombres... Prefiero a mi Gregoria.»

Lázaro nos hizo la oposición, según costumbre, en nombre de sus ascéticas teorías, y me suplicó una vez, y otra, y ciento, que renunciase completamente al mundo; que me encerrase en mi taller de escultor a labrar estatuas de vírgenes y de santos, en vez de divinidades paganas; que pensase allí en Gabriela a todas horas, sin cuidarme de que mis amantes recuerdos llegasen a sus oídos, y, en fin, procurara *merecerla* a mis ojos, aun sin esperanza de *conseguirla*.

La fría insistencia e insoportable pesadez con que Lázaro me predicaba continuamente en este sentido acabaron por hacerme odiosa aquella conversación, a tal punto (rubor me causa decirlo), que hube de prohibirle al cabo, con desabrida seriedad, que en adelante me hablase de Gabriela...

En cuanto a Diego, también recuerdo con rubor que trató indignamente más de una vez materia tan delicada y santa, presentándola por vulgares aspectos, y procurando ridiculizar a mis ojos el carácter y el *pretendido* amor de la joven aragonesa...

Pero yo necesitaba entonces creer que Diego estaba en lo justo, y nunca le prohibí ni le censuré que hablase en aquellos términos de la que seguía siendo, a pesar de todo, alma de mi alma.

Así vivía cuando sobrevinieron los sucesos que ya le he re-

ferido a usted, o sea la llegada de Gutiérrez a Madrid, portador
de mi fortuna y de mi título de conde; la violenta discusión
que Diego y yo tuvimos con Lázaro la noche de la célebre consulta; nuestro definitivo rompimiento con él; mi grave enfermedad, resultado de aquella espantosa escena; la rehabilitación
de la memoria de mi padre y mi nombramiento diplomático
para Londres. Tiempo es, por consiguiente, de que pase a contarle a usted la última parte de mi complicada historia, y de
que sepa usted a qué extremo de desventura me han traído los
errores de mi juventud..., ¡errores que no he conocido hasta
que la fatalidad ha empezado a servirse de ellos para castigarme, y, sobre todo, hasta que sus palabras de usted han principiado a iluminar los abismos de mi alma!

¡Pueda usted asimismo indicarme una tabla de salvación en
el tremendo conflicto que me rodea, y en que yo no veo otro
refugio que el crimen para escapar de la deshonra! ¡Sí, padre!
A los ojos de mi razón, no tengo hoy más remedio que matar a
Diego o que causar la muerte de Gabriela; que ir a presidio
como falsario, o que saltarme la tapa de los sesos... ¡Son las
dos alternativas en que me ha colocado mi aciaga estrella!

*

—Todo eso es *a los ojos de su razón de usted*... —respondió
tranquilamente el padre Manrique—. Falta ahora averiguar si
a los ojos de la razón divina, o sea de la verdadera moral humana,
hay algún medio de conjurar esos horrores... Cuénteme usted,
pues, la última parte de su pobre historia.

—¡Es la única que le puedo referir sin sonrojarme! Óigala
usted, padre mío.

Libro quinto

LA MUJER DE DIEGO

I

Despedida y juramento

—Muchas y diversas causas (que no ocultarán a la penetración de usted), por ejemplo: la honda impresión que produjeron en mi ánimo la desastrada muerte de mi padre y el suicidio de doña Beatriz; la grave enfermedad en que me había visto a las puertas del sepulcro; el repentino favor de mi siempre contraria suerte (que en una hora me devolvía nombre, honra, títulos de nobleza y un gran caudal); el eco de los discursos de Lázaro, que no cesaban de resonar en mis oídos, y que yo quería desmentir de alguna manera; la invencible melancolía con que, a mi pesar, recordaba nuestro rompimiento; la dulce satisfacción que no pude menos de experimentar ante el halago y el respeto con que la sociedad saludó en mí al heredero del *rehabilitado* conde de la Umbría; aquella benevolencia y mansedumbre a que nos predisponen siempre las prosperidades inesperadas o largo tiempo combatidas, y, por último, el martirio, que acababa de conocer, de mi pobre madre, abandonada y ofendida por mi padre (martirio que se confundía en mi imaginación con el de Gabriela, ofendida y abandonada por mí); todas estas causas, digo, dieron lugar a un profundo y verdadero cambio en mis sentimientos y en mis ideas; miré con mayor disgusto que nunca mi vida pasada; tomé horror al libertinaje; propúseme ser hombre de bien, si no hasta el punto que Lázaro me había predicado tantas veces y que Gabriela me prevenía en su inolvidable carta, hasta donde alcanzasen mis fuerzas y mi decidida voluntad; y, como consecuencia de todo, díjele a

Diego, al tiempo de despedirme de él para marchar a mi Embajada:

—Ve pensando en casarte, amigo mío... Yo me casaré a mi vuelta de Inglaterra, o, si no, me marcharé a explorar el interior de África[93]. ¡Basta ya de escándalos y abominaciones!

Diego se sorprendió mucho al pronto; pero luego reflexionó y dijo:

—¡Lo comprendo! Quieres pagarle a la suerte sus favores; deseas ser virtuoso, imponerte deberes, contribuir a la felicidad de alguien...

—¡Acabas de leer en mi alma, queridísimo Diego! —prorrumpí con una emoción inexplicable.

Él me estrechó en sus brazos, no menos conmovido que yo, y continuó de este modo:

—¡Pues se dijera que tú has leído también en mi corazón al aconsejarme que me case! Desde que, gracias a tus recomendaciones, mi parroquia de médico crece como la espuma; desde que, merced al dinero que me has prestado, me veo establecido en una preciosa casa..., demasiado grande y bella para mí solo; y muy particularmente, desde que te contemplo feliz y en vísperas de abandonarme para marchar a esa Embajada, me paso las noches pensando en escribirle a Gregoria, dándole la noticia que hace tantos años espera..., a saber: que Diego Diego no tendría inconveniente en llamarla su mujercita...

—¡Bien por Diego Diego! —exclamé yo, devolviéndole su abrazo.

Y ambos nos echamos a llorar como dos criaturas.

—Supongo... —prosiguió mi amigo— que lloras de alegría como yo, al considerar lo buenos y lo felices que todavía podemos ser en otro estado; sin que estas lágrimas representen ni por asomos un homenaje fúnebre o regalo de *despedida* a nuestra amistad de solteros...

—¡Qué disparate!... —contesté yo calurosamente—. ¡Al contrario! Nuestra amistad se estrechará con dobles vínculos,

---

[93] En la primera edición: «O, si no, me marcharé a las misiones de Asia.» Obsérvese, no sólo el cambio de destino, sino también la finalidad. Es más verosímil y más propio del carácter de Fabián el ser «explorador» que «misionero».

o sea con el amor que se tendrán nuestras mujeres... ¡Es menester que sean tan amigas como nosotros lo somos hoy!...

—¡Seremos cuatro hermanos! —replicó Diego—. Gregoria te quiere ya sin conocerte... Mi deseo hubiera sido que la vieses y tratases antes de irte, a fin de que me dieras tu opinión acerca de su persona, hoy que entre ella y yo no existe todavía compromiso alguno. Pero desde hace un mes se halla en Torrejón, de donde no vendrá ya hasta las ferias... En fin, ¿qué remedio? ¡Esperaré para declararme a que regreses..., pues ya te tengo dicho que *mi mayor desventura fuera casarme con una mujer que no te gustara!* ¿Cuánto tiempo estarás en Londres?

—Seis meses a lo más... Es el plazo que me he dado a mí mismo para resolver definitivamente acerca de mi porvenir.

—¡Perfectísimamente! Aguardaré tu regreso... ¿Qué haría yo sin ti en ésta y en ninguna circunstancia grave de mi vida? Querré, pues, cuando llegue el caso, que tú te encargues de pedir oficialmente a mi futura; que seas después el padrino de la boda; que luego lo seas de los bautizos, y que mis hijos tengan en ti un segundo padre, por si este hígado de mis pecados, que siento más ensoberbecido cada día, me mata, como temo, demasiado pronto... Pero hablemos algo de tu novia... ¡Excusado es decir que no la tienes, pues, de lo contrario, yo lo sabría antes que tú mismo!...

—La tengo... y no la tengo... —le contesté—. Y me explico así, porque bien te consta que no hay más que una mujer en el mundo a la cual pueda yo entregar mi corazón y mi nombre...

—¡Cómo!... ¿Gabriela? —exclamó Diego lleno de asombro—. ¿Piensas todavía en la sobrina de Matilde?

—¡Nunca he dejado de pensar en el ángel de mi guarda! —contesté yo solemnemente.

Diego, que, como ya sabe usted, era bueno en algunas ocasiones, y que aquel día estaba entregado a sus mejores sentimientos, simpatizó con la piadosa adoración que revelaban mis palabras, y dijo inclinando la frente:

—¡Haces bien! Gabriela, en medio de sus excentricidades, es la única mujer que puede darte la felicidad, y también la única digna de poseer tu corazón, cuando tu corazón se purifique... ¡Falta ahora saber si habrá manera humana de decidirla a casarse contigo!

—Eso es lo que a ti te toca averiguar durante mi ausencia... ¡Sólo tú me quieres lo bastante y tienes el talento, la energía y los medios de persuasión necesarios para convencerla!

—¿Sigue en el convento?

—No lo sé; pero es lo más probable. Hace ya cerca de dos años que no me he acercado a aquella santa casa..., y, después de lo que en esos dos años he hecho de mi corazón, de mi fama y de mi conciencia, no me atrevo a pasar por allí ni a pronunciar el nombre de Gabriela delante de las personas a quienes solía pedir noticias suyas... Me parecería un sacrilegio, una profanación. Es menester, por consiguiente, que tú lo hagas todo, que la busques; que la halles, dondequiera que se esconda; que le digas que ya soy otro hombre, y que la convenzas de que para mí no habrá en adelante más mujer que ella, ni otro solaz ni esparcimiento que contemplar su dulce imagen en el fondo de mi alma. Asegúrale todo esto, sin temor a inducirla a engaño... ¡Por la memoria de mi madre te juro que nunca te arrepentirás de haberle respondido de mí!... ¡Maldígame desde el sepulcro la noble mártir que me llevó en sus entrañas si falto algún día a este juramento!

—¡Basta! —contestó Diego con una fe que se transmitió a mi espíritu y lo inundó de gozo—. ¡Gabriela será tuya! ¡La amistad que te profeso y el crédito que doy a lo que por tu madre que me acabas de jurar (¡a mí, ay triste, que no puedo jurar por la mía!), me servirán de ariete y fuerza para derribar los muros del convento y los no menos resistentes de la voluntad de tu adorada! Márchate, pues, descuidado. ¡Aquí quedo yo!

—¡En ti confío! —le contesté, abrazándole de nuevo.

Y partí.

II

Diego, fiador de Fabián

Hasta cinco meses después, Diego no me habló de Gabriela en ninguna de sus cartas, sino que se limitó a responder a mis frecuentes interpelaciones con esta sencilla fórmula: «Tus asuntos corren de mi cuenta. Déjalo todo a mi cuidado.» Pero al cabo de aquel tiempo, cuando ya principiaba yo a desesperar del logro de mis esperanzas, me escribió la carta que voy a leer...

Mucho ha de maravillar a usted su contenido, como a mí me sorprendió y maravilló entonces; y eso que yo conocía de antemano a Diego, y sabía hasta dónde rayaban su decisión, su impavidez, su apasionada elocuencia, su irresistible gracejo o imponente seriedad, y todas sus demás aptitudes para dominar y persuadir a los humanos... Así es que yo no vacilo en declarar que *sólo él* hubiera realizado los verdaderos milagros de que me daba cuenta en estos términos:

«Queridísimo Fabián Conde, conde Fabián y Fabián mío:

»Como médico que soy, hace tres meses, del convento de *** (plaza improductiva, que me he procurado a trueque de la muy bien retribuida que desempeñaba en el hospicio, lo cual quiere decir que me debes para ante Dios no sé cuantos miles de reales); como grande amigo que ya soy además de aquella madre abadesa que tan ásperamente te recibió cierto día, y poseedor de toda su confianza, de su más alta estima y de su más profundo miedo (pues la buena señora ha llegado a creer que

215

no se morirá hasta que yo quiera, y que, si yo me empeño, no se morirá nunca); y, en fin, como íntimo confidente y casi hermano que soy también de una encantadora aragonesa, llamada Gabriela de la Guardia, la cual hace tiempo que pide a Dios por ti... y por sí misma... en aquel santo retiro, tengo el gusto de participarte que no cesan de llegar a dicho convento fidedignos informes (transmitidos por confesores, sacristanes y despenseros) acerca de la vida ejemplar que llevas en las orillas del Támesis, y por cuyos merecimientos yo mismo te felicito.

»Háblase, en efecto, de las cuantiosas limosnas que das a los católicos pobres del país y a los papistas emigrados de Italia y Portugal; de cómo has resistido las seductoras miradas y sonrisas de más de una lady *non sancta;* de tus concienzudos trabajos diplomáticos mientras has estado encargado de la Legación en ausencia de tu ministro; del culto ferviente que rinde tu alma al recuerdo de Gabriela, *«a quien no te atreves a escribir hasta que ella te autorice para tan grande honor»*, y, en fin, de otras muchas cosas que *el médico de la casa* confirma, repite y glosa siempre que va por allí, sin contar con las que el médico adivina, deduce o inventa, como, verbigracia, que el antiguo escéptico Fabián Conde va ya a misa; que se confiesa como Dios manda; que ha ayunado la última Cuaresma, y que poco ha faltado para que se vaya a Italia con Lamoricière[94] a pelear bajo la bandera del Padre Santo... Y como los primeros hechos citados son ciertos y notorios, según comunicaciones de la policía clerical de Gabriela y de la abadesa, y como los que yo he inventado tienen por garantía mi cara de juez infalible y la idea que hay en el convento de lo mucho que he contribuido a volverte a la senda de la virtud, resulta que nuestra pertinaz, denodada y hermosa aragonesa (muy más hermosa ciertamente de cuanto me hicieron imaginar tus celebraciones, y muy más enamorada de ti que el primer día) comienza a flaquear y a conmoverse (por más que trate de ocultármelo), mientras que la madre aba-

---

[94] Luis Cristóbal León de Lamoricière (1806-1865), general francés que tomó parte activa en la conquista de Argelia. Diputado en varias ocasiones, fue expulsado de Francia por su persistencia en atacar al Presidente de la República. En 1860 puso su espada al servicio del Vaticano, y, al frente de las tropas pontificias, fue derrotado por las de Víctor Manuel en Castelfiardo.

desa no ha tenido inconveniente en decirle hoy delante de mí que «si continúas hasta fin de año dando tan evidentes muestras de arrepentimiento será cosa de escribir a Aragón a cierto padre y a cierta madre, rogándoles aconsejen a su hija que trueque la blanca toca de su indefinido noviciado por la corona de la condesa de la Umbría».

»Oír yo esta luminosa idea; arrancarle a la superiora una carta para los padres de Gabriela, en que les recomienda desde luego tan ventajoso proyecto de enlace, y disponerme a salir esta noche para Aragón, todo ha sido una cosa misma...

»Parto, pues, dentro de dos horas, con la carta de la abadesa en el bolsillo y sin que Gabriela conozca nuestro complot. ¡Figúrate tú si me será o no fácil convencer a los padres de tu adorada de lo muchísimo que conviene a ésta dar la mano de esposa a un hombre joven, gallardo, de talento, título de Castilla, millonario, amigo de los ministros y que la quiere con toda su alma... ¿Qué les importará a aquellos señores, ni qué puede importar a quien no lleve las cosas a tanta exageración como Gabriela, el que hayas hecho más o menos locuras amorosas durante tu vida de mozo? "¡Mejor! (dirán ellos). ¡Así no las hará después de casado!"

»Conque hasta la vuelta de mi embajada, de cuyo éxito no te permito dudar... Pero antes de cerrar esta carta, hablemos un poco de mí y de la pobre Gregoria; pues también nosotros somos gente, y también nos queremos ya demasiado para seguir solteros.

»Van a cumplirse los seis meses que creíamos iba a durar tu ausencia, y por muy pronto que yo consiga acabar de reducir a Gabriela, todavía pasará, cuando menos, otro tanto tiempo antes de que puedas venir del modo que tu me indicas, o sea con *autorización* expresa de la desconfiada joven y en la absoluta *seguridad* de que se casará contigo...

»Pues bien, mi querido Fabián, ni Gregoria ni yo podemos esperar tanto... *Non possumus...* ¡Te lo juro por los ojos negros de mi futura costilla!

»En cuanto a la historia de esta repentina impaciencia, después de lo mucho que he hecho esperar y desesperar a Gregoria, es la siguiente:

»Desde que te fuiste, volví a empeorar de este endiablado

hígado mío, capaz de producir bilis bastante para amargar to-dos los ríos del mundo; por cuyas resultas recorría yo otra vez las calles de Madrid como recorre el león su jaula del Retiro, mirando a la gente de reojo y murmurando entre dientes, entre colmillos y entre muelas: *"¡Voluntad y fuerza no me faltan!... ¡Si no os despedazo a todos, es porque no puede ser!"* Y conociendo que de seguir las cosas de aquella manera, iba a volverme loco o a morirme, y comprendiendo que la absoluta soledad en que me habías dejado era la causa principal de la exacerbación de mi perpetua ictericia, insté a Gregoria para que volviese inmedia-tamente a Madrid, declaré a la madre mi atrevido pensamiento el día que llegaron, y apeguéme a la complacidísima hija como a mi única tabla de salvación...

»La veo, pues, todos los días y casi a todas horas. Doña Rufa y ella me cuidan, miman y agasajan como a un nietecillo mal criado. Almuerzo, como, paseo y voy al café o al teatro en compañía de las dos, y las noches inclementes juego al tute con la que ha de ser mi suegra, mientras que devoro a miradas a la que ha de ser mi esposa... Pero, con todo esto, llegan las doce de la noche..., y tengo que irme a mi solitaria vivienda, en lu-gar de quedarme allí..., como me lo mandan imperiosamente todas las leyes divinas y humanas, exceptuando de entre las primeras aquella que ha establecido la aduana matrimonial a las puertas del paraíso del amor... Figúrate, por tanto, la vio-lencia que me costará cada noche interrumpir el tierno diálogo de mis ojos con los ojos de Gregoria... ¡precisamente en el mo-mento en que los ojos de Gregoria, haciendo traición a la re-serva y timidez de la soltera, principian a hablarme en el dulce estilo que me hablarán los de la casada!...

»¡Conque... ya ves que no podemos aguardar tu venida para recibir la indispensable bendición, como tampoco pude aguan-tar tu *exequátur*[95] para entablar la demanda matrimonial! En resumen: tú serás desde ahí, por medio de poderes, padrino de nuestra boda, la cual se verificará pocos días después de mi re-greso de Aragón.

---

[95] *exequátur*, autorización que otorga el jefe de un Estado a los diplomáticos extranjeros para ejercer sus funciones dentro del país. Diego utiliza la palabra, teniendo en cuenta el cargo diplomático de Fabián.

»Para ello tenemos ya tomada casa y comprado parte de los muebles. La madre de Gregoria se irá a Torrejón a ponerse al frente de *nuestros estados,* que consisten en unas viñas, un molino y algunas casas, todo ello correspondiente a la legítima paterna de mi futura y tasado en más de doscientos mil reales... De modo que voy a ser todo un señor propietario, así como más adelante llegaré a ser verdaderamente rico; pues, según he llegado a entender, doña Rufa tiene mucho dinero ahorrado, y con el tiempo heredará de un tío suyo no sé cuántos cortijos y olivares...

»Por lo demás, no temas, mi querido Conde, que ni las riquezas ni el amor puedan alejarme de ti, ni aminorar el cariño del alma que te profeso... Al contrario: hoy más que nunca mi espíritu se halla como identificado con el tuyo, y no tendré por felicidad la que a ti no te lo parezca, la que tú no presencies y aplaudas, la que tú no consideres digna de ti, y, por consiguiente, de mí. Así lo ha comprendido Gregoria, a quien he contado toda tu vida, aventuras, triunfos y grandezas, por lo que desea... y teme conocerte, como se desea y teme un examen. Su mayor gloria, pues, será que la juzgues digna de su Diego, y de aquí su temor de no gustarte... *«Entonces me aborrecerías y te arrepentirías de haberte casado conmigo»,* suele decirme... Y yo la tranquilizo, contestándole que tú y yo nos hemos acostumbrado de tal manera a sentir y a pensar de un mismo modo, que más fácil me parece que te enamores de ella cuando la conozcas (como yo he estado expuesto a enamorarme de tu Gabriela), que el que le des calabazas en el mencionado examen. ¡Y la verdad es, amigo Fabián, que mi Gregoria, no obstante su prosaico nombre y su mediana alcurnia, nada tiene que envidiar a ninguna princesa conocida ni por conocer! Es hermosa, discreta, más perita que yo en artes, literatura y otras cosas, elegante y distinguida como las que van en carretela propia a la fuente Castellana, y, sobre todo, yo la amo... ¡Tu Diego la ama!, ¡tu pobre Diego, tan viejo y valetudinario![96]. ¡La amo, sí, yo que no había amado nunca! ¡La amo, y ella me corresponde cual si mi amor mereciera el suyo! ¡La amo, Fabián, y, por consecuencia, tú le tomarás también cariño, tú

---

[96] *valetudinario,* enfermizo.

aprobarás mi elección, tú no nos harás desgraciados con una censura cruel de nuestra dicha!

»¿Ves cómo soy para ti el amigo de siempre? ¡Ningún hombre le habrá dicho jamás a otro lo que yo acabo de decirte! Bien es cierto que tampoco ningún hombre habrá podido disponer nunca del alma y de la vida de nadie, como tú puedes y podrás eternamente disponer hasta de la última gota de sangre de tu

DIEGO.»

«Posdata:

»Calmada la emoción con que te he escrito las últimas líneas, veo que se me ha olvidado lo principal que tenía que decirte.

»Necesito que, mientras yo voy a Aragón y vuelvo, me envíes lo siguiente por la estafeta del Ministerio de Estado:

»1.º   Un poder a tu administrador para que te represente como padrino en mi casamiento.

»2.º   Un buen retrato tuyo para mi despacho, y otro, todavía mejor, para la sala.

»Y 3.º   Tu regalo de bodas, que debe ser un corte de vestido, con sus adornos correspondientes y acompañado del último figurín publicado en Londres...

»Dicho vestido se lo pondrá mi futura para ir al altar. ¡Esmérate, por consiguiente!

»Epílogo. No te remito hoy el retrato de Gregoria, porque, de dos que le han hecho con este fin, no le ha gustado ninguno. A mi regreso se volverá a retratar, y te enviaré su dulce imagen... Adiós.»

Innecesario creo, padre mío, comentar la segunda parte de la precedente carta, o sea la relativa al casamiento de Diego... Vuelvo, pues, por ahora, a lo concerniente a Gabriela.

Era verdad casi todo lo que le habían contado a ésta relativamente a mi arrepentimiento y a la buena conducta que obervaba yo en Inglaterra... Sin haber llegado (pues yo no debo ocultarle a usted cosa alguna) a las prácticas religiosas que me había atribuido Diego, ni tan siquiera al conocimiento de la *Providencia* de Dios... (suprema felicidad que hasta ahora me ha negado mi mala estrella), profesaba ya un profundo amor al bien, afanábame por adelantar algo en el camino de la virtud, y hacía más esfuerzos por *merecer* a Gabriela a los ojos de mi conciencia, que por *obtenerla efectivamente.*

La carta de Diego me llenó, por tanto, de regocijo en este punto, pues vi que, sin yo procurarlo, Gabriela empezaba a conocer y premiar mis buenas intenciones; y, si bien sentí mucho que mi amigo me hubiese supuesto actos meritorios que yo no realizaba, no por eso agradecí menos los grandes servicios que me estaba prestando, y que ya no dudé fueran coronados por el éxito más venturoso. «¡Gabriela será mi esposa!» (díjeme con inefable júbilo); y esta esperanza prestóme nuevo aliento para seguir luchando contra las tentaciones del mundo y contra mi perversidad.

En tal estado, recibí al cabo de algunos días esta otra carta de Diego:

«Queridísimo Fabián:
»¡Victoria en toda la línea!
»Acabo de llegar de Aragón. Dejo convencidos a los padres de Gabriela de que ésta debe darte la mano de esposa, lo cual quiere decir que los dejo prendados de tu persona y también de la mía.

»¡La madre, particularmente, no hará en adelante más que lo que yo quiera! Es una santa mujer, a quien he hecho llorar y reír a un mismo tiempo, contándole *a mi modo* tus pretendidas maldades, y que hoy te adora ya tanto como su propia hija, y tal vez más, si esto fuera posible.

»En cuanto al padre (que es un rudo caballero, medio aristócrata, medio campesino, como los que salen en algunas comedias de Calderón), sólo te diré que ha reconocido en ti *un hombre muy hombre,* lo cual constituye la primera recomendación para un aragonés, y que no ha llorado ni poco ni mucho, sino que se ha reído extraordinariamente, oyéndome referir tus aventuras amorosas. ¡Ya comprenderás, por supuesto, que ni él ni su mujer sabían (y que yo me he guardado muy bien de contarles) que una de estas aventuras fue a costa del difunto general, hermano de tu futuro suegro! Gabriela tuvo la misericordia de no revelar a su familia las verdaderas causas de su retirada al convento, sino que les dijo que procedía así por mera vocación religiosa; y como el general murió en la misma creencia, y Matilde no ha de venir a descubrir la verdad, queda orillado este grave inconveniente del asunto.»

—¡Orillado!... ¡Otra vez el pícaro verbo! —murmuró el padre Manrique—. ¡Siga usted!... ¡Siga usted!..., ¡y no me haga caso! ¡Qué aficionados eran ustedes a *orillar*!

Fabián continuó leyendo:

«Por lo demás, el padre de Gabriela se ha extasiado oyéndome contar la historia de tus innumerables desafíos, en que siempre resultabas triunfante; me ha admirado a mí, como a cazador denodado e infatigable en dos batidas que hemos dado a los lobos y jabalíes de aquellos montes, y como a tirador de barra y jugador de pelota, ejercicios en que he tenido el honor de vencerlo; y, por resultas de todo, ha quedado en ir a Madrid dentro de cuatro meses a sacar del convento a Gabriela y ponerte por sí mismo en posesión de su mano. ¡Creo que no tendrás queja de mí!

»Entretanto soy portador de una carta para Gabriela, firmada por don Jaime y doña Dolores (así se llaman tus futuros padres políticos), en que combaten los escrúpulos de la muchacha, le piden que te perdone todas tus calaveradas y le aconsejan que se case contigo. La abadesa y yo haremos el resto, sin contar con la parte reservada al propio don Jaime cuando venga a Madrid...

»Y basta por hoy. Voy a ver a Gregoria, que ni siquiera sabe que he llegado. Mañana visitaré a Gabriela y te escribiré nuevamente.

»Tuyo del alma,

DIEGO.»

La carta del día siguiente fue aún más satisfactoria para mi corazón. Óigala usted:

«Queridísimo Fabián:

»Gabriela ha llorado mucho leyendo la carta de sus padres; la ha besado luego, y cayendo, en fin, de rodillas, ha dicho reverentemente: *"¡Hágase la voluntad de Dios!"*

»Después de rezar largo tiempo y de llorar otra vez, abraza-

222

da a la madre abadesa, hase vuelto hacia mí y pronunciado estas palabras:

»"—Sentiré que se engañe usted y que, por darle a su amigo una soñada felicidad temporal, cause la perdición de su alma. ¡Asómbrame que tan pronto haya podido arrepentirse eficazmente y afirmarse en el propósito de la enmienda!"

»"—*¡Yo lo fío!*" —le he contestado resueltamente.

»"—*Y yo admito esa fianza...* —ha exclamado Gabriela tendiéndome la mano—. Usted debe de conocer a su amigo mejor que nadie... ¡Quiera Dios que no se arrepienta usted nunca de haberme respondido de él!"

»Estas frases me han inspirado profundo respeto; y, no ya con los labios del amigo, sino con el alma del hombre honrado; no ya pensando en tu felicidad, sino en la de aquella angelical criatura, le he dicho, colocando su mano sobre mi corazón y dejando hablar a mi conciencia:

»"—¡Si llego a arrepentirme algún día, yo se lo diré a usted para que rechace a Fabián! ¡Y si ya fuese tarde, porque estuviera usted unida a él con lazos indisolubles, yo me encargaré de desagraviar a Dios y a usted!"

»"—Pues estamos casi conformes... Dentro de cuatro meses, cuando venga mi padre, daré una contestación definitiva..." —me ha replicado Gabriela, retirándose, no sin dirigirme antes una mirada en que he leído todo el amor que te profesa y las inmensas angustias de su alma.

»Ahora bien, amigo mío... Con la seriedad que constituye la base de mi carácter y que se merece un asunto tan delicado, yo te pregunto:

»¿He hecho bien en fiarte? ¿No volverás nunca a mal camino? ¿Serás siempre bueno y leal con el ángel que voy a colocar a tu lado? ¡No me engañes, por Cristo vivo, que yo no quiero engañar a Gabriela!

»Otro día te escribiré de mis asuntos personales.

»Tuyo,

DIEGO.»

Mi contestación a esta carta fue brevísima.
Hela aquí:

«Diego mío:

»Renuevo el juramento que te hice espontáneamente la noche de nuestra despedida:

»—*¡Por la memoria de mi madre te juro que nunca te arrepentirás de haberle respondido de mí a Gabriela! ¡Maldígame desde el sepulcro la noble mártir que me llevó en sus entrañas si falto algún día a este juramento!*

»Queda contestada tu solemne pregunta.

»Ahora tú me dirás cuándo puedo escribir a Gabriela y cuándo debo regresar a Madrid.

»Tuyo,

FABIÁN.»

III

Casamiento de Diego

Según me había anunciado mi amigo, a los pocos días recibí esta otra carta suya:

«Conde de la Umbría:

»Hoy le toca hacer el gasto a mi Gregoria, de quien todavía no te he hablado desde que regresé de Aragón.

»Decididamente nos casamos a fines de esta semana, si para entonces está acabado el traje de boda, que es archiprecioso, como escogido por vuecencia.

»Gregoria te escribirá a continuación dándote las gracias e incluyéndote su retrato, que al fin consiguió le hicieran a su gusto... Dime francamente si mi mujercita te parece tan hermosa como a mí.

»Repararás que tiene puesto el aderezo que le has mandado. Por cierto que hemos sentido mucho hayas hecho un gasto tan enorme... Con el vestido había bastante, y de intento te marqué el regalo que queríamos, para que no te metieras en más honduras. ¡Lo mismo que el reloj y la cadena que me envías a mí! ¡Tú te has propuesto anonadarme con tus millones!... Pero sabe que yo no consideraré nunca pagado mi cariño con perlas ni brillantes, sino con otro cariño igual, y trabajo te mando si intentas eclipsarme en este punto.

»Mucho nos ha complacido a Gregoria y a mí la carta que nos escribes haciendo votos por nuestra felicidad, que nunca será completa hasta que tú la presencies en compañía de la hermosa hija de don Jaime.

»Volviendo al vestido, no te ocultaré que Gregoria (cuyo gusto es delicadísimo para estas cosas) lo halló al principio más rico que vistoso; pero hemos estado en la Castellana y en el Teatro Real; le he hecho parar la atención en los trajes de nuestras más elegantes aristócratas, y se ha convencido de que el que tú le has regalado es *de última,* y ya está contentísima con él.

»Pasado mañana acabarán de amueblarnos la casa. Es algo pequeña, pero nueva y muy bonita, y desde el balcón del comedor se descubre el jardín de un palacio inmediato. Nosotros hubiéramos preferido que tuviese jardín propio, como la tuya; pero no somos bastante ricos como para tener flores al alcance de la mano, y habremos de contentarnos con verlas desde lejos o con ir a tu casa a merodear en tus lilas y rosales. Por lo demás, es cuarto segundo sin entresuelo, lo cual equivale a un principal de los que lo tienen.

»Anteayer estuvimos en tu casa Gregoria, su madre y yo, acompañados de un tapicero, a fin de que viese el comedor y procurase en lo posible arreglar el nuestro en la misma forma, y que las cortinas y la sillería sean de un color semejante al de las tuyas... bien que todo ello de maderas y telas más baratas; pues el culto que rendimos a tu amistad y a tus gustos no debe llegar hasta arruinarnos. ¡Por cierto que en aquel comedor me acordé mucho de Lázaro y de nuestra última escena con él!...

»Y, pues que he nombrado a Lázaro, te confesaré que de buena gana lo buscaría para que fuese testigo de mi boda, caso de hallarse en Madrid... Pero no me atrevo. Mi corazón lo compadece y lo perdona: mi misma conciencia tal vez lo absuelve de algunas cosas que antes me parecían malas en él, y que hoy (a fuer de hombre formal próximo a casarme) no considero dignas de censura... ¡Mas, aun así, le temo, y seguiré esquivándole, por la seguridad que tengo de que es un hipócrita muy envidioso, que podría sembrar la cizaña entre Gregoria y yo!... ¡Nada! ¡nada! ¡No lo busco!

»Conque, adiós... Ésta es mi última carta de soltero. Pasado el primer cuarto de la luna de miel te escribiré acerca de Gabriela, a quien ya habré podido enseñar tu contestación, que espero, a mi anterior. Entretanto, nada nuevo tengo que decir'te con respecto a la futura condesa de la Umbría, sino que sigue adorándote y rezando, y que, siempre que me despido de ella, después de terminada mi visita de médico a todas las madres monjas, me dirige una mirada profunda como el cielo, que viene a significar algo por este estilo: "Dígale usted a Fabián que yo lo amo tanto como Gregoria lo ama a usted, y que deseo que él me ame a mí tanto como usted ama a Gregoria."

»Y, a propósito... ¡se me olvidaba!... Gabriela le ha bordado a Gregoria un pañuelo preciosísimo, y le ha regalado además un relicario, un acerico y un rosario de semillas de Jerusalén. Sin embargo, todavía no se han visto.

»Adiós, vuelvo a decir. Recibe mil afectos de la *señora de Diego* y un abrazo del alma de

DIEGO DIEGO.»

Al pie de esta carta hay algunas líneas de letra de Gregoria, que dicen así:

»Mil gracias, señor Conde (o *amigo Fabián*, que es como dice Diego que debo llamar a usted), por sus hermosos regalos, en que siento se haya excedido de tal modo, pero que demuestran que no me guarda usted rencor por haberme atrevido a disputarle un poco de lugar en el corazón de su gran amigo y camarada de malos pasos.

»Allá va mi fotografía, que no creo ha salido bien del todo, y quedamos esperando como el santo advenimiento los dos retratos de usted que le tenemos pedidos para la sala y el despacho. No sea usted desdeñoso con los pobres y dígnese sacarnos de penas.

»Su carta, en que habla tan favorablemente de mi enlace con Diego, me ha gustado mucho aunque haya en ella bastante lisonja, y excusado creo decirle a usted que también puede considerar como una hermana a su afectísima

GREGORIA.»

El retrato de Gregoria, que recibí con esta agridulce carta, me produjo una impresión indefinible, muy parecida al miedo.

Indudablemente era una mujer hermosa, pues la fotografía

no suele favorecer mucho al bello sexo, y Gregoria resultaba allí sumamente agradable... Conocíase que tenía grandes y expresivos ojos negros, muy sombreados de cejas y pestañas, enérgicas y regulares facciones, espléndidos hombros y arrogantísimo talle... Pero todo esto, que constituía lo que se suele llamar una *buena moza*, le daba cierto aire de altivez, desafío y presunción, muy peligroso, y cuando menos mortificante, para un hombre tan soberbio como yo. Antojóseme que aquella figura me decía: *«No te temo. ¡Atrévete, si eres capaz, a disputarme el corazón de Diego o a disputarle el mío! ¡Todos tus decantados medios se estrellarán en mi talento y en mi virtud!»*

¡Tuve, pues, durante una hora por cosa averiguada (¡tan suspicaz fue siempre mi imaginación en casos de amor propio!) que Gregoria estaba ya en armas contra mí, considerándome su enemigo natural, o que, fatigada de oír a Diego referir mis triunfos amorosos, dábame a entender, con su provocativa actitud, que era gran suerte mía no haber tropezado nunca con una mujer como ella!

Yo no sé si la prometida de Diego pensaba algo semejante al tiempo de hacerse el retrato que me destinaba... Yo no sé si por eso leía yo en su rostro aquellas hostiles ideas... Yo no sé si fue de mi parte una intuición o un presentimiento... Yo no sé si usted lo calificará de tentación del demonio... El caso es que pasé aquella hora contemplando fijamente, y no sin inquietud, la malhadada fotografía, hasta que, por último, parecióme más natural reírme de mis cavilaciones, y escribí a Diego una larga carta, en que, a vuelta de muchas cosas relativas a su casamiento, puse un párrafo que venía a decir de este modo:

«Dale mil gracias a Gregoria por su retrato, y recibe tú mi felicitación. La virtud y la hermosura resplandecen de igual modo en la noble faz de la que va a ser compañera de tu vida. Me enorgullezco de tener tal hermana.»

Finalmente, dos semanas después, recibía esta carta de Diego:

«Queridísimo Fabián:

»Perdónale al hombre más venturoso que puede haber sobre

la tierra el cruel egoísmo (compañero siempre de la dicha) de no haberte escrito en tantísimo tiempo.

»Hace ocho días que Gregoria es mi mujer y que yo no me conozco a mí mismo. Mi antigua misantropía se ha convertido en veneración y amor al género humano, de tal manera que me falta poco para ir de casa en casa pidiendo perdón a todos los vecinos de Madrid por mis pasadas ferocidades, y su venia y licencia para ser tan dichoso como lo soy por la misericordia de Dios. Paréceme que todo el mundo estaría en su derecho, arrebatándome un bien que tanto he tardado en saber apreciar, y vivo asustado y vigilante, como el avaro en medio de sus tesoros, y temiendo a cada momento que vengan a robarme mi felicidad.

»Gregoria vale mil veces más de lo que yo me había imaginado. Prescindamos de su magnífica hermosura y del amor con que me enloquece. Su talento y su juicio son verdaderamente asombrosos. Hasta aquí no había hecho más que dejármelos adivinar; pero, desde que nos hemos unido para siempre, ha desplegado ante mí todos los tesoros de su inteligencia. ¡Qué seguridad de juicio! ¡Qué conocimiento tan profundo del corazón humano! ¡Qué rectitud y qué justicia en sus determinaciones! ¡Qué fortaleza de ánimo para no transigir en nada con el mal! En fin, chico: de hoy en adelante me ahorrará el trabajo de pensar en cosa alguna, pues sólo con seguir sus consejos procederé siempre como un sabio.

»Por lo demás, aquellos conocimientos artísticos y literarios que te dije poseía, son mucho más extensos de los que su modestia me ha dejado sospechar durante nuestro largo noviazgo. Bástete saber que en su primera juventud (hoy tiene veintiocho años) ha hecho versos...; lo cual te digo muy en reserva, pues cuando noches pasadas me lo contó (y me los leyó), exigióme palabra de honor de no referírtelo, porque dice que tú debes de ser muy burlón. Pero la verdad es que los tales versos no se prestan a burla, a lo menos en mi humilde dictamen.

»Para que mi dicha sea completa, sólo me falta que vengas y ocupes en mi despacho la butaca *fumadora*[97] que lleva ya tu

---

[97] Evidentemente, la butaca no puede ser *fumadora*, ya que el que fuma será, en todo caso, su ocupante. El profesor Baquero Goyanes (edic. de *El escándalo*,

nombre, y en nuestra mesa el lugar que te hemos designado. Después le haremos sitio a Gabriela, y más adelante a todos los chicos que Dios nos envíe...

»Llegaron tus retratos, que son notabilísimos. Te encuentro grave y triste en los dos, particularmente en el más grande. Ya están colocados en mi despacho y en la sala. Los marcos han agradado de tal suerte a Gregoria, que quiere que mi retrato tenga uno por el estilo, si es que aquí saben tallar y dorar las maderas de ese modo.

»Pero dirás que tardo ya mucho en hablarte de Gabriela... Tienes razón. Hoy la he visto, después de diez días en que (perdona) no había parecido por el convento, y le he leído tu admirable carta, en que me juras de nuevo ser hombre de bien el resto de tu vida. La noble doncella me ha dicho que deseaba conservar un papel tan interesante, y se lo he entregado. A tu pregunta sobre cuándo podrás escribirle, me encarga que te responda que "lo que tengas que decirle *te lo digas a ti propio,* hasta lograr convencerte de que *no te estás engañando* respecto de tus propósitos o de tus fuerzas". Y, en cuanto a tu regreso a Madrid, dice que "debe ser posterior a la venida de su padre y a la conferencia que celebrará con él acerca de tus pretensiones". Resultado: que no quiere que le escribas, y que yo te avisaré cuándo puedes venir, lo cual creo será dentro de tres o cuatro meses.

»Descuida en mí, entretanto, y quédate con Dios. ¡Quédate con Dios, sí! No te lo digo como rutinaria fórmula, sino porque deseo muy de veras que continúes avanzando en la senda del bien. ¡Fabián!: te lo dice el mismo hombre que ha aplaudido insensatamente todos tus excesos y locuras: *¡Fuera de la ley no hay felicidad posible!...* ¡El amor legítimo de una esposa, la paz doméstica, el respeto de nuestros semejantes, ofrecen tanta dulzura al alma, como acíbar y veneno encuentra en sus más victoriosas luchas contra la sociedad! ¡No te rías de mí al leer estas máximas si no quieres que te aborrezca Gregoria, y no te rías de Gregoria si no quieres que te aborrezca yo!

Madrid, Espasa-Calpe, 1973, II, pág. 85) se pregunta si puede ser un galicismo «allegable al tan difundido uso de *fumoir,* con su falso equivalente castellano *fumador* en vez de *fumadero»*.

»Mil afectos de ella, que te escribirá otro día (pues hoy está muy atareada con los sobres de las esquelas en que damos parte de nuestro enlace a sus muchos conocimientos), y recibe un abrazo muy apretado de tu felicísimo, aunque no muy bueno de salud,

DIEGO.»

IV

Gregoria

Transcurrieron cuatro meses, que yo pasé en Londres, y que me parecieron cuatro siglos. La seguridad de que Gabriela me amaba más que nunca; la dureza con que me trataba al propio tiempo; la carencia de una carta suya que me diese a probar la divina lisonja de aquel cariño; la prohibición que me impedía desahogar mi alma en su alma, expresándole mi agradecimiento, mi adoración y mis propósitos de consagrar toda mi vida a su felicidad; tantas esperanzas en el aire, sin el alimento de una palabra, de una mirada, de un signo cualquiera que las renovase continuamente, y el temor, que por lo mismo asaltábame a todas horas, de si Gabriela estaría perdiendo en aquel momento su fe en mí; de si estarían deslizando en sus oídos alguna calumnia a que diese crédito; de si, juzgándose engañada otra vez, habría resuelto profesar o estaría profesando en aquel instante...; todo esto, digo, convirtió mi pasión en angustia infinita y mortal zozobra, que no me dejaba punto de reposo. ¡Ningún hombre habrá padecido nunca los tormentos de amor que yo sufrí aquellos meses en mi destierro! ¡Ninguna mujer habrá sido nunca querida, venerada, idolatrada como Gabriela llegó a serlo entonces por mí! Y, en consecuencia de todo (me atrevo a decírselo a usted por vez primera), mi alma llegó a purificarse de todas las ruindades pasadas; comencé a ser bueno verdaderamente; conocí que merecía misericordia y hasta premio; creíme, en fin, digno de que Gabriela me diese la mano de esposa.

Tal era mi situación, cuando recibí un telegrama de Diego, que decía de este modo:

«Don Jaime llegará a Madrid dentro de quince días. Ven inmediatamente. Gabriela lo permite. Don Jaime lo desea. Yo lo mando.

DIEGO.»

Imagínese usted el inefable gozo de que esta parte llenaría mi alma, así como mi profundo agradecimiento a Diego.

«—*¡A él se lo debo todo!* —repetía yo a cada instante, llorando de regocijo ante la idea de estrecharlo entre mis brazos—. ¡Gabriela y Diego serán siempre dueños de mi corazón! Gabriela, porque en ella cifro la dicha, y Diego, por ser él quien me la da. Pero ¿qué no había hecho ya Diego por mí en este mundo? ¡Cuando yo estaba en lucha con la sociedad, púsose resueltamente a mi lado y derramó su sangre en mi defensa!... ¡Cuando una cruel enfermedad me llevó a las puertas del sepulcro, él me cuidó y me salvó la vida!... ¡Y hoy, en fin, que emprendo el camino del bien y que no aspiro a más felicidad que Gabriela, él se constituye en mi fiador, él hace que me perdone, él me une a ella para siempre! ¡Oh, Diego! ¡Diego! ¡Cómo podré yo demostrarte todo mi reconocimiento, todo mi cariño!»

Pensando de este modo (es decir, pensando más en Diego que en Gabriela, pues a Diego iba a verlo inmediatamente, y con Gabriela no esperaba avistarme hasta después que su padre llegara a Madrid), crucé como una exhalación la distancia que media entre las orillas de Támesis y las del Manzanares...

En la estación de Madrid me aguardaba Diego.

—¡Gabriela es tuya! —fue lo primero que me dijo al abrazarme.

—¿Cómo está Gregoria? —le pregunté yo galantemente y como posponiendo mi dicha a su dicha.

—Esperándote en casa... —me respondió con agradecido rostro.

—¡Vamos allá! —repuse, abrazándolo repetidas veces—. ¿Y

233

tú?, ¿cómo estás, Diego mío? —añadí después, reparando en que sus manos y su frente ardían—. ¿Eres tan feliz como esperabas?

—Soy todo lo feliz que se puede ser... —me contestó tristemente.

—¿Qué te pasa? —repliqué lleno de espanto—. ¿Qué te pasa, Diego de mi vida?

—Lo de siempre... Mi salud, que no es buena... ¡El hígado me come!

En efecto: estaba verde, flaco y calenturiento como en los peores accesos de su ictericia.

—Pero, en fin, ¿Gregoria? —murmuré.

—¡Es una santa..., es una mártir..., es una heroína, cuando me soporta! Pero ¡ay!, no sé por qué, estoy más triste y melancólico que nunca... Ella hace lo que no es decible a fin de distraerme; me obliga a salir y entrar; me lleva a visitas y a los teatros; me acaricia o me reprende como a un niño... ¡Todo inútil! ¡He vuelto a cobrar aversión al género humano, y a recelar y desconfiar de todo el mundo!...

—¡Tonterías! —exclamé—. Ya te curaremos entre Gregoria y yo.

—¡Oh, sí! ¡Me haces mucha falta! Tú alegrarás mi espíritu enfermo... Tú me curarás, a fin de que no me muera ahora que puedo ser feliz. ¡Amo tanto a Gregoria, que me horroriza la idea de dejarla, de irme al otro mundo sin ella!... Pero basta de mis cuitas, y hablemos un poco de tu felicidad. Ya te he dicho que Gabriela es tuya...

—¡Diego de mi alma!

—¡Ni una palabra más! ¡No te lo digo para que me lo agradezcas, sino para que te alegres y me alegres a mí! Tengo carta de don Jaime, en que me anuncia que dentro de diez días estará entre nosotros. Ahora bien: yo consideré desde luego que en lugar de esperarte él en Madrid, te tocaba a ti esperarlo a él: se lo consulté a Gabriela, y convino conmigo en que debía llamarte inmediatamente. «Queda, pues, prejuzgado —le dije— que se casará usted con Fabián...» Ella se puso colorada como una amapola, y me respondió. «Perdone usted que no conteste a esa pregunta hasta que me la haga mi propio padre.» Y, al hablar así, me dirigió la primera sonrisa que he visto dibujarse en su divina boca... ¡Yo te regalo esa sonrisa como una joya de inapreciable valor!

Departiendo de esta manera llegamos a casa de Diego, en tanto que mis criados transportaban el equipaje a mi propia casa.

No sin inquietud subí las escaleras de la morada de mi amigo, recordando la impresión hostil y como de susto que me causó el retrato de su hermosa mujer... «¡Dios mío! —iba yo diciéndome—. ¡Que congeniemos Gregoria y yo! ¡Que nos seamos mutuamente agradables! ¡Que pueda yo vivir como entre hermanos con ella y su marido! ¡Estoy fatigado de luchas!... ¡Estoy necesitado de paz!...»

Diego, entretanto, cual si adivinara mis pensamientos, me decía por su parte, subiendo delante de mí con impaciencia vertiginosa:

—¡Vamos a ver qué tal te parece mi media naranja! ¡Vamos a ver si apruebas mi elección! ¡Espero que no quedarás disgustado!

¡Fatal estrella mía! ¡La mujer de Diego me desagradó profundamente! No bien la vi, experimenté la misma aversión y miedo que me produjo su retrato. No bien la oí hablar, conocí que la Naturaleza y nuestra respectiva educación habían puesto mil abismos entre nosotros, y que, por consecuencia, jamás lograríamos entendernos.

Gregoria era, en efecto, como me lo dejó presentir su fotografía, el tipo de la mujer presuntuosa, afectada, dominante; una buena moza muy vulgar, infatuada con una virtud más vulgar todavía: una marisabidilla de pueblo, echándola de madrileña culta y elegante; una necia, propensa al drama, rebosando suficiencia a cada paso, y que parecía provocar a todo el mundo a competir con su honradez, con su hermosura y con su ingenio; era, en fin, el tipo de la *mujer fuerte*[98], no de índole, sino de profesión y mala fe, y además otra cosa que sólo puede definirse en un vocablo provincial, cuyo significado no sé si usted conoce...

---

[98] Aunque la expresión recuerde el capítulo bíblico del *Libro de los Proverbios*, inmediatamente Fabián corrige para darle uno de los sentidos con que en el Diccionario de la Real Academia aparece la palabra *fuerte:* «temeroso, de mala condición y de duro genio».

—Estoy al cabo de todo... —pronunció el jesuita, sonriéndose—. Quiere usted decirme que era *cursi*.

—¡Justamente!

—La Academia Española ha prohijado ya la palabrilla... —continuó el padre Manrique—, y la incluirá en su próximo Diccionario, como muy expresiva y generalizada*. Por lo demás, desde que me leyó usted las cartas de Diego relativas a Gregoria, había yo adivinado (perdónemelo Dios) que lo de *cursi* le venía como de molde[99].

—¡Oh! ¡sí! —replicó Fabián—. ¡Era *cursi* en todos los conceptos: *cursi* su virtud, *cursi* su hermosura, *cursi* su pretendida elegancia, *cursi* su lenguaje, *cursi* cuanto hallé en su vivienda! ¡Era la más ridícula falsificación que pueda imaginarse de todo lo culto, elevado y noble, y mi pobre Diego, que no conocía sino de oídas las verdaderas grandezas sociales, había tomado por de buena ley aquella moneda falsa, y estaba orgullosísimo de su adquisición!

—¡Aquí tienes a Fabián! —exclamó el desgraciado—. ¡Ahí tienes a Gregoria!

Y, hablando así, me impelió hacia ella como si deseara que la abrazara.

Gregoria retrocedió un paso en actitud de defensa, aunque tendiéndome al mismo tiempo la mano.

—Celebro el honor, señor conde... —dijo teatralmente, cual si lo más importante en aquel momento fuese mi título de nobleza.

—¡Qué *conde*, ni qué diablos! —prorrumpió Diego—. Llámale *Fabián*...

—Señora... —había yo contestado maquinalmente.

—¡Vaya! ¡vaya! —continuó Diego—. ¡Esto no es lo convenido! ¡Fuera cumplimientos! ¡Aquí no hay condes ni señoras, sino hermanos para el resto de la vida! ¡Debéis tutearos!...

Yo me sonreí galantemente, estrechando la mano de Gregoria.

---

* *Nota del Autor:* En efecto, el Diccionario de 1869 le dio carta de naturaleza.

[99] Efectivamente, desde 1869, como señala el propio Alarcón, la palabra figura en el Diccionario de la Real Academia con este significado: «dícese de la persona que presume de fina y elegante sin serlo.»

—¡Qué cosas tienes, hombre! —le dijo ésta a Diego con cierto desdén—. Es demasiado pronto... ¿Verdad, usted, amigo mío?

Yo me incliné afectuosísimamente, sin saber contestar... y por sustraer un instante mi rostro a la inquisidora mirada de Diego.

—Conque ¡vamos a ver!... —me preguntó entonces el cuitado—. ¿Qué te parece mi costilla? ¡Con franqueza!...

—Es muy hermosa... —respondí acaloradamente, de miedo a no responder nada.

—¿Qué ha de decir el señor? —adujo Gregoria con engreimiento—. ¡Te has propuesto sin duda sofocarme delante de él ofreciéndome a sus ojos como una de esas mujeres que gustan de galanterías! Yo, señor conde, no soy hermosa; pero me alegraría de parecérselo a mi marido.

—¿Eh? ¿qué tal? —exclamó Diego, entusiasmado, aunque mostrando todavía inquietud acerca del efecto que me estaría causando su esposa.

—Tiene mucho talento... —contesté.

Gregoria resplandeció de orgullo. Diego me abrazó.

La escena era en la sala principal, iluminada *a giorno* como toda la casa[100].

Una criada, fea y de alguna edad, con traje lugareño, estaba asomada a la puerta, oyendo la conversación.

Serían las ocho de la noche.

—¡Tomará usted algo!... —dijo Gregoria, sentándose en el sofá—. ¿Quiere usted un refresco? ¡Con toda confianza!... ¡Ínstale tú, hombre! ¡Jesús, qué pavo eres!

—Desearía un vaso de agua... —respondí yo.

—Pero ¿qué? —observó Diego—. ¿No vas a comer con nosotros?

---

[100] Obsérvese la tendencia alarconiana a concebir los espacios novelescos, e incluso la estructura de la obra, desde un punto de vista dramático. Por ejemplo, para la estructura dramática de *El sombrero de tres picos, víd.* el estudio de Oldřích Bělíč, en *Análisis de textos hispanos,* Madrid, Prensa Española, 1972, págs. 159-185; el propio Alarcón califica su novela *El Niño de la Bola* como «drama romántico de chaqueta». *(Obras completas, op. cit.,* pág. 614.) Aquí, la iluminación *a giorno,* término utilizado en la tramoya teatral, significa «producir un resplandor comparable a la luz del día».

—¿Qué dices? ¿El señor no ha comido? —exclamó Gregoria con un terror indescriptible.

—Comí hace dos horas en El Escorial... —me apresuré a decir, mintiendo piadosamente.

—Pues lo que es mañana... ¿no es verdad, Diego?..., come usted con nosotros.

—No faltaré de manera alguna.

—A las seis —tartamudeó Diego con voz sorda.

El pobre estaba humillado por la imprevisión de su mujer, comprendiendo, como yo, que no había dispuesto para aquella noche una comida *presentable,* y que por eso no me *instaba,* como le hubiera convenido a mi pobre estómago, ya que no a mis crispados nervios[101]...

La criada me alargaba entretanto un vaso de agua en un plato como cualquier otro.

—Francisca, te dije esta tarde... —murmuró Gregoria hecha un basilisco— que al señor se le traía el agua en la bandeja de plata... Perdóne usted, Fabián...

—Señorita... —respondió la criada—; no estaba puesta la llave del armario de las cosas finas... ¡Conque éste es el señorito Fabián! —añadió luego—. ¡Bien se le conoce en la cara lo muy travieso que, según dicen ustedes, ha sido! ¡Tiene unos ojos... que ya!... ¿Cómo está la señorita Gabriela?

—¡Ya ves que aquí te quieren hasta los gatos de la casa! —profirió Diego—. ¡Charlamos tanto de ti!...

Yo me ahogaba.

—¡Pues es verdad! —dijo Gregoria, hablando a voces y con destemplado acento, que era otra de sus habilidades—. ¡Todavía no le he preguntado a usted por Gabriela! ¡Bien que usted no tendrá más noticias que las que le haya dado éste!... ¡Quiera Dios que no sea usted también *travieso* con esa pobre chica.

---

[101] Ésta y las situaciones siguientes pueden relacionarse con los numerosos *cuadros de costumbres* que se escriben en el siglo XIX denunciando los comportamientos ridículos a que llegan ciertos miembros de la burguesía que han alcanzado, casi de repente, un nivel económico elevado. El ejemplo más significativo es *El castellano viejo,* de Larra. Para la relación de Alarcón con el costumbrismo, *vid.* José Fernández Montesinos, *Costumbrismo y novela, op. cit.*

—¡No lo será! —exclamó Diego—. Fabián es ya otro hombre, y, además, me ha jurado portarse bien...

—¡Hum! —gruñó la criada.

No pude más, y me levanté para irme, bien que disimulando mi disgusto bajo una ruidosa carcajada, seguida de estas mentirosas declaraciones:

—Aunque yo fuera todavía malo, el cuadro de felicidad doméstica que tengo ante la vista; la dulce confianza que aquí reina; la honradez que respiran hasta las frases de esta afectuosa criada; las nunca por mí probadas delicias que acabo de adivinar entre ustedes, y, sobre todo, Diego, la severa virtud y elevado carácter de tu noble mujer, me servirían de edificación, ejemplo y estímulo para ser un modelo de esposos y darle tanta dicha a Gabriela como a ti te da mi nueva hermana Gregoria.

Diego lloró de júbilo al oírme hablar así, y me abrazó tiernísimamente... Lloró también la criada, y hasta mostró intenciones de recompensarme con otro abrazo. Sólo Gregoria se quedó estupefacta, como si acabara de perder una apuesta o de ser cogida en sus propias redes.

—¡Veremos! —dijo por último con aire de incredulidad—. ¡Condición y figura!

—Adiós..., adiós... —exclamé interrumpiéndola y fingiendo nuevas sonrisas—. ¡Hasta mañana! ¡Mil enhorabuenas, Diego! ¡Mil enhorabuenas! ¡Tienes una mujer admirable!

Y, sin dejar espacio a ninguna otra réplica, salí de aquella casa, murmurando en lo profundo de mi corazón:

—¡Pobre Diego! ¡Y pobre de mí, que tendré que volver a hablar muchas veces con su virtuosísima y abominable esposa!

*

—¡Padre! Perdóneme usted este desahogo... ¡Si usted no pudiese mostrarse bajo otro aspecto que el que me ofreció Gregoria, yo proclamaría a la faz del cielo y de la tierra que el vicio es mucho más afable, digno y generoso. Afortunadamente, la virtud se personifica también en seres tan dulces, tan atractivos, tan adorables como usted y como Gabriela, a cuyo lado no concibe uno otra felicidad que la de llegar a ser bueno y la de merecer entretanto sus indulgentes simpatías.

—¡Siempre seductor! —respondió el padre Manrique—. ¡Indudablemente es usted un hombre muy peligroso!... Pero yo procuraré no dejarme inducir a engaño por esos *distingos* acerca de la virtud, y seré inflexible cuando llegue el momento de fallar este largo y complicado proceso de su vida de usted.

—Ya está terminando... —respondió Fabián—. ¡Y justicia pido de aquí en adelante, que no misericordia!

V

El padre de Gabriela

Al día siguiente fue Diego a almorzar conmigo después de haber estado en el convento y conferenciado largamente con Gabriela acerca de mi llegada a Madrid, y del saludable cambio que se advertía en mis ideas y sentimientos.

La noble joven lo había oído con inmenso júbilo y sin esforzarse ya por disimular el amor que me profesaba; pero había insistido en que era necesario que me abtuviese de intentar verla y de acercarme al convento hasta que su padre llegase de Aragón.

«—Dígale usted —había manifestado por último— que quedo dando gracias a Dios por haber escuchado mis oraciones y tenido piedad de un alma que siempre me fue tan querida. Dígale usted que no me considere como el *término* de sus esperanzas y anhelos de ventura, sino como una *compañera de destierro* que se complacerá en llevarlo de la mano, al través de este valle de lágrimas, a la verdadera felicidad, que es Dios. Dígale usted, en fin, que a pesar de todo el amor que le tengo, y aun después de casarme con él (suponiendo que el cielo así lo disponga), siempre me conceptuaré sierva de Dios antes que esposa suya, y que, si se me pusiese a optar entre uno y otro deber, preferiré servir a mi Eterno Padre.»

—Dile cuando la veas... —respondí con tanto fervor como mansedumbre—, que acepto sus condiciones; que, ayudado de ella, me atrevo a responder de mí, y que dejo a su misericordia el no privarme ya mucho tiempo de su dulce compañía. ¡Dile que estoy muy solo en esta triste vida!

Diego me miró profundamente, y exclamó:

—¡Yo mismo te desconozco y te creo! ¡Diga lo que quiera Gregoria, tu curación ha sido radical!

Traída a colación Gregoria tan fuera de tiempo, ya no se volvió a hablar de Gabriela. Eran dos conversaciones incompatibles. Eran dos figuras que se proscribían mutuamente.

Habló, pues, Diego de su mujer con aquel febril entusiasmo que él acostumbraba, y que parecía hijo de una duda propia o refutación anticipada de temidas objeciones ajenas...

—¡Qué feliz me has hecho anoche! —díjome, resumiendo—. El agrado y la admiración que te produjo Gregoria, y de que diste tan claras muestras, duplicó a mis ojos su mérito y aumentó en la misma proporción mi felicidad... ¡Parecíame que anoche era cuando verdaderamente me casaba!

—¿Y ella? ¿qué dice? —le pregunté con afectada cordialidad.

—Ella cavila todavía... ¡Ya se ve! ¡No te conoce tanto como yo; y, por otra parte, recuerda con inquietud todo lo que le tengo contado de tu descontentadizo gusto en punto a belleza física y de tus antiguas herejías respecto de la perfección moral! Así es que esta mañana me decía con una franqueza de ángel!: «¡Es muy difícil que Fabián no desprecie a una pobre mujer de bien como yo!... Además, tu amigo no podrá perdonarme nunca el que le haya robado parte de tu alma. De todo lo cual... deduzco que tardará mucho tiempo en llegar a transigir conmigo, si ya no es que se dedica o contribuye indeliberadamente a hacerme desmerecer en tu concepto.» ¡Figúrete lo que le habré respondido! En resumen: la he dejado mucho más tranquila, y esta tarde quedarán ratificadas vuestras amistades. ¡Es tan buena!... Desde anoche no piensa más que en la comida de hoy, a fin de que todo esté en regla y no eches de menos la mesa de los Grandes de España ni los *restaurants* de París y Londres... ¡Va a tirar la casa por la ventana!

Paso por alto la descripción de esta malhadada comida, ridículamente aparatosa, en que hubo de todo menos cordialidad y regocijo, por más que los tres aparentásemos estar contentos... Omito las duras reprimendas de Gregoria a la criada, cada vez que ésta delinquía, a juicio de aquélla, contra las reglas de la buena sociedad en el modo de servir la mesa, de presentar los platos o de nombrar las cosas que habían llevado de la fonda y que la pobre Francisca nunca había visto[102]... Tampoco haré mención de las mil impertinentes interpelaciones y excusas que me dirigió la mujer de mi amigo para demostrarme que sabía anticiparse a críticas y censuras que maldito si a mí se me estaban ocurriendo, o para hacerme creer que ella no envidiaba nada de lo que no había en su casa, ni tenía que aprender cosa alguna de los aristócratas más elegantes, ni se creía inferior a mí en buen gusto, ni a Gabriela en virtud, ni a Carlo Magno en majestad, ni a Sócrates en sabiduría. ¡Sólo a fuerza de fingida humildad, de cortés indulgencia, de estrepitosos aplausos y de risas de aprobación conseguí evitar más de una peligrosísima polémica, impidiendo al propio tiempo que Diego notase lo muy mortificado que yo me hallaba y lo desagradabilísima que me iba siendo su esposa!

Así y todo, mi amigo, aunque sin darse cuenta de la causa, sentíase mal, en medio de la satisfacción que le proporcionaban mis constantes elogios a su mujer, y no bien terminó la comida, me propuso que saliésemos un rato a vagar por las calles, según nuestra antigua costumbre, y a respirar el aire de la noche. Vine yo en ello sin resistencia alguna, lo cual no le supo muy bien a Gregoria, por más que intentase disimular su despecho, y un momento después la dejamos sola y defraudada en aquel teatro de sus recientes triunfos..., ¡demasiado fáciles y breves para que pudieran lisonjear su desmedido amor propio!

Dicho se está que, tan luego como nos vimos solos, se restableció la confianza, o sea la comunicación, entre Diego y yo, y tornamos a probar la alegría y la dulzura de nuestras antiguas pláticas; y tanto fue así, que no nos separamos hasta la una de la noche, hora en que mi amigo tomó la vuelta de su casa, más prendado de mí que nunca, y no sin decirme reiteradamente al tiempo de despedirse:

—¡Que nos veamos mucho, Fabián! Estoy enfermo del

---

[102] Pueden verse aquí las resonancias de *El castellano viejo*, de Larra *(vid.* nota anterior). Llama la atención, incluso, la coincidencia en la forma de presentar estas situaciones: «No quiero hablar de...»; «...déjome en blanco los...»; «no hablo del...»; etc., son fórmulas utilizadas por Larra, *(vid.* Mariano José de Larra, *Artículos de costumbres*, Barcelona, Bruguera, 1972, pág. 166).

cuerpo y del alma, y te necesito. ¡No me abandones, no!... Me he acostumbrado a creer que me perteneces como el hijo a su padre, como el esclavo a su señor; y prefiero morir, o matarte, a consentir que te emancipes y me dejes solo...

¡Y mientras pronunciaba estas atroces palabras, el cuitado se sonreía, como para atenuar su gravedad e inducirme a reconocer tan pavorosa deuda!

. . . .

Pasó una semana, durante la cual no volví a casa de Diego, bien que Diego fuese diariamente a la mía. La necesidad de hacer algunas visitas oficiales en mi calidad de secretario de Legación, y el arreglo de mi casa y de mis negocios, abandonados durante tan larga ausencia, explicaban y disculpaban suficientemente mi conducta a los ojos de Diego; pero la verdadera razón de mi retraimiento era la profunda antipatía que me causaba su mujer, antipatía que iba ya rayando en odio.

Así las cosas, llegó a Madrid don Jaime de la Guardia[103].

Diego y yo salimos a esperarlo. El noble viajero nos abrazó a los dos cordialísimamente, y, tanto aquel generoso arranque de benévola confianza como su hidalga, hermosa y respetable figura, me cautivaron y subyugaron desde luego.

Personifique usted en un hombre como de cincuenta y cinco años, muy arrogante y fuerte todavía, la gentileza y sencilla majestad de Gabriela, y formará juicio del caballero aragonés. Sus ingenuos ojos y puras facciones recordáronme mucho la belleza de mi adorada, cuyo clásico rostro me parecía contemplar, no ya modelado en suave cera, sino esculpido en bronce y algo agigantado[104]...

¡Por lo demás, no pude menos de sentir amarguísimos remordimientos al verme abrazado con tan confiada efusión por

---

[103] Que aparezca el nombre de don Jaime de la Guardia, con su apellido correspondiente, llama la atención, si tenemos en cuenta el cuidado con que el narrador lo ha omitido antes al referirse a su hermano el general. *Víd.* notas 38 y 84.

[104] La comparación de los personajes, sobre todo los femeninos, con esculturas es abundante en Alarcón. Así, por ejemplo, en *El sombrero de tres picos (Obras completas, op. cit.,* pág. 447): «Es una estatua de la antigüedad helénica», observa un personaje al referirse a la señá Frasquita; en *El Niño de la Bola,* Soledad o la Dolorosa «no pertenecía a la raza de las estatuas griegas. Su hermosura tenía

un hermano del digno general cuyas canas había yo mancillado inicuamente!

—Gabriela me ha prohibido —díjome don Jaime, del modo más afectuoso— tratarle a usted *como a un yerno,* o sea como a hijo de mi alma, hasta que ella me consulte no sé qué cavilosidad o escrúpulo de monja..., ¡que luego resultará la nada entre dos platos! Y como Gabriela es la dulce tirana que nos gobierna a todos, no tengo más remedio que obedecer sumisamente... Hasta la noche, pues, *amigo mío...* Hágase usted cuenta de que no nos hemos abrazado todavía.

Y, así hablando y abrazándome nuevamente, se marchó con dirección al convento.

Yo le dije entonces a Diego, lleno de angustias:

—¿Irá a referirle Gabriela a su padre mis amores con la Generala?

—¡De manera alguna! —me respondió mi confidente—. Ya te he dicho que entre la abadesa y el confesor de la joven y yo hemos convenido en la fórmula con que se ha de resolver tan espinoso caso de conciencia. Gabriela le preguntará hoy a su padre: «¿Perdona usted a Fabián incondicionalmente todas sus pasadas culpas? Por enormes que éstas sean, y por mucho dolor y repugnancia que a usted le causen las que con el tiempo pueden llegar a su noticia, ¿no se arrepentirá usted nunca de haberlo perdonado, como yo lo perdono?» Hablando así, Gabriela no escandalizará ni afligirá el ánimo de su padre; no fomentará tampoco tu difamación y la de Matilde (lo cual sería un pecado mortal), ni menos podrá ser acusada en tiempo alguno de haber desconocido que don Jaime de la Guardia tenía algo que perdonar a Fabián Conde antes de llamarlo su hijo...

*

—¿Y Gabriela aceptó semejante *expediente?*[105] —prorrumpió el jesuita con inusitada violencia.

—Sí, señor.

—¡La desconozco!... ¡Perdóneme Dios si no estoy en lo jus-

---

más de gótica que de pagana...» *(Obras completas, op. cit.,* pág. 675); y, en *La Pródiga,* al describir el aspecto físico de Julia, expone: «Figuraos a la Venus de Milo no de piedra, sino de carne.» *(Obras completas, op. cit.,* pág. 751.)

[105] *expediente,* procedimiento que se emplea para resolver una dificultad.

to; pero estimo que Diego, la madre abadesa y el mismo confesor aconsejaron a la joven una mala cosa! Si no hubiese Gabriela de aprovechar en beneficio de su amor el perdón que, por medio de reticencias, le pedía a su digno padre, en buen hora le ocultara que usted había contribuido al deshonor de un individuo de su familia... Mas aquella liga de egoísmo y de caridad, de interés y de abnegación, constituye un verdadero fraude a los ojos de la conciencia, y, por consiguiente, a los del Supremo Juez que está en los cielos... ¡Mucho ama Gabriela a usted cuando su luminoso espíritu de santa no reparó en esta sombra de pecado!

—¡Pobre Gabriela! —gimió Fabián.

Y, viendo que el padre Manrique no añadía cosa alguna, sino que meneaba la cabeza de arriba a abajo y apretaba la boca, como quien, lleno de dolor y asombro, toma la resolución de no hablar, continuó diciendo por su parte:

*

—Aquella noche fui a ver a don Jaime en compañía de Diego.

El noble aragonés me recibió en sus brazos, exclamando con aquella sana alegría que me recordaba la niñez de Gabriela.

—¡Vamos..., hombre! ¡Pídame usted la mano de la muchacha!

—¡Padre de mi vida! —le contesté.

Y rompí a llorar como lloro ahora... ¡Huérfano y solo durante tantos años, era aquélla la primera vez desde que murió mi madre, que encontraba el dulce amparo de la familia y la augusta sombra de la autoridad paternal!

—Desde mañana... —continuó don Jaime, cuando hubo dominado la muda emoción que le produjo mi llanto—, desde mañana empezaremos a arreglar los papeles y dentro de un mes se verificará el casamiento. No puedo dedicar a ustedes ni un día más. Hago mucha falta en mi casa; sin contar con que este pícaro Madrid no me ha gustado nunca.

Poco más referiré a usted de lo mucho que hablamos aquella inolvidable noche, la única de mi vida que me he considerado verdaderamente feliz... ¡Ardo ya en deseos de terminar, y marcho derecho al desenlace de todas las historias referidas!

Diego y yo cominos con don Jaime en su fonda, pues fueron inútiles todas mis súplicas de que se hospedase en mi casa...

—Te hablaré *de tú*, si quieres, desde ahora mismo... —me respondió con sigular donaire—; pero déjame aquí a mis anchas...

Y, como yo insistiese en mi ruego, puso fin al asunto con estas inapelables palabras:

—¡No te canses! ¡He dicho *que no*, y soy aragonés![106]. Lo que sí te pido es que vengas a verme todos los días y a todas horas..., para luego hablarle mucho de ti a mi mujer, que me abrumará a preguntas...

—Pues en ese caso... —exclamó Diego, cuyo semblante y tono de voz expresaban hacía ya rato algo muy parecido a celos, o a la envidia que siente un niño hacia el nuevo hermano que viene a robarle caricias paternas—; en ese caso, yo, que ahora no les hago a ustedes falta alguna en Madrid, me marcharé mañana a Torrejón, donde tengo que arreglar algunos negocios. *Dentro de dos domingos estaré de vuelta.*

«El domingo que viene estaré de vuelta», entendí yo... Pero, según me han explicado después, su frase fue la que he dicho anteriormente.

El día en que ocurría aquella conversación era también domingo... Y especifico estas cosas por la funestísima importancia que les ha dado luego la fatalidad[107]...

—Va usted a saber —dije a don Jaime, en lugar de responderle a Diego— la causa del viaje de nuestro amigo...

—¡Cuidado con lo que hablas! —prorrumpió el hipocondriaco, temiendo que hubiese yo traslucido y fuera a revelar lo que su pobre corazón sentía.

—Este modelo de amigos generosos... —proseguí, sin ha-

---

[106] De nuevo aparecen los tópicos aragoneses, ya empleados en la descripción de Gabriela. *Vid.* nota 78.

[107] Alarcón es consciente de la dificultad que puede representar la estructura de *El escándalo* en estos seis primeros libros; por eso, unas veces recuerda los hechos contados con anterioridad, y otras, como aquí, anuncia episodios por venir, para mantener el interés.

247

cerle caso— va a Torrejón de Ardoz a vender ganado y trigo, a fin de reunir dinero y desempeñar espléndidamente su papel de padrino de mi boda. Porque.... ¡ya se ve!..., como es un señor casado, no puede meter la mano en mi caja... ni dejar de hacerme ciertos regalos. ¿No es así, mi buen Diego? ¡Con franqueza!

Diego se echó a reír cariñosamente, y me estrechó la mano como pidiéndome perdón.

—No digo mi hacienda... —exclamó al mismo tiempo—: ¡toda mi sangre daría por tu felicidad!

—¿Lo está usted viendo? —repuse yo—. ¡Siempre ha sido así!...

—¡Qué! ¿Te parezco mal? —replicó, volviendo a nublarse.

—¡No, hombre, no!... ¡Al contrario! Te permito que te arruines... ¡Haz cuanto quieras por mí!... Todo le parecerá poco a mi cariño... —le contesté acariciándolo.

Don Jaime tendió también la mano a Diego en muestra de gratitud, y le dijo:

—Espero que a su regreso de Torrejón tendrá usted la bondad de llevarme a su casa y presentarme a su señora. Deseo mucho conocerla y tratarla.

—Será un honor muy grande para ella —contestó Diego, recobrando por completo la alegría.

Y se puso a tararear y a dar vueltas por el cuarto como un chico que se desenoja de repente.

—Ya había yo conocido cuando estuvo en Aragón —díjome entonces al oído el buen don Jaime— que este hombre era muy hipocondriaco. ¡Todo cuidado es poco para tratar con él... De la hipocondria a la locura no hay más que un paso.

Tales fueron, en resumen, los incidentes más notables de aquella conversación.

Por lo demás, y para colmo de ventura, al llegar a mi casa me encontré con esta carta de Gabriela:

«Fabián:

»Mi padre te ha perdonado todo el mal que *puedes haber hecho en el mundo hasta contra su propia persona.*

»Yo... ¡no tengo que decirte cuánto te amo.

»Sin embargo, no vengas a verme hasta el día de nuestro casamiento... No me escribas tampoco... Déjame a solas con Dios todo el tiempo que aún he de permanecer en esta santa casa. Yo no debo entenderme contigo hasta el instante en que, a la vista de esta comunidad de hermanas mías, en la propia iglesia de este convento, al pie del altar, mi padre y Diego te presenten a mí, para que mi confesor bendiga nuestro enlace, declarando en nombre de Dios que es tu esposa,

GABRIELA.»

¿A qué misterioso presentimiento, a qué seráfica intuición obedecía ese singular empeño de mi adorada de no verme ni oírme hasta el instante mismo de la celebración de nuestro matrimonio? ¿Adivinaba que éste no se celebraría nunca? ¿Sospechaba todo lo que ha llegado a suceder? ¿O procedía tan sólo por un resto de terquedad y rencor, acordándose todavía del cruel desengaño que recibió aquella tarde infausta en que me llamó *suyo* junto a las rejas de los jazmines?

¡No sé!... Lo único que veo ahora es que en aquello, como en todo, Gabriela procedía con maravilloso instinto... ¡Dijérase que olfateaba la tempestad que no tardó en rugir sobre nosotros, y que ya ha tronchado todas las flores de mis esperanzas!

A la mañana siguiente se marchó Diego, según que nos había anunciado. ¡Marchóse, sí, tan cariñoso conmigo como siempre, y completamente seguro, a mi juicio, del amor fraternal y de la inextinguible gratitud que le profesaba mi alma!... ¡Sin embargo (¡ah!, ¡esto es espantoso!), aquí da fin la historia de nuestra amistad; y cuando, dentro de poco, vuelva a aparecer en escena aquel desgraciado, ya no verá usted en él al tierno y solícito camarada de mi vida, sino al arcángel exterminador encargado de darme la muerte! [108].

---

[108] Otro anticipo de la acción novelesca. El Arcángel exterminador hace referencia al pasaje bíblico *(Éxodo*, 12) en el que se narra la muerte de los primogénitos egipcios, como medio de obligar al Faraón a dejar marchar a los israelitas.

VI

Eva

La catástrofe que me abruma se originó de una manera muy casual y prosaica, o sea por resultas de vulgarísimos accidentes. Verdad es que la pólvora estaba ya enterrada, a lo que vi luego, y que sólo faltaba leve chispa de lumbre para que sobreviniera el terremoto.

Sabe usted que desde la tarde de la célebre comida en casa de Diego, en que tan mal lo pasamos todos, no había yo vuelto a ver a Gregoria. Podrá decirse que la amistad y la cortesía me aconsejaban más que nunca no dejar de visitarla durante la ausencia de su marido; pero otras atenciones, menos desagradables para mí que el trato de aquella mujer, me hicieron diferir la visita hasta que, suponiendo ya de regreso a mi amigo, extrañé que éste no hubiera ido a verme, según su costumbre.

Partiendo, pues, del error de que al irse nos había dicho «el domingo que viene estaré de vuelta», me encaminé a su casa el primer domingo siguiente al día de su marcha, no dudando de que ya estaría en Madrid, y temeroso de que hubiese llegado enfermo o de que se hallase enojado conmigo a causa de mi descortesía para con su esposa.

Serían las cuatro de la tarde cuando llamé, no sin hacer antes gran acopio de alegría y paciencia, a fin de que mi tercera entrevista con Gregoria diese mejor resultado que las dos anteriores...

—¿Qué pasa por aquí? —principié a gritar con *deliberado* júbilo, no bien me abrió la puerta la criada—. ¡Hola, familia!

250

¡Muy buenas tardes! ¡Aquí hay un peregrino que pide hospitalidad por ocho horas! ¡Aquí hay un desertor que viene a quedarse a comer, a hablar hasta por los codos y a echar un sueño en una butaca; a descansar, en fin, después de seis días de ímprobos trabajos!

A estas voces acudió Gregoria, muy grave y circunspecta, y me dijo:

—¡Ah! ¿Es usted, señor conde? ¡Dichosos los ojos que lo ven a usted!

—Perdóneme usted, mi querida Gregoria... —le respondí, sin dejar el tono de chanza—. Confieso que me he portado infamemente con usted; pero, en cambio, hoy vengo decidido a estarme aquí hasta las doce de la noche. ¡Digo..., porque supongo que me darán ustedes bien de comer!...

—No tengo inconveniente. Usted viene a su casa.

—Es usted muy fina..., ¡demasiado fina! Pero... ¡vamos a ver! ¿Dónde está nuestro viajero, que no sale a recibirme?

—¿Pregunta usted por Diego? ¿Pues no sabe usted que se marchó a Torrejón?

—¡Cómo!... ¿No ha regresado todavía? —pregunté estupefacto.

—¡Hágase usted de nuevas! —replicó Gregoria—. ¡Demasiado sabe usted que se despidió por quince días!

—Juro a usted que ignoraba... —murmuré, retrocediendo maquinalmente hacia la puerta.

—¡Oh! ¡No se vaya usted por eso! —añadió enfáticamente—. Diego me conoce..., y no llevará a mal el que su esposa reciba y atienda a usted como si él estuviera en Madrid. Ahora, si usted ve que ha de aburrirse demasiado no estando aquí su amigo...

—¡Gregoria! —respondí con ingenua efusión—. Mi mayor deseo es serle a usted agradable... ¡Oh, sí! ¡Bien sabe Dios cuánto me alegraría de que usted me quisiese tanto como Diego!

Mi enemiga palideció ligeramente al oír estas palabras, cual si hubiesen llegado a su conciencia.

Pero, reparando, sin duda, en que la criada estaba delante, se limitó a decir:

—Luego hablaremos. Pase usted... —y me señalaba la puerta del despacho de Diego—. Yo voy a dar algunas órdenes. Sígame, Francisca.

—¡Conque se queda usted a comer! —exclamó la sirvienta con estúpido regocijo—. ¡Me alegro! ¡Verá usted cómo hoy no me equivoco al servir las salsas!

Profundamente disgustado entré en el despacho de mi amigo, y púseme a discurrir qué me convendría más: si inventar un pretexto para ir enseguida a la calle, o si aprovechar aquella ocasión para captarme el afecto y la confianza de la que ya he calificado de enemiga mía. Haciendo lo primero, me exponía a irritarla más y más, confirmándola en su idea de que yo la despreciaba o la aborrecía. Haciendo lo segundo, corría el riesgo de pasar unas horas de aburrimiento y humillación, dado que no consiguiese desvanecer las prevenciones, sobrado justas, de Gregoria; pero, en cambio, si lograba engañarla respecto de mis sentimientos, o éstos mejoraban después de una explicación mutua, desaparecería la barrera que principiaba a alzarse entre Diego y yo. Opté, pues, por quedarme.

—Diego se alegrará mucho —dije entre mí— cuando venga, y vea que su mujer y yo somos ya verdaderos amigos...

Oí en esto que abrían y cerraban la puerta de la calle, y adiviné que era la criada que iba al mercado o a la fonda. Doliome ser tratado con tanto cumplido y dar ocasión a semejantes trastornos; por lo que, dejándome llevar de mi natural vehemencia, y creyendo inmejorable aquella coyuntura para entrar con Gregoria en un terreno de fraternal confianza salí del despacho gritando:

—¡Gregoria! ¡Gregoria! ¿Dónde está usted?

Y, divisándola en un cuarto de tocador que había frente al despacho —cuando yo la creía guisando en la cocina—, me acerqué allí atolondradamente, y le dije desde la puerta:

—¡Por lo visto, usted no quiere que seamos amigos!

Gregoria, que estaba polvoreándose de blanco el rostro, asaz moreno de suyo, y que se vio cogida *in fraganti* en aquella operación, se puso verde de ira, y exclamó escondiendo la acusadora borla:

—Señor conde, ¿qué significa esto? ¿Cómo entra usted aquí sin avisar? ¿Cree usted que está en casa de la Generala?

252

Yo me eché a reír por amor a la paz más que por otra cosa, y repliqué humildísimamente:

—Perdóneme usted la llaneza... Confieso que me he excedido... Pero creyendo observar que la criada salía a la calle, venía a decirle a usted...

—La criada ha salido, efectivamente... —interrumpió Gregoria con mayor enojo—. Mas no justifico que por eso, al ver que *estamos solos*, se crea usted autorizado...

¡Diome frío al oír esta repugnante advertencia! Me dominé empero, y respondí naturalísimamente:

—Vuelvo a decir que reconozco haber hecho mal... muy mal..., en tomarme la confianza de salir del despacho en busca de usted. Pero urgíame rogarle, como le ruego, que llame a la criada... ¡Para banquetes, basta con el del otro día, que por cierto fue magnífico!... Hoy quiero que me trate usted como de la familia, con entera franqueza, como a un hermano de Diego... Llame usted, pues, a Francisca, y que no traiga nada de la calle.

Gregoria se quedó muy cortada al oírme hablar así. Un destello, que me pareció de bondad, relució en sus ojos, y dijo soltando la borla:

—Dispénseme usted también el que me haya dejado llevar de mi genio... Amigo mío, los pobres no tenemos más capital que nuestro orgullo..., cuando tratamos con magnates como usted. Pasemos, pues, al despacho, ¡y pelillos a la mar! Usted comerá lo que le demos, y tendrá paciencia si nos arruina.

—¡Muy bien dicho! ¡Esto es hablar! ¡Así quiero que me trate usted! —exclamé realmente satisfecho al verme otra vez en terreno llano.

Y volví a abrigar la esperanza de que aquella tarde llegásemos Gregoria y yo a ser amigos, o algo menos que enemigos mortales.

De vuelta en el despacho, ocupé yo el sillón de Diego, y permanecí silencioso algunos minutos, comprendiendo que era muy arriesgado iniciar conversaciones con una mujer tan propensa al drama.

Ella se quedó de pie, dándome la espalda y haciendo como que repasaba los libros del estante.

—¡Cuántos volúmenes —exclamó de pronto, sin volver ha-

253

cia mí— podrían escribirse con las barrabasadas que ha hecho usted en este mundo!

—¡Desgraciadamente, es verdad! —respondí de muy mal humor, no sólo a causa de mi sincero arrepentimiento, sino porque me disgustaba aquel empeño de Gregoria de ver siempre en mí al antiguo libertino y no el leal amigo de su esposo, al fiel amante de Gabriela, al hombre recobrado de sus pasadas locuras.

—¡Qué tontas son las mujeres! —continuó—. ¡Y qué afortunado ha sido usted en no dar con ninguna que le siente la mano y que le haga ver que no todo el campo es orégano!

—¡Olvida usted que he encontrado a Gabriela! —interrumpí ceremoniosamente.

—¡Pobre Gabriela! ¡Enamorada de usted como las demás! Yo hablo de una mujer que hubiese sabido resistir a esa magia que, según cuenta el bobalicón de Diego, tiene usted para engañarnos... ¡Lo que es conmigo, hubiera usted perdido el pleito![109] ¡A mí no me gustan los conquistadores!

Yo me callé. ¿Qué habría de contestar a aquellas simplezas?

—¡Si por algo me he casado con Diego... —prosiguió diciendo la provinciana, sin cambiar de actitud y como si hablara con el estante—, ha sido por la modestia sublime con que el pobre se creía incapaz de atraer las miradas de ninguna mujer en que usted hubiese fijado las suyas! ¡Ah, cuánto mejor es Diego que usted! ¡Cuánto más digno de ser amado! Los hombres como usted no agradecen nada... ¡Creen merecérselo todo! Pero ¿qué es eso?, ¿se duerme usted? ¿O se figura que estoy diciendo disparates?...

Yo procuraba sonreírme, en tanto que hacía voto de no ir más a aquella casa sino en compañía de Diego. ¡Y esto las menos veces posible!...

Volvióse Gregoria hacia mí, y al verme tan afable y tranquilo (en apariencia), soltó una carcajada nerviosa, y dijo dulcificando su voz:

[109] Recuerdan estas palabras de Gregoria a las pronunciadas por una labriega en el capítulo IX de *El sombrero de tres picos,* cuando, hablando con su marido acerca de las pretensiones del Corregidor respecto a la señá Frasquita, dice: «...¡Ya se hubiera guardado, por más Corregidor que sea, de decirme los ojos tienes negros.» *(Obras completas,* pág. 451.)

—Hace usted bien en no incomodarse... ¡Todo ha sido broma! Me perdona usted otra vez, ¿no es verdad? ¡Oh!... ¡Yo necesitaba desahogarme de alguna manera! ¡Me ha tenido usted privada tanto tiempo de la dicha de ser esposa de Diego!... ¡Porque ello es que, hasta que usted le dio su venia, el pobre se guardó muy bien de pedir mi mano! No me lo niegue usted... ¡Lo sé todo!...; Diego no me calla nada! Conque, vamos... —añadió enseguida con mayor dulzura, echándose de codos sobre el bufete, a cuyo otro lado estaba sentado yo—. Dígame usted la verdad: al venir hoy acá, dispuesto a pasar la tarde y la noche bajo este humilde techo, ¿ignoraba usted que Diego seguía ausente?

Disgustáronme sobremanera su actitud y su pregunta. En sus ojos brillaba no sé qué de ironía diabólica, que me recordó al Yago de Shakespeare... ¡Hoy mismo no puedo discernir todavía qué maraña de víboras, no de ideas, bullía aquella tarde en la cabeza de Gregoria! Ello fue que consideré urgentísimo aclarar en el acto nuestra situación respectiva, y que empecé a decir con solemnidad:

—Cuando Diego se despidió de mí, pronunció estas palabras: *«Hasta el domingo que viene...»*

«—Hasta dentro de dos domingos...», fue lo que dijo a usted y a don Jaime. ¡Repito a usted que Diego me lo cuenta todo!... ¡Por cierto que ésta es la hora en que aún no tengo el gusto de conocer al tal don Jaime!...

—Pues, señor, entendería yo mal aquella frase de Diego... —repliqué fríamente—. No hay nada perdido...

—¡Absolutamente nada! —repuso ella, irguiéndose como la culebra cuando la pisan.

Y se puso de nuevo a mirar al armario.

—Digo que no hay nada perdido... —me apresuré a añadir en tono más afable—, porque el haber encontrado a usted sola me proporciona la ocasión de darle algunas quejas amistosas y ver si es posible que nos entendamos.

—¡Hola! —exclamó con blandura la hija de Eva, pero sin volverse hacia mí—. ¡Esas son palabras mayores!... Explíquese usted francamente.

—No deseo otra cosa hace muchos días. ¡Gregoria! —proseguí, dejándome llevar de la más noble emoción—. ¡Es usted

255

muy injusta conmigo!... Usted no puede imaginarse lo que yo quiero a Diego, ni lo que me intereso por usted y por su felicidad, a causa de ser la esposa del que considero como un hermano... ¡Yo quisiera hallar también en usted una dulce hermana, una confiada amiga..., y, mal que me pese, veo que me odia usted cada día más!...

Gregoria soltó la carcajada sin dejar de mirar al estante, acaso por no mirarme a mí.

—Yo no aborrezco a usted —replicó enseguida—. Lo que me pasa es que no me fío de su decantado arrepentimiento tanto como Diego y como Gabriela. *El que malas mañas ha, tarde o nunca las perderá*, dice el adagio... ¡Por eso creo que Diego debió pensarlo mejor antes de responderle a la pobre niña de que no le dará usted otro chasco como el pasado!... Pero, en fin, yo no pienso mezclarme en estas cosas, aunque sí le ruego a usted que, cuando vuelva a las andadas... (como volverá usted sin duda alguna), no arrastre en pos de sí a mi marido, no lo aparte de sus deberes, no le inspire odio hacia esta pobre mujer, a quien usted, acostumbrado a tratar marquesas, hallará no sé cuantos defectos, y a quien, por lo mismo, no profesa usted muy buena voluntad... ¿Cree usted que soy tonta y que no veo que Fabián Conde me tiene declarada la guerra a muerte?

—¡Al contrario, Gregoria! ¡Muy al contrario! —respondí con dolor—. Usted es quien abomina de mí desde que por primera vez oyó a Diego pronunciar mi nombre... Usted me ha mirado siempre como a un rival, como a un enemigo de su ventura, cuando precisamente es usted quien amarga y compromete la mía. Porque usted lo sabe: yo no puedo vivir sin Diego, y Diego es además mi fiador para con Gabriela... ¡Tiemblo al pensar en lo que sucedería si Diego, dando oídos a los consejos de usted, llegase a creer que, en efecto, hace mal en responderle de mí a mi prometida! ¡Gabriela me rechazaría tan luego como él retirase su fianza, y entonces... yo no sé lo que sería de mí! ¡Ah Gregoria! ¿Cuánto mejor es que los cuatro vivamos estrechamente unidos; que usted se acostumbre a mirarme sin temor ni recelo, y que procuremos entre todos devolver la salud y la alegría al pobre enfermo que nos ama tanto? ¡Gregoria!! Se lo suplico a usted en nombre de Gabriela: ¡Crea usted que yo soy bueno!, ¡crea usted en mis leales intenciones!, ¡crea en mi amistad! ¡Sea usted, en fin, generosa conmigo, y no me perjudique, por Dios, en el corazón de mi amigo Diego!

¡En mal hora pronuncié esta última frase! Gregoria se volvió hacia mí como una pantera herida, y principió a gritar desaforadamente:

—¡Caballero! ¡Usted me insulta! ¡Usted me maltrata! ¿Eso es decir que soy un estorbo entre usted y su antiguo camarada de libertinaje?...

—¡No he dicho tal cosa!... Repórtese usted...

—¡Ha dicho usted mucho más! ¡Ha dicho que yo le abomino..., que le detesto!... ¿Por qué, ni para qué? ¡Yo soy una mujer de mi casa y de mi marido, que no tiene que meterse en querer ni aborrecer a los demás hombres! ¡Yo no soy una mujer de esas que usted está acostumbrado a tratar. ¡Ah!, ¡yo le preguntaré a Diego si él cree también que soy incompatible con una amistad que, por lo visto, vale más que yo, y tomaré las determinaciones que hagan al caso! ¡Bien me lo decía mi madre! ¡Muchas, muchísimas veces me anunció que usted, cuando regresara de Londres, me disputaría el corazón de Diego! ¡Esto es una infamia! ¡Venir a insultarme aprovechándose de que estoy sola!

Así dijo aquella furia del Averno, y, por remate de su discurso, echóse a llorar amargamente.

Era para volverse loco.

Atropellé, pues, por todo género de temores, y cogiendo el sombrero, le dije con frialdad:

—También me explicaré yo con Diego cuando venga, y espero que sabrá hacerme cumplida justicia. Entretanto, señora, siento mucho haberla incomodado, y beso a usted los pies.

—¡Oh! ¡No lo digo por tanto!... Quédese usted... —replicó serenándose de pronto, y queriendo apoderarse de mi sombrero—. Mi intención no ha sido plantarle en la calle...

—Sin embargo, con el permiso de usted me marcho ahora mismo.

—¡No sé por qué!... Aquí no ha pasado nada... Digo más, creo que ni usted ni yo estamos en el caso de afligir a Diego contándole estas tonterías que nos hemos echado en cara a fin de desahogarnos y poder llegar a entendernos... Dice el refrán que los buenos amigos han de ser reñidos... Aquí está mi mano... ¿Quiere usted más?

—Gregoria, le agradezco a usted mucho esas palabras... —respondí, alargándole también la mano—; pero déjeme usted ir.

—¡Hombre! ¡Coma usted aquí siquiera, ya que vino a eso! ¿Qué dirá, si no, Francisca cuando vuelva?

En esto sonó la campanilla.

Gregoria salió a abrir, y yo detrás de ella sin soltar el sombrero.

Era la criada, seguida de un mozo de fonda.

—Conque, señora, adiós... —dije avanzando hacia la puerta.

—¿Cómo? ¿Se marcha usted? —gritó Francisca.

—Sí...; estoy malo...

—¡Calla! Y mi señorita tiene los ojos encendidos de llorar... ¡Válgame María Santísima! ¿Qué ha pasado aquí?...

Gregoria contestó inmediatamente:

—¡Nada! Que al señor conde le ha dado un vahído..., y yo me he asustado mucho. Adiós, Fabián; que se mejore usted.

—Adiós, Gregoria... —respondí—. ¡Que me avisen ustedes cuando venga Diego!

Y tomé por la escalera abajo, con la celeridad y la agitación del que escapa vivo de una emboscada.

Libro sexto

LA VERDAD SOSPECHOSA

I

La puerta del Purgatorio

No tengo para qué analizar la anterior escena. ¡Tristísimos sucesos van a servirle ahora mismo de comentario!

Pasó aquella semana sin ningún accidente digno de mención. Los primeros días me preocupó algo el recuerdo de mi altercado con Gregoria; pero después, descansando en mis benévolas intenciones y en la seguridad del cariño de Diego; lisonjeadas mis esperanzas por la ternura paternal que seguía mostrándome don Jaime, y embelesados mi corazón y mi espíritu con la dulce idea de Gabriela y con la expectativa de nuestro próximo casamiento, me desimpresioné de aquella pueril complicación, muy confiado en que no tendría ulteriores consecuencias.

Con esto, y con los muchos y muy agradables quehaceres a que estaba entregado a todas horas, descuidé excesivamente al amargo matrimonio que tantos disgustos iba causándome, y llegó y pasó el otro domingo sin que se me ocurriese enviar a preguntar si había regresado Diego, o más bien dando por supuesto que no había regresado todavía cuando ni me avisaba ni iba a verme.

Las agradables ocupaciones de que he hecho mérito eran todas muy del gusto de don Jaime, pues que le demostraban el rumbo grave y formal que había yo dado a mi antes borrascosa vida. Acababa de vacar el distrito (muy próximo a Madrid) en que radicaban mis mejores bienes, y, con tal motivo, mi administrador y el padre de Gabriela me decidieron a presentarme candidato a la diputación a Cortes. Apoyábame el Gobierno, tan pagado de los servicios diplomáticos que acababa de prestarle en Inglaterra, como deseoso de honrar más y más en mi persona la rehabilitada memoria de mi padre, cuya heroica muerte (según que Gutiérrez y yo la habíamos descrito) seguía siendo muy celebrada en la prensa y en la tribuna; y, por resultas de todo esto, mi casa estaba llena a todas horas de electores influyentes, de personajes políticos que deseaban afiliarme en su bando, de periodistas que ansiaban escribir mi biografía, de poetas que me dedicaban odas, de pretendientes que me pedían destinos y de antiguos camaradas que me pedían dinero.

Veíame, además, invitado a banquetes y saraos por personas de verdadera importancia, que en otro tiempo habían rehuido mi sociedad (damas virtuosas de la nobleza, generales que habían conocido a mi padre, ministros, embajadores, etc.); invitaciones a que yo no dejaba de acudir, para que cada vez fueran más notorias mi reconciliación con de la sociedad y mi buena conducta[110]. Agregue usted, por último, los preparativos que hacía yo en mi casa a fin de recibir dignamente a Gabriela (pues ya sólo faltaban dos semanas para nuestro casamiento), y comprenderá que aún dejase pasar días y días, diciéndome a cada instante: *«¿Qué será de Diego?»;* preguntando a mis criados, siempre que volvía a casa, si mi amigo había estado allí, extrañando que no hubiera parecido ni mandádome recado; no allanándome de modo alguno a creer que estaba en Madrid y que no iba a verme porque Gregoria hubiese logrado indisponerlo conmigo; queriendo persuadirme de que seguía ausente; formando continuos propósitos de mandar a averiguar lo cierto, de escribirle, de llamarlo, de acecharlo en la calle..., y no haciendo, sin embargo, ninguna de estas cosas. ¡Dijérase que una pereza, hija tal vez de la perplejidad, o una perplejidad que tenía mucho de presentimiento, me hacía diferir la explicación de aquel enigma!

Ahora, lo que en modo alguno se me ocurría, ni podía ocu-

---

[110] En *La Pródiga* ha dejado Alarcón unas bellas páginas de cómo preparan los candidatos a diputados o senadores las elecciones. El protagonista, Guillermo de Loja, recorre los pueblos de su distrito para conseguir votos. Sin duda Alarcón llevó allí mucho de su experiencia personal en este asunto.

rrírseme, era ir a llamar yo mismo a casa de Diego sin antes saber que había regresado y estaba dentro de ella. ¡Me espantaba la idea de volver a encontrarme a solas con Gregoria.

Vime en esto obligado a ir por tres días al que ya denominaba *mi distrito,* y dos horas antes de la marcha, esto es, a las siete de la noche, me resolví al fin a mandar a mi administrador a casa de Diego con una carta, que decía de esta manera:

«A Diego, o a Gregoria:

»Diego: si estás en Madrid, ven inmediatamente.

»Si no puedes por estar malo, dímelo, y, aunque sin tiempo para nada, iré yo a verte un momento, pues me marcho ahora mismo a *mi distrito* (!!!), donde permaneceré dos o tres días.

»Gregoria: si no está Diego en Madrid, dígame usted por qué no ha vuelto, qué le pasa, cuándo viene...; ¡en fin, algo que calme mi inquietud!

»Muy ocupado, pero siempre vuestro,

FABIÁN.»

De vuelta el administrador, me dijo:

—Después de llamar muchas veces en casa de su amigo de usted, sin que me respondiesen, abrió al fin la criada el ventanillo y me preguntó: «¿Quién es usted?» «Vengo —le respondí— de parte del señor conde de la Umbría con una carta para don Diego Diego o para su señora, caso de que don Diego no esté en Madrid.» Retiróse la criada sin contestar, y volvió al cabo de un largo rato. «Los señores —me dijo— están durmiendo, y no puedo pasarles carta ni recado alguno.» «Pero ¿están buenos?» —interrogué—. «¡No sé!» —contestó la fámula desabridamente cerrando el ventanillo. Y aquí me tiene usted con la carta..., que no me he atrevido a echar por debajo de la puerta.

Esta relación me llenó al pronto de dolor y espanto, como si mi leal corazón presintiera de un modo informe todo lo que hoy me pasa... *«¡Perdí a Diego para siempre! —me dije—: Gregoria ha triunfado.»* Pero mi espíritu se sublevó todavía contra la idea de que Diego pudiese dejar de quererme de la noche a la mañana, por mucho que la pérfida Gregoria le predicase en mi daño, y considerando gratuito aquel mi primer recelo, me fijé en este otro, relativamente consolador:

«—Diego está ofendido de que yo no haya ido a verle o a preguntar por él desde que se cumplió el famoso plazo de *los dos domingos*... Gregoria, por su parte, se habrá complacido en agravar mi conducta, diciéndole que soy ingrato; que los desprecio a él y a ella desde que me veo feliz y agasajado por el mundo, y que ellos deben pagarme el desdén con el desdén. ¡Quién sabe si hasta le habrá dicho todo lo que ocurrió la otra tarde!... Pero, no... De esto no le conviene hablar... ¡Ah! ¡Pobre Diego! ¡Yo lo desenojaré a mi vuelta! ¡Todos sus enfados provienen de hipocondria y de exceso de cariño!... Su mismo proceder de esta noche se explica por la rudeza de su carácter y de su educación, y sobre todo por la costumbre que tiene de tratarme como a un niño de ocho años.»

Pensé entonces dejarle escrita una carta de broma, aunque llena de ternura, que lo amansase hasta mi vuelta; pero me hallaba rodeado de electores; faltaban pocos instantes para la salida del tren, y, mal de mi grado, tuve que partir sin escribirle...

—¡Yo regresaré, mi señora doña Gregoria! —exclamé, al encaminarme a la estación—. ¡Yo regresaré, y mediremos nuestras fuerzas!... ¡Veremos si es tan fácil como usted se imagina privarme del afecto y la confianza de mi único amigo, de mi defensor de siempre, de mi fiador para con Gabriela, y precisamente en las vísperas de mis bodas!

A pesar de tales reflexiones y propósitos, y de lo muy abrumado que, durante los tres días que duró mi ausencia, me vi de recepciones en triunfo, visitas, memoriales, comilonas, serenatas, juntas, exámenes, *Te Deum,* inauguraciones y demás incumbencias propias de un candidato *ministerial* que recorre *por primera vez* los pueblos de su distrito, no logré desechar la inquietud secreta con que emprendí aquel viaje: antes bien fue creciendo hasta ser mi única preocupación e inspirarme al cabo la más viva impaciencia por regresar a Madrid, por hablar con Diego, por atajar los estragos que Gregoria estaría haciendo en nuestra amistad.

Tan luego, pues, como regresé a la corte (o sea en la noche de ayer), sin darme un momento de reposo después de dos días de no dormir ni descansar, y sin detenerme siquiera en mi casa a cambiar de traje, me encaminé a la de mi amigo, con el alma llena de lealtad y de ternura, y decidido a jugar el todo por el todo.

—¿Está don Diego Diego? —pregunté abajo, en la portería.

—Sí, señor —me dijeron—. Acaba de entrar.

Serían las ocho de la noche.

Subí la escalera aceleradamente, y pronto me vi delante de aquella fatídica puerta por donde había entrado ya tres veces rebosando cariño y confianza, y por la cual había salido las tres con el espíritu angustiado. ¡Y, sin embargo, aquélla era la única puerta a que había llamado yo en Madrid con nobles y honestas intenciones! ¡Allí vivía el único matrimonio que para mí había sido inviolable y sagrado; el único hombre a quien por nada del mundo hubiera yo engañado ni ofendido; la única mujer que no lo era para mis ojos, y a la cual habría respetado como a mi propia madre, aunque la Naturaleza le otorgase la hermosura de Venus y todos los encantos de Armida![111].

Afligíme al pensar en aquella injusticia de mi suerte, y, refrenando a duras penas las lágrimas, procuré sosegarme y llamé.

De igual manera que cuando mi administrador fue con la carta, tardaron mucho en acudir a ver quién había llamado; pero, entretanto, oí pasos que iban y venían, algún cuchicheo, ruido de puertas que se abrían o se cerraban, y la voz de Diego, que de vez en cuando lanzaba una especie de sofocado rugido.

«—¡Déjame!» «¡Basta!» «¡Que me dejes!» —fueron las palabras suyas que logré percibir.

—El león tiene la cuartana[112]... —pensé yo, con más lástima que susto—. ¡Pobre Diego! Esa mujer le va a abreviar la vida...

Abrieron en esto el ventanillo, y, al través de su celada de metal, vi relucir como dos ascuas...

—¡Soy yo!... —pronuncié, creyendo reconocer los ojos de Diego.

---

[111] Heroína de la *Jerusalén Libertada* (1575), de Torcuato Tasso.
[112] *cuartana*, fiebre intermitente que se repite cada cuatro días.

El ventanillo se volvió a cerrar.

Sonaron nuevos pasos, puertas y cuchicheos, y al cabo distinguí la voz de Gregoria que murmuraba sordamente:

—¡Francisca..., no abras! Di que nos hemos acostado...

—¡Ah, pérfida! —murmuré para mí.

Y, tirando otra vez de la campanilla, exclamé a todo trance y en voz muy alta:

—¡Diego!, ¡abre! Ya sé que estáis levantados... Os estoy oyendo... Soy yo... ¡Fabián Conde!

No había acabado de pronunciar estas palabras cuando la puerta se abrió de pronto, y Diego apareció delante de mí con el sombrero puesto y embozado en la capa.

A nadie más se veía en el recibimiento.

—No escandalices la vecindad... —dijo severamente y sin mirarme—. ¿A qué vienen esos gritos? ¡Ya sabemos que eres Fabián Conde!... ¿Quién sino él se atrevería a llamar así a la puerta de mi casa? Vamos, vamos a la calle...

Y, hablando de este modo, cerró tras sí la puerta y echó a andar por la escalera abajo.

Sufrí con paciencia aquellos insultos, y hasta me alegré del giro que tomaba el negocio. Diego y yo podíamos entendernos mejor en la calle, a solas, que en su casa, delante de su mujer. Y, por lo demás, ¡estaba yo tan seguro de desenojarlo! ¡Lo había visto tantas veces pedirme perdón y abrazarme llorando después de furores y de injusticias por aquel estilo! ¡Tenía tal fe mi cariño en el suyo!

Lo seguí, pues, sin hablar palabra, hasta que, llegados a la calle, le dije:

—Si te parece, iremos a mi casa. Está lloviendo...

—¡Tú no tienes casa, ni la tendrás nunca! —me respondió atrozmente—. Iremos a aquel café, con honores de taberna, donde solíamos codearnos en otro tiempo con los ladrones y los asesinos.

II

El fruto del escándalo

El *Café de Daoiz y Velarde*, a que se refería Diego, estaba situado en el barrio de Avapiés; y, con efecto, durante nuestra época de extravagancia y misantropía fuimos allí algunas noches a estudiar filosóficamente el rostro y las costumbres de los malhechores de oficio, como íbamos luego a los hospitales a estudiar los cadáveres de sus víctimas.

—Vamos al *Café de Daoiz y Velarde*... —respondí, pues, amabilísimamente—. Tendré mucho gusto en recordar allí nuestra vida de hace dos años...

—¡Nunca debimos ir a otra parte! —replicó Diego con terrible ironía—. Aquél era el centro natural de los *cómplices de Gutiérrez.*

—¡Diego! ¡Por Dios!... —exclamé, sin poder dominarme—. ¡Ve lo que dices!

—Esto no es más que empezar... —respondió el infortunado con la más espantosa calma y mirándome por primera vez.

—Diego, ¿qué te he hecho yo? ¿Qué tienes? ¿Estás malo? —prorrumpí, colocándome delante de él y obligándolo a pararse.

Diego se subió el embozo de la capa hasta cubrirse todo el rostro, pero no sin dejarme ver primero la espantosa descomposición de sus facciones, su calenturienta mirada, su diabólica sonrisa.

—¡Vamos..., vamos adelante! —exclamó al mismo tiempo,

apartándome con un brusco empellón y siguiendo su interrumpida marcha.

—¡Dios mío! —pensé—. ¿Si estará loco?

Diego adivinó mi pensamiento; y antes de que yo hubiera vuelto a echar a andar en pos de él, retrocedió hacia mí, desembozóse tranquilamente, y me dijo:

—No creas que estoy loco... ¡Lo he estado hasta ahora, desde el funesto día en que te conocí! Renuncia, pues, a ese pretexto para no seguirme, si, como no dudo, tienes miedo...

—¡Miedo yo! ¿De quién ni por qué?

—Miedo de mí, y miedo de tu propia conciencia. ¡Ah, mentecato!... ¡Tú mismo te has metido en la boca del lobo! ¡Verdad es que, de todas suertes, yo te hubiera buscado pasado mañana!... ¡Me faltaban dos días para ultimar tu proceso!

—¿Qué proceso? ¡Mira, Diego, que me estás matando! ¡Mira que no puedo más!... ¡Sólo a ti te aguantaría yo estas atrocidades, a que, por desdicha, me tienes acostumbrado! ¿Cuál es mi crimen? ¿No haberte visitado en ocho días? ¿Ser más dichoso que tú? ¿Deberte la felicidad? ¿Quererte con todo mi corazón?

—Sígueme..., sígueme... —fue su única respuesta volviendo a echar a andar con arrogancia.

Pero me pareció descubrir en su voz un asomo de enternecimiento y de cariño.

Lo seguí, y pronto llegamos al café.

La única sala que constituye aquel inmundo establecimiento estaba casi llena de hombres y mujeres de mala traza y peor vivir. En todas las mesas había vino o aguardiente. La atmósfera, enrarecida, pestilente y cargada de humo, apenas era respirable.

Nuestra presencia suspendió un momento los gritos, las reyertas y los chabacanos cantares de los concurrentes, que nos miraron como mirarán las arañas a las moscas que caen en sus redes.

Diego penetró hasta lo último de aquel antro, y como hubiese allí una mesilla desocupada, sentóse al otro lado de ella, dando la cara al público, con el aire de temeridad y desafío que le era habitual.

Yo me senté en frente de él, de espaldas a la concurrencia.

—¡Habla! —me dijo entonces el esposo de Gregoria—. ¿A qué ibas esta noche a casa de *tu juez?* ¿Ibas a darme dinero, como a Gutiérrez, para que ocultase al mundo tus infamias, o a engañarme con pérfidos discursos, como engañaste a Matilde, y luego a Gabriela, y hoy a don Jaime de la Guardia, y siempre a todo el que te ha tendido la mano? Habla, Fabián Conde: Diego el Expósito te escucha.

Estas horribles frases cayeron sobre mi cabeza como plomo derretido; pero temblaba de tal suerte aquel infeliz al tiempo de proferirlas, y daba muestras de padecer tanto física y moralmente, que aún hice un esfuerzo extraordinario y exclamé con afectuosa mansedumbre:

—¡Diego! Te juro por la memoria de mi madre que, si no he ido a verte desde que volviste a Madrid, no ha sido por falta de cariño...

—¡Ya lo sé..., señor conde!

—¡No lo sabes! —le interrumpí—. Tu crees que soy ingrato contigo, que la proximidad de mi enlace con Gabriela, las atenciones y obsequios que me prodiga hoy el mundo, la buena acogida que yo merezco a las familias honradas, la protección del Gobierno, el favor de mis conciudadanos, mi esperanza de ser diputado a Cortes, mi riqueza, que cada día va en aumento, la compañía y el aprecio de don Jaime...; en fin, tantas venturas y prosperidades como hoy me rodean, me han hecho olvidar que a ti te lo debo todo; y que tú has sido mi único amigo en los tiempos de desgracia; que, por defenderme, te hirieron en un desafío; que me salvaste la vida en una enfermedad; que me hiciste recobrar a Gabriela, y que has sido mi generoso fiador a sus ojos y a los de sus padres... ¡Cómo te equivocas, Diego!... Yo te quiero más que nunca; yo te daría mi propia felicidad a ser posible; yo no seré realmente dichoso mientras tú no estés bueno y contento...

—¡Silba, serpiente, silba! —dijo el infortunado, riéndose con amargura—. ¡Reconozco tu aciaga elocuencia!... Pero no esperes volver a engañarme...

—¡Engañarte!... ¿Para qué?

—Para que no te arranque la máscara que llevas hace un año... Para que siga siendo tu fiador y defensor ante el mundo...

—¡Vuelta a la misma! —respondí sentidamente—. Abusas mucho, mi querido Diego, del privilegio que te tengo otorgado de reprenderme y hasta de injuriarme cuando estás de mal humor... Dejémonos de dramas, y vamos al caso.

—¡Es que el *caso* puede ser tragedia!... —replicó él con acento lúgubre—. ¿Olvidas, por ventura, que yo sé que si eres conde, si eres rico, si puedes pronunciar tu apellido desde hace algunos meses, es en virtud de documentos apócrifos, de testigos falsos, de haber supuesto la muerte de Gutiérrez, de haber desfigurado, en fin, la verdadera historia de la muerte de tu padre?

—¿Y a qué viene eso ahora? —exclamé desdeñosamente—. ¿Te has propuesto plagiar a Lázaro? ¿Qué tiene que ver aquella historia con tu enojo?

—Tiene que ver... ¡y mucho! ¿No soy yo tu fiador para con Gabriela?

—Sí que lo eres... ¿Y qué?

—¡Que estoy repasando tu vida..., y me causa horror! ¡Ah, cuánta razón tenía Lázaro aquella noche! ¡Qué asqueroso fue tu pacto con Gutiérrez!

—¡Y tú me lo dices! ¡Tú, impugnador de los discursos de Lázaro! ¡Y me lo dices hoy!...

—¡Sí! ¡Yo te lo digo!... ¡Yo, que he abierto los ojos a la luz; yo, que me he arrancado la venda del insensato cariño que me hacía transigir con todas tus iniquidades; yo, que estoy arrepentido y avergonzado de mi lenidad y tolerancia para contigo; yo, que pido perdón a los hombres por haberte amparado, como te amparé varias veces, contra su justa cólera!

—¡Repórtate, Diego, y tengamos la fiesta en paz! —repuse, conteniéndome únicamente en virtud de la sorpresa y la curiosidad que me causaban los discursos de mi antiguo cómplice—. ¿Qué te he hecho para que de pronto me prives de tu acostumbrada indulgencia, y me juzgues con esa severidad intempestiva? ¿Es que te has propuesto que riñamos? ¿Es qué te lo ha propuesto... otra persona?

Diego eludió la pregunta y siguió diciendo:

—¡Ni creas que es de hoy el horror que me inspiras!... ¡Aun en los tiempos en que mi amarga misantropía celebraba ferozmente tus atentados contra la sociedad (de que me dabas cuenta diaria), causábame espanto el ver la frescura con que engañabas a los pobres y a los maridos que te admitían en su hogar; la crueldad con que los deshonrabas, por muy amigos tuyos que fuesen; tu satánica maestría para seducir y perder a las pobre hijas de Eva; tu aptitud para mentir, para jurar en falso y para faltar a tus juramentos; tu impiedad, tu egoísmo, tu falta de conciencia!...

Dominé otro impulso de ira y respondí:

—¡Todo eso es verdad!... ¡Todo eso y mucho más he hecho, por desventura mía! Pero no eres tú el llamado a echármelo en cara; ¡tú, el único hombre a quien he sido fiel y leal; tú, a quien he querido y quiero todavía con toda mi alma; tú, a quien nunca he engañado, a quien jamás engañaré...; tú, en fin, que puedes insultarme impunemente, como lo estás haciendo, cuando sabes que no me faltan corazón ni brazo para aniquilar a los que me injurian!...

—¡Me amenazas!... —bramó Diego con fiereza.

—¡No, Diego; no te amenazo..., sino que todavía te pido misericordia! ¡Explícate por piedad! ¡Sepa yo por qué estás así conmigo! ¡Algo debe de ocurrir más grave de lo que yo me figuraba! El no haberte visitado en ocho días no es motivo bastante para tanto enojo... ¡Habla de una vez! ¿Qué te han dicho de mí? ¿Qué te pasa? ¿Es que estás malo? ¿Es que la calentura te hace delirar?... ¡Yo no puedo creer que sin razón ni pretexto alguno hayas principiado a odiarme! ¡Oh, sí!...: tú estás enfermo... muy enfermo... En la cara se te conoce... Pero yo te cuidaré. Anda, vamos...; ven a mi casa... Tú necesitas tomar algo..., necesitas llorar..., necesitas que yo te haga reír... ¡Diego, hermano mío, desarruga ese entrecejo! ¿No me oyes? ¡Yo soy tu Fabián! ¡Yo soy tu amigo de siempre!

—¡Silba, serpiente, silba! —replicó el mísero con supersticioso acento—. ¡Así me atrajiste para morderme en mitad del alma!

—¡No soy yo la serpiente! —prorrumpió entonces a pesar mío—. La serpiente está más cerca de ti...

—¡Cuidado con lo que hablas! —repuso él, dando tal puñetazo en la mesa que todas las conversaciones del café volvieron a cesar por un momento.

—Quiero decir —añadí bajando la voz— que no tengo yo

la culpa de que me aborrezca la mujer con quien te has casado...

—¡No la nombres! —rugió como un tigre—. ¡No la nombres, que tu boca la infamaría sólo con mentarla! ¡No la nombres, o te mato aquí mismo!

La sangre se me agolpó a las sienes...; pero todavía exclamé con un resto de prudencia:

—¡Diego! ¡Por Dios! ¡Advierte que nos están mirando, que nos están oyendo... y van a creer que soy un criminal..., que soy un cobarde!...

—Y creerán lo cierto y positivo.

—¡Diego!

—Creerán lo que han de saber muy pronto; lo que todo Madrid pregonará dentro de tres días. ¿No te he dicho ya que estoy terminando tu proceso? Gutiérrez vive... Gutiérrez debe de estar en Madrid... Mañana conoceré su guarida y lo delataré a los tribunales. Pagado este tributo a la justicia, y hechas otras reparaciones que me aconseja mi buena fe, llegará el momento de matarte con mis propias manos.

Faltóme la paciencia.

—¡Nada de eso harás, loco infame! —repuse con voz sorda, pero terrible—. ¡Nada de eso harás; porque, o me pides perdón ahora mismo, reconociendo la ingratitud de que estás dando muestras, o al salir a la calle te mataré como a un perro rabioso! ¡Basta de miramientos! Yo soy yo, y tú eres tú.

—¡Ahí te aguardaba! —replicó él, serenándose como por encanto—. ¡Eso es lo que se llama hablar en razón! Queda, pues, estipulado que nos batiremos a muerte... ¡Oh! ¡Bien sabe Dios que te doy las gracias! ¡No te creía tan valeroso!... ¡Temí tener que asesinarte! Conque no hay más que hablar; todo está arreglado; puedes irte cuando gustes... Pasado mañana te enviaré mis padrinos.

—¡Oh, no! ¡Esto no puede ser! —le respondí entonces con tal explosión de afecto, que se me saltaron las lágrimas—. ¡Tu locura es contagiosa, y me ha hecho desvariar a mí también!... Pero yo me arrepiento de todo lo dicho... Yo retiro mis palabras... Yo no quiero matarte, ni que tú me mates a mí... ¡Sería horrible! ¡Sería una atrocidad! ¡Sería una verdadera sandez sin fundamento alguno! ¡Sin fundamento alguno, Diego!... Créeme... Y, si no, mírame a la cara... ¿Ves como no te atreves a mirarme? Dime tus quejas... ¿Ves como no tienes ninguna?

—No vuelvas a suponer que estoy loco... —contestó Diego sosegadamente—. Es un recurso muy gastado que empeora tu causa. Yo estoy en mi cabal juicio, y prueba de ello es que, desde que me has ofrecido batirte conmigo a muerte, he recobrado la tranquilidad y te hablo con entera calma. Iba diciéndote, o pensaba decirte, que si no te he buscado antes que tú a mí, ha sido porque necesitaba arreglar las cosas de modo que, si me tocase morir en el desafío, no te quedaras riéndote y envenenando al mundo con tus perfidias. En efecto: necesito, no sólo denunciar a la justicia los crímenes (previstos en el Código) que cometisteis Gutiérrez y tú para apoderaros de la embargada hacienda del abominable general conde de la Umbría, sino trambién aconsejarle a Gabriela que no se case contigo, pues que yo *retiro mi fianza;* advertirle a don Jaime de la Guardia que tú manchaste el honor de su familia al escarnecer las canas de su hermano el general, y decirle, en fin, al público (por medio de un *comunicado* que pondré en todos los periódicos) que reniego de ti y de tu amistad; que me arrepiento de haber derramado mi sangre por ti; que todas las personas honradas deben evitar tu contacto como el de un leproso, y que, para impedir que sigas infestando el mundo con tu aliento, te he retado a singular combate, seguro de que Dios me ayudará a quitarte la vida. ¡No dirás ahora que estoy loco!... Conque, adiós, hasta pasado mañana.

Aterrado quedé al oír aquel plan, en cuyo satánico artificio vi la mano de Gregoria; y, no ya dejándome llevar de la ira, sino muy fríamente, conocí que no iba a tener más remedio que matar a Diego aquella misma noche si no conseguía que recobrase el juicio o recobrar yo su cariño y su confianza. De lo contrario, Gregoria había triunfado..., y ¡adiós para mí riquezas, honra, nombre, amor, felicidad, todo! ¡Todo, principiando por Gabriela, suprema aspiración de mi alma!

Decidí, pues, no omitir medio alguno a fin de reconquistar el corazón de mi amigo, bien que para ello tuviese que destrozárselo. ¿No estaba acaso resuelto a matar o morir por remate de aquella escena? Pues ¿qué me importaba ya todo lo demás?

—¡Detente! —le dije, en virtud de estas reflexiones, cogiéndole de un brazo y obligándole a sentarse de nuevo—. Todavía no hemos concluido!

Aquella acción mía, tan desapoderada[113] y violenta, y la siniestra expresión de hostilidad que debió de leer en mi rostro, asombraron un punto a Diego, paralizándolo completamente; pero no tardó en decir, tratando de volver a levantarse:

—¡Suelte usted! ¡Nuestros padrinos hablarán pasado mañana!

Mas yo le retuve en su asiento, poniendo sobre su hombro mi mano (incontrastable a la sazón como la de un Hércules), y exclamé con mayor furia:

—¡Te digo que no te vas!

—¿Cómo que no me voy?

—¡Como que no te vas! ¡Antes tienes que vomitar todo el veneno que llevas en las entrañas!

—¡Violencias a mí! —rugió Diego con voz sorda, pugnando inútilmente por escapar a la presión de mi mano y buscando con los ojos un arma, una salida, una defensa—. ¿Piensas acaso matarme?

—¡Te mataré si no me oyes! ¡Ya estoy yo loco también, y sabes que soy más fuerte y más valiente que tú...

—Lo que eres es más desalmado. ¡En este momento tienes cara de asesino!

—¡Atención!... Los señoritos se pelean... Los señoritos vienen a las manos... —pregonaron en esto algunas voces con rosero júbilo.

Y volvió a reinar en el café un silencio burlón, irrespetuoso, agresivo...

Nosotros callamos también, y yo retiré mi mano del hombro de Diego, diciéndole en voz baja:

—Mira a lo que estás dando lugar... ¡Esto es una vergüenza!

Diego se echó a reír con bárbara arrogancia: cruzó los brazos, y miró al público en actitud de provocación y apóstrofe.

—¡Dejadlos!... ¡Están borrachos! ¡Allá ellos! —dijeron con desdén varias mujerzuelas.

Sonaron, pues, algunas carcajadas y silbidos, y muy luego se

---

[113] *desapoderada*, precipitada, furiosa.

274

tornó en cada mesa a la suspendida conversación o a los interrumpidos cantos.

—No he traído armas... —díjome entonces Diego, posando en mí una mirada serena, llena de dignidad y de valentía—. Puedes, por consiguiente, asesinarme a mansalva en el momento que gustes.

—¿Conque es decir —exclamé yo mirándolo de hito en hito— que esto no tiene remedio?

—¡Ninguno, sino batirte a muerte conmigo pasado mañana, o asesinarme esta noche... e ir de resultas a presidio o al cadalso!... Digo esto último, porque en mi casa saben que salí contigo, y, a mayor abundamiento, toda la gentuza que nos rodea se ha enterado ya de nuestra pugna y dará tus señas a la justicia.

Irritóme más y más aquella calma, y dije:

—¡No intentes asustarme, Diego!... ¡Te digo que estoy resuelto a todo antes que verme en la situación a que me quieren llevar tu locuras y la perfidia de aquella mujer!...

—¡Calla!... ¡No la nombres!

—¡No callo! ¡Ahora me toca hablar a mí! Por lo demás, ni el presidio ni el cadalso vienen aquí a cuento para nada. ¡Tengo en el bolsillo un revólver de seis tiros, con el cual hay de sobra para matarme después de haberte matado!

—¡Conozco la historia de ese revólver! Es aquel con que le apuntaste un día a Gutiérrez para ver de escapar de la deshonra. Hoy se repite la escena conmigo, como hubiera podido repetirse con la Guardia civil... ¡Aperreada vida llevas desde que te metiste a conde de mentirijillas!

—¡Peor para ti! —repuse con una cínica ferocidad igual a la suya—. El hombre de la vida de perros, el perro humilde que tan fiel y leal te fue siempre, y a quien tú has tratado en muchas ocasiones con aspereza y esta noche a latigazos y puntapiés, se ha acordado ya de que tiene colmillos de lobo, y va a clavártelos en la garganta si no pones fin a tu injusticia. Responde, pues, hombre feroz: ¿Qué mal te he causado? ¿Qué tienes conmigo?

—Absolutamente nada... —respondió con glacial indiferencia—. Ya te lo di a entender hace poco; lo que me pasa es que no quiero tratarte más; que me he cansado de ti; que quiero purgar el mundo de tu presencia, aunque para ello tenga yo que morir también... ¡Basta ya de Fabián Conde!

¡Con espanto y pena oí aquellos conceptos fatídicos, empapados de tan profundo odio! ¡Parecióme escuchar la voz con que mi propio tedio me aconsejaba en otro tiempo el suicidio!...

Disimulé, con todo, mi profunda emoción, y repliqué:

—Pues que estás resuelto a callar... (porque te abochornas de revelarme el ruin origen de lo que aquí sucede), yo te diré lo que adivino, aunque te desgarren el alma mis expresiones.

—¡Calla!

—¡Te he dicho que no callo! Lo que tú tienes conmigo es que Gregoria...

—¡No la nombres, Fabián!

—¡Sí la nombro! Te decía que Gregoria, herida en su infernal soberbia por el justo desdén con que la traté la otra tarde, yéndome de tu casa de la manera que sabrás...

—¡Yo no sé nada! ¡Yo no quiero saber nada!

—Tú lo sabes todo..., a lo menos tal como te lo habrá contado tu mujer...

—¡Mi mujer no me ha contado cosa alguna! ¡Respétala..., o aquí mismo te destrozo con las manos!

—Tu mujer, tu odiosa mujer... (¡ya ves que me río de tus amenazas!), deseando, como siempre, indisponerme contigo, provocó aquella tarde una horrible escena, que me prometió no contarte...

—¡Ah! ¡Confiesas al fin! —prorrumpió Diego, crispándose de tal modo, que su cara apenas aparecía sobre el nivel de la mesa—. ¡Conque te vas a atrever a decírmelo! ¡Yo quería matarte de otro modo! ¡Yo quería que llevaras a la tumba toda tu infamia dentro del corazón!...

—¡Mientes, Diego! ¡No eras tú quien quería que yo callara, sino ella!... ¡Ella es quien te ha aconsejado que no me oigas, que no me dejes hablar, que no me dejes justificarme! Pero yo hablaré aunque revientes ahí sentado..., aunque mis palabras caigan sobre ti como una lluvia de fuego...

—¡Habla, pues!... Quiero decir: miente como un bellaco, según tu antigua práctica... —replicó el mísero—. Pero ten la bondad de concluir pronto. Voy a escucharte, como escucharía los chillidos de una rata que tuviese cogida bajo el pie... ¡Dios me dé estómago para aguantar las náuseas que vas a causarme!

—¡No he necesitado yo poco valor para soportar a tu mujer las tres veces que he tenido la desventura de hablar con ella! —respondí implacablemente.

Diego, que se había puesto a mirar al techo y a tararear, echóse a reír en vez de contestarme.

—¡No he necesitado, no, poca resignación —continué— para tolerar el mezquino odio que tu Gregoria me profesaba desde antes de conocerme, los ridículos celos con que mira nuestra amistad, la ruin envidia que siente hacia Gabriela! ¡Oh! ¡Sí..., tu mujer nos aborrece a todos!... El cariño que te tengo la estorba; el que tú me tienes la humilla; mi buena conducta la defrauda y exaspera; la felicidad que me prometo al casarme le parece una usurpación, o un hurto, o un escarnio que os hago a vosotros... Sospecha, en fin, la cuitada que no me agradan su carácter ni su figura; cree que la desprecio; cree que la encuentro indigna de ti, y quiere separarnos y desconceptuarme a tus ojos antes de que lo conozcas... Y la verdad, Diego, es que tus temores no son infundados. ¡Gregoria no me gusta! ¡Creo que has hecho mal en casarte con ella!... ¡Es una mujer abominable, que va a costarte la vida!

—¡Ah!, ¡canalla!, ¡embustero!, ¡tramposo!... ¡Cómo reconozco las malas artes con que has engañado y perdido a tantas pobres gentes! —prorrumpió Diego, con tal violencia que me hizo callar—. ¡Así te las compondrías para mantener, como mantuviste a un mismo tiempo, relaciones con tres hermanas!... ¡Así sembrarías la cizaña entre ellas! *«He hecho que cada una desconfíe de las otras dos* (recuerdo que me contabas), *y nunca podrán entenderse ni descubrirme.»* ¡Pues y las patrañas que inventaste para que aquel magistrado te creyese sobrino carnal de su mujer! Pero ¿qué más? Tu historia en casa de Matilde, ¿no fue un perpetuo engaño, una continua doblez, una constante superchería?... ¡Y vienes ahora a decirme que no te gusta Gregoria! ¡Y vienes ahora a persuadirme de que debo recelar de ella! ¡Ah, ratero! ¡Ah, truhán! ¡Conque Gregoria te parece abominable!... ¡Sin duda por eso te prevaliste de mi ausencia cierto domingo para entrar en mi casa borracho y dando voces!...

—¡Yo te creí en Madrid! ¡Yo no iba borracho! ¡Miente la malvada si te lo ha dicho!...

—¡Oh, sí!... ¡Es muy malvada! Sin duda por eso le pediste una gran comida..., a fin de que Francisca tuviese que salir, como salió, a la calle...

—Yo traté de impedir que saliera...

—¡Justamente! ¡Y sin duda por eso, no bien se marchó la criada, penetraste en el tocador, adonde mi mujer se había refugiado con su dignidad y su decoro!...

—Iba a decirle... Pero ¿a qué vienen estas explicaciones? ¿Por qué te ríes?

—¡Por nada! ¿Qué cosa más inocente sino que Fabián Conde invada el tocador de una señora que está sola en su casa?

—¡Jesús! —exclamé, principiando a adivinar todo el horror de mi situación.

—¿No era acaso Gregoria *una mujer más?* —prosiguió Diego—. ¿No era bella? ¿No era la mujer de un amigo?

—¡Diego de mi alma!... ¡no concluyas!... ¡no concluyas!

—¡Afortunadamente, Gregoria era digna de su esposo!... Afortunadamente lo fue... ¡y Fabián Conde no oyó más que merecidos insultos y valerosas amenazas en contestación a sus infames requerimientos!... Así fue que al poco rato salías de aquella casa ignominiosamente despedido...

—¡Maldición sobre mí!... —clamé, levantándome como loco—. ¿Gregoria te ha dicho eso?

—No ha sido menester... —respondió Diego con la mayor calma—. Esta última parte es de dominio público... ¡Yo soy ya un marido completo! ¡Gracias a ti, mi honra y mi nombre andan ya en lenguas de criadas y mozos de fonda!... Francisca, por ejemplo, sin embargo de no ser muy lince, comprendió perfectamente aquella tarde lo ocurrido entre el calavera *que se había convidado a comer y luego se marchaba fingiéndose enfermo, y la señora que se quedaba llorando lágrimas de indignación y de vergüenza.* Con el mozo de la fonda no he hablado; pero de seguro entendería lo mismo, o algo peor, y al ver que el festín se frustraba de pronto, guiñaría el ojo diciendo: *«Estos amantes han dado a la greña.»* ¡Ya ves, hijo de tu padre, si tengo o no tengo necesidad de pegarte un tiro!

—¡Pero, en fin!... —repuse desesperadamente—. ¿Qué dice

278

Gregoria? ¡Gregoria negará eso! ¡Gregoria no puede ser tan desalmada!... ¡Gregoria tendrá religión!

—Gregoria me ha confesado *la verdad*.

—¿Qué verdad?

—Que la requeriste de amores; que quisiste violentarla y que te echó a la calle. ¡Exactamente lo mismo que se figuró Francisca!

—¡Jesús! ¡Jesús! ¡Jesús! —grité, tapándome el rostro con las manos.

—Espero que ya me dejarás ir... —prorrumpió Diego, volviendo a levantarse—. ¡Hasta pasado mañana! Mis padrinos irán a las nueve.

Perdí totalmente la cabeza, y abracéme a Diego y principié a besarlo, diciéndole, entre lágrimas y sollozos:

—¡Diego mío! ¡Diego de mi vida! ¡Dime que no lo crees! ¡Dime que todo esto es una broma!

La gente del café principió a rodearnos.

—¡Discursos!, ¡caricias!, ¡embustes!, ¡besos de Judas!, ¡lágrimas de cocodrilo!... ¡He aquí todo lo que yo quería evitar! —exclamó Diego rechazándome—. ¡Por eso callaba! ¡Te conozco tanto!

—¡Diego, por Dios! ¡Por Gabriela! ¡Por Gregoria!... Óyeme..., créeme... ¡Soy inocente!...

—¡Ya sé que has de negar... y que te sobra elocuencia para mentir horas seguidas! Pero perderías el tiempo... ¡Es imposible que engañes a tu antiguo confidente..., al poseedor de todos tus secretos, al registrador de todas tus hazañas! Te sé de memoria.

—Pero Diego..., ¡hoy se trata de ti!

—¡Lo mismo le habrás dicho a los demás!... ¡Déjame, déjame!

—¡Déjele usted! —gritó en esto una especie de manolo cogiéndome de un brazo.

—¡Déjele usted! ¿No ve que está matando a sofocones a ese pobre enfermo? —añadió una mujercilla, plantándose delante de mí.

—¿No oye usted que ni lo cree, ni quiere creerlo? —dijo una buena moza, mirándome de soslayo.

Yo los contemplé a todos con aire de imbécil, y no respondí

279

ni una palabra. Zumbábanme los oídos... Sentía la muerte en el corazón.

—¿Qué es esto? —preguntaron nuevos interlocutores acudiendo al tumulto.

—¡Nada!... ¡Que este señorito ha querido enamorar a la mujer de aquel otro!

—¡Pues que se maten! —exclamó un torero, escupiendo al suelo al pasar por delante de mí.

—¡Ca! ¡Este lindo mozo parece muy cobarde! —replicó la mujercilla—. ¡No así el que se ha ido!

—¡Se ha ido! —repetí maquinalmente.

Y, en efecto, observé que Diego se había marchado, dejándome en manos de aquella chusma.

Di entonces una especie de rugido, y quise correr en pos de Diego; pero veinte personas me sujetaron diciendo:

—¡A la prevención! ¡A la cárcel! ¿Qué va usted a hacer? ¿No le basta haberle requebrado la esposa?

—¡Villanos, atrás! —grité al oír esto último.

Y fue tal mi voz, y di una sacudida tan furiosa, que todos aquellos viles me cedieron paso, de grado o por fuerza, y escapé de allí como el león que rompe los hierros de su jaula.

III

Ajuste de cuentas

Poco más tengo que decirle a usted, padre mío.

Cuando salí a la calle, Diego no estaba ya en ella. Érame, sin embargo, más indispensable que nunca detenerlo antes de que se encerrase en su casa; volver a la interrumpida refriega entre mi desamparada inocencia y aquella formidable calumnia; hablarle aunque no quisiese oírme; suplicarle, llorar, verter toda mi sangre a sus pies hasta conseguir que me creyera, hasta arrancarle del alma la emponzoñada saeta que le había clavado Gregoria.

¡Ya no me inspiraba mi pobre amigo aquel odio, hijo del miedo, que poco antes me sugirió ideas de matarlo!... ¡Ya me inspiraba tanta compasión como yo mismo! ¡Ya me parecían perdonables sus malos tratamientos, legítima su cólera, respetables y santos sus insultos y sus proyectos de venganza; *justa su injusticia,* si es lícito hablar de este modo!

¡Desventurado Diego! ¿cómo imaginar desdicha igual a la suya? ¡Creer que yo, su único amigo, el hombre a quien tanto había amado y por quien había expuesto gozoso la vida, había sido ingrato y pérfido hasta el punto de atentar a su felicidad y a su honra! ¡Creer esto, y creerlo con fundamento sobrado! ¡Creerlo porque fatales apariencias así lo comprobaban; porque así lo había sospechado una fiel servidora; porque así se lo había dicho su amada mujer; porque así resultaba verosímil de mi detestable historia, de mis felonías con otros maridos, de mis propias desvergonzadas confidencias! ¿Qué mucho que el infeliz quisiera denunciarme a la execración pública? ¿Qué mucho que desease matarme con sus manos? ¿Cómo no lo había hecho desde el primer momento? ¿Cómo había podido soportar mis discursos durante una hora?

Además, aun prescindiendo de mi conciencia; aun dando sólo oídos a mi egoísmo, yo no podía ya pensar en matar a Diego... ¡Matarlo, equivalía a confirmar para siempre la calumnia! ¡Matarlo, era dejar huérfana y desamparada la verdad! ¡Matarlo, era cerrarme la única puerta por donde podía salir del infierno en que me había metido Gregoria! ¡Matarlo, era dar la razón a la mentira! Gregoria diría a Gabriela, a don Jaime, a todo el mundo: «Fabián Conde ha asesinado a su mejor amigo para evitar que se sepa que antes había atentado a mi honor.»

Todas estas ideas acudieron en tropel a mi imaginación desde que Diego me descubrió la envenenada herida de su inocente alma, y de aquí el renovado afán con que, no bien conseguí escapar del café, me puse a buscarlo por aquellas revueltas calles, sin poder presumir por cuál habría tomado para hacerme perder su pista...

Había dejado de llover, y la luna bogaba en los cielos, por entre rotos y negros nubarrones, como salvada nave después de furiosa tormenta.

—¡Cuándo se verá así mi alma! —pensé con dolorosa envidia, dirigiendo al firmamento una mirada de suprema angustia.

Diego no parecía por ningún lado.

—¡Diego! ¡Diego! —grité insensatamente, como si mi amigo, en el estado en que se hallaba, hubiese de hacerme caso aunque me oyera.

Los transeúntes se pararon a mirarme, creyéndome loco, o por lo menos ebrio.

—Iré a esperarlo a la puerta de su casa... —pensé entonces—. Tarde o temprano, al cabo ha de entrar en ella; y, aunque desde luego se haya encaminado allí, yo llegaré antes que él...

Y corrí como un verdadero demente, hasta que llegué a la modesta calle en que vivía Diego.

La calle estaba sola.

Indudablemente, Diego no había llegado todavía.

Contuve el paso, y fuime acercando poco a poco a la casa fatal, cuando de pronto reparé que en uno de sus balcones (la puerta se hallaba cerrada) se veía asomada una persona, que supuse fuese Gregoria, inquieta y en acecho hasta la vuelta de su marido.

—¡Sí yo hablara con esta mujer! —ocurrióseme de pronto—. ¡Si me arrojara a sus plantas! ¡Si lograra que se apiadase de mí! ¡Si consiguiera que, aterrada de las consecuencias de su infame calumnia, le confesase a Diego la verdad!...

Por temeraria y necia que pareciese aquella esperanza, eran tales mi tribulación y mi zozobra, que me agarré a ella como a una tabla de salvación, y grité resueltamente:

—¡Gregoria! ¡Hágame usted el favor de decir que abran! No se asuste usted... Nada le ocurre a Diego... Pero es preciso que usted y yo hablemos un instante... ¡Se lo suplico a usted, Gregoria!

Una brutal y ronca risotada respondió a mi súplica.

¡La persona que estaba en el balcón era Diego!

Quedéme helado de espanto. ¿Qué hacía allí? ¿Por dónde había ido? ¿De dónde sacaba fuerzas aquel enfermo para ser tan rápido en su acción, tan seguro en sus cálculos, tan sarcástico y frío en medio de su tremenda furia? ¡Ay de mí! ¡Las sacaba de su propia ira, de su calentura de león, de su bárbara demencia; las sacaba de donde sacó Otelo sus crueles burlas, su grosera retórica, sus ironías de gato que juega con la asegurada víctima, y su ferocidad de tigre carnicero! ¡No había esperanza!

La misma desesperación me hizo, sin embargo, exclamar:

—¡Diego! ¡Di que abran! ¡Te lo suplico!

—¡Sereno! ¡Vecinos! ¡Socorro! ¡En nuestra calle hay un ladrón!... —gritó Diego con voz estentórea—. ¡A ése! ¡A ése!

Lancé un alarido de dolor y huí.

—¡Hasta pasado mañana!... —tronaba en los aires la voz de Diego en el momento que yo salía de su calle.

No me pregunte qué hice ni qué pensé durante el resto de la noche. Apenas lo recuerdo de un modo incoherente y vago. Sólo sé que hasta muy entrada la mañana de hoy anduve como un sonámbulo por todo Madrid; que a lo mejor me encontraba en el campo y volvía a entrar en la población, para salir de ella poco después por el extremo opuesto, y que en dos o tres ocasiones, sin saber cómo, me sorprendí a mí mismo parado delante de aquel caserón en que Lázaro vivía el año pasado y donde no sé si todavía vive...

Más de una vez cogí el aldabón de hierro de su viejísima puerta con ánimo de llamar y arrojarme en brazos de aquel otro amigo de mi vida, diciéndole: *«Necesito que los demás crean en mi inocencia, y principio por creer en la tuya. ¡Hay apariencias que engañan y que no pueden desmentirse! Eso te pasaría a ti la noche de tu horrible escena con el marqués de Pinos, y eso me pasa a mí hoy»* [114].

No me atreví, sin embargo, a llamar, pues me parecía oír a Diego exclamar irónicamente: *«¡Dios los cría y ellos se juntan! El hipócrita busca al hipócrita; el estafador se entiende con el desheredado; mis enemigos hacen las paces entre sí.»*

Recuerdo también que, al ser de día, me hallaba recostado contra la puerta del convento en que habita Gabriela. Una campana, de timbre puro y alegre como la voz de un niño, tocaba a las primeras oraciones que rezan las reclusas vírgenes al tiempo de levantarse. ¡Infinita amargura anegó mi alma!... ¡Quién había de decirle a Gabriela en aquel momento que todas nuestras esperanzas de felicidad se habían disipado con las sombras y ensueños de la pasada noche, y que aquella gozosa campana tocaba a muerto por nuestro amor!... *«¡Feliz tú, Gabriela mía!* —gemí desconsoladamente—. *¡Feliz tú, que puedes quedarte con tu inocencia en este santo albergue, y vivir y morir como las rosas de su cercado huerto! ¡Y ay de mí, que no encontraré ya nunca paz ni sobre el mundo ni en mi alma!»*

Recuerdo, por último, que a las nueve de la mañana penetraba en mi casa, y leía en la faz de mis antiguos criados pensamientos parecidos al siguiente: *«El señor conde se ha cansado de ser hombre de bien, y ha vuelto a su antigua vida pocos días antes de casarse. ¡Pobre señorita Gabriela!»*

Si esto leí en la cara de mis servidores, no fue menos amargo lo que me dijeron... Dijéronme que en mi despacho tenía al-

---

[114] El Marqués de Pinos, que ya ha aparecido en el Libro III y que desempeñará un papel importante posteriormente, es utilizado aquí por Fabián para que el lector no eche en el olvido la «historia» de Lázaro, que alcanzará su desenlace en el Libro VII.

gunos objetos y una carta que don Diego acababa de remitirme...

Los objetos eran: el vestido y el aderezo que regalé a Gregoria cuando se casó, los retratos y el reloj que envié a Diego, algunas bagatelas que le había dado en varias ocasiones, y un gran paquete de dinero en billetes, oro y plata, con un letrero que decía: *Van 25.482 reales.*»

La carta... era ésta, que abrasa mis manos!:

«Fabián Conde:

»Como ya no te casarás con la sobrina de tu querida, dedico el dinero que he reunido en Torrejón, y que pensaba gastar en tu boda, a pagarte lo que te debo. Adjunto es todo el numerario que hay en mi casa hoy.

»Bien sé que, incluyendo las comidas que me has dado en tu palacio y en la fonda, además de lo que me prestaste cuando mi primera mudanza, y las cuentas mías que antes habías pagado, todavía resultará a tu favor un crédito de doce mil reales... Pero como no quiero que, cuando mañana nos veamos frente a frente y espada en mano, existan entre nosotros lazos de gratitud ni de ninguna especie, justiprecio y taso en la mencionada cantidad de doce mil reales mis visitas y asistencia como médico durante tu larga enfermedad del año pasado, así como la indemnización a que tengo derecho contra ti por resultas de la herida que recibí defendiéndote en el memorable desafío con los padrinos de aquel esposo que te negó la entrada en su tertulia. ¡No dirás que taso cara mi sangre, ni que estimo en mucho mi tiempo, pues ya recordarás que guardé cama cincuenta y tres días con el pecho atravesado de parte a parte! Estamos, pues, en paz.

»Adjuntos son también todos los regalos que nos has hecho a Gregoria y a mí, y que, como ves, no han sido suficientes a comprar nuestra honra.

»Conque hasta mañana. Mis padrinos irán a verte a las nueve en punto. A la misma hora enviaré sus respectivas cartas a Gabriela, a don Jaime, al juez de ese distrito y a los periódicos, refiriéndoles todos tus crímenes. Me avergüenzo de haber sido durante mucho tiempo el único poseedor de ciertos secretos tuyos, el único escandalizado por tu fechorías... ¡Necesito que el escándalo sea universal, para que mueras entre los silbidos y las maldiciones que te lanzará mañana todo el mundo!

DIEGO EL EXPÓSITO.»

«P. D. Te prevengo que, si vuelves a aparecer por mi calle, te echará mano una pareja de guardias civiles, a quienes he dado tus señas. ¡Cómo corrías anoche, gran canalla!»

Fácilmente comprenderá usted en qué agitación habré pasado las seis horas transcurridas desde que recibí esta horrible carta hasta el momento en que vine esta tarde a echarme en brazos de usted... Durante esas horas más de veinte veces he tenido una pistola en la mano para levantarme la tapa de los sesos... Pero, ya se lo dije a usted al entrar aquí: mi dignidad y mi conciencia me impiden suicidarme. ¡Yo no puedo dejar a Gabriela convencida de que he vuelto a engañarla, cuando esto no es cierto! ¡Yo no quiero causar su muerte o su eterna desdicha con un nuevo golpe asestado a su generoso corazón! ¡Yo no quiero que don Jaime de la Guardia, después de haberme perdonado faltas tan grandes, y cuando pudiera pedirme cuentas de las que no conoce, me condene por una que no he cometido! ¡Yo no quiero que el mismo Diego se quede en el mundo con la doble amargura de creer que mi amistad ha sido mentira y de pensar que su rigor ha causado mi muerte! ¡Yo no quiero, en fin, matar mi inocencia, la única vez que de ella puedo ufanarme; matar el amor y la amistad de los que ya me perdonaron mis verdaderas faltas; matar mi memoria en sus corazones, el rezo en sus labios y las lágrimas en sus ojos! ¡Quiero, por el contrario, que cuando me toque morir me lloren los que no tengan razón alguna para haber dejado de amarme! ¡Mi suicidio sería la calumnia propalada, sancionada, ejecutoriada por mí!... ¡Y lo que yo necesito es hacer triunfar la verdad; inspirar fe, ya que no pueda enseñar mi corazón al mundo, ser creído! ¡Padre..., ser creído un solo momento, y después morir!

A eso vengo. En mi desesperación, viendo llegar el día de mañana, y con él todos los horrores que me prepara Diego, recordé que la fama hablaba de un virtuoso y sabio sacerdote que sabía curar los más acerbos males del espíritu, y aquí me tiene usted en busca de sus consejos; *en busca de Dios*, si a Dios se le puede hallar; en busca de los consuelos de la religión cristiana, si esa religión tiene consuelos para los incrédulos; en busca de la paz del claustro, si los calumniados son en él admitidos... En fin..., ¡no sé a qué..., pues mi pobre alma se agita en un océano de dudas!... ¡Ello es que aquí estoy!

¡Y si supiera usted cómo he venido! ¡Si supiera usted hasta dónde ha llegado el escarnio que ha hecho hoy de mí la desventura!... Es un incidente trivial, pero que resume y simboliza en mi concepto toda mi malhadada historia. No bien resolví venir a hablar con usted, di orden de que engancharan un carruaje, y mis criados, viendo que era Carnaval, y recordando mis costumbres de los años anteriores, dedujeron que mi intención sería ir a la gran mascarada del Prado... Acordaron, pues, enganchar el más irrisorio y profano de mis coches, aquel en que siempre había ido yo a las máscaras, una especie de picota de ignominia que se llama *cesto,* al cual me subí maquinalmente. En él aparecí a las tres de la tarde, a la hora del Juicio Final, en la Puerta del Sol... ¡Allí he sido reconocido y befado por mis antiguos camaradas o émulos de libertinaje!... ¡Allí he sido insultado, silbado, apedreado por la plebe, y de allí he tenido que salir en precipitada fuga, perseguido por los aullidos de los hombres y por los ladridos de los perros, como un enemigo de la humana especie, como un réprobo, como un paria, como el grotesco símbolo del Carnaval y del escándalo!...

Ahora bien, padre mío: llegó el momento de que usted hable. No una vez sola, sino muchas, durante mi larga relación, me ha prometido hallar fácil remedio a mis desdichas... *por grandes que ellas fuesen.* No sé si, después de conocerlas en toda su extensión, seguirá usted pensando del mismo modo. Yo considero totalmente imposible salir del infierno en que me hallo.

IV

Dictamen del padre Manrique

Serían las nueve de la noche cuando Fabián dejó de hablar.

¡Cosa rara! La última parte de aquella especie de confesión, con ser la más triste y horrorosa, pareció complacer mucho al padre Manrique y tranquilizarlo por completo. Lo decimos, porque mientras el joven refería su violentísima escena con Diego y los tremendos peligros que de resultas de ella le amenazaban, el rostro del jesuita fue bañándose de una leve sonrisa de satisfacción y júbilo, que más asomaba a sus ojos que a sus labios.

—¡Pues, señor! —exclamó al fin, retrepándose en la silla y mirando de hito en hito al aristócrata—. ¡Demos gracias a la *Providencia divina...*, aunque usted no crea en ella, según ha tenido la *ingenuidad* de confesarme!... De todo cuanto me ha relatado usted se deduce que no hay nada perdido, y que, muy al contrario, está usted de enhorabuena.

Fabián miró con asombro al padre Manrique.

El anciano se sonrió, y añadió con cierto donaire:

—¡Apostaría cualquier cosa a que sé lo que está usted pensando! «Este buen señor (acaba usted de decirse) no se ha hecho cargo de mi situación, o va a prevalerse de ella para poner el paño de púlpito, predicarme un sermón rutinario contra la marcha del siglo, desagraviar a la perseguida Iglesia romana, ganarle un soldado a la Compañía de Jesús y ver de atraerme a su escuela política...» (¡Pues dicho se está que, a los ojos de usted, seré yo un carlista furibundo, o, cuando menos, un terrible neocatólico, partidario de la fusión dinástica!)[115]. Con franqueza, señor don Fabián, ¿no ha sido este su recelo de usted, al ver la tranquilidad con que le he asegurado que *no hay nada perdido*? ¿No es verdad que principia usted a desconfiar de mí, creyendo que más voy a trabajar *pro domo mea*[116] que por la felicidad de usted y de sus amigos, pareciéndome en ello al médico especialista que receta una misma fórmula contra toda clase de males, menos cuidadoso de sanar a los pacientes que de vender su específico y hacer prosélitos?

Fabián bajó la cabeza y suspiró, como pesaroso de haber comenzado a recelar lo mismo que el sacerdote acababa de decir.

—¡Perfectísimamente! —prosiguió el padre Manrique, alzando abiertas las dos manos en señal de tolerancia y de parlamento—. ¡No tema usted que vaya yo a enfadarme! *¡Estamos* muy acostumbrados a mayores injusticias! Sin embargo, bueno será que estudiemos a fondo la dolencia, y veamos si podría ser curada por otro procedimiento diferente del mío. Para ello principiaré, como suelen los doctores, haciendo el resumen de la *historia* del mal y lo que pudiéramos llamar su *diagnóstico*. El *pronóstico* y el *tratamiento* vendrán después... Tenga usted calma entretanto, y perdóneme el que yo también la tenga... Desde ahora hasta las nueve de la mañana, que irán a su casa de usted los padrinos de Diego y que éste hará las demás atrocidades que se le han ocurrido, podemos arreglarlo todo. ¡Ya verá usted cómo, para estos males tan espantosos, hay en el farmacopea del antiguo régimen remedios más *heroicos* y eficaces que el desafío y el suicidio![117].

---

[115] El neocatolicismo (Alarcón fue acusado de ello) es la doctrina político-religiosa que aspira a restablecer en todo su rigor las tradiciones católicas en la vida social y en la gobernación del Estado. Precisamente, el grupo partidario de la fusión de las ramas isabelina y carlista de la monarquía por medio del matrimonio de Isabel II con su primo Carlos Luis de Borbón, hijo de Carlos María Isidro, estaba formado por católicos conservadores, no carlistas. Esta fusión dinástica fue apoyada por muchos intelectuales, entre los que destacó Jaime Balmes.

[116] «en favor mío».

[117] Alarcón compara en sus novelas el tiempo presente de la acción con el anterior a la Revolución Francesa. Unas veces con ironía, otras con todo convencimiento, siempre hay un recuerdo nostálgico del pasado anterior a la Constitución de 1812, firmada por las Cortes de Cádiz.

Y, así diciendo, el jesuita se levantó, renovó la vela del candelero, y dio algunas vueltas por la habitación, restregándose las manos y con la cabeza muy baja, como quien recoge sus ideas; hasta que al fin se paró delante del joven, y dijo:

—Inútil creo explicar a usted el origen de la crisis accidental en que hoy se halla, ni indicarle el nombre de esa revelación de la antigua ruina de su espíritu... ¡Ya los ha vislumbrado usted por sí solo, a pesar de lo muy turbios que están todavía los cristales de su conciencia!

¡Usted, señor *Fernández,* además de vicioso, ha sido siempre fanfarrón del vicio; usted se ha complacido en escandalizar el mundo con sus maldades; usted ha tenido a gloria ser reputado como el libertino más audaz, o sea como el seductor más... *afortunado* de la corte... (me valgo de palabras de usted), y, no bastándole a su infernal soberbia tamaño *escándalo,* fue depositando en la memoria de Diego aquellos secretos que un joven bien educado no revela al público cuando el público no los trasluce por sí mismo...; fue usted, digo, contándole diariamente al que hoy es esposo de Gregoria todas las iniquidades y torpezas de que se valía usted para corromper a las mujeres de sus amigos; para abusar de la confianza de éstos; para engañar a cuantas personas le tendían la mano; para sacrificar, en fin, la paz y la ventura de innumerables familias en aras del brutal egoísmo y feroz concupiscencia a que rendía usted grosero culto, como si Dios no le hubiese dado un alma!...

—Bien..., sí...: ¡todo eso es verdad! —tartamudeó el antiguo calavera, como impaciente de llegar a las *conclusiones* o remedios.

—¡Primera premisa!... —continuó tranquilamente el anciano—. Y, puesto que acaba usted de decirme: *«concedo majorem»,* paso a formular la *menor*[118]. Diego, el mísero expósito, enemigo como usted, de la sociedad (cual si la sociedad tuviera la culpa de que la madre de aquel infeliz hubiese sido pecadora y desnaturalizada, y de que su padre de usted hubiese hecho traición a su esposa y al marido de doña Beatriz de Haro); Diego, repito, que no contaba con las cualidades personales ni con los bienes de fortuna necesarios para guerrear ventajosamente

---

[118] Es un principio de la filosofía escolástica.

contra las clases nobles, ricas y elegantes, que le inspiraban especial aborrecimiento y envidia, se apoderó de usted como de un dorado puñal que esgrimir contra ellas desde la sombra; se empapó gustoso en las cotidianas confidencias que usted le hacía acerca de los daños que acababa de causar en el hogar ajeno; aplaudió todas aquellas ruindades y demasías, no porque dejaran de parecerle odiosas, sino porque las utilizaba para satisfacer sus propios odios, y era, en suma, demonio tentador que lo sublevaba a usted contra un Olimpo[119] de que el infeliz se consideraba desheredado. Por eso luchó siempre con Lázaro, que (practicándolo o no, cosa que todavía ignoramos) predicaba el bien absoluto; por eso fue durante mucho tiempo el más cruel enemigo de Gabriela y se esmeró en impedir que usted siguiera sus santos consejos; y por eso ahogó cuidadosamente todos los buenos instintos de su corazón de usted, hasta el día en que el pobre cunero[120], favorecido ya por la suerte, ocupó un mediano puesto en el concierto humano, sintió apego a la vida, se acordó de que tenía corazón, y pensó en casarse, en transigir con sus prójimos, en formar parte de la sociedad, en fundar una casa y una familia... Asustóse entonces de su propia obra; sintió haber excitado hasta la ferocidad sus pasiones de usted, y tal vez pensó en dejar de tratarle, no decidiéndose a ello por egoísmo, o sea por seguir disfrutando de la protección de todo un conde... Se alegró, pues, mucho de ver que usted entraba también en la senda de la virtud...; pero, recelando todavía que no tuviese usted valor y constancia para perseverar en ella, preparóse contra las *eventualidades del porvenir*... De aquí el afán con que se dedicó de pronto a restablecer las relaciones entre usted y Gabriela; de aquí el constituirse en *fiador* para con ella y para con sus padres; de aquí el exigirle a usted juramentos de no reincidir en las antiguas faltas; de aquí, finalmente, el que procediera en todo y por todo como quien, habiendo enseñado a otro a tirar piedras al tejado ajeno, se encontraba repentinamente con que él iba a tener el suyo de vidrio.

---

[119] En la primera edición aparecía la palabra *cielo* en lugar de *Olimpo*. El cambio pudo ser debido a escrúpulos católicos del autor.
[120] *cunero*, expósito. *Víd.* nota 50.

—¡Ésa..., ésa es la pura verdad! —exclamó Fabián Conde, recibiendo como un consuelo la propia austera justicia de aquel resumen.

—Pues saquemos ahora la *consecuencia*... —siguió diciendo el religioso—. Diego no era el único escandalizado por los excesos de su antigua vida de usted. Estábalo igualmente todo el mundo, y estábalo Gregoria... ¡Qué digo!... ¡Lo estaba hasta la humilde sirvienta de la casa!... ¡Recordemos, si no, el irreverente apóstrofe con que Francisca lo saludó a usted al conocerle!... En cuanto al escándalo especial de Gregoria, debo añadir que era de una naturaleza muy complicada y dañina... Aquella mujer, más vana que concienzuda, más presuntuosa que honrada, no temía tanto el que usted pusiese los ojos en ella, como el que la considerase *indigna de semejante agresión*... ¡Ah! ¡La ruina espiritual que su historia de usted le había causado era completa! Gregoria tenía curiosidad..., ¡solamente curiosidad!, de oír las mágicas frases de que se habría valido el dragón infernal llamado *Fabián Conde* para seducir a tantas y tantas Evas[121]; aspiraba además a la gloria de ser más fuerte que aquellas desgraciadas, y de rechazar y confundir al héroe de tan ruidosas aventuras; necesitaba, sobre todo, hacer patente a Diego que usted la hallaba agradable, envidiable, apetecible, a fin de que el altanero hipocondriaco (aquel hombre de quien me ha dicho usted que se volvía loco a la idea de estar en ridículo) no se avergonzase ni se arrepintiese nunca de haberse casado con ella... Agreguemos, finalmente, la diabólica, espinosísima escena de aquel domingo por la tarde, en que Eva y el Dragón se vieron solos en ausencia del amargado consorte (escena que tan herida y humillada dejó a Gregoria), y comprenderemos que haya incurrido en la vil tentación de levantarle a usted la calumnia más verosímil y mejor urdida que saliera jamás de los talleres del demonio...

—¡Calumnia horrible!..., ¿no es cierto? —interrumpió el joven, apoderándose de las manos del eclesiástico—. ¡Calumnia infame, en que Diego no podrá menos de creer, diga yo lo que diga y haga lo que haga!...

—De eso iba a hablarle a usted en este momento... —res-

---

[121] Alude al capítulo XII del *Apocalipsis*.

pondió el anciano—. Diego, mi querido señor don Fabián, debía sospechar más o menos distintamente (antes de que usted se lo dijera anoche, en ocasión en que ya no le convenía creerlo) que su muy querida y por él celebrada Gregoria le inspiraba a usted desdén o antipatía, y la ciega vanidad y torpe egoísmo del marido, procediendo con una mala fe que no es ésta la sazón de analizar psicológicamente, le habrán hecho escamotearse a sí propio la humillante *verdad* y encariñarse con la lisonjera *mentira* inventada por su esposa... pues así queda *consolado* y *vengado* a un tiempo mismo, aunque esto implique en realidad una monstruosa contradicción de su conciencia. Por otra parte, el morboso cariño que Diego le profesa a usted (*«formidable amistad»* lo denominó Lázaro en cierta ocasión) se hallaba estos últimos meses muy lastimado; la natural envidia del hipocondriaco estaba muy enfurecida, y su misantropía se había trocado en despecho y saña al ver que usted era ya dichoso *por sí y ante sí;* que para nada tenía que acudir a él, que reunía usted ya todo cuanto a él le faltaba..., nombre, gloria, salud, gallardía, riquezas, valimiento social, y hasta albores o posibilidades de Fe, de divina Gracia, de favor con nuestro Eterno Padre, mediante la intervención de Gabriela..., y, por resultas de ese despecho, Diego necesitaba un motivo, un pretexto, un asomo de razón, para fundar cargos contra usted; para declararle la guerra; para destruir su dicha, retirando la tan ponderada *fianza;* para aislarlo a usted de nuevo; para reducirlo otra vez a su obediencia; para volver a hacerlo su esclavo. ¡Considere usted, pues, con cuánta fruición y prontitud habrá dado crédito el infortunado a la calumnia de Gregoria, comprobada por apariencias funestísimas y por la sincera declaración de la fámula! Añada usted (y esto es lo más grave de todo) los antecedentes de su propia historia; el alarde que siempre hizo usted, especialísimamente ante Diego (quien se lo recordó anoche en el café), de sus infames empresas amatorias, de su ningún respeto a la honra ajena, de su arte consumado para mentir, de su elocuencia infernal para defenderse y obtener la absolución de padres y maridos, aun en los casos más apurados, más patentes, más indudables..., y habremos de convenir, mi querido señor *Fernández,* en que por lo medios puramente *externos,* con discursos, con pruebas, con testigos, con lágrimas, con la espada, con la pistola, matando, dejándose matar, matándose usted mismo, ¡de manera alguna podrá usted sincerarse a los ojos de Diego! ¡Por todo lo cual, hijo mío —concluyó el jesuita con terrible acento—, *el escándalo* ha dado sus frutos: el fardo de sus pecados de usted ha caído a última hora sobre la cabeza del antiguo Tenorio, aplastándolo, anonadándolo bajo su peso! ¡Todo el mundo dirá que Diego tiene razón! ¡Nadie, nadie le creerá a usted bajo su palabra! ¡Don Jaime, Gabriela, el público, todos se alejarán de usted con horror y espanto, al ver que, después del que llamarán *su fingido arrepentimiento,* ha atentado al honor y a la felicidad de su único amigo! En resumen: ¡está usted perdido *sin remedio...* ante el juicio humano! ¡No tiene usted escape! ¡Ha sido usted cogido en sus propias redes, y no le queda más arbitrio que entregarse a discreción, que deponer las armas terrenas, que dejar las banderas del mundo, que declararse mi prisionero y que fiar su triste suerte a la misericordia de Dios!

—¡Ay de mí! —gimió Fabián desconsoladamente—. ¡Conque venimos a parar en que debo *huir* de la calumnia como de una acusación merecida, y encerrarme en la soledad del claustro!

—¡No!, ¡mil veces no! —respondió el padre Manrique con indignación y cólera—. ¡Yo no le aconsejaré a usted nunca semejante cobardía! ¡Eso fuera apelar a un recurso hipócritamente piadoso, inventado por los escritores románticos, en sus dramas o en sus novelas, como medio anodino de dejar impunes los crímenes no penados por las leyes humanas, haciendo que el veterano o inválido del vicio descansase en la paz de una Cartuja, libre de todo riesgo, mientras que en el mundo manaban sangre las heridas que dejó abiertas![122]. ¡En el caso

---

[122] En la primera edición este texto era sensiblemente diferente. Es la modificación más extensa que realizó Alarcón. Lo reproducimos completo por su interés: «¡Eso fuera apelar a un recurso hipócritamente piadoso, inventado por los escritores románticos! Los románticos (¡impíos al fin, como herederos directos de los librepensadores del siglo pasado!) escogitaron ese tercer medio de desenlazar cómodamente los conflictos de honor, los dramas de conciencia. Antes del romanticismo, el hombre escandaloso, el criminal injusticiable, el pecador que se hallaba en deuda con sus hermanos, el trasgresor de la Ley Eterna (cuyas infracciones todas no están puestas en los códigos, o no constituyen delito a los

presente, rechazo el convento con la misma indignación que el duelo y el suicidio y que todo lo que sea *huir* de la batalla en que está usted empeñado! Al decirle a usted, pues, que es *mi prisionero,* no he querido significarle que se quede aquí conmigo, sino que está usted acorralado por los hombres y obligado a entregarse a Dios... Pero ¿quién le habla a usted de *claustros?* ¡Al mundo, señor *Fernández,* al mundo! ¡A combatir por el bien!, ¡a purificar su alma!, ¡a redimirla de sus prójimos!, ¡a salvar a los inocentes de la epidemia del escándalo!, ¡a deshacer todo el mal que les ha hecho!, ¡a purgar y a pagar lo que ya no puede remediarse!, ¡a impedir, en una palabra, que sea definitiva la ruina espiritual en que ha sumido usted a Gregoria y a Diego, y que va a trascender al corazón de Gabriela y de don Jaime! ¡No muera usted *defendiéndose interesadamente!*... ¡Pero muera usted, si es necesario, defendiendo el bien, confesando la verdad, acatando la Justicia divina, tratando de conquistar el cielo! ¡Muera usted, en fin, edificando al mundo con sus obras!

—¡Padre! —exclamó Fabián con profundo desaliento—. Sus consejos de usted no pueden ser más santos...; pero, desgraciadamente, en el caso actual no tienen aplicación alguna. Usted olvida lo apremiante y angustioso de mi situación...

---

ojos de los legisladores profanos) apelaba al indignamente llamado *Juicio de Dios;* se batía en desafío con cualquier representante de la vindicta pública, y, matase o muriese, y hasta sin matar ni morir, con tal que se hubiera mostrado propicio a derramar su sangre o la ajena, ya tenía honra, aunque fuese infame; ya tenía inocencia, aunque fuese culpado; ya se suponía desarmada la Suprema Justicia... O bien, cuando la tragedia era unipersonal, cuando el conflicto surgía en la conciencia de un solo individuo acusado por el mundo entero, apelaba al suicidio.... ¡y en paz! *¡Componéoslas ahí como podáis!,* decía a las víctimas de sus infamias y al público escandalizado, y se acostaba tranquilamente en la tumba, muy confiado en que Dios no iría a despertarlo nunca de aquel sueño. Pero, como digo, los escritores románticos juzgaron (y juzgaron bien) que los crímenes no castigados por los Códigos requerirían una expiación más larga y de índole más religiosa que el desafío o el suicidio, y, equivocándose en los medios de desagraviar la moral, creyeron arreglarlo todo con enviar a un convento, al final de sus dramas y novelas, a los libertinos desengañados, a los bandoleros cansados del oficio, a los ladrones de honras, a los que dejaron tras de sí en el mundo anchos regueros de lágrimas... Descansaba, pues, grandemente el inválido o el veterano del vicio en la paz de una Cartuja o de una Ermita, libre de todo afán temporal y de todo riesgo, mientras que en el mundo manaban sangre las heridas que dejó abiertas... ¡No le aconsejaré yo a usted semejante fuga, semejante diserción!.»

¡Dentro de pocas horas Diego me habrá delatado a la justicia humana, a los tribunales, al público, a don Jaime, a Gabriela!... ¡a mi pobre Gabriela, que no podrá resistir este nuevo golpe! ¡Dentro de pocas horas todos sabrán que mi padre pereció por traidor; que yo fui falsario para rehabilitar su nombre, y estafador para apoderarme de su hacienda; que un juez de primera instancia entiende en el asunto, y que no podré librarme de ir a presidio!... ¡Dentro de pocas horas, Diego habrá ya dicho a Gabriela y a don Jaime que he intentado seducir a Gregoria..., y, al oírlo, Gabriela se acordará de aquella tarde..., del gabinete de Matilde..., del tremendo desengaño que recibió entonces..., y *creerá a Diego,* y dará otro grito como aquel que aún resuena en mis entrañas, y caerá, no ya desmayada, sino muerta!... ¡Dentro de pocas horas, don Jaime me habrá buscado para matarme como a un perro, llamándome traidor a su amistad y asesino de su hija!... ¡Dentro de pocas horas, los padrinos de Diego llegarán a mi casa y me desafiarán..., y tendré que rehuir el lance o que batirme con mi mejor amigo! ¡Si rehúyo el duelo, quedaré por cobarde en el concepto público, y añadiré esta fea nota a la ignominia que ya cubrirá mi frente!... Si me bato, ¿cómo procurar herir el pecho del hombre sin ventura que constituyó mi única familia y que vertió por mí su sangre generosa?... Y si no me defiendo, y él me mata, como me matará sin duda alguna, ¿qué dirá el mundo, qué dirá el propio Diego?... Diego y el mundo escupirán a mi cadáver, exclamando desapiadadamente[123]: *«¡Bien muerto está el inicuo Fabián Conde!»* Pues suponga usted que el marido de Gregoria, al ver que rehúso batirme, o que no me defiendo en el campo de batalla, me insulta una vez y otra, me abofetea en público, le escupe, no ya a mi cadáver inanimado, sino a mi faz, todavía coloreada por el rubor de la vida... ¿Qué pasará entonces, padre Manrique? ¿Qué pasará entonces? ¿Ha olvidado usted que soy hijo de un general, muy pecador sin duda alguna, pero que fue rayo de la guerra y espanto de sus enemigos?... Ahora bien...: todos estos horrores no pueden remediarse más que de una manera: sacando a Diego de su error antes de las nueve de la mañana;

---

[123] *desapiadadamente,* despiadadamente.

combatiendo de frente a la calumnia; haciendo resplandecer mi inocencia..., ¡devolviendo la fe al corazón de mi amigo! ¡Dígame usted, pues, qué hago para llegar a este fin!... ¡Dígame usted qué recursos puedo intentar esta misma noche! No es otro el objeto de mi consulta... A eso he venido a buscarle a usted...

—¡Ya comprendo!... ¡Ya comprendo!... ¡No tiene usted que esforzarse en explicármelo —respondió el jesuita con sequedad—. ¡Usted va derecho a su negocio, desentendiéndose de que tiene un alma y de que hay un Dios!... ¡Usted no quiere perder nada en la partida, ni tan siquiera el ya mencionado faro de sus culpas!... ¡Usted quiere (haya sido buena o mala la historia de Fabián Conde) convencer a Diego en un momento, como por ensalmo, volver a ser feliz inmediatamente, casarse con Gabriela, tener honra, ser conde, ser rico, ser diputado, y todo ello sin más trabajo, sin más dilación, sin más sacrificio, sin más penitencia que pronunciar muy bellas palabras!... ¡Amigo mío, sigue usted delirando! Estamos como al principio... Yo creía haber cortado toda retirada a su cobardía; yo pensaba haberle demostrado que es inútil vuelva la vista hacia las complacencias mundanales...; pero veo que su impiedad de siempre, el egoísmo terreno, el apego a la vida mortal, a los bienes finitos, a los goces de la materia, al reino de Lucifer, le hacen a usted desoír la voz del alma... Concluyamos, por tanto, señor don Fabián..., y para ello, fijemos la cuestión en términos categóricos: *¡A mí no se me ocurre ningún medio de convencer a Diego! ¿Se le ocurre a usted alguno?* Contésteme rotundamente.

—A mí..., no, señor... —tartamudeó el joven con renovada angustia.

—Pues entonces, ¡desventurado! —prorrumpió el jesuita—, entréguese usted sin reservas ni condiciones de ninguna clase, y siga literalmente mis consejos, que son, en medio de todo, los de aquel Jesús que usted *ama y reverencia.*

—Pero ¿qué me aconseja usted en definitiva? ¿Qué debo hacer? Todavía no me lo ha dicho...

—¿Qué? Pues... ¡nada!... ¡Resignarse! —contestó el sacerdote con majestuoso acento—. Es decir, reconocer que merece usted todo lo que le pasa, y confesarlo así en público, con palabras y *acciones.*

—¡Declarar yo que he cometido la infamia que me atribuye Diego!

—No, precisamente... Pero declarar *otras* que en realidad ha cometido, y sufrir, por vía de expiación, las consecuencias de la que le achacan; protestar cuanto quiera de que es usted inocente respecto de Gregoria; pero reconocer que ya había delinquido lo bastante para que Dios le castigue de esta manera...

—¿Y qué habré adelantado? —replicó Fabián—. ¡Me llamarán hipócrita y cobarde!... ¡Seguirá en pie la calumnia, y Diego llevará a cabo sus amenazas! ¡Oh! ¡Esto es horrible! ¡Ser inocente, y no lograr que lo crea nadie!

El padre Manrique se acercó entonces al oído de Fabián, y le dijo con tanta vehemencia como si intentara infundirle su propia alma:

—¡Absolutamente *nadie*..., si exceptuamos al Sumo Dios!

—¡Pero usted, padre mío!... ¡Siquiera usted!... —balbuceó el joven, con la suprema ansiedad del que se ahoga—. ¡Si usted me ayudase!... Porque supongo que usted *me cree.*

El jesuita respondió, fingiendo indiferencia:

—¿Qué quiere usted que yo le diga? ¡A mí mismo me cuesta mucho trabajo tener *fe* en un hombre que no la tiene en Dios! Usted, sin dar oído a las voces de su espíritu, duda de que haya en el Universo un eterno Juez de nuestras acciones, fundándose en que no lo ha visto con los ojos de la cara... ¡Pues tampoco *he visto yo con los ojos de la cara* su corazón ni su inocencia de usted!... ¡Y lo mismo responderá Diego! ¡Y lo mismo dirá todo el mundo! Hay que ser lógicos, señor Fernández: usted nos exige que lo creamos bajo su palabra, cuando lo acusan tantas apariencias y tantos antecedentes, y no cree, por su parte, que hay un Dios Todopoderoso, Criador del Cielo y de la Tierra, cuando la tierra y el cielo están llenos de su gloriosa majestad... ¡cuando tiene usted un alma que suspira por Él a todas horas, con hambre y sed de justicia!... ¡cuando no le queda a usted ya más refugio que sus paternales brazos!... ¡Dé usted ejemplo de *fe* y de humildad, creyendo en el Dios que sólo se deja ver por la incomprensible grandeza de sus obras, y nosotros creeremos en su inocencia de usted..., sobre todo si nos la revela también con *obras* y no con meras palabras, que se lleva el viento!...

—¡Padre! ¡Padre! ¡Le juro a usted que soy inocente!... —gritó Fabián todavía, cruzando las manos con desesperación.

—Es muy posible... —contestó el jesuita—. Pero no se trata ahora de convencerme a mí, sino de convencer a Diego; pues dicho se está que el desgraciado no habría de creerlo a usted bajo mi pobre garantía, ¡basada precisamente en *palabras* de usted mismo! Digo esto por si se le ha ocurrido a usted la idea de que yo vaya a hablar con Diego, o con Gabriela, o con la misma Gregoria... ¡Todo sería inútil!

—¡Dios mío! ¡Dios mío! —clamó Fabián—. ¿Qué hago? ¿Y qué puedo hacer?

—Lo que está usted haciendo, mi querido hijo: ¡llamar a Dios! —respondió el padre Manrique con inexplicable dulzura.

—¡Lo he llamado tantas veces en esta vida! ¡Y ha sido tan insensible a mis clamores!

—¡Porque no lo ha llamado usted desde el fondo de una conciencia sin mancha!... ¡Porque ni tan siquiera lo ha llamado usted con gritos de verdadero arrepentimiento, con verdaderos propósitos de enmienda!

—¡También le he llamado de ese modo!

—¿Cuándo? ¡Me parece que se engaña usted!

—Cuando me abandonó Gabriela.

—Entonces llamaba usted a Gabriela, no a Dios... ¡Entonces le pedía usted al cielo que le entregase la hermosura terrena de la hija adoptiva de Matilde!...

—¡Lo llamé luego, en la populosa soledad de Londres, cuando, seguro otra vez de que Gabriela iba a ser mía, deseaba ofrecerle creencias tan acendradas como las suyas!... ¡Y Dios no se mostró a los ojos de mi espíritu!

—¡Había demasiado fango en su conciencia de usted para que pudiese reflejar la luz del cielo! En primer lugar, no había usted expiado en el purgatorio de la penitencia sus antiguas iniquidades; en segundo lugar, todavía estaba usted gozando de los millones que adquirió por medio de sacrilegios y falsos testimonios... ¡Dios no se satisface tampoco con *palabras*, amigo mío! ¡Dios pide *obras*!... Y mientras usted no me pruebe..., mientras no me prueben todos los que niegan la posibilidad de ver a Dios con los ojos de la fe..., que lo han buscando *desde el fondo de una conciencia pura* y por medio de *obras* de caridad y de penitencia, no les reconoceré derecho a negar que nuestro Eterno Padre acuda al alma de cuantos le llaman desinteresada y amorosamente. *«Bienaventurados los limpios de corazón* —dijo Cristo—, *porque ellos VERÁN A DIOS»* [124].

Fabián se puso de pie, ostentando al fin en su demudado rostro una dignidad soberana.

—¿Y ve ese Dios el fondo de los mismos corazones que le niegan su fe? —preguntó con arrebatado acento—. ¿Estará viendo en este instante la inocencia que llora en el fondo del mío?

—¡Es el único que la ve, además de usted propio! —respondió el jesuita, aproximándose al joven y poniéndole una mano sobre el pecho—. Sí, mi querido hermano. ¡Usted propio se está viendo por dentro, y se basta y se sobra para testigo y juez de su inocencia!... Dios no hace más que sonreír y premiar al que padece persecuciones por la justicia; al que, como usted, tiene hambre y sed de ella, y al que no vive de la ajena opinión, del falible juicio del mundo, de los aplausos externos, de las lisonjas de los mortales, sino del íntimo testimonio de su corazón. Bástele, pues, a usted saber que no ha cometido el pecado que le atribuye Diego, y no le importe nada de su ira, ni del escarnio de los hombres, ni de la injusticia de la sociedad, ni de los ultrajes, ni del tormento, ni de la muerte... En medio de todo (ya lo hemos dicho), si no ha cometido usted ese pecado, ha cometido otros muchos... ¡Tome usted lo que en adelante le suceda como castigo y penitencia de ellos!...

—¿Y Dios lo sabrá? ¿Dios me llevará esa cuenta? —preguntó Fabián angustiosamente—. Si yo soy bueno; si yo hago todo lo que usted me diga; si yo renuncio a todo por Dios..., ¿conoceré en algo que Dios me lo agradece..., que tan siquiera lo sabe?

—Lo conocerá usted en la inefable alegría de que sentirá inundado su pecho... ¡Usted, mi querido hijo, no puede todavía figurarse lo hermosa, grande y rica en perdurables flores que es el alma humana!... El alma es un mundo que llevamos dentro de nosotros, y al que muchos no se asoman nunca por

---

[124] *Evangelio de San Mateo*, 5, 8.

atender al tumulto de la vida mortal, a los ruines apetitos de la carne, a las infernales seducciones del mundo exterior, a los vanos aplausos del público. ¡Hay que asomarse a nuestra propia alma por las ventanas de lo interior de la conciencia, para ver todos sus tesoros! ¡Qué paz, qué sosiego, qué floridos campos, qué eternos verdores, qué claridades celestes se gozan desde allí!... ¡Cuán lejos se han quedado el ruido y la fiebre y la locura del mundo!... ¡En el jardín que se tiene ante la vista todo habla de la inmortalidad del espíritu, todo murmura palabras de esperanza, todo convida al bien, todo dice que hay una mansión de justicia, que hay un descanso de los buenos, que hay un premio de las virtudes, que hay una patria de los desgraciados, que hay un Padre que nos aguarda para explicarnos esta triste vida y satisfacer todas nuestras ansias de bondad, de verdad y de hermosura!

—¡Hable usted!... ¡Hable usted, padre mío!... ¡Me parece estar oyendo al mismo Dios!... —suspiró Fabián lánguidamente, llevándose a los labios las manos cruzadas y levantando los ojos al cielo—. ¡Qué dulce será creer de esa manera!

—Y ¿por qué no ha de creer usted si creo yo? ¡Ni se imagine que habla ahora el sacerdote de la religión católica, el discípulo de San Ignacio, el catequista de un determinado dogma positivo!... Ese sacerdote le hablará a usted más adelante, otro día..., cuando el espíritu de usted se halle sereno y no pueda decirse que abuso de su angustia para obtener una conversión presurosa, interesada, inconsciente... El Dios a quien invoco hoy para despertar la conciencia de usted, para combatir ese materialismo que le abruma, para hacerle sentir toda la grandeza y libertad del espíritu humano, es el Eterno Padre, el Dios que nos crió y puso en nuestro pecho sentimientos filiales que ningún pueblo, ninguna raza, ningún siglo le ha negado; el Dios de todos los tiempos, anteriores y posteriores a la Redención; el Dios de quien, por *ley natural,* han hablado siempre todas las almas puras, aun en medio del error y de la ignorancia... ¿Por qué no ha de creer usted *siquiera en ese Dios,* si será como creer en sí mismo, en su propia jerarquía de ser espiritual, libre, responsable, imperecedero? ¡Nada más le pido por hoy! ¡Con eso me basta para salvar su vida! ¡Después le haré cristiano para salvar su alma! Pero ¿qué digo? ¡Cristiano se hará usted solo!... ¡Cuando crea usted en Dios Padre, adorará a Dios Hijo!... Porque Jesús no es más que la palabra de Dios, el Verbo hecho carne; Jesús es el Revelador de las heroicas fuerzas de la criatura para elevarse hasta el Criador; Jesús fue *la verdad y el camino*, que se habían oscurecido y borrado en el corazón del hombre... Jesús es el consuelo, el amparo, el Salvador de todos los que lloran...

—¡Ah!, ¡padre!, ¡padre!, ¡yo creeré! —murmuró Fabián Conde, como si rezara en vez de hablar—. ¡Yo creeré!... ¡Lo conozco..., lo necesito..., me lo está diciendo el alma!... ¡Oh, sí!; ¡el alma es muy hermosa...; el alma es infinita..., inviolable..., inmortal!... ¡Desde que me ha hecho usted asomarme a la mía, siéntome fuerte, invulnerable, descuidado, tranquilo enfrente de todas las amenazas de Diego!... ¿Qué me importa el mundo, qué me importa la opinión de los humanos, en comparación de esta paz sublime, de esta delicia sin nombre que experimento al mirarme dentro de mi conciencia y ver que soy inocente y que tengo un alma libre que lo sabe?

—¡Así, así, hijo mío! —prorrumpió el anciano, abrazando al joven—. ¡Dios hará lo demás si usted no se sale del buen camino! Oiga usted, pues, ahora lo que Dios exige en cambio de la eterna gracia que va a derramar sobre su corazón... ¡Hágalo usted y *verá a Dios en el acto*, sonriéndole en el fondo de ese alma!...

—¡Diga usted!... ¡Estoy dispuesto a todo! ¡Yo no conocía esta dicha inefable! *¡Qué feliz soy* desde que me he resignado *a no serlo!* ¡Cómo respiro desde que *sé yo mismo* que soy inocente! ¡Ya no necesito que *lo crea* nadie!

—¡Eso! ¡Eso es lo que yo quería decirle a usted! —replicó el jesuita—. ¡Ya ha principiado usted a conocer que *lo sabe* Dios! ¡Ya ha entrado usted en posesión de su alma! ¡Pronto sentirá usted desbordarse en ella la oración, entre raudales de dulcísimo llanto!... Conque basta por hoy de *palabras*... y vamos a las *obras*. ¡Qué feliz será usted mañana a la noche! ¡Qué chasco va a llevarse Diego! Pues sí, señor; lo que hay que hacer es muy sencillo... Primeramente, y por razones que ya le explicó Lázaro, tiene usted que dar a los niños expósitos, antes de las nueve de la mañana, todo el caudal del conde de la Umbría, reservándose únicamente lo que a estas horas le quedaría al antiguo

Fabián Conde de la legítima de su madre... ¿Estamos conformes?

—¡Cuente usted con ello! —respondió Fabián, besando las manos del padre Manrique—. ¡Muchísimas gracias por la justicia que me hace!... ¡Ese consejo es para mí una corona!

—Segundo... —continuó el anciano—. Tiene usted que renunciar el título de Conde..., la Secretaría de Legación..., la candidatura para la diputación a Cortes...

—¡Renunciado, padre, renunciado! Pero vamos al punto concreto de mi conflicto.

—Tercero: tiene usted que buscar a Lázaro inmediatamente y pedirle perdón por haberle injuriado de aquel modo... Usted no era Dios para juzgar ni castigar sus faltas... Y, por lo demás, usted está viendo que todos sus consejos eran saludables...

—¡Oh, sí...! ¡Esta misma noche iré a verlo! ¡Pobre Lázaro! ¡Quizás es también inocente! ¿No me condenan a mí las apariencias? ¡Un año sin saber de él! ¡Qué solo habrá vivido! ¡Qué solo puede haber muerto! ¡Con cuánta razón me acercaba yo anoche a su casa!... Pero, en fin, lo principal...

—Cuarto... —prosiguió el padre Manrique—. Tiene usted que escribir a don Jaime de la Guardia diciéndole que por respeto a la memoria de su digno hermano, cuya honra mancilló usted alevosamente, renuncia usted a la mano de Gabriela...

—¡Padre mío!... —exclamó el joven en son de protesta y rebelión, como el operado al sentir que el bisturí le llega a lo vivo.

—Hay que hacer más... —continuó el sacerdote—. Tiene usted que escribir a la misma Gabriela diciéndole que Diego lo acusa de haber atentado a la virtud de Gregoria; que, *por más que esto sea una calumnia,* no se considera usted merecedor de que nadie le crea inocente de tal pecado, ni digno del amor y la compañía de un ángel, y que, por tanto, desiste usted del proyectado casamiento...

—¡Padre! ¡Padre! —sollozó Fabián—. ¡Yo la adoro!... ¡Me es imposible obececer a usted en este punto!

—¡Lo manda Dios! —repuso el jesuita, extendiendo la diestra como si jurara.

—¡Gabriela mía! —murmuró el joven, cubriéndose el rostro con las manos.

Y ardientes lágrimas corrieron por entre sus dedos.

—Realizadas todas estas cosas —continuó el anciano con enronquecida voz—, irá usted a ver a Diego, y le dirá: «Acabo de desprenderme de mi caudal, de mi título y de Gabriela..., y, si no he denunciado a los tribunales el *delito que cometí* en unión de Gutiérrez y del marqués de la Fidelidad, ha sido porque no me toca a mí acusarlos ni perderlos siendo mis prójimos, y porque yo no debo contribuir con actos positivos a la difamación de mi padre y de doña Beatriz de Haro... Pero puedes tú hacerlo, bien seguro de que *yo mismo me constituiré en prisión y declararé la verdad ante mis jueces,* tal y como la declaro en el papel que te entrego...» Y, con efecto, le entregará usted un papel en que humildemente confiesa todos sus crímenes; y si Diego lo pasa al juzgado, irá usted a la cárcel y a presidio, ¡donde también podrá usted recrearse en la contemplación de su alma y glorificarse con el amor de Dios! No he concluido... Si Diego insiste en batirse, se negará usted a ello, aunque el mundo lo juzgue cobardía... Si le hiere en una mejilla, le presentará usted la otra. Si lo escupe, si lo pisotea, le dirá usted: *«Soy inocente del delito que me atribuyes; pero merezco que me trates de este modo.»* Y si, por evento, sale usted vivo y libre de tales pruebas... ¡aquí le aguardo!... ¡venga usted a buscarme, y seguiremos hablando de Dios y del alma, hasta que me llegue la hora de ir a esperarle a usted en la otra vida!...

Fabián separó de su rostro las manos, enjugándose al mismo tiempo con ellas las últimas lágrimas, e irguió la descolorida frente, en la cual se veía ya el sello de sublime impavidez o de valerosa mansedumbre de los mártires.

—¡Acepto! —dijo finalmente, alargando una mano al padre Manrique—. ¡Pobre Gabriela mía!

—¡Gracias! —respondió el sacerdote, estrechando aquella mano entre las suyas.

Y callaron durante mucho tiempo, sin cambiar de actitud, ambos de pie en medio de la celda; el jesuita con los ojos clavados en el rostro de Fabián, y Fabián con la mirada vaga y perdida, cual si contemplase remotos horizontes...

Sonaron las diez[125].

---

[125] A partir de este momento, el tiempo desempeña una función especial en

El joven tembló, como volviendo a la vida... Miró en torno de sí, y sus ojos se posaron en el crucifijo de talla que había sobre la mesa... abalanzóse entonces hacia él, lo cogió con amoroso ademán, y púsose a contemplar a Jesús, diciéndole:

—Tú, Amigo del Hombre, Hermano de los desgraciados, padeciste muerte en cruz *por las culpas ajenas*. Yo voy a padecer *por las mías*... ¿Dónde habrá sacrificio igual al tuyo? Tú eras inocente, y podías demostrarlo y librarte así del suplicio... ¡Y preferiste morir, por dar a los hombres alto ejemplo de amor, de humildad y de fe en el Eterno Padre!... ¡Oh Cristo! Yo te he amado siempre... ¡Sostén mi corazón en la batalla que voy a emprender para hacerme digno de volver a besarte, como te beso, y de afiliarme bajo tu bandera!

Así habló, y llevándose a la boca los pies de Jesús Crucificado, estampó sobre ellos un ósculo ardentísimo, en que se sintió vibrar cuanto amor cabe dentro del alma humana.

El jesuita rezaba entretanto, contemplando la imagen del Redentor con piedad mucho más profunda y reverente.

—¡Adiós, padre mío! —exclamó Fabián, por último, abrazando al padre Manrique—. ¡Hasta después de la lucha, si escapo con vida!

—¡Piense usted en Dios! —replicó el sacerdote.

—¡Pensaré!... ¡Conozco que va a ayudarme!... ¡Conozco que ya alborea la luz de la fe en la noche de mi espíritu! ¡Cuando salga en ella ese sol de la inmortalidad, yo vendré o lo llamaré a usted desde dondequiera que me halle, para que me dé la absolución que todavía no merezco!

—¡Oh! ¡Vendrá usted! ¡Vendrá usted!... —respondió el jesuita, acompañando al joven hacia la puerta—. Mientras tanto, yo lo bendigo con toda mi alma, como otro humilde religioso bendecía a Cristóbal Colón al verlo salir de su convento para ir a descubrir el Nuevo Mundo a través de los mares[126]... Usted

---

la estructura narrativa. Recordemos que *todo* ha de estar resuelto a las nueve de la mañana. Por esta razón, el narrador anunciará, con toda precisión, la hora en varias ocasiones. Es, asimismo, una manera de mantener la intriga y aumentar el interés hasta el final de la novela. *Vid.* nuestra «Introducción».

[126] Se refiere a fray Juan Pérez, religioso franciscano del convento de la Rábida, que además de desempeñar un papel importantísimo en los preparativos del viaje de Colón negociando con la reina Isabel y con los marineros de Palos,

va también a descubrir un mundo... ¡Usted va a descubrir el mundo que hay más allá del océano de la muerte! ¡Adiós, hijo de mi vida!

Y, así diciendo, el jesuita bendijo a Fabián repetidas veces.

Éste recibió de rodillas aquellas bendiciones, después de lo cual salió de la celda, exclamando:

—¡Hasta la vista, padre mío! ¡Pídale usted a Dios por mí!

---

preparó espiritualmente a éste para su empresa. Los historiadores cuentan que lo confesó y le dio la bendición antes de partir.

Libro séptimo

EL SECRETO DE LÁZARO

I

El palillero animado

Nadie que hubiese visto aquella tarde a Fabián Conde subir atribulado y dudoso la escalera del Convento de los Paúles lo habría reconocido en el momento de bajarla después de su larga conferencia con el padre Manrique. Diríase que el joven había vivido diez años durante aquellas seis horas. Su rostro ostentaba la melancólica paz y firmeza de quien ha llegado a la cumbre de la edad y abarca desde allí todo el horizonte de su vida, limítrofe ya de la que hay al otro lado de la muerte.

Al cruzar la meseta de la escalera, iluminada por dos farolillos que había delante de una Virgen, y pasar cerca de la pila de agua bendita en que no se atrevió por la tarde a mojar los dedos, detúvose también un instante...

Aquella pila era una breve concha de mármol amarillento, que se destacaba de la pared como una mano amiga, ofreciéndole el agua del Jordán[127]...

El joven no reprimió esta vez los impulsos de su corazón, y, después de mirar en torno de sí y ver que estaba solo, se acercó lentamente a la humilde taza, y asomóse a ella como el peregrino del desierto a la cisterna en que piensa beber...

Quizás acababa de concebir el temor..., o la esperanza... (la *duda*, en fin), de si la pila estaría seca... Pero halló que estaba henchida del eterno rocío...

---

[127] Con agua del Jordán bautizaba San Juan Bautista a todos los que se acercaban a él con el propósito de cambiar de vida. *(Evangelio de San Mateo, 3.)*

—¡Mírame si es que existes! —murmuró entonces el joven, alzando los ojos al cielo—. Mi limitada razón se recusa a sí misma ante la mera *posibilidad* de que estés contemplándome, y mi espíritu, que es otro misterio, te anticipa gustoso esta prueba de amor, de gratitud y humildad...

Y, así diciendo, sumergió en el agua bendita el pulgar y el índice, en forma de cruz, y se santiguó reverentemente.

—¡Quién reconocería en mí a Fabián Conde! —añadió luego sonriéndose—. ¡Ay! ¡Si Diego me hubiera visto santiguarme a solas con esta ansia de Fe, ya no dudaría de mi inocencia!...

—¡No tema nada!... —exclamó una voz al pie de la escalera, donde la oscuridad era muy grande.

—¿Quién me habla? —exclamó Fabián, lleno de un miedo indefinible.

—Soy yo... —continuó la voz misteriosa—; y digo que no tenga usía ninguna aprensión...; pues que hoy mismo he renovado el agua bendita.

Fabián, que había principiado a creerse en plena tragedia sobrenatural, se tranquilizó al reconocer la voz del portero...

—¡Cuidado con caer!... —prosiguió diciendo éste—. Agárrese usía al pasamanos... «¿Por qué se habrá detenido el señor conde en la escalera?» —me pregunté al sentir que cesaban los pasos...— Y era que usía estaba santiguándose y rezándole a Nuestra Señora del Consuelo... ¡Vaya, vaya! ¡Si no vuelvo del asombro! ¿Conque tan amigo era usía del reverendo padre Manrique?... ¿Por qué no me lo advirtió cuando le abrí la puerta?... Pero, ¡ya se ve!, ¡hay tanta clase de gente en el siglo! Por fortuna, yo me hice cargo de todo eso desde que supe que tomaban ustedes chocolate juntos y que la conversación duraba horas y horas... En cuanto al pobre niño, no tenga usía cuidado, que ha corrido por mi cuenta...

—¿Qué niño? —preguntó Fabián.

—El criado de usía...

—¡Jesús me valga; tiene usted razón!... ¿Cómo he podido olvidarme de que ese infeliz estaba sin comer y expuesto al frío, sin abrigo ninguno, con la crudísima noche que hace?...

—Tranquilícese el señor Conde... Cuando yo vi que se alargaban los oficios, le saqué a Juan una manta para que se liara, y le di pan y otras cosillas que tenía yo en mi alacena... ¡Ya somos muy amigos!... ¡Y cómo le quiere a usía el rapazuelo!...

—¡Ah! Tome usted..., tome usted... ¡Le suplico que lo tome!... —dijo Fabián, alargándole al viejo algunas monedas de oro.

—No, señor...; ¡no lo tomo! —contestó el portero con firmeza—. ¡Déjeme usía el gusto de haber hecho una pequeñísima obra de caridad!...

—¡Bien!... pero déjeme usted a mí el gusto de hacer otra... Con este oro puede usted...

—¡Yo no necesito nada, señor conde, sino una buena hora en que morir, y ésa no puede proporcionármela nadie más que Dios misericordioso!

—Podría usted dar limosnas...

—Pues delas usía, y es lo mismo... ¡De todos modos..., el provecho había de ser para su alma! Dios sigue el curso de cada moneda..., y sabe adónde van a parar hasta las hojas secas de los árboles.

—¡Buen discípulo del de arriba! —exclamó el joven, aludiendo sin duda al padre Manrique.

—¡Y del de más arriba! —repuso el viejo, pensando seguramente en Dios.

A todo esto, habían salido a la calle.

El *groom* no estaba ya envuelto en la manta, de la cual se había despojado apresuradamente al conocer que salía su amo.

—¡Pobre Juanito! —le dijo Fabián acariciándolo—. ¡Perdona el mal rato que te he hecho pasar!...

El niño miró al conde con asombro y hasta con terror, al verlo producirse de aquella manera. Se conocía que el sin ventura no había oído jamás una palabra cariñosa.

Principió, pues, a disculparse de haber aceptado los beneficios del portero, y a negar, como se niega un crimen, que hubiese pasado frío y hambre.

El conde se sintió humillado y avergonzado ante aquellos dos seres, que tan despreciables le habrían parecido algunas horas antes (dado que algunas horas antes se dignara fijar en ellos la atención), y exclamó aturdidamente:

—¡Vamos! ¡Vamos a casa! ¡Allí te dejaré, mi podre Juanito, y encargaré que te cuiden como a un rey!... ¡Conque adiós,

311

amigo mío! —añadió enseguida, dando la mano al portero y subiendo al coche—. ¡Hasta la vista! ¡Muchas gracias por todo! ¡Y perdone usted las molestias que le he causado!

Así diciendo, empuñó las riendas y la fusta, y puso el caballo al trote.

—¡Vaya usía con la Virgen! ¡Vaya usía con San Antonio! —se quedó diciendo el viejo, cuyas bendiciones y saludos no pudo menos de comparar nuestro joven con los silbidos y las pedradas que le lanzaron aquella tarde en la Puerta del Sol.

Así fue que dijo alborozadamente:

—Amigo Juan, ¡ya ves que no todo el mundo me detesta!...

El *groom,* o sea el *palillero animado* (como lo llamamos al principio), no comprendió aquellas palabras; sólo entendió que su amo volvía a hablarle con cariño, y contestó, quitándose el sombrero:

—Está muy bien, señor Conde.

Fabián se sonrió con dulzura, y, pasado que hubieron por la plazuela de Santo Domingo, donde aún había muchas máscaras, y entrando en la ya solitaria calle de Preciados, preguntó al lacayuelo:

—¿De dónde eres?

—De Lugo, señor Conde... —respondió Juanito más alentado.

—¿Cuánto tiempo hace que estás en mi casa?

—Dos años, señor conde.

—¿Y cuánto ganas?

—Diez duros... y vestido.

—Y dime... (pero dímelo de verdad): ¿tenías esta noche mucho frío y mucha hambre cuando te socorrió aquel viejo?

—¡Ca! ¡no, señor! Yo estoy acostumbrado a todo... ¡He pasado muchas hambres y muchos fríos en este mundo!

—Pues ¿cuántos años tienes?

—Catorce.

—¡Pobre veterano! —murmuró Fabián, mirándolo compasivamente.

En aquel momento cruzaban la Puerta del Sol, donde había mucha menos gente que por la tarde.

La vendedora de periódicos que insultó al joven llamándole *conde postizo* estaba en su puesto, pregonando el título de las publicaciones de aquella noche y el sumario de las más importantes noticias que contenían.

—¡Mañana pregonará mi deshonra! —pensó Fabián—. Y ¡quién sabe!... ¡tal vez pregone también mi muerte! ¡Yo te saludo, triste mujerzuela, personificación y vehículo de la *opinión pública!*... ¡Tú serás la ejecutora de la venganza de Diego! ¡Tú serás la trompeta del escándalo!

En la calle de Espoz y Mina volvió el joven a dirigir la palabra al *groom.*

—Juanito, ¿tienes padre? —le preguntó, afectando cierta indiferencia.

—No, señor.

—¿Y madre?

—Tampoco.

—¿Quién te trajo a Madrid?

—Nadie... Víneme detrás de unos arrieros[128].

—¿Y cómo te mantenías?

—Pidiendo limosna. Luego me recogió la policía y metióme en el Hospicio, donde aprendí a leer y a escribir. Pero escapéme, y un cochero, paisano mío, enseñóme a guiar... Ayudábale yo a limpiar los coches, y dábame él cuanto pan le sobraba. Entonces fue cuando el mayordomo de usía llevóme a su casa, donde lo paso muy bien..., muy bien...

—¿Y no te he tratado yo nunca con crueldad?

El galleguito miró espantado a su señor, cual si creyese que se había vuelto loco.

Fabián volvió a sonreír con infinita tristeza, y dijo para sí levantando los ojos al cielo:

—¡Qué mucho que esta criatura se asombre al oírme, si yo mismo no me conozco! ¡Ay! ¡En resumidas cuentas, lo que el padre Manrique me ha aconsejado es una especie de *muerte parcial!*

Con esto llegaron a la calle de Santa Isabel, donde vivía el joven, el cual echó pie a tierra después de entregar las riendas al *groom,* y le dijo, alargándole una carterita muy elegante:

---

[128] En la primera edición el lacayo decía ser de León. Ahora, cuando lo hace de Lugo, Alarcón pretende reflejar en sus palabras los dialectalismos gallegos. En las formas en que aparece el pronombre enclítico —víneme, metióme, escapéme, etc.— antes se leía *me vine, me metió, me escapé.*

—Juan: es muy posible que no nos volvamos a ver. En esta cartera hay más de veinte mil reales... Yo te los regalo. Vete a Lugo; compra un carruaje y un par de mulas, y dedícate a conducir viajeros. Después, cuando te cases, y seas muy dichoso con tu mujer y tus hijos, piensa alguna vez en mí..., y Dios te lo pagará...

Echóse a llorar el niño, y respondió alargando a su vez la cartera al conde la Umbría:

—¡Yo no quiero irme de la casa! ¿Qué daño le hice yo a usía para que me despida de este modo? Además, yo no puedo quedarme con este dinero... ¡Todo el mundo se figurará que lo he robado!

—Descuida, que yo le contaré la verdad a mi administrador, encargándole que te aconseje y dirija en todo. Ahora vete a cenar y a dormir...

Y, hablando de esta manera, Fabián penetró aceleradamente en su casa.

Juanito, más absorto y maravillado que nunca, le siguió con los ojos hasta que lo vio desaparecer.

Guardóse entonces el dinero, y murmuró con gravedad, encaminándose a la cochera:

—Pues, señor, no tengo más remedio que cumplir la orden... ¡Iréme a Lugo y buscaré novia!

II

Los protegidos de Lázaro

Fabián había subido entretanto a sus habitaciones, escrito apresuradamente una esquela, puéstose una capa, cogido cuanto oro y billetes del Banco encontró en sus gavetas (reuniendo así una cantidad de cinco o seis mil duros), y bajado de nuevo la escalera, diciendo al paso a sus criados:

—Llevad ahora mismo esta carta a casa de mi administrador. Si viniese alguien a buscarme, decidle que infaliblemente estaré aquí a las nueve de la mañana. No me esperéis esta noche.

—Advierto al señor conde, por si piensa ir al baile de máscaras —observó el ayuda de cámara—, que se le ha olvidado ponerse de frac...

Fabián se sonrió de nuevo amargamente, y no contestó ni una palabra.

—Irá a jugar... —expusieron sucesivamente algunos criados, cuando el joven hubo salido a la calle.

—Yo creo más bien —dijo el cocinero— que irá a escalar el convento en que está encerrada su futura esposa... ¡Todavía apuesto doble contra sencillo a que no se casa!

—¡Qué se ha de casar! —exclamaron los otros.

Fabián se dirigía entretanto a casa de Lázaro, temblando a la idea de si habría muerto, o de si no estaría en Madrid, o de si no le recibiría a aquella hora, o de si no le haría justicia después de oírle.

Según ya sabemos, la casa de *Lázaro a secas* se hallaba situada en una triste y herbosa calle del antiguo Madrid, a espaldas de la iglesia de San Andrés, paraje que, todavía hoy, se asemeja más a ciertos melancólicos barrios de Ávila o de Toledo, que al resto de la capital de la moderna España...

Llegado que hubo el joven a aquella silenciosa calle, se paró delante de un edificio (que bien podía haber sido palacio en la Edad Media, y cuyo portón, casi todo cubierto de enormes clavos, estaba cerrado como una tumba); y, empuñando una de sus macizas aldabas, llamó fuertemente.

Pasó mucho rato sin que contestaran... En cambio se abrió la única ventana de una casucha que había frente por frente del severo caserón, y Fabián vio que alguien le observaba desde allí, bien que procurando recatarse de la luz de la luna.

Aquella maniobra le pareció a nuestro joven muy propia de un barrio tan solitario y quieto, por lo que, encogiéndose de hombros con indiferencia, llamó otra vez al ferrado portón.

Cerróse entonces la ventana, y un momento después se abrió la puerta de la misma casilla, y apareció bajo su dintel un mancebo vestido de chaqueta, el cual avanzó lentamente hacia el conde en ademán confiado y pacífico.

Tampoco se alteró entonces Fabián, por grande que fuese su extrañeza, y se limitó a bajarse el embozo de la capa y levantar el rostro hacia la luna, a fin de que el desconocido saliese de su error, si por acaso lo había confundido con otra persona.

Pero sucedió a la inversa; pues el mancebo, que apenas tendría dieciséis años, exclamó en el mismo instante, haciendo un reverendo saludo:

—¡No me había equivocado!... ¡Y cuánto me alegro, señorito Fabián, de que vuelva usted a acordarse de mi padrino! ¡Si viera usted que solo estuvo durante su enfermedad del año pasado!... Mas ¿qué es esto? ¿No me conoce usted?

—No recuerdo... —contestó Fabián.

—Yo soy Pepe, el hijo del zapatero de viejo que trabaja de día en este portal... ¿No se acuerda usted? ¡Yo soy aquel chiquillo a quien don Lázaro enseñaba a leer y escribir!... Hoy doy yo lecciones a los muchachos del barrio, y ayudo a mi padre a sostener la familia... ¡Ah! ¡Don Lázaro fue siempre muy amigo nuestro!... Así es que, cuando vino tan malo cierta noche (por ahora hace un año), mi padre y yo ayudamos al portero y al aguador a curarlo y asistirlo... Una noche lo velaba el aguador, y yo lo velaba otra... Por cierto que, en el delirio de la calentura, todo era llamarlo a usted y nombrar a don Diego... Pero ¡qué!, ¡si parece que se han dado ustedes cita! El señorito Diego, después de más de un año de no parecer tampoco por aquí, ha pasado hoy toda la tarde con don Lázaro...

Fabián tembló al oír esa noticia.

—¿Y se ha marchado ya? —preguntó con honda inquietud.

—Sí, señor... Pero no tenga usted cuidado, que quedó en volver.

—¿Cuándo? ¿Cómo? ¿Quién te lo ha dicho? —interrogó el joven con el mayor espanto.

—¡Le diré a usted!... —contestó el mozuelo—. Subía yo la escalera del palacio después del toque de oraciones, pues soy el encargado de repartir cada día las sobras de la comida de don Lázaro a los más necesitados de esta calle, cuando vi que don Diego se despedía de mi padrino, diciéndole: *«No es menester que vayas a mi casa, yo vendré a verte.»* Y por eso lo sé.

—¡Dios mío! —pensó Fabián, inclinando la cabeza—. ¡Ya se han coligado en mi daño!

—Pero, a todo esto... —continuó su interlocutor—, no sabe usted todavía por qué estoy aquí... Estoy aquí porque, al oír llamar tan a deshora en casa de mi padrino, recelé si sería alguna persona que viniese de malas... ¡Ah! ¡Yo daría con gusto mi vida por ahorrarle el más ligero sinsabor a don Lázaro!... ¡Es tan bueno! ¡Ha hecho tanto por mi padre y por mí!... Pero ya se oyen los pasos del portero, que baja... Sin duda el pobre viejo había subido a consultar si abría o no abría la puerta... ¡Oh!, ¡no haya temor!, ¡tenemos bien guardado a nuestro *rey*, al padre de los pobres, al justo entre los justos! Ya está el portón abierto... Muy buenas noches, señor don Fabián.

—Buenas noches, amigo mío... —respondió el aristócrata con mansedumbre—. Gracias por todo.

Y separóse del hijo del zapatero, murmurando melancólicamente:

—¡Y Diego y yo hacíamos burla de Lázaro porque prefería enseñar a ese joven a leer y escribir, al gusto de ir con nosotros al teatro!... ¡Cuánto le envidio hoy el cariño y el agradecimiento que aquella buena acción ha engendrado en el alma de su discípulo!... ¡Ah!, ¡yo no tengo quien me quiera de ese modo! ¡Verdad es que yo no he hecho en este mundo nada de que poder ufanarme!

Entró luego en el portal de la vetusta casa, donde el anciano portero lo acogió no menos jubilosamente que el flamante profesor de primeras letras.

—¡Gracias a Dios!... ¡Conque es usted!... —exclamó besándole las manos—. ¡Qué contento se va a poner mi señor!... ¡Y qué falta le ha hecho usted durante el último año! ¡Creí que se me moría! Pero ya se ha apiadado Dios de nosotros, y la alegría comienza a entrar en esta casa... ¡Todos..., todos vuelven en busca del varón ejemplar a quien he visto nacer, y que hoy me infunde tanta veneración y reverencia como si fuera mi padre! ¡Qué hombre, señor don Fabián, qué hombre!... ¡Cada día es más santo! ¡Cada día le queremos más los pocos que tenemos la dicha de verlo y de oírlo!

Fabián pensó en sus propios criados, y en la manera despreciativa y zumbona con que lo habían recibido ya dos veces aquel día (suponiéndole entregado de nuevo a criminales placeres, cuando acababa de abrir al dolor y a la virtud las puertas de su alma), y no pudo menos de decir en alta voz:

—¡Cada cual recoge en este mundo el fruto de sus obras! ¡El hombre de bien cosecha bendiciones, y el perverso y libertino, maldiciones y calumnias, engendradas por el escándalo!

—¡Así es! —contestó el portero, mientras que Fabián Conde subía la ancha y ruinosa escalera del palacio con tanto miedo como sonrojo.

Todavía halló a otro antiguo *protegido* de Lázaro antes de llegar al piso principal... Aquel ser fue aún más expresivo que el adolescente y que el portero; pues, no bien reconoció a nuestro joven, comenzó a hacerle caricias y fiestas, como dándole también las gracias y la bienvenida.

Era el perro favorito de Lázaro; aquel perro durante cuya enfermedad se abstuvo el entonces llamado *hipócrita* de ir con Fabián y con Diego a una jira campestre...

Por último, en lo alto de la escalera, aguardaba a Fabián un hombre con los brazos abiertos.

Pero (¡oh sorpresa!, ¡oh asombro!, ¡oh inesperado lance del destino!) ¡aquel hombre no era Lázaro!, ¡aquel hombre no era el antiguo amo de la casa, en favor de cuya virtud o inocencia iba declarando todo el mundo!...

Por el contrario, ¡aquel hombre era el famoso acusador de Lázaro, su enemigo, su terrible juez, el joven americano, en fin, que lo apellidó *«infame, seductor, desheredado y cobarde»* la tremenda noche en que logró arrancarle cierto misterioso retrato!

Es decir, aquel hombre era el marqués de Pinos y de la Algara.

III

Donde se demuestra que Lázaro
no era hijo de su portero

Fácil es imaginarse la estupefacción de Fabián al verse recibido en tal casa por aquel mancebo, a quien suponía allende los mares...

Éste lo abrazó triste y gravemente, y le dijo:

—La Providencia me lo trae a usted, cuando ya desesperaba yo de encontrarlo... ¡Hace ocho días que busco a usted inútilmente por todo Madrid!

—¡Usted me buscaba! —exclamó Fabián con mayor asombro—. ¡Y usted me recibe con un abrazo!... Declaro que no lo comprendo... Por lo demás, todo el mundo sabe quién soy y dónde vivo...

—Recuerda usted, sin duda, al hablarme así —contestó dulcemente el joven—, que cuando nos despedimos aquella triste noche, me honró usted entregándome su tarjeta, aceptación eventual de un reto posible...

—Justamente... —repuso el llamado conde de la Umbría con tanta moderación como dignidad.

—Pues empiece usted por saber que la tarjeta se me perdió aquella misma noche al salir de esta casa...; lo cual me importó muy poco, dado que yo no pensaba en manera alguna desafiarle a usted...

Fabián saludó afectuosamente al marqués de Pinos, el cual prosiguió diciendo:

—Y en cuanto a su nombre de usted... perdóneme, se me

olvidó por completo a las pocas horas de ocurrida aquella escena... ¡Tenía yo a la sazón cosas tan horribles en que pensar!

—Pero... ¡en fin!... —insinuó el puntilloso Fabián Conde, cediendo maquinalmente a su belicosa condición.

—A eso voy... Pues bien: como decía, hace una semana que estoy en Madrid, de regreso de Chile, buscando a usted por calles, teatros y paseos, seguro de que no se me despintaría su rostro —o el del otro caballero, que creo se llamaba *Diego*— si la casualidad me hacía tropezar con ustedes... Pero ¡nada! ¡Todas mis pesquisas eran inútiles! Y como, por otra parte, ni Lázaro ni el viejo portero consentían en darme luz alguna sobre el particular, ya estaba materialmente desesperado, cuando he aquí que ahora mismo, hallándome en el gabinete de Lázaro, entra agitadísimo el tal portero, y le dice: «¡Señor! ¡Señor! ¡Gran noticia! ¡Don Fabián Conde está llamando a la puerta de la calle! ¡Lo he visto por el ventanillo! ¿Abro?» «¡Le esperaba! —respondé Lázaro—. Abra usted inmediatamente.» «¡*Fabián Conde!*... —exclamo yo recordando de pronto que era éste su nombre de usted...—. ¡El cielo me lo envía! ¡Al fin voy a poder descubrirle la verdad!» «¡Te prohíbo que lo veas! ¡Te prohíbo que le hables!» —grita Lázaro tratando de detenerme—. Pero yo soy más ligero que él; salgo de la habitación; cierro la puerta detrás de mí, dejándolo prisionero...; y aquí me tiene usted, pidiéndole por favor que me oiga antes de entrar a ver a *mi hermano.*

Fabián caminaba de sorpresa en sorpresa, y la última lo dejó un momento sin habla.

—¡Su *hermano* de usted! —exclamó por último—. ¿Lázaro es su *hermano* de usted?

—Mi hermano, sí, señor... —respondió el marqués de Pinos con amoroso orgullo—. Pero digo mal... —agregó enseguida, cruzando las manos como si rezara—. ¡Lázaro es mi segundo Dios! ¡Lázaro es el hombre más grande, más digno, más generoso que haya existido jamás en el mundo! ¡Sólo a decírselo a usted y a su amigo Diego he venido esta vez de América, yo, que estampé aquella noche sobre la frente del mártir, y en presencia de ustedes, el hierro infamatorio de una atroz calumnia!

—¡Ah! ¡Dios lo sabe! —prorrumpió Fabián, vivísimamente conmovido—. ¡Dios sabe que, sin necesidad de su testimonio de usted, venía yo esta noche a abrazar a Lázaro y a decirle: *«¡Juro que eres inocente!»* ¡Lo sabe Dios, repito, y sábelo también el sacerdote a quien acabo de pedir consejo!

—Pero ¿qué? —repuso el joven americano—. ¿Usted conocía ya la verdad? ¿Usted sabía ya que Lázaro no era culpable? ¿Quién se la había dicho a usted?

—¡Mi propio corazón! ¡Mis propias desventuras! ¡La *fe*..., la misma *fe* que pido a Dios inspire a todas las almas para leer en el fondo de la mía!... ¡Ah! ¡Pobre Lázaro!... ¡Quiero verle, quiero pedirle perdón, quiero estrecharlo entre mis brazos!...

—Ya le verá usted... Pero antes debo referirle gravísimos secretos que el generoso Lázaro no contaría jamás...

—¡Ah, señor marqués!... ¡Yo no merezco saber nada!... Yo no tengo derecho a recibir cuentas de nadie... —expuso Fabián con amargura—. ¿Olvida usted acaso lo que me sucede?

—Lo ignoro de todo punto, amigo mío...

—¡Pues qué! ¿No ha visto usted aquí esta tarde a aquel *Diego* a quien conoció cuando a mí?

—¡Cómo! ¿El otro caballero ha estado también acá hoy?... ¡Luego con él ha sido con quien ha pasado Lázaro toda la tarde encerrado en su gabinete!... ¡Cuánto siento no haberlo sabido! ¡Le habría dado las mismas explicaciones que voy a darle a usted, y que abruman hace tres meses mi conciencia!

—¿De modo —insistió Fabián— que Lázaro no le ha contado a usted cosa alguna? ¿De modo que ignora usted lo que me pasa?

—¡Se lo aseguro bajo palabra de honor! ¡Ah! Mi hermano es un sepulcro..., no sólo para ocultar los secretos propios, sino para guardar los ajenos... ¡Mi hermano es un mar insondable de callados y sublimes dolores! ¡Mi hermano se parece a aquellos volcanes muertos de la olvidada Etruria, cubiertos hoy de agua, al través de cuyo inmóvil cristal se transparentan melancólicas ruinas de templos y ciudades! ¡El alma de mi hermano es inmensa y muda como la Eternidad, en que piensa a todas horas!

—¡Dios mío! ¡Y yo pude desconocerle tanto tiempo! —gimió Fabián—. ¡Y yo pude hacer escarnio de sus saludables máximas! ¡Y yo pude atribuirlas a hipocresía! ¡Y yo lo maltraté inicuamente!...

—¡También yo! —repuso el joven chileno con mayor amargura—. ¡Y todo hubiera seguido en el mismo estado; nosotros calumniándolo y escarneciéndolo, y él sufriendo con paciencia nuestra injusticia, si Dios no se hubiera encargado de rehabilitarlo a mis ojos, y si yo no estuviese dispuesto, como lo estoy, a desgarrar todas las fibras de mi corazón refiriéndole a usted la gloriosísima historia del héroe a quien escupí en el rostro aquella noche!...

—¡Me asombra usted! —exclamó Fabián—. ¿Qué es ya mi merecido infortunio al lado del martirio? ¿Qué es ya la penitencia que tengo que cumplir, comparada con los inmerecidos tormentos que hemos hecho padecer a Lázaro? ¡Hable usted! ¡Hable usted! ¡Dios me depara esta lección y este ejemplo para fortalecer mi angustiado espíritu!...

—Sígame, pues, y escuche...; que cuanto usted se imagine será poco al lado de la verdad!

Y, así diciendo, el marqués de Pinos condujo a Fabián a un aposento inmediato y le habló de la manera siguiente:

IV

El desheredado

«—Lázaro y yo somos hijos del opulento marqués de Pinos y de la Algara, natural de la isla de Puerto Rico y muerto en Chile hace dos años.

»El marqués estuvo casado dos veces: la primera, con una irlandesa de origen, nacida y criada en esta misma casa en que nos hallamos, e hija única del ya entonces difunto barón de O'Lein, emigrado de las Islas Británicas a consecuencia de sus exaltadísimos sentimientos católicos... De este primer matrimonio, que apenas duró año y medio, nació Lazaro, quien heredó, por consiguiente, el título de barón, el caudal, no muy importante, a él anejo, y este ruinoso palacio, comprado por el barón de O'Lein cuando se estableció en España.

»Muerta la madre de Lázaro, pero no todavía su abuela materna, obtuvo ésta del marqués de Pinos que dejase a su cuidado al tierno infante, quien fue educado primeramente en Madrid y después en un colegio católico de Irlanda, de la manera aprovechadísima que habrá usted podido notar en sus relaciones con mi sabio hermano.

»Había regresado entretanto a América el marqués de Pinos, y pasado a establecerse a Chile, donde muy luego contrajo segundas nupcias con una hermosísima criolla, que apenas tendría catorce años, de quien nací yo a esta triste vida...

»Perdóneme la emoción que me embarga. ¡Acabo de nombrar a mi madre..., y es horrible todo lo que tengo que contar respecto de ella!... Pero me lo manda Dios...; me lo mandó ella misma en su lecho de muerte...; el austero sacerdote que la asistió en su última hora la absolvió únicamente a condición de que yo publicaría sus culpas..., y ¡gracias que luego obtuve de aquel mismo sacerdote el que esta publicidad se redujese a los límites que le marcara Lázaro, el calumniado Lázaro, para desagravio de su honra!... Lázaro ha sido tan grande y tan generoso, que ha renunciado por completo a semejante satisfacción...; pero yo juzgo que, cuando menos, debo sincerarlo a los ojos de las dos personas en cuya presencia lo insulté y atropellé aquella infausta noche... No extrañe usted, pues, ni censure el oírme, como me va a oír, hablar de mi desdichada madre... ¡Cumplo una penitencia en su nombre!...

»Conque prosigo...»

—Permítame usted... —interrumpió Fabián Conde, quien oía al joven chileno con un interés y una ansiedad imponderables—. Aquel sacerdote... ¿era un anciano jesuita, llamado el padre Manrique?

—No, señor. Aquel sacerdote es joven todavía, y se llama el padre González. En cuanto a lo de jesuita, tengo seguridad de que lo es...

—Continúe usted..., y perdóneme la interrupción... —repuso Fabián—. ¡Hay tales analogías entre mis desgracias y las que adivino detrás de las salvedades que acaba usted de hacer; concuerdan y armonizan de tal modo los preceptos de aquel confesor con los que acaba de dictarme el padre Manrique, que me pareció que ambos sacerdotes eran uno solo...

—Y *uno* son, en efecto... —replicó el marqués con gravedad superior a sus años—. En la Compañía de Jesús no hay más que un alma...: el alma de San Ignacio de Loyola.

Fabián miró al adolescente con cierta extrañeza.

—¿Qué? —dijo éste, recogiendo aquella mirada—. ¿Le causa a usted asombro que hable así el aturdido mozuelo que alborotó esta casa el año pasado? Pues sepa usted que consiste en que, desde la muerte de mi madre, ocurrida hace tres meses, me parece que he llegado a la vejez... Así es que sólo pienso en Dios y en mi alma...

—¡También usted! —suspiró Fabián de una manera indefinible.

Y los dos jóvenes quedaron contemplándose melancólicamente, hasta que, por último, dijo el marqués de Pinos:

—Continúo:

«Hace cinco años, cuando apenas tenía yo quince, mi padre nos anunció a mi madre y a mí que Lázaro llegaría a Chile al cabo de unos días, para vivir ya en adelante con nosotros. El joven barón de O'Lein (quiero decir, Lázaro) acababa de perder a su abuela materna; había terminado su carrera de ingeniero; hallábase solo en el triste suelo de Irlanda, y mi padre ardía en deseos de conocer a aquel otro hijo, a quien no había vuelto a ver desde que le dejó en la cuna, pero respecto del cual había recibido siempre los informes más laudatorios. Según aquellos informes, Lázaro era un prodigio de hermosura, de talento, de instrucción. Su retrato confirmaba el primer punto; tocante a los otros dos, sus cartas daban claro testimonio de que tales elogios no eran sino muy merecidos. Celebraban también sus profesores y algunos antiguos amigos de mi padre su severa moralidad, su fuerza hercúlea y su denodado valor, contando a este propósito muchos rasgos que lo honraban y enaltecían a todas luces.

»Semejantes noticias entusiasmaron poco a poco a mi padre, al extremo de inquietar a su esposa con relación a mí. ¡Había yo sido hasta entonces el ídolo y encanto del marqués, a quien no sin justicia hubiera podido acusarse durante muchos años de no recordar que en Europa tenía otro hijo...; y mi madre, al ver la súbita adoración que se despertó en el alma de su marido hacia aquel fruto de sus primeras nupcias, temió que yo perdiese terreno en el aprecio paternal... y que ella misma fuese pospuesta al recuerdo de la primitiva consorte!...

»No amaba mi madre a mi padre... (¡Ay Dios!... ¡Llegó el momento de las confesiones dolorosas!) No lo amaba, digo, como él a ella... Él estaba materialmente hechizado por la peregrina hermosura de aquella hija de los Andes y de las brisas del Pacífico; pero ya era casi viejo, y mi madre sólo veía en él al aristócrata que había halagado su orgullo ennobleciéndola; al millonario que, por obtener una sonrisa, ponía a sus pies todos sus tesoros, como un esclavo ante una sultana, y al padre, loco de amor por el hijo habido en ella, cuanto descastado e insensible para con el que otra mujer le había dado.

»Todo esto lo he discernido o me lo han contado últimamente... Pero cuando Lázaro llegó a Chile, y, aun después, cuando yo vine a Madrid el año anterior, todavía estaba a ciegas respecto de los verdaderos sentimientos de mi madre... ¡Era mi madre..., y yo la creía perfecta!... ¡Yo la idolatraba, como ella a mí!... ¿Por qué no morí entonces?...

»El mero anuncio de que Lázaro iba a vivir con nosotros, produjo en mi casa horrorosas reyertas... Pero mi padre se mantuvo firme por primera vez ante la tiránica voluntad de su esposa, y yo principié a sentir odio hacia aquel desconocido hermano mío, que abortaba el infierno para hacer derramar a mi madre las primeras lágrimas...

»Llegó Lázaro finalmente..., y, con gran asombro, vi que lejos de tomar incremento la disensión doméstica, calmóse como por ensalmo. Mi padre lo atribuyó (y así solía decirlo) a la bondad y al talento del joven barón, *"que había desarmado los celos MATERNALES de su madrastra";* y en cuanto a mi madre, reparé que, efectivamente, dejó de hablarme mal de mi hermano, con quien, lejos de ello, se mostraba solícita y cariñosa...

»¿Qué le diré a usted relativamente a la persona misma de Lázaro? Usted lo conoce hace tiempo; ¡pero había que verlo entonces, cuando todavía no estaba amargado por la vida! Como figura material era un querubín, y su corazón rebosaba la alegría y la dulzura que hoy le faltan, y que suple su resignación infinita. Gracioso, confiado, afable con todos, sabio y modesto en sus discursos, y fácil y complaciente cual si no tuviese gusto propio, no tardé en verme prendado de él, en tanto que él me demostraba un cariño casi paternal, como en compensación del que me hubiese retirado mi padre.

»Así las cosas, y cuando apenas haría un mes que estaba entre nosotros, desapareció mi hermano súbitamente, sin despedirse de nadie y sin que se adivinaran el motivo de su fuga ni el lugar adonde se había encaminado. Nadie le vio partir...; por lo que, durante dos o tres días, temióse que los indios próximos a nuestra *hacienda* lo hubiesen sorprendido en la hamaca donde solía dormir las primeras horas de la noche bajo un dosel de pomposos árboles...; o que, habiéndose internado en las selvas vecinas, lo hubiesen devorado los jaguares...

»Todo era, pues, en la casa lágrimas y sollozos, pesquisas y conjeturas, cuando mi madre, que no había llorado ni gemido por aquella aparente desgracia, sino limitádose a consolar a mi padre, llegóse a él con una carta abierta en ocasión que yo estaba presente, y le dijo con indignado acento:

»—El cartero acaba de traerte esta carta de Lázaro, fechada en Valparaíso. Yo la he abierto por si contenía alguna mala nueva; pero no dice nada que pueda inquietarte ni afligirte, sino, por el contrario, te da una buena noticia.

»—¿Qué noticia? —preguntó mi padre, lleno de ansiedad.

»—La de que el peor de los hijos y el más infame de los hombres, en lugar de levantarse la tapa de los sesos después de la *indignidad* en que incurrió hace pocos días, se ha contentado con librarnos de su presencia, embarcándose para Europa.

»—¿A qué *indignidad* aludes? —gritó mi padre con mayor agitación—. Retírate, Juan... —prosiguió, dirigiéndose a mí—. Tu madre y yo tenemos que hablar solos...

»—¡Quédate, hijo mío!... —exclamó al mismo tiempo mi madre—. ¡Yo te lo mando! Ya eres un hombre, y necesito que sepas de hoy para siempre quién es el hermano que tienes en el mundo, por si vuelves a tropezar con él durante tu vida...

»Yo obedecí y me quedé.

»—¡A ver esa carta! —había dicho mi padre entretanto, apoderándose de ella—. ¡Sepamos lo que dice! ¡Tus palabras y tu rostro me llenan de terror!

»La carta decía así:

»"Padre de mi corazón: Perdóneme usted el desacato de mi fuga... He querido ahorrarle a usted la aflicción de una despedida acaso eterna. No me avengo a vivir en Chile, y salgo para Europa en un vapor que estará cruzando los mares cuando llegue a usted esta carta.

»"Adiós, padre mío. Reciba usted toda el alma de su hijo,

LÁZARO."

»—Fáltame ahora... —dijo mi padre cuando hubo acabado de leer, y pudiendo a duras penas contener el llanto—; fáltame ahora enterarme de esa *indignidad* a que te refieres.

»—Te la diré en una sola frase; pues hay palabras que abrasan los labios... *"¡Tu hijo Lázaro me ha requerido de amores!"*

»—¡Jesús! —exclamó mi padre.

»Y quiso levantarse; no pudo tenerse, y cayó otra vez en el sillón como muerto.

»Yo corrí hacia mi madre; la estreché entre mis brazos, y le dije:

»—¡Dime si quieres la cabeza del infame! ¡Yo iré por ella a Europa y la arrojaré a tus plantas!

»Mi madre me miró con inmensa ternura... Sonrióse dulcemente, y cubrió mi rostro de besos.

»—No es menester... —me dijo—. ¡Bien castigado está!

»Al día siguiente de esta escena, mi padre nos leyó a mi madre y a mí una carta que escribía a Lázaro, concebida en estos términos:

»"Monstruo, a quien llamé hijo:

»"Has atentado a la honestidad de mi esposa, es decir, a la honestidad de tu madre.

»"Si yo no me debiera a su amor y al de mi *verdadero hijo*, correría todo el mundo para quitarte la vida que te di.

»"Pero estoy enfermo, o más bien herido de tu parricida mano; conozco que moriré muy pronto, y quiero lanzar el último suspiro al lado de los que me aman.

»"No escaparás, sin embargo, a mi justa cólera, pues el cielo se encargará de vengarme; y para que así lo haga, *yo te maldigo* una y mil veces, renegando de ti a la faz de Dios y de los hombres.

EL MARQUÉS DE PINOS Y DE LA ALGARA."

»Cuando mi padre hubo acabado de leer esta formidable carta, y en medio del terror que me produjo, oí que mi madre le decía:

»—¡Ten entendido que el inicuo te escribirá defendiéndose, mintiendo, calumniándome, desgarrándote el corazón con nuevas heridas!...

»—¡Yo no leeré sus desfensas!... ¡Yo no abriré sus cartas... —contestó mi padre en el colmo de la indignación—. ¡Para mí

329

ha muerto ya el réprobo! ¡Al maldecirlo, como lo he maldecido, lo he matado en lo profundo de mi alma!

»¡Asómbrese usted! ¡Pasaron meses..., pasó hasta un año, y Lázaro no contestó a aquella carta!... ¡Y, sin embargo, era indudable que la había recibido..., pues mi padre se la envió duplicada a los cónsules de Chile en Dublín y en Madrid, y este último se la entregó en su propia mano!

»Por el mismo cónsul supimos mi madre y yo (mi padre no volvió a hablar ni a permitir que le hablaran de Lázaro) que el mísero se había establecido en Madrid, en la casa donde estamos; que no usaba su título de barón de O'Lein, ni hacía ostentación del mediano caudal, más que suficiente para un hombre solo, que había heredado de su madre, y que no tenía otra servidumbre que un antiguo criado de sus abuelos maternos, encargado hacía ya medio siglo de la portería de esta especie de palacio encantado.

»Mi padre no volvió a gozar día de salud después del horrible suceso que acabo de referir, y al cabo de dos años murió de tristeza y consunción. Su último aliento fue para murmurar de una manera espantosa: *"¡Yo le maldigo!"*

»Finalmente: cuando quince días después se abrió su testamento en consejo de familia, y hallándose también presente el cónsul español (pues mi padre conservó siempre su primitiva nacionalidad), viose que contenía esta tremenda cláusula, escrita al tenor de una Ley de Partida:

»"Al adúltero, incestuoso, parricida, que no merece ser hijo mío, Lázaro de Moncada, habido en mi matrimonio con la difunta baronesa de O'Lein, desherédolo por el agravio que me hizo atentando a la honestidad de su madrastra, mi muy querida actual esposa."

»Sabrá usted, señor don Fabián, que, para la validez de los heredamientos, es preciso que el testador o el heredero gancioso prueben la *justa causa* de tan terrible disposición, y que, por ende, quédale siempre al *desheredado* el derecho de interponer la *acción de inoficioso testamento*[129]... Pues bien: Lázaro, a

---

[129] *acción de inoficioso testamento*, la que puede realizar un heredero que es perjudicado en sus derechos legítimos según la ley.

quien se notificó debidamente la última voluntad de mi padre, no reclamó, no protestó, no dijo una palabra siquiera, ni en los tribunales ni fuera de ellos..., todo esto con gran asombro de mi madre y mío, que temíamos vernos envueltos en litigios interminables.

»Este proceder de Lázaro irritaba más y más el odio de mi madre hacia él; y aun yo mismo, atribuyendo a desprecio o a falta absoluta de sentido moral aquella glacial indiferencia, soñaba con venir a Europa a pisotear al que parecíame entonces una venenosa serpiente...

»Otra razón me impulsaba a venir en busca de Lázaro, y era el deseo de recobrar un magnífico retrato de mi pobre padre, hecho por uno de los más afamados pintores de Madrid, cuando el marqués de Pinos estaba casado con la baronesa de O'Lein, retrato que pertenecía a esta casa; que se hallaba, por consiguiente, en poder del *desheredado,* y a cuya posesión me creía yo con mejor derecho que él.

»Aquí entra, en el orden cronológico de los sucesos, la terrible escena que usted y Diego presenciaron aquella noche, y la cual queda (pienso yo) suficientemente explicada y aun justificada por lo que a mí toca. Voy a desvirtuarla ahora con relación a Lázaro..., y ¡téngame Dios en cuenta el dolor que ha de causarme lo que me queda por referir!...

»Cuando regresé a Chile portador del retrato de mi padre y con la cruel satisfacción de haber visto a mis plantas al hombre a quien tanto aborrecía entonces, mi madre, que había hecho esfuerzos inmensos para impedir mi venida a Europa, quedó profundamente sorprendida al oírme contar los pormenores de mi entrevista con Lázaro...

»"—Y ¿no se ha defendido? —me preguntaba con insistencia— ¿No me ha acusado a su vez? ¿No me ha calumniado? ¿No ha negado siquiera la veracidad de mi delación?

»"—¡Nada, madre mía!... ¡No ha hecho más que llorar y arrastrarse por los suelos! ¡Es tan cobarde como malvado! Lo único que no acierto a explicarme es el empeño que ponía en conservar el retrato de aquel mismo padre a quien tan villanamente había ofendido... ¡Todo le importaba poco con tal que le dejase el retrato..., y eso que lo tenía arrollado y escondido en un armario, como arrumbado objeto o como hurtada prenda que no se atrevía a lucir..."

»Mi madre guardó silencio...; dijo que se sentía indispuesta, y se retiró a sus habitaciones. Aquel día no comió. Al otro se quedó en la cama, e hizo llamar al médico. El médico la halló bien, y le dijo que sólo tenía una poca pasión de ánimo... ¡Pero pasión de ánimo fue, que minó poco a poco su salud y marchitó su hermosura; que la hizo encanecer en pocos meses, cuando no contaba treinta y cuatro años; que pronto le causó una total inapetencia, como la que había padecido mi padre, y que acabó por producirle una consunción mucho más rápida y desastrosa!...

»No tardó, pues, en llegar la hora de su muerte...

»Aunque nunca había sido muy devota... (¡he dicho a usted que tengo la obligación de contárselo todo!), ya hacía una semana que había pedido confesión y que el padre González celebraba con ella largas conferencias de día y de noche..., mas sin que por esto se procediese a administrarle el Viático..., lo cual hacía suponer que la confesión no se había formalizado o no se había concluido... Pero llegó, repito, su última hora, y entonces el padre Gónzalez, que llevaba aquel día mucho tiempo de estar encerrado con la moribunda, y a quien ya se había oído gritar varias veces: *"¡Hermana, mire usted que luego será tarde para obtener la absolución!"*, salió al fin de la alcoba y me participó que mi madre deseaba confesar un gran pecado en presencia mía y de siete testigos...

»¡Permita usted a mi sonrojo suprimir detalles y circunstancias!... La *confesión pública* de mi madre se redujo a decir: que Lázaro era inocente; que ella se enamoró perdidamente de él tan luego como le vio y le oyó hablar; que ella fue también quien una noche (la misma noche en que se fugó mi hermano) se acercó a la hamaca en que éste dormía al aire libre, y lo requirió osadamente de amores..., y que, horrorizado Lázaro, dio un grito diciendo: *"Ah, pobre padre mío! ¡No sepas jamás cuán desgraciado eres!..."*, y huyó como José[130], dejándola loca de amor y de espanto...

[130] Se refiere a la escena que, según el relato bíblico *(Génesis,* 39, 7-20), protagonizó José al ser requerido de amores por la mujer de Putifar. Al no ver satisfechos sus deseos, lo denunció a su marido y éste lo encarceló.

»Después de esta horrenda confesión, tornó los ojos hacia mí la que me había llevado en sus entrañas, y me dijo:

»"—No como madre tuya..., pues no merezco invocar tan sagrado título, sino como pecadora que va a comparecer ante el tribunal de Dios, te pido que me perdones, y que vayas a España a impetrar *para mí* el perdón de Lázaro... ¡Rehabilítalo; devuélvele su limpio honor, su título y su hacienda!...; y si para lograrlo es menester publicar mi pecado a la faz de todos los hombres, publícalo, Juan de mi alma, publícalo...; que el mundo te bendecirá por ello, como yo te bendeciré desde el cielo... cuando Dios me haya perdonado..."

»"—¡Yo te perdono en su nombre!" —exclamó entonces el padre González.

»Y la absolvió en nuestra presencia...

»Mi madre inclinó la frente y exhaló el último suspiro.»

. . . .

Cuando Juan de Moncada (que no ya para los lectores el *marqués de Pinos*) pronunció esta postrera frase, faltábale también el aliento... Lanzó, pues, un gemido y sepultó la cabeza entre las manos.

Fabián se había puesto de pie, y revelaba en su semblante una admiración, un entusiasmo, una plenitud de sublimes emociones, tal posesión, en fin, de su propio espíritu, que parecía un vencedor en el momento de la apoteosis...

—¡Existe el alma! —pronunció llevándose ambas manos al pecho, dilatado como si fuese a estallar—. ¡Existe el alma! ¡La siento aquí!... ¡Siento que se abrasa de celos, de emulación, de noble envidia por hacer lo mismo que ha hecho el alma de Lázaro! Pero ¡Dios de bondad!, ¡cuánto más amarga era su situación que la mía!... ¡Él había sido siempre bueno!, ¡él tenía derecho a que lo creyeran!, ¡él podía defenderse!... ¡Y él abrazó voluntariamente el martirio!... ¿Estaba, por ventura, obligado a tanto?

El hermano del *desheredado* levantó la cabeza y exclamó:

—¡Óigame usted respecto a eso! ¡Hay que oírlo, como lo he oído!... ¡El propio Jesús parece hablar por sus labios, como habló un día por los del insigne autor de *La Imitación!*[131].

---

[131] *La Imitación de Cristo,* también conocida como *El Kempis,* es una de las

—¡Oh!, ¡se lo suplico a usted!... ¡Vamos ya! ¡Vamos a verle! —exclamó Fabián Conde, encaminándose a la puerta.

—Lo verá usted solo. Yo no debo importunar a ustedes... Además..., ¡mi corazón está chorreando sangre después de cuanto acabo de referir!... Sígame usted.

Y, dichas por Juan estas palabras, salieron ambos jóvenes de aquel aposento, cruzaron varios salones, y llegaron a uno, delante de cuya puerta se detuvo Fabián reverentemente.

—Lo recuerdo... —dijo—. ¡Este es su cuarto!

Y pasó delante de su guía.

Pero Lázaro no estaba allí.

Juan, que entraba entonces dando muestras de igual respeto, señaló a una puertecilla algo disimulada que había a la mitad de aquel salón, y murmuró en voz baja:

—Por aquí, señor don Fabián... Yo me retiro. Arriba hallará usted cerrada la puerta (pues ya he dicho que me ha sido forzoso aprisionar al calumniado para que me deje defenderlo); pero la llave está en la cerradura... Muy buenas noches...

—Advierto a usted —observó Fabián delicadamente— que ni Diego ni yo hemos entrado nunca ahí... y que, por el contrario, varias veces creímos notar que Lázaro nos vedaba con su actitud hasta el hacernos cargo de que existía esa puerta...

—¡Aquellos eran otros tiempos! —respondió el adolescente—. Pase usted sin cuidado... ¡Lázaro no tendrá ya secretos para usted, pues que yo acabo de contarle a usted todos los de su gloriosa vida!

Y con esto saludó otra vez a Fabián, y se retiró por donde había venido.

Fabián empujó la puerta misteriosa.

---

obras místicas más importantes de Europa. Se la atribuye al místico alemán Tomás de Kempis (1380-1471) y ha sido calificada como «el producto más hermoso del ingenio humano».

V

Entre la tierra y el cielo

Al lado de aquella puerta había una reducida estancia, desamueblada completamente, en medio de la cual se veía una escalera de caracol, de madera y hierro, por cuyo extremo superior comenzaba a vislumbrarse alguna claridad...

Fabián subió aquella escalera, y, a su remate, se encontró en otra estancia, también desamueblada. Sobre el pavimento había una linterna encendida cerca de una segunda puertecilla, cuya llave estaba puesta.

No obstante las graves preocupaciones que embargaban su ánimo, el antiguo libertino recordó sin duda la viva curiosidad que a Diego y a él les había inspirado en otro tiempo aquella parte de la casa, y los mil comentarios y conjeturas que habían hecho acerca de lo que Lázaro pudiese tener guardado allí... Ello es que contempló supersticiosamente la puertecilla, y dijo:

—Todo llega en este mundo... ¡Al fin voy a salir de dudas!

Y, desechando rápidamente la llave, abrió.

Pero el cuadro que apareció ante sus ojos lo maravilló de tal manera, que se detuvo un momento, sin atreverse a pasar adelante...

Érase una especie de urna de cristal, de colosales proporciones, inundada por la luz de la luna y tachonada por todas las estrellas y luceros de una noche clarísima. El fulgor del astro melancólico rielaba en una y otra vidriera, produciendo reflejos de deslumbradora plata, o hacía brillar una multitud de rutilantes discos y de tendidas columnas de oro. Es decir (hablando en puridad)[132]: era un gabinete de cristales construido sobre una azotea, o más bien sobre la plataforma de una torre, y que dejaba ver el cielo, no sólo por la techumbre, sino también por las cuatro paredes. Era, en fin, un *observatorio astronómico* en toda regla, y, por tanto, aquellos misteriosos discos y tendidas columnas de oro no pasaban de ser enormes relojes siderales, cronómetros, telescopios, investigadores, heliómetros, teodolitos, esferas, meridianos y otros instrumentos con que los geógrafos del cielo buscan los astros, los siguen, los estudian, los miden, averiguan su composición física, los pesan, y forman exacto juicio de sus movimientos, de sus órbitas, de sus estaciones y de todas las leyes de su naturaleza y de su destino.

Era, pues, aquella celda aérea una morada que no tenía relación con nuestro mundo; una estación fuera de la tierra; una especie de antesala del cielo; y en medio de ella veíase a Lázaro de pie, vestido con larga blusa azul, como cualquier obrero, y apoyado en un inmenso anteojo ecuatorial, que salía en gran parte fuera del gabinete por una abertura de las vidrieras, a modo de cañón asomado a la porta de formidable navío...

Decimos que Fabián se detuvo lleno de asombro ante aquel cuadro...

Lázaro se sonreía, mirando afablemente a su antiguo amigo, en tanto que se comprimía con una mano el corazón...

—Entra, Fabián... —prorrumpió al fin el *desheredado,* mostrando una tranquilidad melancólica y dulce, semejante a la que revela la voz de los convalecientes—. ¡Hace un año que te aguardan los brazos de tu amigo!...

—¡Lázaro! —exclamó Fabián precipitándose en ellos—. ¡Eres tan generoso como yo desventurado!

Lázaro permaneció silencioso y como yerto. Dijérase que perdonaba, pero que no amaba.

Lo comprendió así Fabián, y retrocedió un poco, murmurando:

—Ya sé que Diego ha estado aquí... ¡Pero yo te juro que soy inocente!

---

[132] *en puridad,* claramente y sin rodeos.

—¡Lo sé!... —respondió Lázaro con gravedad—. Y me fundo... en que vienes a buscarme. Cuando hace poco llamaste a mi puerta, estaba yo diciéndome por centésima vez: «Si, como presumo, Fabián es inocente, acudirá a mí en su desdicha... Ahora: si por acaso ha cometido el crimen de que le acusa Diego, no vendrá a verme de manera alguna...» Y he aquí la razón por qué no salí a buscarte tan pronto como se marchó Diego...

—¡Luego tú conoces mi corazón! —prorrumpió Fabián, acercándose otra vez a Lázaro y cogiéndole una mano

—¡Te conozco, y conozco a Diego!... ¡Por eso os anuncié que *me buscaríais!*... Lo digo sin ningún género de petulancia, puesto que gano más que vosotros en que nos veamos.

—¡Perdona, Lázaro! —suspiró Fabián, en cuyas crispadas manos yacía inerte la de su amigo—. ¡Perdóname todas mis antiguas injusticias!... ¡Perdona que desconociera tu sublime virtud!

Lázaro inclinó la cabeza con visible fatiga, y repuso amargamente:

—Veo que mi hermano te lo ha contado todo...

—¡Todo, todo, mi buen Lázaro!

—¡Sabe Dios que lo siento!

—¿Por qué? ¿No soy yo también hermano suyo? ¿O imaginas acaso que vengo a verte con alguna mira interesada?

—Pues ¿a qué venías... antes de conocer mi historia?

—He venido porque, al verme calumniado y sin medio alguno de defensa, mi corazón empezó a tener fe en la tuya... Así es que anoche estuve dos o tres veces a la puerta de esta casa... sin atreverme a llamar... He venido porque necesitaba *creer*... para que me creyeran a mí...; porque apetezco *creer*...; porque *«creer»* es muy dulce, hermano mío...; porque *yo creo ya... mucho más de lo que tú te figuras*... He venido, en fin, porque habiéndole contado mi historia a un sacerdote (al célebre padre Manrique, con quien acabo de pasar seis horas), éste me ha dicho que tú me habías dado siempre saludables consejos; que hice mal en no seguirlos aquella noche... (cuando con tanta razón te oponías a que estafase a la opinión pública en el asunto de mi padre), y que, por resultas de todo, debía buscarte y pedirte perdón... ¡A eso he venido, Lázaro; nada más que a eso..., antes de saber, como sé ahora de una manera material, que tú habías hecho previamente cuanto nos aconsejabas a Diego y a mí, y que tú..., no sólo eres de la misma arcilla de los santos, sino tan santo como ellos!

Lázaro estrechó por vez primera las manos de Fabián, y le dijo, mirándolo intensamente:

—¡Conque tú te has confesado!...

—No me he confesado en sentido sacramental de la palabra... Pero le he contado toda mi vida a un sacerdote de la religión en que nací y fui criado..., de la religión del que murió en la cruz calumniado y desconocido...

—Y bien: ese sacerdote, ¿qué más te ha aconsejado que hagas? ¿Qué vas a hacer cuando salgas de aquí... llevándote el perdón que desde luego te otorgo y la fe que no le niego a tu inocencia?... ¡Ya sabrás que Diego está loco de furor; que no hay manera de aplacarlo; que mil apariencias te condenan y que quiere tomar una venganza horrible!

—Lo sé... —respondió Fabián.

—Yo he intentado inútilmente disuadirlo, calmarlo, retenerlo aquí... ¡Él insiste en matarte hoy mismo! *«¿Pues a qué has venido a verme si no habías de tomar mis consejos?»* —le he dicho con verdadera indignación, sin perjuicio de lo que luego me ocurriera hacer para evitar el duelo. *«¡No sé!»*... —me ha contestado estúpidamente—. *He venido aquí, como iré a todas partes, a quitarle la máscara a Fabián Conde.»* Estás, pues, perdido..., amigo Fabián..., por lo menos a los ojos del público... Dime, en consecuencia, qué vas a hacer...

—¿Yo? —respondió el interpelado con una sencillez tan grandiosa, que Lázaro lo contempló extáticamente—. ¡Yo no tengo ya nada que hacer en este mundo, sino prestarme a lo que me ha mandado el padre Manrique y a lo que determine Diego! Cuando me vaya de acá no seré ya conde, ni rico, ni aspirante a la mano de Gabriela. Dentro de poco vendrán mi administrador y un notario, y renunciaré a mi título, daré a los pobres el caudal de mi padre, escribiré a Gabriela rompiendo nuestro compromiso, e iré enseguida a ponerme en manos de Diego para que me mate, para que me pisotee, para que me entregue a los tribunales, para que me castigue, en fin, todas mis antiguas faltas, ya que Dios omnipotente lo ha nombrado ministro de su justicia...

—¿Tú vas a hacer todo eso? —exclamó Lázaro, trémulo de entusiasmo y regocijo.

—¿No has hecho tú mucho más? —replicó Fabián Conde.

—¡Oh! ¡Ahora es cuando puedo abrazarte! —gritó aquél con los ojos arrasados en lágrimas—. ¡Ya existes! ¡Ya eres invulnerable! ¡Ya no tienes nada que temer de Diego! ¡Ya es Dios el mantenedor y defensor de tu inocencia!

—¡Lázaro mío! —gimió Fabián con desconsuelo.

—¿Qué? ¿Flaquea todavía el barro mortal? ¿Te duele mucho el sacrificio?

—¡Mucho..., Lázaro de mi alma! ¡Había llegado a adorar de tal modo a Gabriela!... ¡Es tan cruel esta especie de suicidio parcial a que me veo condenado! ¿Qué seré yo sin ella en este mundo?

—¡Sin ella! ¿Qué estás hablando? ¿Quién podrá arrojarla de tu espíritu? ¿Quién podrá impedirle a tu alma que sea suya? Escucha, Fabián: necesito hablarte de mí.., ¡de mí, que amaba a mi padre tanto como tú puedes amar a Gabriela! Vas a saber lo que a nadie he referido..., lo que a nadie pensaba referir... (Y aquí te advierto que Diego ignora completamente mi historia, y que te agradeceré no se la cuentes si llegas a hablar con él... ¡Ay! ¡El mísero, en el egoísmo de su pasión, no ha demostrado siquiera acordarse de las acúsaciones que me dirigió en otro tiempo...) ¡Vas a saber, digo, de qué milagros es capaz el alma humana cuando se desliga de la materia! ¡Vas a saber hasta dónde llegan las fuerzas del hombre! ¡Vas a saber quién eres..., o quién puedes ser, y asombrarte de haberte desconocido hasta ahora!... ¡Vas a saber, en fin, cómo vivo yo, y a convencerte de que aún puedes ser muy venturoso!

Lázaro condujo a Fabián a un ángulo de aquella transparente estancia, en el cual había una mesa y una silla: obligóle a sentarse; y, apoyándose él en la mesa, dijo con una voz que parecía salir de lo profundo de su alma:

—«Voy a hablarte de cosas que llenan muchos y muy reputados libros, cuya forma literaria se admira todavía generalmente, pero cuya esencia inmortal empieza a no tener sentido en la moderna Babilonia... Voy a hablarte de los inefables goces que experimenta el alma humana cuando sabe anticiparse a la muerte, separándose del cuerpo, y ponerse en inmediata comunicación y contacto con el creador de todas las cosas visibles e invisibles.

»Comprendo perfectamente que nieguen la posibilidad y efectividad de estos goces aquellas gentes que viven en medio de ruido mundano, atentas al espectáculo social, sin entablar nunca íntimos coloquios con su propia alma, ni escuchar un solo momento los alaridos de su conciencia[133]... ¡Naturalísimo y lógico es que quien regresa a su casa con el corazón lleno de cieno; el que sale del teatro, del festín o de la tertulia con el espíritu prendado de ídolos terrenales, de mundanas hermosuras o de febriles ambiciones; el que acaba de ensangrentarse en sus prójimos, luchando con ellos en la arena de tal o cual asamblea o club político; el que viene, en fin, a disputarles el oro en la casa de juego, la mujer en el sarao, la vida en la pendencia, el honor en la murmuración, el poder en el periódico, la gloria literaria en la revista, o el empleo en las antesalas ministeriales, no pueda de pronto (sólo con abrir y hojear un libro místico... para ver de conciliar el sueño) despreciar la vida que lleva y piensa seguir llevando, y reconocer que hay otra más alta, digna y más *feliz*, que consiste precisamente en renunciar todo lo que aquí abajo se llama *felicidad*... Por eso yo, Fabián mío, mientras te vi correr de escándalo en escándalo, no te hablé nunca el lenguaje que te hablo hoy, sino que me limitaba a pedirte que entrases en cuentas contigo propio, apartándote del mal, convencido como estaba de que luego te sería muy fácil renunciar asimismo a los ilusorios bienes de la tierra... Pero hoy que Dios misericordioso, mostrándose parcial en tu favor, no por tus merecimientos, sino por las buenas intenciones de

---

[133] En la primera edición el texto era más amplio: «¡Explícome, sí, que en estos tiempos de impiedad y materialismo, apocalípticos en mi entender para la llamada civilización, los filósofos, los sabios, los estadistas, los grandes críticos, preocupados por fenómenos externos, por conflictos objetivos, por intereses convencionales puramente humanos, no crean, no comprendan o no hallen digno de la alta consideración de su ciencia *racionalista*, nada de lo que dicen los libros ascéticos acerca de las misteriosas intuiciones del alma, de sus inefables diálogos con Dios y de las extremas delicias y seráficos éxtasis que prueba al refugiarse en el seno de su Padre celestial...» Alarcón suprimió en el discursos de Lázaro estas y otras apreciaciones que pudieron parecerle quizás demasiado duras.

que le has dado pruebas algunas veces, ha hecho por ti lo que tú te resistías a hacer; hoy que la Providencia ha conducido tu libre albedrío, por medio de Gabriela, a apartarte del mal, y, por medio de Diego, a despojarte de todo soñado bien; hoy, en fin, que eres lo que el mundo apellida *«desgraciado»*, y que, por consiguiente, estás ya en aptitud de apreciar y apetecer la verdadera felicidad, voy a descubrirte el fondo de mi alma, voy a asomarte al abismo de mis dolores, para que veas cuán dulcemente, allá abajo, en lo hondo de la sima, entre verdores eternos, está el sumo Dios, departiendo afablemente a todas horas con tu calumniado amigo, con el venturoso *desheredado* que te habla.

»Empieza, Fabián, por hacerte cargo de cuál era mi situación... antes de conocer tales delicias. Me decías hace poco que te dolía mucho el acto que hoy piensas llevar a término... ¡También me dolió a mí el sacrificio que hice en aras de mi piedad filial! ¡También fue aquello una especie de suicidio! Era yo inocente, como sabes, del crimen que me imputaba mi madrastra; pero no podía defenderme sin acusar a ésta, y su acusación equivalía a herir en mitad del alma al hombre que me dio el ser; era decirle que la mujer de quien estaba locamente enamorado no lo quería, ni merecía que él la quisiera; era demostrarle que estaba deshonrado; era entregar su nombre al ludibrio del mundo...; era, en fin, sacrificar a mi padre para ser yo dichoso, o cuando menos tenido por honrado, en lugar de sacrificarme yo para que mi padre siguiera creyéndose con honra y con ventura... Opté por mi sacrificio..., y mi primer paso fue privarme para siempre de su amor y de su compañía, abandonándolo con todas las apariencias de la ingratitud... Soporté luego su terrible maldición, el odio de mi hermano y el peso de la más atroz calumnia... Y sufrí, por último, la eterna flagelación del desheredamiento..., ¡del desheredamiento, que era como la anulación de mi ser, como mi destierro de la sociedad y de la familia, como una sentencia que me declaraba sin derecho a mi nombre, sin derecho a la sangre de mis venas, sin derecho al aire que respiraba, sin derecho a la sobra de mi cuerpo..., *sin existencia positiva*, en suma, como un error abjurado, como una úlcera cauterizada, como un reo cuyas cenizas avienta el verdugo, como una epidemia que disipa el viento!... Pues bien: yo, calumniado, indefenso, maltratado por mi hermano, desheredado por mi padre, injuriado por vosotros, me alejé del mundo de los hombres..., no por medio del suicidio, ni tampoco retirándome a un convento..., sino refugiándome a esta especie de isla desierta enclavada en el océano de la vida, y desde la cual sólo estaría en contacto con lo infinito... ¡Encerrarme en un convento hubiera sido demasiado teatral en mi situación; hubiera sido escandaloso (pues a las veces, también las obras de piedad causan escándalo...), y preferí fabricar este *observatorio*, donde, sin afanes ni ociosidad, podía vivir (y he vivido cinco años) en la contemplación del cielo y de mi alma!... La horrible tragedia que me obligó a desterrarme de la sociedad me había conducido desde luego a hacer voto espontáneo de no fijar los ojos en ninguna mujer, o sea de vivir y morir sin amores... Mi condición de desheredado me aconsejó después no tener tampoco amigos que con el tiempo pudieran avergonzarse de haberme dado la mano; y si en este punto fui débil un día..., el día que os conocí a ti y a Diego..., ¡ya recordarás los crueles tormentos que me ocasionó al cabo vuestra amistad! Me encerré, pues, de nuevo y para siempre en este recinto, y me reduje otra vez a vivir de mí propio, sin esperar nada de los hombres...

»Ni ¿qué falta me hacían sus consuelos? Cuando mi padre me envió su maldición; cuando conocí la espantosa calumnia que pesaba sobre mi cabeza; cuando vi que para la felicidad de mi padre, de mi inocente hermano y de la misma calumniadora se requería que yo me resignase con tan atroz injusticia, parecióme que se entreabría el cielo y que Dios me decía: "Sé que eres inocente: te agradezco tu sacrificio: estoy orgulloso de haberte criado: yo te recompensaré con mi eterno amor." Cuando enseguida supe que mi padre había muerto, maldiciéndome otra vez y desheredándome..., caí de rodillas en medio de esta estancia, y clavé los ojos en el firmamento... "¡Padre mío! —dije—. Ya estarás leyendo en mi corazón... ¡Ya puedes conocer cuánto te he amado!..." Y en el instante mismo, al través de mis lágrimas, vi que mi padre me sonreía cariñosamente en los espacios sin medida, alargándome los brazos y diciéndome: "¡Gracias, hijo mío..., gracias! Yo te bendigo... Yo te pido perdón... Aquí te aguardo para prodigarte el amor y las caricias que te negué en la tierra..." Y, en fin, cuando vino mi hermano la primera vez y me insultó tan inhumanamente; cuando Diego y tú me injuriasteis del propio modo, ¡Dios y mi padre me asistieron y consolaron igualmente desde más allá de esos mundos que ves brillar sobre nuestra cabeza!... ¡Así es, Fabián, que yo he pasado aquí las noches sublimes, en que mi alma extravasaba mi ser y se extendía por los ámbitos celestes, proporcionándole a mi corazón un júbilo inefable, una paz y una gloria que no sabría explicar la lengua humana, y que sólo podrían compararse a las visiones milagrosas que los grandes místicos han tenido de la bienaventuranza eterna!...

»¡Se me dirá que todo esto ha sido alucinación de mi mente...; que ni Dios se ha movido del cielo, ni mi padre de la tumba; que el orden natural no se ha alterado poco ni mucho en provecho mío; que he delirado; que he soñado!... ¡Pero, Fabián, la consolación y la dicha que he sentido yo, y las fuerzas que me han comunicado esas visiones para poder seguir sacrificándome por mi padre y por mi hermano, no han sido sueño ni delirio!... Admítase, cuando menos, que han sido intuiciones, avisos, presentimientos de mi conciencia... ¡Para mí el caso es siempre igual: el caso es que, cuando el hombre hace dejación de su egoísmo en bien de sus semejantes o en cumplimiento de sus deberes, siente una misteriosa alegría, recibe un infinito consuelo, cree que Dios lo corona de gloria, y vive más amplia y dignamente que nunca! ¡Todo eso querrá decir, en definitiva, que el alma se entiende con la Justicia eterna sin intervención de nuestros sentidos ni de nuestra misma razón!... ¡Todo esto querrá decir que hay un mundo para el alma; que hay otra vida además de la material; que nuestra conciencia presiente esa vida; que la idea de Dios es en nosotros ingénita, consustancial, innata, como satisfacción de la más grande necesidad del espíritu! Pues bien: ¡a ese mundo te llamo yo, que no soy el padre Manrique! ¡Esa vida te ofrezco! ¡Ese Dios es el que te aguarda en ella!»

Fabián había escuchado este largo discurso con verdadero arrobamiento, fijos los ojos en la estrellada bóveda celeste, esclarecida por la blanca luna..., y, cuando Lázaro dejó de hablar, murmuró, como si le respondiese desde otro mundo:

—Sí, Lázaro... ¡Lo comprendo, lo veo, lo toco!... El padre

Manrique tenía razón... Hay algo más fuerte que la calumnia; hay algo más poderoso que la injusticia; hay algo superior a la ira de Diego... ¡Existe Dios!

Dichas estas palabras, y hallando delante de sí papel y tintero, cogió la pluma y se puso a escribir apresuradamente...

Lázaro fue a alejarse entonces de la mesa; pero Fabián lo detuvo con esta pregunta:

—Dime: ¿y piensas perseverar en tu martirio?

—¿Por qué no?

—¡Es que ya estás rehabilitado!... Tu madrastra ha confesado públicamente tu inocencia al tiempo de morir, y, por consiguiente, puedes recobrar con pleno derecho tu buen nombre, no ya sólo el de barón de O'Lein, sino el título de marqués de Pinos y la mitad de la fortuna de tu padre...

—Todo eso sería a costa de deshonrar a mi padre y a mi madrastra, después de muertos, y anteponer mi ventura a la de mi pobre hermano... Yo he preferido escribir a los siete testigos y rogar a mi hermano que guarden perpetuo silencio acerca de aquella confesión, cuya mayor o menor *publicidad* quedó al arbitrio de mi conveniencia...

—¡Tu hermano se opondrá a ese nuevo sacrificio de tu parte!... ¡Yo lo espero así de su nobleza!

—Lo ha intentado...; pero se ha convencido de que no tiene derecho a oponerse, dado que él renuncia también a la herencia de nuestro padre...

—¿De modo que nadie heredará ni el título ni las rentas del marqués de Pinos?

—Las rentas las heredarán los pobres... —contestó Lázaro.

—¡Basta! —replicó Fabián solemnemente.

Y siguió escribiendo.

Lázaro se acercó entonces a un telescopio-investigador, y se puso a viajar por los espacios infinitos.

Era en aquel momento la una de la noche[134].

---

[134] Recuérdese lo que hemos dicho en la nota 141 con respecto a las precisiones horarias.

344

VI

Los tesoros de los náufragos

Hora y media después, un golpe dado a la puerta del observatorio interrumpió a aquellos dos jóvenes, de los cuales el uno estaba renunciando[135] todos los bienes de la tierra, y el otro buscando en remotos mundos consolación y olvido para los males que había experimentado en el nuestro.

Los que llamaban eran el anciano portero, el hermano de Lázaro, el administrador de Fabián y un notario.

El que iba a dejar de ser conde de la Umbría rogó a todos que lo escuchasen, y preguntó a su administrador:

—¿A cuánto ascendía mi caudal cuando recobré los bienes de mi padre?

—Le quedaban a usted cincuenta mil duros.

—¿Cuánto habré gastado desde aquel día, así en Madrid, como en Londres, como en los preparativos de mi casamiento?

—Veinte mil duros.

—Réstanme, pues, treinta. De ellos tengo seis en mi poder, en dinero... Resérveme usted los otros veinticuatro, adjudicándomelos preferentemente en los regalos de boda que he comprado estos días y en la casa de campo en que murió mi madre, y entregue usted al señor notario una lista de mis demás bienes, para que esta misma noche extienda una escritura, de la cual resulte que se los cedo a los niños expósitos de Madrid.

---

[135] Estamos viendo cómo Alarcón usa el verbo *renunciar* en su forma menos usual, con valor transitivo sin *a.*

Mañana al ser de día ha de obrar una copia de esa escritura en poder del padre Manrique, que vive en el convento de los Paúles...

—Señor conde... —observó tímidamente el administrador—: usted ha acrecido en dos millones los ocho que heredó de su difunto padre...

—¡Los renuncio también! —contestó Fabián Conde—. Señor notario —añadió enseguida—: redacte usted además esta noche un acta, por la que aparezca que yo, Fabián Fernández de Lara y Álvarez Conde, renuncio para mí y para mis sucesores el condado de la Umbría; y de esta acta, señor administrador, envíe usted mañana copia autorizada al ministro de Gracia y Justicia, acompañada del correspondiente oficio. Extienda usted también mi dimisión del cargo de secretario de la Legación de España en Londres y la retirada de mi candidatura para diputado a Cortes; todo en papel sellado, y tráigamelo antes del amanecer para que lo firme. Señores —agregó en fin, dirigiéndose a Lázaro, a Juan y al portero—: sean ustedes testigos.

—Señor notario —dijo entonces Lázaro—, venga usted mañana a verme, pues tengo que otorgar otra escritura de cesión...

—Y al mismo tiempo —añadió Juan—, pase usted por mi cuarto, pues también necesito yo hablarle de negocios del mismo orden...

El notario y el administrador se miraron asombrados. El portero rezaba. Lázaro, Juan y Fabián Conde se reunieron en amistoso grupo y se dieron las manos fervorosamente[136].

Alejáronse luego todos los recién llegados, y volvieron a quedar solos Lázaro y Fabián.

—Ahora —dijo éste—, oye los documentos que he escrito:

—«Señor Juez...»

—¡No sigas!... —interrumpió Lázaro—. Ese documento,

---

[136] La disposición de los personajes y sus actitudes recuerdan más una escena de teatro que de novela. Para la concepción dramática de las novelas alarconianas, véase nuestra «Introducción».

¿es una declaración en que te acusas de las falsedades cometidas en unión de Gutiérrez?

—Sí.

—Pues rómpelo... Ya no hace al caso. Diego no puede esgrimir contra ti esa arma... Esta tarde me ha dicho, lleno de furor, que Gutiérrez —cuyo domicilio había logrado descubrir— fue asesinado hace quince días en una casa de juego, y que de las actuaciones judiciales aparece que se llamaba Juan López. Así lo acreditaban todos sus documentos, y es imposible probar otra cosa... Estás, pues, por lo menos, libre del presidio con que te amenazaba mi antiguo impugnador.

—¡Siento mucho que Gutiérrez haya muerto! —contestó Fabián con soberana arrogancia—. Pero, a confesión de parte, revelación de prueba... ¡Yo me delataré de todos modos! ¡No quiero privar a Diego de ningún medio para hacerme daño! ¡Espontáneamente le entregaré esta declaración para que él la presente al Juzgado!... ¿Qué puede importarme ir a presidio, cuando renuncio a Gabriela? He aquí, si no, lo que escribo a don Jaime de la Guardia:

«Respetado señor mío:

»Soy indigno de ingresar en su familia de usted, y usted mismo lo reconocerá así al enterarse de que yo manché la honra del difunto general La Guardia manteniendo criminales relaciones con su esposa.

»Perdóneme usted que le haya ocultado hasta hoy esta horrible circunstancia, que me inhabilita para enlazarme con Gabriela.

»Queda de usted humilde servidor,

FABIÁN CONDE, EX CONDE DE LA UMBRÍA.»

—¡Valor, hermano! —dijo Lázaro al notar la palidez de muerte que cubría el rostro de Fabián.

—¡Lo tengo! —respondió éste—. Oye lo que le escribo a Gabriela:

«Gabriela:

»Diego retira su fianza. Diego me acusa de haber atentado a su honor, requiriendo de amores a su esposa.

347

»Sabe Dios que esto es falso, y Diego lo sabrá en la otra vida...; pero yo no puedo probárselo y justificarme en ésta... ¡Todos mis antiguos delitos y escándalos deponen[137] contra mí!...

»Por esta razón, y por otras (de las que hoy expongo alguna a tu digno padre), renuncio a tu mano, pidiendo a Dios misericordioso te dé toda la felicidad que esperaba de ti

FABIÁN CONDE.»

—¡Ánimo, Fabián! —volvió a decir Lázaro, viendo que por el rostro del infortunado amante corrían dos hilos de lágrimas.

—¡Lo tengo! —contestó de nuevo el mísero, poniéndose de pie—. Tú enviarás mañana estas dos cartas a su destino... Y ahora, si quieres, retírate a descansar. Yo esperaré aquí hasta que sea de día; firmaré los documentos que he mandado extender, y me iré a mi casa a aguardar a los padrinos de Diego, en pos de los cuales llegará él de seguro cuando sepa que no me bato... Necesito reunir para entonces todo mi valor... ¡Diego es naturalmente innoble, y pondrá su mano en mi cara!... ¿No recuerdas que quiso pegarle a tu hermano la infausta noche en que lo conocimos? ¡Dios me dé fuerzas para sufrir tamaño insulto!... Pero, sí; lo sufriré..., lo sufriré... ¿No he renunciado a Gabriela? ¡Pues renunciaré también a mí mismo!

Mientras Fabián decía estas cosas, Lázaro se paseaba meditando, hasta que al fin se detuvo y dijo:

—Espero en Dios que Diego y tú no lleguéis a tales extremos... Yo arreglaré este asunto de otra manera, suponiendo que el insensato no esté completamente loco... Siéntate ahí, y escríbele una carta refiriéndole todo lo que has hecho y estás dispuesto a hacer por consejo del padre Manrique... Yo se la llevaré en cuanto amanezca... ¡y Dios dirá!

Fabián obedeció ciegamente y se puso a escribir.

Lázaro volvió a sus telescopios y a sus astros, murmurando melancólicamente.

—¡Veamos entretanto por dónde andan los demás mundos!

---

[137] *deponer*, afirmar, atestiguar.

Pasó una hora.

Eran las cuatro de la madrugada, y sobre la Tierra no se oía más ruido que el chisporreteo de la pluma de Fabián. Lázaro, subido en una especie de andamio, desde el cual manejaba por medio de manubrios un anteojo enorme, apuntándolo, ora a un astro, ora a otro, miraba de vez en cuando a su amigo sin decirle palabra, hasta que de pronto cesó el ruido de la pluma, y observó que Fabián se había dormido con la cabeza reclinada sobre el pupitre...

—¡Infeliz! —murmuró Lázaro—. ¿Desde cuándo no habría descansado?

Y bajó del andamio con sumo tiento y se acercó al amante de Gabriela.

En la última página que había escrito figuraba su firma... Estaba, pues, terminada la carta.

Lázaro la cogió cuidadosamente y la leyó.

Decía así:

«Mi muy querido Diego:

»Va a amanecer el día crítico y solemne de nuestra vida; tal vez el día de mi muerte; tal vez el día de la tuya; el día, en fin, de que tú y yo tendremos que dar más extrecha cuenta cuando Dios nos llame al último juicio... Escúchame, pues, como si oyeras a un moribundo... ¡De todos modos, y pase hoy lo que pase, será ésta la postrera vez que te dirija la palabra *Fabián Conde*..., tu único amigo, el hombre que tanto te ha amado y te ama, el que tan grandes favores te debe y quien hoy te bendice más que nunca por la inmensa felicidad que acabas de proporcionarle!...

»Sí, mi querido Diego: ¡Dios te crió para mi bien! Tú me acompañaste por las sendas del error como solícito hermano, llevándome la cuenta de mis crímenes y delitos, y haciendo las veces de mi apática y empedernida conciencia, y tú, en el momento supremo, me has detenido en el camino de perdición, has juzgado severamente mi vida, has blandido sobre mi cabeza la espada de la cólera celeste, y me has obligado a caer de rodillas ante el Dios de la misericordia, pidiéndole perdón para mis culpas...

»¡Dios me ha oído! ¡Dios me perdonará, según acaba de

anunciarme un digno sacerdote!... Porque yo soy ya todo de Dios, en quien me has hecho creer, y en cuyos brazos me has obligado a refugiarme al repelerme de tu seno... ¡Ha sido, pues, providencial tu injusticia! ¡Tu furia me ha purificado; tu persecución me ha redimido; tus crueles insultos a mi inocencia (que no puede ser mayor en cuanto al delito de que me acusas) han sublevado toda la dignidad de mi alma, me han hecho entrar en mí mismo, han despertado mi conciencia, y aquí me tienes, vuelvo a decirte, en inmediato contacto con Dios, libre ya de angustias y temores, sin necesidad de testigos que me defiendan, sin miedo alguno a tu ira!... ¡Gracias, Diego mío, gracias!

»Así es que ya no te pido que me creas. Podrás tú necesitarlo... ¡Yo no lo necesito! ¿Para qué? ¡El Juez supremo sabe que soy inocente! Tampoco te pido ya que dejes de herirme... Al contrario: yo mismo te envío armas para que me hieras... Necesito ser castigado, y castigado por ti, ya que no como expiación del agravio que me atribuyes y que no te he inferido, como penitencia de las innumerables culpas de que me acuso y me arrepiento... ¡Viniendo de tu mano me dolerá mucho más el castigo, y será, por tanto, más acepto al Cielo y más provechoso para mi alma!

»Ni creas que te hablo con tanta humildad para aplacar tu furia... ¡Pobre Diego mío! ¡Tú no puedes ya hacerme daño alguno! Todas las armas con que me amenazaste anoche las he esgrimido yo contra mí..., y una de ellas, que se ha roto en tus manos, es la que, según te dije antes, te remito con esta carta, después de haberla aguzado mucho mejor que tu odio lo hubiera hecho... Adjunta es, en efecto, una declaración escrita y firmada de mi puño y letra, que podrá suplir con ventaja en los tribunales por la que ya no prestará el difunto Gutiérrez. Presenta al Juzgado el documento que te envío, y, sin necesidad de más prueba, iré a presidio irremediablemente.

»Por lo demás, y según te dirá Lázaro, a estas horas he dado a los niños expósitos de Madrid toda la fortuna de mi padre; he renunciado al título de conde de la Umbría; he retirado mi candidatura para la diputación a Cortes; he escrito a don Jaime de la Guardia diciéndole que yo deshonré a su hermano, y que, por consiguiente, no debo casarme con Gabriela, y he escrito a la misma Gabriela participándole que ya no eres mi fiador; que me acusas de haber requerido de amores a tu mujer; que no tengo medios de defensa contra esta acusación y que renuncio, en consecuencia, al proyectado casamiento...

»Por lo tocante a ti, o sea en cuanto al desafío a que quieres arrastrarme, estoy resuelto a no admitirlo de manera alguna. Sin embargo..., estaré en mi casa a las nueve de la mañana, sólo para decir a tus padrinos que no quiero batirme, y luego permaneceré en ella, o iré, si quieres, a ponerme al alcance de tu mano, para que me abofetees, para que me asesines, para que me arrastres por calles y plazas, bien seguro de que yo sufriré todo con resignación y hasta con orgullo y alegría, de la propia manera que soportaré sin contestar las injurias que me dirijas por medio de los periódicos, y hasta iré yo mismo a los parajes públicos a que la plebe me silbe y escarnezca... ¡Dios me tendrá en cuenta todo lo que me hagas sufrir!...; y, si me dejas con vida y desistes también de entregarme a los tribunales, partiré a las misiones de Asia en calidad de hermano de la Compañía de Jesús[138].

»Hasta aquí lo que me concierne. Ahora, llevado del cariño que siempre te he profesado y que nunca dejaré de profesarte, así como de la inmensa gratitud que te debo, voy a hablarte de ti mismo, pues me interesa demasiado tu felicidad temporal y eterna para que te deje morir desesperado y permita que te condenes, como te condenarías sin remedio, en la situación en que se halla tu alma...

¡Diego!: prepárate a morir... ¡Se acerca tu última hora! ¡Creas o no creas ya en mi inocencia, la calumnia forjada por tu infeliz mujer va a costarte la vida! Si llegas a creer que me has atormentado injustamente, que has sido ingrato y cruel con tu mejor amigo, te matarán los remordimientos. Y si continúas en tu error, y me hieres, y ves que yo no te respondo, y me matas, y ves que te bendigo al morir, quedarás fluctuando entre el horror, el desengaño y la duda, y morirás o te volverás loco... ¡Morirás más bien..., pues tu salud está ya muy quebrantada!

---

[138] *Vid.* nota 93. En aquella ocasión, en la primera edición, había hablado también Fabián de Asia y de las misiones.

»De estas dos muertes, la más dulce para ti y más provechosa para tu alma sería la que te originasen los remordimientos al convencerte de mi inocencia, pues si bien te dolería mucho el saber que tu esposa había mentido, causando tu muerte y separándome de Gabriela, te serviría de consuelo el pensar que todo lo había hecho a impulsos del amor que te profesa...

»Y así es, Diego mío. Tu mujer... (Ya lo veo claro... He pensado mucho en ello. Oye... toda la verdad...) Tu mujer, digo, deseaba que yo la enamorase, y que tú lo supieses; en primer lugar, para que la juzgaras merecedora de todos los extremos de tu amor, dado que *despertaba también mis deseos:* y, en segundo lugar, para desunirnos e impedir que yo te hiciese partícipe de la profunda antipatía que en realidad me inspiraba, y que ella echó de ver desde la primera vez que nos hablamos. A pesar de todo esto, aquel domingo que la visité durante tu ausencia (¡lo que te voy a decir es espantoso; pero Dios me manda iluminar tu mente y corregir tus errores para apartarte del pecado!...); aquel domingo se formó Gregoria la ilusión, basada en fatales apariencias, de que tal vez podría yo olvidarme de ti por un momento y tratar de amarrarla al carro de mis triunfos... Dígolo porque recuerdo que me provocó y excitó varias veces, trayendo a colación y comentando sarcásticamente mis pasadas aventuras... Yo afecté no comprenderla...; yo me desentendí de sus infernales maniobras, y de aquí el altercado que suscitó enseguida, lo muy irritada que se quedó contra mí y la atroz calumnia que le sugirió el despecho...

»¡Perdono a Gregoria! Díselo. ¡Culpa mía y resultado de mis escandalosos excesos ha sido la perturbación que produce desde luego en su alma, y que nos ha traído a todos a la situación en que nos hallamos! Perdónala tú también, *si es que llegas a dar crédito a mis palabras.*

»No me atrevo a esperar que esto ocurra... Creo que tu fatal ceguera no tiene remedio...; pero voy a concluir admitiendo esta hipótesis y discurriendo un poco acerca de ella.

»Diego: suponiendo que la verdad brillase hoy ante tus ojos y vieras que soy inocente del delito de que me acusas; suponiendo que me pidieses perdón y quisieras restablecer las cosas al estado que tenían antes de estos errores, yo me opondría a ello con todas las fuerzas de mi alma... ¡No..., no quiero otro

premio ni más ventaja en la ruda campaña que estoy sostenien-
do, que la inmensa gloria que he alcanzado ya...; esto es, la re-
conquista de mi alma y la visión de Dios! Así es que aunque tú
mismo me lo suplicaras de rodillas, yo no tornaría ya a aceptar
el título y la herencia de mi padre..., y, aunque volvieses a fiar-
me para con Gabriela, y Gabriela, convencida de que soy inocente, me alargase su mano, yo no me casaría ya con la noble
hija de don Jaime, sino que insistiría en mi propósito de irme a
Asia a predicar la Fe del Crucificado.

»Digo más... (y esto te hará ver cuán desinteresada es la presente carta): ¡yo renuncio también a ti mismo!... Por consiguiente, el día que llegues a creer en mi inocencia (si es que
Dios te reserva tan grave castigo), no me busques para desa-
graviarme y pedirme perdón... ¡Para mí has muerto! ¡Ya que
no nuestra amistad, nuestro trato ha concluido definitivamente!... ¡Tú y yo no volveremos a vernos sobre la tierra! ¡No
quiero más alegrías del mundo! ¡No quiero más entusiasmos
transitorios! ¡No quiero amistades sino con mi conciencia! ¡No
quiero amores sino con Dios! ¡No quiero exponerme a que se
vuelva a dudar de mis más nobles afectos!

»En cambio, ¡te emplazo para la otra vida! Allí verás mi corazón... Allí verás mi inocencia, crucificada por ti en las sole-
dades de mi alma... Allí sabrás, en fin, con cuánta lealtad te
ha amado..., y va a seguir amándote sin verte, tu agradecido
amigo

FABIÁN CONDE.»

Cuando Lázaro hubo acabado de leer esta carta, se la llevó a
los labios y la besó.

Contempló enseguida a Fabián con la ternura y el respeto
que infunde el sueño de los desgraciados, y, cogiendo entonces
las demás cartas que había sobre la mesa, así como la declaración dirigida al juez, salió del observatorio andando de puntillas para no despertar al dormido joven...

Pasó otra hora, y se puso la luna, dejando en tinieblas el espacio... Mas no tardó en aparecer el lucero de la mañana, seguido al poco rato de la mañana misma, que comenzó a mar-
car en el remoto horizonte los límites de la tierra y del cielo.

Saludóla el canto marcial de un gallo, y casi al propio tiempo empezaron a piar algunos pajarillos... El albor de Oriente se tiñó entretanto de un leve rosicler, y muy luego se extendió por toda la bóveda azul, apagando a su paso las estrellas... Principiaron entonces a distinguirse unas de otras las cosas terrestres; se oyó tocar a misa en algunas iglesias; doráronse de pronto sus torres y cúpulas y las cimas de las distantes montañas, y, por último, salió el sol para toda la capital de la Monarquía, inundando el observatorio de un mar de lumbre...

Fabián abrió los ojos en aquel instante, y se encontró cara a cara con el padre Manrique, que lo miraba sonriéndose...

Libro octavo

LOS PADRINOS DE FABIÁN

I

Donde el jesuita divaga y se contradice

—Muy buenos días, señor Fernández —profirió el discípulo de Loyola, sin sacar las manos de debajo del manteo—. ¿Qué tal se ha pasado la noche?

—¡Usted aquí —exclamó Fabián, creyendo que soñaba—. ¿Qué hora es?... ¿Y Lázaro? ¡Ah, se ha llevado todas mis cartas! ¡Consumóse mi sacrificio!... ¡Adiós, Gabriela mía!... ¡Adiós para siempre!

El padre Manrique aguardó a que el joven se calmara, y luego le dijo con fingida indiferencia:

—¿Preguntaba usted por Lázaro? Precisamente salía de acá en el instante que yo iba a llamar a la puerta... ¡Por cierto que nos reconocimos en el acto, a pesar de no habernos visto nunca!... *«¿Es usted el padre Manrique?»* —me preguntó al encontrarse conmigo—. *«¿Es usted Lázaro?* —le preguntaba yo al mismo tiempo—. Y nos pusimos a hablar como dos amigos de toda la vida... ¡Apreciable sujeto!

—¡Un santo, padre Manrique.., un santo! ¡Cómo lo envidio! ¡Él tiene todo el valor que a mí me falta!

—¿No se lo decía yo a usted? Y, a propósito: también conozco ya al hermano de Lázaro..., o sea al famoso marqués de Pinos y de la Algara... Cuando yo subía la escalera acompañado de nuestro *Lázaro a secas* (que había retrocedido para conducirme en busca de usted), tropezamos de manos a boca con el joven chileno, el cual me reconoció también inmediatamente. ¡Por lo visto, usted había pasado la noche buscándome ami-

357

gos!... ¡Y qué amigos tan buenos!... Lázaro y el marqués se abrazaron cariñosamente al encontrarse, y acto continuo me dijeron ambos con igual ufanía: *«¡Aquí tiene usted a mi hermano!...»*, lo cual me bastó para comprender (después de lo que usted me había contado) que aquellos jóvenes eran dos ángeles fuertes, vencedores de algún demonio que los había tenido separados mucho tiempo.

—¡Vencedores del demonio de la calumnia!, ¡vencedores de otra Gregoria! —prorrumpió Fabián—. ¡Lázaro había sido calumniado como yo!

—¡Lo mismísimo que me había figurado! Pero hablemos de usted...; pues ya me contará Lázaro su propia historia, y si no, me la referirá su hermano, que no tardará en subir en nuestra busca... Conque vamos a ver, mi querido Fabián: ¿cómo está ese espíritu? Yo no he podido dormir en toda la noche pensando en usted; y, no bien Dios echó sus luces, me dije: «Busquemos a nuestro pobre navegante..., y busquemos de camino a Lázaro...; pues indudablemente estarán juntos...» Y ¿querrá usted creerlo?, no bien llegué a este barrio, en que me dijo usted vivía su amigo, todo el mundo me dio razón de su casa... ¡Ah! ¡Cómo lo aman las gentes!... Y es que, a pesar de su reserva para ejercer la caridad, no hay quien ignore que gasta sus rentas en limosnas. *«¡Es un santo!»*, me han dicho, como usted, cuantas personas se han enterado de que venía a esta casa.

Según costumbre, el padre Manrique estaba fingiendo que divagaba en su discurso; pero, en realidad, no perdía de vista su objeto. Era éste en aquel instante consolar y fortalecer a Fabián, y, la verdad sea dicha, lo consiguió mejor celebrando las virtudes de Lázaro que lo hubiera logrado por medio de exhortaciones directas.

Comprendiólo al cabo nuestro joven, y exclamó afectuosísimamente:

—¡No me abandone usted nunca, padre mío! ¡Tiene usted el don de endulzar mi alma! Ya sabrá usted que Lázaro ha ido a conferenciar con Diego...

—Tanto lo sé..., que he leído la hermosa carta que le escribe usted a su infeliz adversario...

—Pues entonces sabrá usted también que he escrito a don

Jaime y a Gabriela... ¡A Gabriela..., padre mío!... ¡Renunciando a su amor! ¡Renunciando a su mano!...

—Lo sé todo...; lo sé todo...; y de todo, lo más grande y plausible que, a mi juicio, ha hecho usted, ha sido no aprovecharse de la muerte de Gutiérrez para eludir el más tremendo golpe con que le amenazaba Diego. ¡La espontánea declaración que usted ha escrito y firmado acusándose de falsedad y estafa, va a anonadar al marido de Gregoria! ¡Así se lucha contra el mundo! ¡Así se conquista el cielo! Ahora sólo falta que formalice usted sacramentalmente su confesión de ayer tarde, a fin de que yo pueda absolverle... Pero tiempo tendremos después para todo..

Por aquí iba la conversación cuando llamaron a la puerta del gabinete de cristales...

Eran el administrador y el notario, precedidos de Juan de Moncada.

Aquéllos le traían a Fabián la escritura de cesión de sus bienes paternos, el acta de renuncia del condado de la Umbría y los demás documentos que les había encargado.

Firmólos todos sin vacilar, y, cogiendo entonces la copia de la escritura de cesión, se la entregó al padre Manrique, diciéndole:

—Había mandado que le llevasen a usted esta especie de testamento, a fin de que se encargase de cumplirlo...; pero ya que está usted aquí, tengo a suma honra entregárselo con mi propia mano...

—¡Una limosna de diez millones de reales! —observó con énfasis el administrador—. ¡No se quejarán los niños expósitos!

—Diez millones de reales... —respondió fríamente el padre Manrique, guardándose el papel debajo de la sotana— representan un puñado de polvo de este planeta que Dios sacó de la nada y que puede reducir otra vez a la nada con idéntica facilidad.

El que así decía acababa de celebrar como exorbitantes las limosnas de Lázaro... Comprendió Fabián Conde la sublime delicadeza de esta aparente contradicción, y contestó inmediatamente:

—No envuelve mérito alguno, con respecto a mí, lo que

acabo de ejecutar. ¡Téngaselo Dios en cuenta a mi difunto padre, en cuyo nombre obro!

—¡Oh..., sí! Pero ¡renunciar también a su título de conde!... —murmuró el notario, recogiendo el acta en que esto aparecía.

—¡Respeten ustedes la voluntad de Dios! —contestó Fabián, saludando ceremoniosamente a los dos comentadores.

Éstos se retiraron tan asombrados como la noche anterior.

—¡Bien, hijo mío! —exclamó entonces el jesuita—. Estoy muy satisfecho de usted.

Juan quiso también decir algo a su heroico amigo; pero se lo impidió la emoción, y hubo de contentarse con besarle las manos.

—Tome usted, padre... —agregó Fabián, entregando al sacerdote una cartera muy abultada—. Guárdeme usted este dinero, que acaso es el único resto de mis bienes legítimos; además de aquella pobre tierra en que está sepultada mi madre; y de las galas del Himeneo[139], que ya se han trocado en sudario de mis amores... Más adelante dispondremos lo que haya de hacerse con esta suma que pongo en sus manos... Dependerá del rumbo que tome mi vida... Pero si muero hoy, gástela usted en sufragios por mi alma... Y ahora, señores, adiós... Me voy a mi casa a esperar a los padrinos de Diego...

—¡A los padrinos de Diego! —gritó espantado Juan—. ¡Diego y usted van a batirse!... ¡Oh! En ese caso usted necesitará también padrinos... Ruégole que admita mi concurso.

—Y también el mío... —añadió el anciano sacerdote con una expresión indefinible—. ¡Todo podrá ser que me recusen los contrarios al ver mi traje clerical!... Pero en el ínterin, quizás le sirva a usted de algo este pobre viejo...

Fabián no pudo menos de sonreírse, y dijo con cierta satisfacción, apoyándose en el hombro de Juan de Moncada:

—Pues, señor... ¡nadie diría que me suceden tantas y tan horrendas cosas! Me siento como aliviado de un peso enorme, y advierto en mí no sé qué especie de buen humor... que no he tenido desde antes de la muerte de mi madre.

---

[139] Dios griego que presidía los matrimonios. Se refiere a los regalos de boda de que antes ha hecho mención.

—Es que su conciencia de usted va poniéndose a flote...
—respondió el padre Manrique—. Es que acaba usted de arrojar al Océano mucho cargamento inútil que hacía zozobrar la nave de su alma. Conque marchemos... ¡Vayamos en busca de esos terribles padrinos! ¡De seguro no se hallarán tan alegres y tranquilos como los de usted! A lo menos, a mí me da el corazón que la victoria va a ser nuestra...

—¡Muy belicoso está usted, padre Manrique! —dijo tristemente el hermano de Lázaro.

—¿Qué? ¡Belicoso yo! —repuso el jesuita—. ¡De manera alguna! Lo que estoy es muy confiado en la fuerza y en la sabiduría del *tercer* padrino de Fabián..., o, por mejor decir, del *primero*...

—¿Quién es? ¿Lázaro acaso?

—No, amigo mío...

—Pues ¿quién?

—¡El mismo Dios!... —respondió el jesuita.

—Yo le explicaré a usted todas estas cosas en la calle...
—dijo Fabián al otro joven—. ¡Por cierto que va usted a hallar en mi historia muchos puntos de analogía con la de Lázaro!...

Hablando así, los tres nuevos amigos salían ya del vetusto caserón, no sin haber encargado antes al portero que, cuando fuera su amo, le dijese que en casa de Fabián lo aguardaban.

II

Las nueve de la mañana

El reloj del comedor de casa de Fabián marcaba las nueve menos cuarto.

Sentados a aquella mesa que presenció la célebre consulta en que fue vencido Lázaro, almorzaban a la sazón el padre Manrique, Juan de Moncada y el que ya había dejado de ser conde de la Umbría.

Lázaro no había regresado todavía de su conferencia con Diego.

Los criados, sabedores ya sin duda de todo lo ocurrido al *groom* la noche anterior, y asombrados de ver un clérigo en la casa, comprendían que pasaba algo extraordinario y en pugna con sus murmuraciones de la víspera... Servían, pues, la mesa con aire preocupado y medroso, a la manera de empleados públicos en día de cambio de Ministerio[140].

El almuerzo había sido silencioso y triste. Sólo Fabián se había mostrado algo expresivo, sacando diferentes conversaciones ajenas al caso en que se encontraban... Pero estas conversaciones no lograron tomar incremento, y al término de cada una exclamó Juan con febril impaciencia.

—¡Pero ese Lázaro, que no viene!...

---

[140] Los abundantes cambios de gobierno en el siglo XIX español crearon una especie de clase social, la de cesante, caracterizada en numerosas novelas de la época. Quizás la que refleja mejor la situación en que quedaban estos individuos sea la obra de Benito Pérez Galdós, *Miau.*

En fin, cuando el almuerzo hubo terminado, y el padre Manrique y los dos jóvenes se quedaron solos, Fabián no pudo ya contenerse, y poniendo una mano sobre la del jesuita, dijo con melancólica resignación:

—¡Sólo siento a la pobre Gabriela!

—Gabriela se basta a sí misma... —respondió el anciano—. ¡Ya la conoce usted! ¡Será monja en la tierra, y después santa en el cielo!...; y allí, como aquí, pedirá a Dios por el hombre de quien fue Ángel Custodio durante los días de tribulación...

—Usted irá a verla algunas veces... ¿no es verdad? —indicó Fabián en tono suplicante.

—Sí, señor...; iré a verla... —contestó el padre Manrique—; sobre todo, si no vuelve usted a indicármelo, ni me pide nunca que le refiera mis visitas. ¡Gabriela ha muerto para usted, y usted ha muerto para Gabriela..., a menos que Dios disponga otra cosa!...

En este momento sonó un timbre.

Fabián se puso más pálido de lo que ya estaba.

El padre Manrique y el joven chileno se miraron con una angustia que tampoco pudieron disimular.

El reloj marcaba las nueve en punto.

—Ahí están los padrinos... —murmuró Fabián con triste y reposado acento—. ¡Déme Dios valor... para ser lo que en el mundo se llama *cobarde!*

—Señor... —decía al mismo tiempo un criado, alzando una cortina y en actitud de anunciar...

—¡Que pasen! —respondió Fabián sin dejarlo concluir.

Sonaron pasos en la habitación inmediata; alzóse nuevamente la cortina, y apareció un hombre en el comedor.

Era Lázaro.

—¿Solo? —preguntó Juan vivísimamente.

—¡Solo! —respondió Lázaro, dejándose caer en la primera silla que encontró, como si no le quedasen fuerzas para dar un paso más...

Pero desde allí saludó a Fabián Conde con un ademán de triunfo y una mirada de inmenso regocijo, diciéndole entre los respiros de la fatiga:

—¡Victoria!... ¡Victoria, Fabián mío!... ¡Diego me envía en busca de tu perdón!

El padre Manrique y Juan de Moncada se pusieron de pie al oír las palabras de Lázaro: Juan de Moncada para abrazar a Fabián con delirante alegría; el padre Manrique para elevar al cielo su radiosa faz y sus cruzadas manos, como en acción de gracias.

Fabián permaneció inmóvil en su asiento, y, cuando Juan lo estrechó entre sus brazos, lo halló rígido y frío como un cadáver...

Pero la reacción no se hizo esperar... El atormentado joven se puso de color de grana, la indignación y la ira estallaron por sus ojos en lágrimas de fuego, y, alzándose como un gigante que rompe sus cadenas, dijo con atronadora voz:

—¡Ah!... ¡Ya soy libre! ¡Conque el insensato reconoce su infamia y mi inocencia!... ¡Conque el verdugo me pide perdón! Es tarde... ¡Yo no lo perdono! ¡Yo no lo perdonaré jamás!

—¡Fabián! —gritó Lázaro, corriendo hacia él...

—¡Ahora soy yo quien necesita sangre! —prosiguió el cuitado—. ¡Ahora soy yo quien desafía al hombre vil, al ingrato, al inicuo que me ha tenido tres días bajo sus pies! ¡Lázaro!... ¡Juan!...: id..., corred..., no perdáis un momento, y decidle al calumniador, decidle al ruin expósito...

—Señores..., me retiro... Queden ustedes con Dios... —interrumpió en este punto el padre Manrique, cogiendo su sombrero y encaminándose hacia la puerta.

Fabián, aterrado, suspendió su discurso.

El jesuita se detuvo entonces, y dijo señalando al cielo:

—¡El ingrato, el verdadero ingrato..., es usted!

Fabián dejó caer los brazos a lo largo de su cuerpo, bajó la cabeza y se desplomó sobre la silla.

—¡Es verdad! —murmuró.

El padre Manrique retrocedió al oír esta frase; soltó el sombrero, y sentándose al lado del abatido joven, le dijo con blandura:

—No olvide usted lo que hablamos anoche en mi celda... Por lo demás, paréceme indispensable que, ante todo, oiga usted a Lázaro, y sepa por qué medios y hasta qué punto se ha dignado la Misericordia divina indultar a usted de tan justa pena...

Fabián se tapó el rostro con las manos y balbuceó desfalleci-
damente:

—Tiene usted razón... Habla, Lázaro..., y nunca dudes de
mi profundo agradecimiento...

Lázaro, que había estado limpiando sus quevedos de oro, ca-
lóselos entonces y habló de la siguiente manera:

III

Obras son amores

«—No es acreedor ciertamente Diego a la dureza con que lo has tratado en un momento de disculpable trastorno... ¡Acabo de dejar al infeliz en bien lastimoso estado; a tal punto que, por mucho daño que te haya hecho, antes merece tu compasión que tu ira!... Pero entro en materia, desde luego.

»Cuando llegué a su casa, ya estaba levantado... Díjome que no había dormido, y harto lo revelaba su semblante.

»Se hallaba el pobre loco (pues tal nombre había que darle en aquel momento) preparando unas pistolas de combate, y sonreíase espantosamente al mirarlas. Él mismo salió a abrirme con aquellas armas en la mano, y me introdujo en su despacho, diciéndome:

»—Creí que eran los padrinos... Los tengo citados a las ocho para darles mis últimas instrucciones... ¡A muerte, Lázaro..., a muerte! He buscado dos capitanes de infantería, que ni siquiera sé cómo se llaman... ¡Los primeros que tropecé en la calle!... Gente ruda, de feroz aspecto, aficionada a las balas... ¡Dos tigres sedientos de sangre como yo!... Conque... vamos a ver... ¿qué te trae por aquí? ¡Supongo que no vendrás a sermonearme de nuevo!... Sin embargo, por si tienes tal intención, te diré que estoy decidido a matarlo..., y que lo mataré indudablemente..., y a ti, y a mi mujer, ¡y al mundo entero que se me ponga por delante!...

»Yo le dejaba hablar para adquirir el derecho a que me oyese; pero en esto se abrió la puerta del despacho y apareció su mujer... ¡Su mujer!... ¡Pavorosa criatura!... ¡La propia efigie del pecado!

»—Caballero... —me dijo con una voz seca y desapacible que crispó mis nervios—. ¡Todo lo sé!... Supongo que usted es uno de los padrinos... Pues bien: le advierto que estoy resuelta a avisar a la policía y a que todos ustedes vayan a la *prevención*...

»—¡Cállate tú, y no te mezcles en mis negocios! —prorrumpió Diego groseramente—. ¡Este caballero no es padrino de nadie!... Es mi amigo Lázaro.

»—¡Ah! ¿El señor es?... ¡Ya!... ¡ya recuerdo! ¿Conque han hecho ustedes las amistades? ¡Me alegro muchísimo! ¡El cielo le trae a usted por esta casa!... Por supuesto que usted, cuando viene tan temprano, lo sabrá también todo... ¡Hay que impedir a todo trance ese desafío! ¡Yo he sido engañada!... ¡Diego me prometió no armar pendencia, ni darse por enterado del asunto, si yo le decía toda la verdad!... ¡Y vea usted en qué estado se encuentra desde que se la dije!... ¡Usted no sabe qué días y qué noches estoy pasando!

»Yo guardé silencio.

»Gregoria me miró entonces con desconfianza, y un relámpago de repentino odio brilló en sus pupilas. No hubiera sido más pronta la víbora en escupir su veneno.

»Diego exclamó entonces:

»—¡Gregoria, vete!... Y, por lo demás, no delires... ¡Tengo la llave de la puerta y no la soltaré!... Cuando me vaya te dejaré encerrada, así como a Francisca, de modo que no podréis avisar a la autoridad... ¡En fin, no se me escapará la presa!... Conque, retírate... ¡Este caballero puede tener que decirme algo!...

»Quizás fuera aprensión mía; pero me pareció que la voz del hipocondriaco revelaba tedio, cansancio, instintivo desvío...; un comienzo, en suma, de aversión a su esposa.

»Ella respondió:

»—¡No creo que deba ser un secreto para mí lo que este caballero tenga que decirte!...

»—¡Sin embargo, señora... —expuse yo terminantemente—, desearía hablar a solas con mi amigo!...

»Gregoria tembló de rabia.

»—¡Ya lo oyes!... —repuso Diego.

»—Disimule usted... —añadí yo.

»—¡Oh! Me iré..., ¡me iré!... —tartamudeó ella, mirándome, ora con miedo, ora con furor—. ¡Que les aprovechen a ustedes sus secretos!

»Y sin dignarse contestar a mi respetuoso saludo, salió bruscamente del despacho, cerrando de golpe la puerta y diciendo con ásperos gritos:

»—¡Para esto se casa una! ¡Quién había de decírselo a mi madre!

»Diego seguía inspeccionando las pistolas.

»—Vengo de parte de Fabián... —le dije cuando nos quedamos solos.

»—¡Lo presumía! —contestó Diego riéndose sardónicamente—. ¡El traidor tentará todos los medios de quedar impune! Pero se equivoca... Por lo que respecta a ti, supongo que ya te habrá engañado... y vendrás a abogar por él...

»—Vengo solamente a entregarte una carta suya!

»—Guárdatela!... ¡Me la figuro! ¡Será elocuentísima!... ¡Tan elocuente que dará asco!

»—Tiene la elocuencia de los hechos...; y en ella no te pide nada.

»—Pues ¿para qué me escribe entonces?

»—¡Por lástima al estado en que te encuentras!

»—¡Que la tenga de sí mismo! Dentro de dos horas veremos quién es más digno de compasión... Desengáñate: ¡me escribe porque me teme!

»—Y yo diría que tú no lees su carta porque le temes a él. Si no es así, léela... Aquí la tienes.

»—¡No la leo!

»—Es decir, ¿que tienes empeño en no salir de tu error?

»—No: es que yo no doy fe a palabras ni a escritos de nadie.

»—Pero se la darás a las *obras*... ¡Te repito que se trata de hechos!

»—Pues bien: dímelos..., y ahórrame el disgusto de ver la letra de aquel malvado...

»—El primer hecho es que Fabián Conde, sabedor de la muerte de Gutiérrez y de que no te ha sido posible identificar la verdadera persona del antiguo inspector de policía, se denuncia a sí mismo como estafador y falsario en una declara-

cion de su puño y letra, dirigida al juez, que te envía a ti... para
que tú la presentes. Toma...

»Diego se quedó asombrado.

»—¿Y con qué fin hace esto? —me preguntó, después que
hubo leído la declaración.

»—Para que no creas que, si se defiende con tal interés del
cargo que le diriges, lo verifica por miedo a ninguna especie de
castigo, sino por amor a la verdad y a tu persona...

»—¡Pero es que yo puedo no ser generoso y presentar esta
declaración a los tribunales!... ¡Es que yo la presentaré sin
duda alguna!...

»—Te he dicho que para eso te la envía.

»Diego soltó las pistolas, sentóse en un sofá y se pasó la
mano por la frente, cubierta de sudor.

»—¡A ver! ¡A ver! Dame esa carta... —dijo enseguida—.
¡Tú eres demasiado hábil, y lograrías hacerme ver lo blanco
negro!... Me conviene más oír los aullidos del monstruo... ¡Él
y yo no podemos engañarnos!

»Le di tu carta, y principió a leerla para sí con aire desdeñoso...

»Pero desde que recorrió las primeras líneas se puso grave y
como pensativo, y, cuando hubo terminado la primera página,
comenzó otra vez su lectura, en lugar de volver la hoja...

»—¡Dime, Lázaro!... —exclamó luego sin mirarme—. ¿Y es
verdad esto que dice el mozo?...

»—¿Qué?

»—Lo de haber conferenciado con un sacerdote...

»—¡Vaya si lo es!... ¡Y nada menos que con el padre Manrique! Juntos los dejé en mi casa hace una hora...

»El semblante de Diego continuó transfigurándose y enlobre-
gueciéndose cada vez más; pero no ya con las sombras del odio y
de la furia, sino con las tinieblas y el luto de una mortal congoja.

»De pronto soltó una carcajada convulsiva, y dijo:

»—¡Ah, farsante...: ¡qué manera de mentir! Afortunadamente no lo creo...

»—¿Qué es lo que no crees? —interrogué yo.

»—Lo de que ha dado a los niños *expósitos* (¡villano epigra-
ma, cuyo alcance no puedes tú entender!) aquellos ocho millones que robó al fisco...

»—Sin embargo, es la pura verdad... Yo mismo fui testigo anoche de la escritura de cesión.

»—¡Toma! Pues ¿y esto? —continuó en tono de zumba, cual si no hubiese oído—. ¡Que ha escrito a don Jaime y a Gabriela, revelando al primero sus amores con Matilde, y a la segunda mi fulminante acusación! ¡Mentira también! ¡Necesitaría verlo para creerlo!...

»—Yo mismo acabo de enviar de don Jaime de la Guardia las dos cartas de Fabián... —repliqué solemnemente.

»—¡Es que tampoco te creo a ti! ¿Te figuras que no veo clara la estratagema?... ¡Uno y otro os habéis repartido los papeles para embaucarme!

»Así dijo...; pero su rostro expresaba una incertidumbre espantosa.

»Sonó en esto un campanillazo.

»—¡Gracias a Dios! ¡Ya están ahí los padrinos! —rugió entonces el sin ventura, tornando, al menos en apariencia, a su ferocidad y a su risa—. ¡Basta de embrollos y debilidades! ¡Os conozco a los dos! ¡Tan desalmado eres tú como él! ¿Qué noticias tienes del marqués de Pinos y de la Algara?

»Pensé en tu inocencia, Fabián, que no en la mía; y a fin de poder servirte mejor, contesté inmediatamente y sin enfadarme.

»—En mi casa está la persona por quien preguntas... ¡En mi casa está..., acreditándome a todas horas la fe y el cariño que tú me niegas!...

»Volvió a sonar la campanilla.

»—¡Cómo mientes! —exclamó Diego, dirigiéndose a la puerta—. Aquel chico volvió a América con ganas de ahogarte... Y si no, ¿por qué no me lo presentaste ayer? Pero voy a abrir... ¡Ahora caigo en que tengo la llave de este infierno!...

»—¡Aguarda, por favor! —le dije, estorbándole el paso—. ¿Tendrías fe en mis palabras, y reconocerías que Fabián puede ser también inocente, si *mi hermano el marqués de Pinos* viniese dentro de un momento y te dijera que *otra mujer* —su propia madre, madrastra mía— inventó contra mí una calumnia casi idéntica a la que tu esposa ha inventado contra Fabián Conde?

»—¡Respeta a la mujer que lleva mi apellido! ¡Respeta a la señora de esta casa! —exclamó con una especie de frenesí—.

370

¡Yo tengo la culpa de que la insultes...; yo, que te he dado oídos, aun sabiendo que eres otra serpiente venenosa! ¡Paso!, ¡paso!

»Y salió, repeliéndome materialmente.

»Oí entonces abrir la puerta de la calle y que una voz ruda preguntaba:

»—¿El señor de Diego?

»—Yo soy... —respondió éste—. ¿Qué ocurre?

»—Esta carta... de la Fonda Española.

»Cerróse la puerta; y ya se acercaba Diego al despacho, cuando estalló en el pasillo un fuerte altercado entre los cónyuges...

»Procuraban ambos hablar en voz baja; pero era tal la vehemencia de la disputa, que percibí a intervalos las siguientes frases de Gregoria:

»—¡Nada! ¡Es que ya no me quieres!... ¡Lo mismo será este amigo tuyo que el otro!... ¿No me dijiste que lo desheredó su padre?... ¡Tú no has debido consentir que me arroje del despacho!... ¡Oh!...; vámonos a mi pueblo... ¡Yo no quiero estar en Madrid ni un día más!

»A lo cual había respondido el iracundo esposo con estas o parecidas palabras:

»—¡Déjeme en paz! ¡Yo sé lo que me hago!... ¡Las mujeres... a la cocina! ¡Calla o te estrangulo!... ¡Al infierno es adonde iremos todos!

»Pasaron después algunos instantes de silencio..., y Diego entró en el despacho afectando tranquilidad.

»—¿Sabes que tenías razón? —me dijo con una especie de pueril asombro, mezclado de dolor y mansedumbre—. ¡El que llamaba era un criado con una carta de don Jaime!... Aquí la tengo... Veamos lo que dice...

»Y sentóse, temblando como un azogado...; y leyó...; y el mismo luto de antes cubrió su descompuesto rostro.

»—¿Será posible? —exclamó al terminar la lectura.

»Y clavó en el suelo una mirada inmóvil, atónita, pertinaz y nula a un tiempo mismo; como la de algunos ciegos, o como la de los cadáveres a quienes ninguna mano amiga ha cerrado los ojos...

»Me apoderé yo entonces de aquella carta, y vi que decía lo siguiente:

»"Señor don Diego de Diego:

»"Muy señor mío: Acabo de recibir dos cartas del señor conde de la Umbría, una para mí y otra para mi hija, en las cuales el hombre por quien usted salió *fiador* desiste del proyectado casamiento con Gabriela, alegando dos motivos distintos: uno relacionado con usted, y que usted desgraciadamente no podría prever al dar su fianza, y otro que tiene relación con mi familia, y que no comprendo me ocultase usted la vez primera que tuve el gusto de hablarle.

»"De cualquier modo, como ambos extremos tocan muy de cerca a mi honor, y se trata además de la felicidad de mi hija, ruego a usted que me espere hoy a las once en esa su casa, adonde iré en busca de las explicaciones o satisfacciones que se me deben y que espero de su caballerosidad.

»"Suyo, afectísimo servidor, Q.S.M.B.[141]

JAIME DE LA GUARDIA."

»—¡Ya ves! ¡Ya lo has leído! —exclamé, sentándome al lado del pobre enfermo—. ¿Dirás todavía que Fabián y yo nos hemos confabulado para engañarte?...

»Diego no me respondió, pero volvió en sí, y cogiendo otra vez tu carta —que había dejado a medio leer sobre el bufete—, se abismó de nuevo en su examen.

»—¡Que no se batirá!... ¡Que se dejará maltratar por mí! —murmuró sordamente, pero ya sin ira, al llegar a este pasaje de tu escrito—. ¡Lo desconozco!... ¡Lo desconozco!...

»Y siguió leyendo:

»—Qué yo moriré de todas maneras.. Que se acerca mi última hora... —gimió melancólicamente—. ¡Es verdad! ¡Entre unos y otros me habéis matado!... ¡Pobre Diego!... ¡pobre Diego!...

»—Lee..., lee... —dije yo, designándole el párrafo en que explicabas la conducta de Gregoria.

»—¡Oh! ¡Esto es imposible!... —exclamó lleno de espanto—. ¡Esto no puede ser verdad! ¿Cómo quieres tú que yo crea semejante horror? *¡Es mi mujer!* ¿Sabes tú lo que significan estas

---

[141] Que Su Mano Besa.

372

palabras? ¡Soy yo mismo; es mi carne; es mi sangre; es la personificación de mi honra; es *la mujer de Diego!*

»—Eva era la mujer de Adán... —repuse yo—. Pero continúa... Ya queda poco.

»—¡Ay de mí! —suspiró desconsoladamente—. Creo que he leído demasiado... Mas no son sus palabras... ¡sus elocuentes obras son las que me abruman y aniquilan!... ¡Renunciar su título!, ¡regalar sus millones!, ¡dejar a Gabriela!, ¡delatarse a los tribunales!... ¡Ah, Lázaro, Lázaro!... ¿Qué va a ser de mí si ahora resulta que Fabián es inocente? ¿Dónde esconderé mi vergüenza? ¿Dónde esconderé mis remordimientos?

»—¡Siempre te quedará el cariño de tu esposa!, ¡siempre te quedará el corazón de tu amigo Lázaro!... Ya ves que el mismo Fabián lo reconoce...; Gregoria ha querido separaros *"por lo mucho que te ama, y temerosa de perder tu amor..."*.

»—¡Oigámosla! —saltó de pronto—. Voy por ella... ¡Quiero interrogarla delante de ti!... En medio de todo, yo puedo estar impresionado en este momento... Vengo enseguida...

»—¡Espera!... ¡te lo suplico! —insistí yo, señalando a tu carta—. Ya queda poco... ¡Lee! ¿Estás viendo? ¡Se va a Asia! ¡Va a morir defendiendo la verdad contra el error!... ¡Va a morir predicando la fe del Crucificado!

»—¿Qué he hecho yo, Dios mío?, ¿qué he hecho yo de este hombre?... —exclamó con una gran agitación que crecía por momentos—. ¡Necesito hablar con Gregoria!... ¡Déjame, Lázaro!... Te juro que no la mataré...

»—Acaba... Lee... —repetí yo, poniéndole tu carta ante los ojos—. Mira lo que dice...; que no busca ni tan siquiera tu amistad...; que, aunque llegues a hacer justicia a su cariño, nunca volveréis a veros ni a hablaros; que procede desinteresadamente..., y que te emplaza para el cielo, donde verás un día su inocencia y tu ingratitud...

»—¡El cielo..., su inocencia..., mi ingratitud... —respondió el infortunado maquinalmente.

»Y, llegando otra vez al colmo de la excitación, principió a gritar con voz terrible:

»—¿Quién habla aquí del cielo? ¡Al infierno!..., ¡a los profundos infiernos es adonde iremos todos! ¡Gregoria! ¡Gregoria! ¡Ven inmediatamente!

»Y luego añadió, sollozando sin lágrimas:

»—¡Ay, Lázaro! ¡Esta carta de Fabián me ha quitado la vida!... ¡Conque el marqués era tu hermano! ¡Conque tú eres inocente también! ¡Dile a tu hermano que venga a visitar al pobre Diego Diego!...

»—¡Vamos a ver! ¿Qué pasa aquí? —chilló en esto Gregoria, penetrando en el despacho amarilla como la cera, pero afectando valor y enojo.

»En mi entender, había estado escuchándonos y sabía a qué altura se hallaba su proceso.

»—¡Te he llamado para matarte!... —bramó Diego, cogiendo una pistola—. ¡Prepárate a morir si no me confiesas ahora mismo que Fabián es inocente!...

»Yo me interpuse entre los dos esposos.

»—¡Caballero!... —articuló Gregoria sin mirar a Diego y dirigiéndose a mí con tal frialdad, que su voz me pareció el silbido de una culebra—. ¿No ha venido usted exprofeso a decirle a mi marido que me mate? ¡Pues deje usted que lo haga! ¡Tira, Diego!... Aquí tienes el pecho de tu esposa... ¡Hiérelo..., ya que lo desean tus amigos!...

»—¡De rodillas, señora!... —proseguía intimándole Diego, sin dejar de apuntarle cuando la hallaba a tiro—. ¡Sólo la verdad puede desarmar mi brazo! ¡Ya sabe usted que estoy loco! ¡Ya sabes, esposa del condenado, que soy capaz de matarte y matarme!... ¡Confiesa, pues!... ¡Y tú, Lázaro, déjame! ¡Mira que también soy capaz de matarte a ti!

»—Pues si estás loco... —decía entretanto Gregoria—, a mí me vive todavía mi madre... ¡Ella me defenderá en este mundo!...

»—¡Confiesa!

»—¡Es que también puedo quejarme a los tribunales y presentar una demanda de divorcio!...

»—¡Confiesa! —repitió Diego, logrando cogerla de un brazo y arrimándole una pistola a la frente.

»La pobre mujer dio un alarido.

»—Me has lastimado... —balbuceó.

»Yo arranqué otra vez a Gregoria de manos del furioso, y amparándola con mi cuerpo —en tanto que ella se acurrucaba en un rincón, poseída ya de un miedo franco y declarado—, exclamé:

»—¡Señora, no tema usted nada mientras me quede un soplo de vida!... Y tú, Diego, suelta esa arma, que nunca debiste empuñar contra tu mujer! ¡Gregoria va confesar ahora mismo su disculpable falta; conociendo que, de hacerlo así, pondrá término a esta bárbara escena, evitará un desafío, cruel de todas suertes (pues tan grave es matar como morir), y te devolverá la salud y la dicha!...

»—¡Que confiese... y la perdono en el acto!... —agregó Diego, con la infantil sencillez propia de su complicado carácter—. ¡Que confiese, y nos iremos a Torrejón, o a París, como ella deseaba, a que me vean los médicos!... ¡Que diga la verdad, y yo le agradeceré el exceso de cariño que la indujo a desear separarme de un hombre a quien suponía peligroso para nuestra felicidad!... De todos modos, ¡insensata!, ya has logrado tu objeto, pues Fabián Conde y Diego Diego no volverán a verse en esta vida... Confiesa, pues, Gregoria... ¡Confiesa!... ¡Mira que, de lo contrario, no me quedará más recurso que levantarme la tapa de los sesos!

»—¡Ca! ¡No eres tú hombre de tantos bríos! —respondió Gregoria desde su rincón, siguiendo con una curiosidad infernal la boca de la pistola, que Diego aplicaba en aquel instante, ora a su garganta, ora a una de sus sienes...

»Diego se quedó espantado y bajó el arma —y yo mismo retrocedí, como desamparando a Gregoria—, al ver aquellos ojos, al oír aquella frase...

»La astuta mujer comprendió en el momento hasta qué punto había empeorado su causa con tal exclamación —que nos permitió sondear el negro fondo de su conciencia—, y se apresuró a decir humildemente:

»—¡Prefiero confesar la verdad!... ¡Yo no quiero que te mates, Diego mío! Pero nos iremos a Torrejón..., ¿no es cierto? ¡Recuerda que me lo has jurado!... Nos iremos con mi madre, lejos de estos amigos tuyos que tanto miedo me causan..., y seremos felices, muy felices...

»Diego no oía... Era indudable que seguía viendo la cara con que Gregoria le había dicho aquella frase, equivalente a una excitación al suicidio...

»Creció, pues, el susto de ella, y, jugando el todo por el todo, con la temeridad que sólo poseen los débiles, se acercó a

Diego y le rodeó con sus brazos, sonriendo de una manera cariñosa y diciéndole casi a oído:

»—¡Ingrato! ¿No conoces que todo mi crimen consiste en quererte más que tú a mí? ¿No conoces que hasta el aire me estorba? ¿No conoces que, si he mentido una vez... (¿y quién no ha mentido muchas?), ha sido porque tenía celos de tu amistad hacia Fabián? ¿No conoces que te idolatro?

»Diego se estremeció convulsivamente, sin mirar a su mujer...

»—¡Diego mío!... ¡Mi Diego!... —prosiguió ésta, buscándole la cara con la suya...

»—¡Calla! —exclamó entonces él, en el tono de quien delira—. ¡No me interrumpas!... ¿De modo, perversa, que ahora salimos con que Fabián es inocente?

»—¡Sí!... —respondió Gregoria—. Pero, en cambio, yo soy tu mujer... ¿Qué digo tu mujer?... ¡Yo soy mucho más! ¿Lo habías olvidado acaso..., al amenazarme con esta pistola?

»Y, acercándose a su oído, añadió unas palabras que no percibí, pero que adiviné en el acto.

»Diego la miró entonces..., lanzó un hondo y largo suspiro, y balbuceó mansamente:

»—No sigas... ¡No acabes de matarme!... ¡Demasiado presente lo tengo!... ¡Por ese infortunado hijo te perdono! Toma... Vete a tu cuarto... ¡No puedo más!

»Y, así diciendo, le alargó la pistola con aire imbécil, y luego la llave de la puerta de la escalera; y, por último, viendo que Gregoria no se movía, la acarició, pasando una trémula y enflaquecida mano por los negros cabellos de la calumniadora...

»Ésta me saludó sin mirarme, y salió del aposento con firme paso, después de dejar sobre la mesa el arma que poco antes empuñaba su marido.

»Voy a concluir.

»No bien nos quedamos solos, Diego ocupó su sillón enfrente del bufete; rompió la declaración en que te delatabas a la justicia, y me entregó los pedazos tal y como yo te los entrego a ti; y, finalmente, llevándose las manos al pecho, como para sofocar un punzante dolor, me dijo con asombrosa tranquilidad:

»—He muerto... Fabián me lo pronosticaba en su carta..., y

el corazón me lo confirma con sordos latidos... ¡Dime qué debo hacer antes de morir para desagraviar a Fabián y poner remedio a todos los males que ha causado!

»—Nada tienes que hacer... —respondí yo afablemente—. Basta con que le escribas dos líneas reconociendo tu error... Fabián no necesita más..., y hasta podría pasar sin eso... En cuanto a tu salud, ya cuidaré yo mismo de remediarla...

»—Sin embargo, yo quiero hablar con él... Díselo de mi parte. Dile que necesito su perdón...; pero no así como quiera, sino oído de sus labios..., y que le pido licencia para ir a demandárselo de rodillas... Por lo demás, harto sé lo que tengo que escribir a don Jaime y a Gabriela...

»—No me toca a mí decirte a eso ni que sí ni que no... —respondí cordialmente—. ¡Ignoro qué camino tomará Fabián en vista de esta novedad con que no contaba!

»Diego bajó la cabeza, y un momento después se puso a escribir, en tanto que yo daba gracias al Todopoderoso, que había hecho resplandecer tu inocencia en este mundo de engaños y de injusticias.

»He aquí ahora la carta de Diego... Al entregármela estrechó mi mano silenciosamente, y después, al despedirme en la puerta del despacho, sólo tuvo fuerzas para exclamar:

»—¡Que vengas!...

»Dicho lo cual se encerró, echando la llave.»

—Tú me dirás ahora, querido Fabián, si quieres leer, o si prefieres que yo lea en voz alta la carta de Diego.

—Lee... —murmuró Fabián con solemne tristeza.

Lázaro leyó lo siguiente:

«Al conde de la Umbría.

»Madrid, 28 de febrero de 1861.

»Querido Fabián: No merezco que me perdones; tampoco merezco que me permitas hablarte ni verte; pero considera que me quedan pocos días de vida; que voy a comparecer en el Tribunal de Dios, y que tú eres hoy el árbitro del futuro destino de mi alma...

»Te han calumniado... Lo sé. Sé que siempre fuiste mi mejor y más leal amigo, y te pido humildemente perdón por mi duda de algunos días... ¡días horribles, en que ha padecido cruelísimos dolores mi pobre corazón, de resultas de no poder dejar de amarte! Mi insensato furor no era, en suma, sino la medida de mi cariño.

»Adiós, Fabián. Compadécete de Gregoria, o cuando menos del hijo que no he de conocer..., y dispón de la poca vida que le resta a tu desgraciado amigo, que no quisiera morir sin verte,

DIEGO.

»Quedo escribiendo a Gabriela y a don Jaime...»

IV

El hombre propone...

Al terminar Lázaro la lectura de aquella nobilísima carta, Fabián era muy otro de cuando pedía a gritos la sangre y la vida de Diego.

Ya le había inspirado sentimientos de conmiseración el relato de la terrible escena en que el engañado marido vio clara la verdad; pero las humildes palabras que le escribía aquel hombre de hierro trocaron su lástima en admiración y gratitud... Así es que las oyó con entusiasmado semblante y alzada la vista al cielo, en tanto que alargaba una mano a Lázaro y la otra al jesuita quien atraía a su vez cariñosamente a Juan para que participase de la felicidad y la gloria de aquel triunfante grupo.

—¡Gracias, Dios mío! —exclamó, por último, Fabián Conde, cuando todos estaban ya como pendientes de sus labios—. ¡Gracias por haberme anticipado en este mundo la justicia de que estaba tan sediento! ¡Gracias también a usted, mi querido padre, que al marcarme el camino que debía seguir para desenojar a Dios, me ha proporcionado implícitamente los medios de iluminar el corazón de mi amigo! ¡Él me ha creído por mis obras; mis obras han sido hijas de mi fe en Dios; y esta fe, que nunca se extinguirá ya en mi alma, usted me la inspiró con sus predicaciones! ¡Gracias, finalmente, a ti, generoso Lázaro, que me has pagado con tantos beneficios mis antiguas injurias, y que me has edificado y fortalecido con el ejemplo de tus grandes virtudes! ¡Yo te felicito lleno de amor y de alegría por la justicia que también has encontrado en el hidalgo corazón de este digno hemano tuyo! Y ahora escucha la contestación que darás de mi parte a Diego, si el padre Manrique no tiene nada que oponer a mis palabras.

»—Le dirás ante todo que no le escribo por sujetarme desde hoy a la regla de conducta que habré de seguir respecto de él todo el tiempo que aún permanezcamos en este mundo, y que será la misma que ya le anunciaba en mi carta..., a saber: no tratarlo más, no verlo, no escribirle, hacerme cuenta de que hemos muerto el uno para el otro..., a fin de que la rehabilitación por que tanto he suspirado no me proporcione ninguna ventaja temporal, ninguna dicha terrena; ¡pues ventaja y dicha fueran para mí indudablemente ver en mi casa a Diego... dentro de algún tiempo, cuando se hubieran cicatrizado mis heridas!...

»No venga, pues, a verme como desea; no lo intente jamás... ¡Es el único favor que le pido, hoy que pudiera abusar de su indulgente benevolencia!... En cambio, yo lo perdono, y perdono a su mujer sin reserva de ninguna especie, y pediré a Dios a todas horas que los colme de felicidad... Añádele que mi consejo es que acceda a los deseos de Gregoria y se marchen a Torrejón. Allí los aires y la paz del campo acaso mejoren su cuerpo y su espíritu... ¡Dile, en fin, que lo abrazo con toda mi alma por última vez, y que, si muere antes que yo, y es verdad que va a haber en el mundo un hijo de su sangre, éste encontrará siempre abiertos unos brazos donde quiera que se halle Fabián Conde!...

»Hasta aquí lo tocante de Diego. Ahora, padre Manrique, hablemos algo de mí...

»No recele usted, como indicaba hace poco, que se me haya olvidado nuestra larga conversación de ayer... ¡No seré yo con Dios tan ingrato y tornadizo!... Por el contrario, ¡mantengo en la hora de la bonanza todo lo que prometí durante la tempestad! Así, pues, aunque don Jaime de la Guardia..., aunque la misma Gabriela... (¡la voz del infeliz amante temblaba al pronunciar este adorado nombre!...) me pidiesen que el casamiento a que renuncié anoche se llevase a cabo, yo rechazaría como un crimen tan anhelada felicidad... ¡Proceder de otro modo podría dar margen a que se creyera que mis decantados sacrificios habían sido una indigna farsa! Diego (vuelvo a decir) ha creído en mi inocencia al ver que yo renunciaba a todas las dichas del mundo... ¡No debo, por consiguiente, ni quiero tampoco destruir los fundamentos de su fe! Lo hecho, pues, hecho está... ¡Y, así como no he de recobrar los millones que fueron de mi padre, ni su título de conde, ni las demás cosas a que renuncié en el momento de la tribulación para aplacar a Dios y a Diego, del propio modo, y por mucho que a mi corazón le cueste, tampoco recobraré a Gabriela!...

»En resumen: le prometí a usted ayer, y le dije a Lázaro, y le escribí a Diego que me iría de misionero a Asia si escapaba con bien, o a lo menos con vida, del conflicto en que se hallaban mi honor y mi conciencia..., y por nada del mundo faltaré a tan solemnes compromisos. Soy, por tanto, de usted, mi querido padre... Disponga de mí... Nada tengo ya que hacer en esta casa que fue mía, y que hoy pertenece a los pobres expósitos... ¡Partamos! ¡Vámonos a aquel convento en que tan dulces horas pasé ayer! ¡No se me negará allí una humilde celda en que albergarme mientras llega la hora de mi marcha al Extremo Oriente! ¡Ni usted me negará tampoco la preparación indispensable para ser recibido en la Iglesia de Cristo, primero como absuelto pecador, y después como ministro del altar y predicador del Evangelio!»

Un religioso silencio acogió este severo discurso. El padre Manrique y Lázaro se miraban interrogativamente, como cediéndose la palabra para el caso de que al uno o al otro se le ocurriese algo que objetar a aquel razonamiento. Juan lloraba mansamente como llora la melancolía.

—Nada hay que oponer a lo que acaba usted de decir... —exclamó al fin el padre Manrique levantándose—. ¡No hubiera hablado de otra suerte nuestro padre San Francisco de Borja al renunciar el marquesado de Lombay y el ducado de Gandía para ingresar en la Compañía de Jesús![142]. Partamos, pues... ¡Ustedes, amigo Lázaro y amigo Juan, a casa de Diego!... ¡Usted y yo, mi querido hijo, al convento de los Paúles!

—Partamos... —respondieron todos.

—Espero —dijo entonces Juan modestísimamente— que volveremos a reunirnos para que decidan ustedes de mi porve-

[142] *Vid.* nota 47.

nir. Lázaro y yo no logramos entendernos. ¡Él renuncia a todo, y , en cambio, exige que yo me aproveche de su generoso sacrificio!...

—No me mortifiques, Juan... —expuso Lázaro cariñosamente—. Ya te convenceré de que mis consejos son justos.

—Y, sobre todo... —observó el padre Manrique—, ya sabe usted dónde estamos Fabián y yo. Vaya usted a vernos.

Fabián se despedía entretanto de su administrador y de sus criados, dando tales órdenes en favor de éstos, que las reverencias, las lágrimas y las bendiciones lo fueron acompañando hasta que traspasó el umbral de la que había dejado de ser su casa.

—Ya volveré yo y arreglaremos esta especie de *testamentaría*... —dijo el sacerdote al administrador.

Llegados a la calle los cuatro amigos, Lázaro y Juan montaron en un coche, y partieron..., mientras que el padre Manrique y Fabián Conde (conviniendo en que ellos no tenían prisa y en que la mañana estaba muy hermosa) emprendieron a pie el camino del convento de los Paúles.

Al salir de su calle, Fabián se detuvo y volvió la cabeza, a fin de divisar por última vez la casa en que había vivido y que acababa de alhajar para recibir a *su esposa*...

Un sollozo se escapó entonces de su pecho, y sus labios balbucearon todavía este nombre:

—*¡Gabriela!*

El padre Manrique, que lo notó, se embozó hasta los ojos y apretó el paso...

Fabián siguió detrás de él maquinalmente.

V

Dios dispone

Media hora después, y precisamente en el momento en que
el jesuita y Fabián llamaban a la puerta de la hospedería de San
Vicente de Paúl, vieron entrar a todo correr en aquella solitaria calle el mismo coche —*antigua* propiedad del ex conde de la
Umbría— en que Lázaro y Juan se habían ido a casa de Diego.

—¡Padre!... —exclamó Fabián—. ¡Aquél es mi coche!... ¡Y
en él viene Juan de Moncada!... Y... ¡mire usted!, ¡nos indica
que nos detengamos!...

—¡Pronto!, ¡pronto! ¡No hay momento que perder!... —decía al cabo de unos segundos el hermano de Lázaro, abriendo
la portezuela del coche, parado ya delante de los Paúles—.
¡Vengan ustedes conmigo!... ¡Diego se muere! ¡Una hemopti-
sis[143] espantosa!... ¡El médico no le da una hora de vida!...

—¡Dios santo! —gimió Fabián, retrocediendo, en lugar de
obedecer al joven—. ¡Yo no quiero verlo!... ¡Yo no puedo ir!...
¡Yo no quiero encontrarme con Gregoria!...

—¡Lea usted!... —repuso Juan, bajando del coche, y alargándole un papel manchado de sangre—. ¡Estas palabras las
ha escrito casi expirando!... ¡Bien claro lo dice la letra... Lázaro
le suplica a usted también que vaya...

Fabián leyó el ensangrentado papel, que decía así, en caracteres casi ininteligibles:

---

[143] Hemorragia de la membrana mucosa pulmonar.

«Fabián: De rodillas y muriéndome te pido por Jesucriso que vengas a endulzar la agonía de tu

DIEGO.»

El joven miró al padre Manrique con espantados ojos, y murmuró lúgubremente:

—Debo ir...

—¡Vamos! —respondió el jesuita.

Y los tres subieron al coche, que partió a escape.

Juan les fue diciendo por el camino que, cuando Lázaro y él llegaron a casa de Diego, ya había tenido éste el primer vómito de sangre, no muy copioso, pero bastante a llenarlo de pavor; que soportó con mansedumbre la noticia de que Fabián se negaba a hablar con él; que estuvo muy cariñoso con los dos hermanos, felicitándose de verlos tan amorosamente unidos; que Gregoria, aterrada por el informe del médico acerca de aquel accidente de su esposo, estaba a su lado, vestida de luto, bañada en lágrimas y realmente conmovida; y que, hallándose todos así, le sobrevino a Diego otro vómito, y luego un tercero, tan abundantes ambos, que casi lo habían dejado sin sangre en las venas...

Con esto llegó el coche a la casa fatal.

El padre Manrique y Juan subieron delante a fin de preparar a Diego.

Fabián los siguió; pero se quedó en la sala principal, donde le estaba aguardando Lázaro.

Según le dijo éste, Diego acababa de tener un cuarto vómito, y estaba expirando... Lo habían conducido a su cama desde el despacho, que fue donde le acometió aquella funesta crisis de sus antiguos males... Gregoria se hallaba con él.

Fabián, sombrío y silencioso, fluctuaba indudablemente entre la piedad y el rencor, entre los restos de su antiguo cariño a Diego y el dolor, todavía vivo, de los crueles insultos que de él acababa de recibir... ¡No era lo mismo perdonar desde lejos, que hallarse en presencia del que algunas horas antes lo despedía ignominiosamente desde el balcón de aquella misma casa, llamándole canalla y ladrón, y amenazándole con la fuerza pública! ¡Hay situaciones que tolera el alma, pero que no pueden soportar los nervios! ¡La sange no es tan generosa ni sufrida como la conciencia!... El lodo mortal no deja nunca de ser lodo.

¡Y luego tener que ver a Gregoria!... ¡Acaso tener que hablarle..., cuando por su causa había perdido el calumniado joven la suma dicha de unirse a Gabriela! ¡Era, en verdad, horrible, muy horrible, el nuevo sacrificio que la desventura imponía a Fabián Conde!...

Así se lo manifestó a su amigo Lázaro...

—¡Acéptalo como penitencia!... —respondió éste—. Dios te lo agradecerá.

—Pase usted... —decía en aquel mismo instante el padre Manrique saliendo de la alcoba.

Fabián avanzó lentamente.

—Procure usted que Diego no hable... —le advirtió Juan al paso muy quedamente—. Opina el médico que la primera agitación que ya tenga el pobre enfermo será también la última.

Penetró Fabián en la mortuoria estancia.

Diego, medio incorporado en la cama, tenía vueltos los ojos hacia la puerta, y al ver aparecer a Fabián, los cerró y volvió a abrirlos por vía de saludo.

Fabián avanzaba con un dedo puesto sobre los labios, recomendándole absoluto silencio.

Los ojos del moribundo sonrieron como de gratitud, y después, entristeciéndose y elevándose al cielo, expresaron claramente una súplica.

Fabián le cogió la mano derecha —aquella terrible mano que tan amenazadora se alzaba el día precedente—, y se la besó repetidas veces en señal de perdón y de olvido.

Los ojos de Diego se mojaron, y al propio tiempo sonrieron con algo de su antigua irresistible gracia... Enseguida los volvió hacia el médico, y agitó los labios como para significarle que quería hablar...

—Ni una palabra... —murmuró el facultativo.

Entonces se movió una masa negra que respiraba al otro lado del lecho —y en que no había reparado Fabián—, y el rostro de Gregoria, pegado hasta aquel momento contra las sábanas, dejóse ver como trágica aparición, en tanto que su quebrantada voz decía:

—No hables...

—Media palabra no más... —balbuceó Diego, tan quedo y tan despacio, como si temiera que se le escapase el último aliento—. Te pido una gracia... —continuó diciendo, sin soltar la mano de su antiguo amigo—. Dime que me la concederás...

—¡Lo que quieras!... —murmuró Fabián con generoso acento, en que vibraban la piedad y el cariño.

Diego reunió otras pocas fuerzas y añadió:

—Júrame que no dejarás de hacerlo...

—¡Te lo juro!... —respondió Fabián.

—Pues oye... Para que me perdone Dios... —y al decir esto, miró al padre Manrique e hizo un esfuerzo de que no se le hubiera creído capaz—; para que no me miren con horror los ángeles del cielo..., ¡cásate con Gabriela!

Un nuevo personaje, que acababa de penetrar en la alcoba, llegó a tiempo de oír aquellas supremas palabras del moribundo...

Este personaje era don Jaime de la Guardia.

Fabián no lo había visto entrar... Así es que, al oír la súplica de Diego, se estremeció como si acabara de recibir una mortal herida; tornó los ojos ya hacia el anciano sacerdote, y se arrojó en sus brazos, exclamando dolorosamente:

—¡Padre mío! ¡Explíquele usted que eso es imposible!

Pero Diego ya había expirado.

Así lo anunció un lastimero grito de Gregoria, la cual estrechaba entre sus brazos el cadáver del que había sido su esposo.

Epílogo

Había pasado un mes desde la muerte de Diego. Era una hermosísima mañana de primavera.

Las campanas del convento en que Gabriela habitaba hacía cerca de tres años repicaban alegremente, aunque, por el calendario, no era día ni víspera de ninguna fiesta eclesiástica.

A la puerta del templo adjunto veíase una silla de posta cargada de maletas y otros objetos de viaje, dento de la cual no había persona alguna.

En la iglesia sonaba el órgano, acompañando las últimas respuestas de las monjas a las oraciones de una misa cantada; y es lo cierto, que si el que leyere estas postreras páginas de nuestro relato hubiera pasado por allí a tal hora y entrado a saber qué insólita misa era aquélla, habría visto que era la velación[144] de Fabián y de Gabriela, a quienes acababa de unir para siempre el padre Manrique.

En efecto: Gabriela y Fabián estaban arrodillados delante del altar, y cerca de ellos veíase a don Jaime de la Guardia, que había sido padrino del casamiento, y a Lázaro y Juan de Moncada en calidad de testigos.

Habría admirado también entonces el lector con sus propios ojos la peregrina hermosura de Gabriela, acerca de la cual sólo por referencia hemos hablado hasta ahora. ¡Nunca un ángel del cielo ha revestido tan gallarda y arrogante forma humana,

---

[144] *velación*, ceremonia, ya en desuso, propia del matrimonio eclesiástico, consistente en cubrir con un velo a los cónyuges en la misa nupcial que seguía al matrimonio.

ni jamás la clásica belleza soñada por el paganismo reflejó tan intensamente los esplendores del espíritu inmortal a que servía de vaso aquella incomparable figura!

Por lo demás, las monjas, de cuya escondida morada acababa de salir Gabriela a la parte pública de la nave del templo, se habían esmerado en ataviarla, como si fuera una santa imagen, objeto de su culto más fervoroso, a quien adornaran para que recorriese, llevada en procesión, plazas y calles... Cada una le había puesto un lazo, una flor, una humilde joya o un relicario bendito, dándole al mismo tiempo mil besos y abrazos, y bendiciones, y hasta consejos..., que, por su misma religiosa sencillez, podrían ser utilísimos en su nuevo estado. Y, en aquel instante, desde las amplias celosías del coro, las vírgenes del Señor contemplaban con arrobamiento a su compañera, al par que le cantaban, por vía de epitalamio[145], los solemnes himnos del cotidiano culto a que ellas seguirían consagradas toda su vida.

Gabriela, que ya se había enterado de los terribles acontecimientos que acabamos de referir y de lo mucho que había padecido Fabián por purificar su alma, miraba a éste de vez en cuando, y luego tornaba la vista al altar, como arrastrando y conduciendo con sus ojos los ojos de él a la consideración de Dios y de su infinita misericordia.

El infeliz esposo, apuesto y ufano, aunque bañada todavía su faz de una leve melancolía, miraba alternativamente a su hechicera y santa mujer, al padre Manrique, a Lázaro y a Juan..., como dando a todos gracias por la felicidad que sentía...; y luego alzaba los ojos al Cristo del altar, y rezaba...

*

Concluida la ceremonia, Gabriela penetró aún en el convento, de donde regresó algunos minutos después vestida de viaje y trayendo en la mano su corona de desposada. Algunas lágrimas humedecían sus mejillas de rosa, indicando con cuánta emoción se había despedido definitivamente de la digna abadesa y de sus tiernas hermanas de clausura.

---

[145] *epitalamio,* composiciones líricas con las que se celebra un casamiento.

Todas ellas se habían arrimado a la celosía del coro bajo, para ver a la desposada salir de la iglesia; y, cuando obsevaron que la noble joven se acercaba al altar de la Virgen de las Angustias y ponía a sus pies como ofrenda, su corona de desposada; cuando la vieron pararse en medio del templo y dirigir los brazos hacia el coro, saludándolas con el pañuelo y tirándoles besos de amorosa despedida, una multitud de blancos cendales ondeó detrás de la celosía respondiendo a aquellos adioses; tiernos gemidos resonaron en el recinto sagrado, y lágrimas copiosas corrieron de todos los ojos[146].

Renunciamos a describir circunstancialmente las escenas que ocurrieron después en la puerta del templo, cuando los dos recién casados subían en la silla de posta que debía conducirlos a cierta quinta de la carretera de Valencia, desde donde marcharían la siguiente semana a la casa de campo en que se crió Fabián; cuando don Jaime y su hija se abrazaban ternísimamente; cuando Fabián besaba las manos del caballero aragonés; cuando el padre Manrique bendecía una vez y otra a los que no se cansaba de apellidar *sus hijos,* y cuando Lázaro, apoyado en el hombro de Juan, contemplaba todos aquellos cuadros con amorosa sonrisa, digna de los ángeles del cielo...

*

Partió el carruaje, y quedaron inmóviles y mudos en al atrio del templo el padre Manrique, don Jaime de la Guardia, Lázaro y su hermano Juan.

Pasado que hubieron algunos minutos, el jesuita, sobreponiéndose a su emoción, dijo:

---

[146] El llanto de los personajes es caraterístico del romanticismo. A lo largo de la novela se ha visto en numerosas ocasiones. En las demás obras alarconianas sucede otro tanto. Basten, como ejemplos, señalar una escena del capítulo XXXII de *El sombrero de tres picos* en la que todos los personajes, incluidos los criados, «lloraban de igual manera». *(Obras completas, op. cit.,* pág. 475); y otra de *El capitán Veneno,* capítulo VI, parte II, en la que, al comenzar a llorar todos los presentes, el narrador se ve obligado a decir: «...armóse tal confusión de pucheros, suspiros y bendiciones, que más vale volver la hoja, no sea que los lectores salgan también llorando a moco tendido, y yo me quede sin público a quien seguir contando mi pobre historia». *(Obras completas, op. cit.,* pág. 727.)

—¡Cuán misteriosos, pero cuán seguros, son los juicios de Dios! Véase por qué cúmulo de circunstancias Fabián Conde ha conseguido, cuando ya había renunciado a ella, toda la felicidad que deseaba en esta vida. *«¡Yo no quiero el paraíso, sino el descanso!»* [147] —decíame últimamente, recordando una frase del poeta inglés, para probarme que no debía casarse con Gabriela, a pesar de lo que la amaba y del juramento que le arrancó Diego en su lecho de muerte—. *«Pues acepte usted el paraíso como penitencia* —le contesté yo—. *¡Bien se me alcanza que le fuera a usted más cómodo no volver a los mares de la vida con tan preciosa carga!... Pero Dios, por medio de aquel moribundo, nos demostró claramente su deseo de que siguiese usted luchando con los huracanes de la sociedad humana, expuesto a que el viento del escándalo, por usted producido, vuelva a hacer zozobrar la nave de su ventura o la de los hijos que le dé Gabriela. Dios no cree, por lo visto, que se ha purificado usted bastante en tres días de purgatorio, y le impone, como resto de penitencia, el continuo temor de que los hombres vuelvan a afligirlo con calumnias, o sea con nuevos frutos del escándalo.»* Fabián me dio la razón, y no por otra cosa ha preferido el matrimonio, con sus cuidados y responsabilidades, a los desiertos del Asia con sus rigores y peligros...

—De todo eso se deduce, entre otras cosas —observó don Jaime—, que mi yerno será un modelo de maridos... ¡Y vean ustedes por qué he tenido yo la manga tan ancha en el asunto referente a mi hermano!... Fabián no sedujo a mi cuñada, sino que fue seducido por ella..., como tantos otros...; y, además, la forma y modo en que me confesó su falta me inclinaron a absolverlo. Conque, señores, me despido de ustedes para Aragón, adonde marcho esta tarde... Crean firmemente que me llena de júbilo el haber conocido tan dignas personas en este Madrid, que yo creía enteramente dado al diablo...

*

Después que el sacerdote y los dos Moncadas hubieron des-

---

[147] Lord Byron, *The Giaour* (1813). Con esta frase, puesta en las últimas líneas de *Historia de mis libros* (*Obras completas*, *op. cit.*, pág. 28), justifica Alarcón también su decisión de no escribir más novelas.

pedido afectuosamente al padre de Gabriela, Lázaro miró solemnemente a Juan y le dijo:

—Ya lo has oído, mi querido hermano. A las veces hay que aceptar la felicidad del mundo como trabajo y sacrificio... A las veces hay que tener la generosidad de ser dichoso... Por eso se ha casado Fabián, y por eso es menester que tú conserves el título de marqués de Pinos (aunque demos secretamente a los pobres las rentas de mi mayorazogo); que vuelvas a América, y que hagas allá tu antigua vida, conservando para ello tus legítimas paterna y materna. A mí me basta y sobra con lo que heredé de mi madre... ¡El caso es no deshonrar a la tuya después de muerta; no deshonrar tampoco la memoria de nuestro padre: no frustrar mis propósitos y trabajos de tanto tiempo; no es en fin, el mundo con la historia en que habría que fundar una *rehabilitación*... que para nada necesito!

Juan se resistió largamente a aceptar lo que le proponía su hermano; pero terció en la conversación el padre Manrique, y al cabo lograron convencerlo...; por lo que ofreció embarcarse inmediatamente para América.

*

Marchóse Juan a disponer su viaje, y quedaron solos el padre Manrique y Lázaro.

—¿Y usted, qué piensa hacerse? —interrogó entonces el jesuita al desheredado.

—Yo... —respondió éste como si no entendiera la pregunta— voy a llegarme al cementerio de San Nicolás a visitar al pobre Diego... La mañana está muy hermosa...

—Bien...; pero supongo que nos veremos... —añadió el viejo, estrechándole la mano en señal de estimación.

—Sí, señor... —respondió Lázaro—. Iré a ver a usted con frecuencia, y hasta creo que acabaré por pedirle hospitalidad y quedarme allí definitivamente. En medio de todo, los dos pasamos la vida mirando al cielo más que a la tierra...; pero, a decir verdad, su *astronomía* de usted me gusta más que la mía.